삼척가는 길

태조 이성계의 고조부 목조 이안사의 여정과 삶

삼척가는 길 ——————————————————
태조 이성계의 고조부 목조 이안사의 여정과 삶

지은이 · 김동기
펴낸이 · 성상건
편집디자인 · 자연DPS

펴낸날 · 2026년 3월 18일
펴낸곳 · 도서출판 나눔사
주소 · (우) 10270 경기도 고양시 덕양구 푸른마을로 15
        301동 1505호
전화 · 02)359-3429   팩스 02)355-3429
등록번호 · 2-489호(1988년 2월 16일)
이메일 · nanumsa@hanmail.net

ⓒ 김동기, 2026

ISBN 978-89-7027-835-3 03810
값 15,000원
잘못된 책은 바꿔 드립니다.

삼척가는 길

태조 이성계의 고조부 목조 이안사의 여정과 삶

김동기 지음

역사(歷史)는 대개 왕(王)의 이름으로 기록(記錄)되지만, 왕조(王朝)는 어느 날 갑자기 시작(始作)되지 않는다. 왕조(王朝)의 기원(起源)은 눈에 잘 띄지 않는 선택(選擇)과 결단(決斷), 그리고 한 가문(家門)의 오래된 기억(記憶) 속에서 서서히 형성된다.

오래도록 붙들려 온 질문(質問)이 있다. 이성계(李成桂)는 왜 전주 이씨(全州 李氏)였는가 하는 물음이다. 그는 전주(全州)에서 태어나지도, 성장(成長)하지도 않았다. 그의 활동 무대(舞臺)는 동북면(東北面)이었고, 세력 기반(基盤)은 북방(北方)이었다. 그럼에도 그는 끝내 '전주(全州)'를 본관(本貫)으로 삼았다. 왕(王)이 된 이후에도 굳이 지켜야 했던 '전주(全州)'라는 이름에는 단순(單純)한 족보(族譜)를 넘어서는 의미(意味)가 담겨 있지 않았을까.

이 질문(質問)은 『조선왕조실록(朝鮮王朝實錄)』, 특히 『태조실록(太祖實錄)』으로 시선을 이끌었다. 실록(實錄)의 문장(文章)은 건조(乾燥)하고 절제(節制)되어 있다. 그러나 그 절제(節制)된 기록(記錄)의 이면(裏面)에는 한 인물(人物)의 삶이 흐르고 있었다. 목조(穆祖) 이안사(李安社)였다.

그는 왕(王)이 아니었다. 그러나 그는 떠났다. 전주(全州)에서 삼척(三陟)으로. 그 이동(移動)은 단순(單純)한 지리적(地理的) 이동(移動)이 아니었다. 권력(權力)의 중심(中心)에서 물러나는 선택(選擇)이었고, 몰락(沒落)한 가문(家門)의 기억(記憶)을 안고 새로운 터전(基盤)으로 향하는 결단(決斷)이었다. 그 결단(決斷)의 실체(實體)를 밝히기 위해 고려(高麗) 중기(中期)의 정치 구조(政治構造), 무신정권(武臣政權)의 권력 이동(權力移動), 몽골 침입(侵入)과 강화도 천도(江華島 遷都), 토호(土豪)의 역할(役割), 군역 제도(軍役制度), 관기(官妓) 제도와 산성 방어 체계(山城 防禦體系), 무반직(武班職)의 실상(實相)을 사료(史料)를 따라 검토하였다. 그 과정을 통해 한 가지 사실(事實)이 드러났다. 난세(亂世)에서 살아남는 방식(方式)은 단지 강(强)해지는 데 있지 않으며, 무엇을 버릴지 아는 지혜(智慧)에 있다는 점이다.

이안사(李安社)는 무인(武人)의 가문(家門)에서 태어났다. 그러나 그는 칼로 오르지 않았다. 산성(山城)에서 굶주린 아이를 살린 선택(選擇), 군율(軍律)보다 생명(生命)을 앞세운 판단(判斷), 권력(權力)과 일정(一定)한 거리(距離)를 유지(維持)한 태도(態度)는 감상적(感傷的) 연민(憐憫)이 아니라 공동체(共同體)를 지키기 위한 냉정(冷靜)한 전략(戰略)이었다.

리더십은 앞에서 명령(命令)하는 힘이 아니라, 무너지는 것을 붙드는 힘일지도 모른다. 이안사(李安社)의 삶은 그 한 전형(典型)이다. 그는 권력(權力)을 확장(擴張)하지 않았으나 신뢰(信賴)를 확장(擴張)하였고, 이름을 높이지 않았으나 사람을 남겼다. 그 신뢰(信賴)와 사람들의 기억(記憶)은 훗날 한 왕조(王朝)의 정통성(正統性)을 떠받치는 보이지 않는 뿌리가 되었다. 이성계(李成桂)가 끝내 '전주(全州)'를 버리지 않은 이유(理由) 또한 그 연원(淵源)과 무관하지 않을 것이다. 전주(全州)는 단순한 고향(故鄕)이 아니라, 왕도(王道)의 원형(原形)이 간직된 상징(象徵)이었기 때문이다.

이 소설(小說)은 전주(全州)에서 삼척(三陟)까지의 여정(旅程)을 담는다. 떠남과 책임(責任), 권력(權力)과 절제(節制), 기억(記憶)과 선택(選擇)의 이야기다. 바다(海)는 단순(單純)한 도착지(到着地)가 아니라, 씻김과 재정립

(再定立)의 상징(象徵)이다. 그 바다 앞에서 가문(家門)은 다시 정의(定義)되고, 리더십은 새롭게 단련된다.

이 이야기는 여기에서 멈추지 않는다. 2부(部)의 무대(舞臺)는 동북면 의주(東北面 宜州), 오늘날 함경남도 덕원(咸鏡南道 德源) 일대(一帶)이다. 북방(北方)의 긴장(緊張)과 이동(移動) 속에서 또 다른 선택(選擇)이 이루어질 것이다. 삼척(三陟)에서 다져진 삶의 방식(方式)이 동북(東北)의 변방(邊方)에서 어떻게 시험(試驗)을 받는지, 그리고 그 선택(選擇)이 어떻게 왕조(王朝)의 토대(土臺)로 이어지는지를 계속 추적하고자 한다.

이 글은 영웅(英雄)을 미화(美化)하려는 기록(記錄)이 아니다. 난세(亂世) 속에서 인간(人間)이 어떤 기준(基準)을 붙들 수 있는지를 묻는 작업(作業)이다. 오늘(今日)을 사는 지도자(指導者)에게도 질문(質問)은 여전히 유효(有效)하다. 권력(權力)을 붙들 것인가, 신뢰(信賴)를 남길 것인가. 머물 것인가, 떠날 것인가. 강(强)해질 것인가, 바르게 설 것인가. 역사(歷史)는 결국 그 선택(選擇)의 결과를 드러낸다. 이 책(册)은 그 드러남의 한 출발점(出發點)을 기록(記錄)한 것이다.

또한 본문(本文)에 한자(漢字)를 병기(倂記)한 이유(理由)는 어휘(語彙)의 뿌리를 드러내기 위함이다. 다음 세대(世代)가 언어(言語)의 결을 더 깊이 이해하고, 학업(學業)의 지평(地平)을 넓히기를 바라는 뜻에서 이다. 부족(不足)한 부분은 독자(讀者)의 아량(雅量)으로 헤아려 주기를 바란다.

늘 곁에서 묵묵히 응원해 준 아내(妻) 문소영과 늘 힘이 되는 진서, 은서, 희서, 아이들(子女)에게 감사(感謝)를 전한다. 격려(激勵)를 아끼지 않은 단석교회(丹石敎會) 식구(食口)들과 공부방(工夫房) 아이들, 그리고 부모님들

께도 깊이 감사(感謝)드린다. 아울러 원고(原稿)를 세심히 교정(校訂)해 준 김선희(金善姬) 선생(先生)님께도 고마움을 전한다.

무엇보다도 나에게 이런 열정(熱情)을 주시고 성실함을 주신 나의 주 나의 하나님께 영광(榮光) 돌린다.

봄이 오는 춘삼월(春三月),
양평(楊平) 단석리(丹石里)에서
전주 이씨(全州 李氏)를 외가(外家)로 둔 김동기(金東基) 씀.

∥ 차례 ∥

01
흥망 (興亡)

전주의 새벽은 여전히 어둡고 무거웠다. 그러나 이안사(李安社)가 느끼기에는 그 어둠은 단지 밤과 낮 사이에 잠깐 깔리는 자연의 현상(現象)이 아니었다. 그것은 몇 대에 걸쳐 전주 이씨(全州 李氏) 집안의 어깨 위로 내려앉은 세월의 그림자였다. 피와 권력, 실패와 죄책감이 한데 엉겨 눌어붙은 덩어리. 새벽안개가 논두렁을 따라 천천히 흘러내리고, 초가지붕 위로 서리가 얇게 내려앉는 그 시간만 되면, 이안사는 늘 같은 생각에 붙들렸다. 땅은 그 자리에 있었고, 바람도 예년과 다르지 않았지만, 사람들의 시선과 말투, 숨죽인 한숨 속에는 예전과 다른 기색이 배어 있었다. 전주는 여전히 평온했으나, 그 평온은 더이상 안식(安息)이 아니었다. 그것은 되돌릴 수 없는 몰락 이후에 찾아온 체념(諦念)의 얼굴에 가까웠다. 그는 자기 집안 이야기를 떠올렸다. 그 이야기는 언제나 한 이름에서 시작되었다.

'이의방(李義方)'

이안사가 아직 어린아이였을 때였다. 서재 앞 툇마루에서 그 이름을 처음 들었다. 그는 대청마루 기둥 뒤에 몸을 숨긴 채, 아버지와 집안 어른들이 낮은 목소리로 주고받는 이야기를 훔쳐 듣고 있었다. 마치 그 이름 자체가 불길한 기운을 품고 있는 것처럼, 어른들은 그 이름을 입에 올릴 때마다 목소리를 낮췄다.

"그래도 큰할아버지 덕에 한때 우리 집안도 중앙(中央)에 이름을 올리지 않았나."

"명색(名色)이 무반직(武班職)까지 얻어 궁궐 안을 드나들었으니, 그냥 농사꾼 집안은 아니지."

"그랬다가 한순간에 다 날려 먹었지. 권세(權勢)가 크면 그림자도 크다더니, 그 말이 딱이야.”

마지막 말을 할 때, 방 안의 공기가 갑자기 무거워졌다. 마치 벽에도 귀가 달려 있을까 두려워하는 듯, 숨을 삼키듯 말을 삼켰다. 그때 이안사의 아버지 이양무(李陽茂)는 입술을 굳게 다물었다가, 조심스레 말을 이었다.

“그래도 이 집 아이들에게는 알려야지. 어디서부터 우리가 다시 시작하게 되었는지. 모른 척하고 사는 것보다, 기억(記憶)하고 사는 게 낫지!”

그 말은 결의(決意)처럼 들렸지만, 그 속에는 오래 묵은 피로(疲勞)와 체념(諦念)이 함께 배어 있었다. 며칠 뒤, 아버지 이양무(李陽茂)는 어린 이안사를 마당 한가운데로 불러세웠다. 겨울 볕이 기와지붕을 타고 내려와 마당 한복판만 간신히 덥히고 있던 날이었다. 땅은 얼어 있었고, 아이의 숨결은 하얗게 흩어졌다.

“안사야, 지금 하는 얘기를 명심(明心)하거라. 그리고 입 밖으로는 내지 말고, 흉중(胸中)에 심어 훗날을 기약(期約)하거라.”

아버지의 얼굴에는 묘한 기색(氣色)이 서려 있었다. 자랑과 부끄러움, 한(恨)과 책임이 한데 섞여 있는 표정. 쉽게 정의할 수 없는, 몰락한 가문(家門)의 가장들이 공통으로 지니는 얼굴이었다.

“네 아버지 명심하겠습니다.”

이양무는 계속 말을 이었다.

“그러니까 너의 큰 할아버지께서 무신년(戊申年), 의종 대왕 24년(1170년)때 세상을 뒤집어 놓으신 분이시다. 개경(開京)에서 칼을 가장 먼저 뽑아 든 사람이었지.”

이안사의 눈이 커졌다. 무신정변(武臣政變). 서당에서 글을 배울 때도 들었던 사건이었다. 문신(文臣)들이 무신을 업신여기던 세상, 결국 칼을 쥔 자들이 왕을 끌어내리고 권력(權力)을 잡았다는 이야기. 그러나 그것이 자기 집안사람의 이름과 맞닿아 있을 것이라고는 어린 그는 상상(想像)해 본 적이 없었다.

"그럼… 그때 궁궐을 뒤집어엎은 그 장수가… 우리 집안 어른이에요?"

아버지는 잠시 고개를 끄덕였다. 그 짧은 움직임에 오랜 세월이 매달려 있는 듯 보였다.

"그래. 이의방, 너의 큰 조부(祖父)이시다. 처음에는 정중부(鄭仲夫), 이고(李高) 등과 함께 움직였지. 그 칼이 왕의 자리를 뒤엎었고, 그 덕에 우리 집안도 한때는 중앙(中央)에 발을 디뎠다. 전주에서 무반직(武班職)을 얻어 개경(開京)으로 올라가, 궁궐의 문턱을 밟았지."

아버지는 잠시 말을 멈췄다. 그리고 이어지는 말은 더 낮아졌다.

"하지만 권세(權勢)가 크면, 사람을 다루는 마음도 넓어야 하는 법이다. 그 어른은 칼은 컸어도 마음을 키우지는 못한 것 같다."

기록(記錄)에 남아 있는 대로, 이의방은 초기에는 무신정변(武臣政變)의 핵심(核心) 인물이었다. 그러나 점차 독단(獨斷)과 폭력(暴力)으로 권력을 휘둘렀고, 반대하는 자를 가차 없이 제거(除去)했다. 왕을 허수아비로 만들었고, 동료 무신들마저 의심(疑心)하며 공포(恐怖)로 다스렸다. 사람들은 따르는 것이 아니라 살기 위해 고개를 숙였고, 그 공포는 오래 가지 못했다.

"성격이 포악(暴惡)하고 잔혹(殘酷)해서 인심(人心)을 잃었다. 사람을 두려움으로만 묶어두려 했지. 겁(怯)에 질린 자들은 오래 따르지 않는다."

아버지는 숨을 고르듯 잠시 침묵했다.

"결국 정중부(鄭仲夫)가 다시 칼을 뽑았다. 이번에는 네 큰 할아버지를 향해서 말이다. 궁궐(宮闕)이 또 한 번 뒤집히고, 네 큰할아버지와 그 형제들, 그를 따르던 무리가 한날한시에 쓰러졌다."

이안사는 상상해 보았다. 개경의 궁궐 안. 석로(石路) 위에 번지는 피. 갑옷이 찢어지는 소리. 누군가의 비명(悲鳴). 권세의 정점(頂點)에 있던 사내가, 더 이상 누구도 지켜주지 않는 자리에서 무너져 내리는 장면(場面). 어린 마음에도 그것은 이상할 만큼 잔혹(殘酷)하고 생생(生生)했다.

"그럼… 우리 집은 어떻게 된 거예요?"

아버지는 짧게 대답했다.

"다 죽었지."

그리고 한 박자(拍子) 늦춰 덧붙였다.

"거의 다."

그 '거의' 속에 한 사람이 있었다. 이안사의 조부(祖父), 이린(李隣). 이의방의 동생이었다. 역사에 크게 이름을 남기지 못했기에, 오히려 살아남을 수 있었던 인물. 정중부의 군사들이 집안을 포위(包圍)했을 때, 그는 이미 개경 성 밖으로 빠져나온 뒤였다. 누군가의 밀고(密告)가 있었는지, 혹은 우연히 시간을 비켜났는지는 아무도 알지 못했다. 다만 분명한 건 그는 다시는 칼을 들지 않았다는 것, 그리고 다시는 중앙(中央)을 바라보지 않았다는 것. 그는 살아남았고, 살아남았다는 이유로 평생을 부끄러운 삶을 짊어지고 살아야 했다. 그가 돌아온 곳은 전주(全州)였다. 내려오는 족보(族譜)에 따르면, 전주 이씨의 시조(始祖)는 신라 말, 성(城)의 외곽(外廓)을 수리하는 관리로 사공(司空) 벼슬을 지낸 이한(李翰)이었다. 그로부터 여러 세대를 지나, 15대 후손이 이의방. 그리고 다시 삼(三) 대(代)를 내려온 18대손이 이안사였다. 전주는 이씨 집안의 가장 오래된 뿌리가 박힌 땅이었다. 논두렁의 굽은 모양, 바람이 불어오는 방향, 장마 뒤 흙이 마르는 속도까지 몸으로 아는 땅.

"개경에서 높이 오른 것 같았지만, 결국 우리는 다시 이 흙으로 돌아왔다.”

아버지는 먼 산을 바라보며 말했다. 그 산은 말이 없었고, 언제나처럼 그 자리에 있었다.

“모든 것이 불타고, 이름은 역적(逆賊)의 계보(系譜)에 올랐고, 살아남은 자들은 다시 쟁기를 잡았다. 그게 우리의 끝이자, 시작(始作)이었다.”

어린 이안사는 그 말의 무게를 온전히 이해하지는 못했다. 다만 가슴 어딘가가 서늘해지는 느낌만은 분명(分明)했다. 칼로 올라갔다가, 피로 떨어져 다시 흙으로 돌아온 집안. 그리고 그 흙 위에서 또 한 번 시대의 물결이 바뀌고 있었다.

전주의 새벽은 여전히 어둡고 무거웠다. 그러나 그 어둠 속에서, 이안사는 알 수 없는 다짐 같은 것을 마음 깊숙이 품기 시작했다. 이 집안은 다시는 칼로 오르지 않을 것이다. 그러나 언젠가는 이 흙 위에서 다른 방식(方式)으로 이름을 남길지도 모른다는 희미한 예감(豫感)이 새벽안개처럼 조용히 그의 마음에 내려앉고 있었다.

02
속죄 (贖罪)

정중부(鄭仲夫)의 시대가 끝나고, 최씨 정권(崔氏政權)이 들어섰다. 칼 위에 칼을 쌓아 올리던 무신정권(武臣政權)의 초창기와 달리, 서로서로 베는 일은 눈에 띄게 줄어들었다. 조정(朝廷)의 문서는 한결 정갈해졌고, 궁궐(宮闕)의 조회(朝會)도 형식만큼은 제법 질서(秩序)

를 갖추었다. 겉보기에는 나라가 조금씩 안정(安定)을 되찾는 듯 보였다. 그러나 그것은 썩은 나무에 옻칠한 것과 다르지 않았다. 겉껍질은 번들거렸지만 속은 이미 벌레가 파먹고 있었다. 그 사실(史實)을 증명하듯, 어느 날부터 북쪽에서 낯선 이름이 흘러들어왔다.

"몽골(蒙古)이라더라."

"말을 탄 사람들이래. 평생 말 위에서 산다던데."

처음 사람들은 그 말을 그저 또 하나의 오랑캐 이름쯤으로 여겼다. 고려(高麗)는 이미 수많은 북방(北方) 세력을 상대해 온 나라였다. 여진(女眞)도 있었고, 거란(契丹)도 있었다. 몽골(蒙古)이라는 이름 역시 그 연장선(延長線)쯤으로 생각했다. 그러나 그 이름은 그렇게 가볍게 흘려보낼 수 있는 것이 아니었다. 몽골군(蒙古軍)은 북쪽 변방(邊方)을 불태우며 내려왔다. 성(城)과 성(城) 사이를 건너뛰었고, 산(山)과 들판(野)을 가리지 않았다. 말발굽이 지나간 자리에는 탄 냄새와 피 냄새가 뒤섞인 빈터만 남았다. 조정(朝廷)은 머뭇거렸다. 싸우자니 힘이 모자랐고, 항복(降伏)하자니 왕조(王朝)의 체면(體面)이 무너질 터였다.

결국 최우(崔瑀)와 고종(高宗)은 선택했다. 전쟁터가 아닌 곳으로 물러나는 선택을. 임진년(壬辰年) 1232년, 수도(首都)를 개경(開京)에서 강화도(江華島)로 옮긴다는 결정(決定)이 내려졌다. 그 소식이 전주(全州)까지 전해졌을 때, 사람들은 한동안 말이 없었다. 마치 서로의 얼굴에서 먼저 반응을 읽어야 한다는 듯, 장터에 모인 이들은 잠시 서로를 바라보기만 했다.

"수도를… 섬으로 옮긴다고?"

장터 한쪽에서 노인(老人) 하나가 헛웃음을 터뜨렸다.

"우리가 배만 타면 되는 줄 아나 보지. 섬으로 가는 게 나라를 지키는 길이라니, 참말로 묘한 세상이야.”

그 말은 조심스러웠지만, 그 안에는 분명한 체념(諦念)이 섞여 있었다. 조정(朝廷)의 문서에는 '항전(抗戰)'이라는 글자가 적혔고, 강화도(江華島)에는 삼중성(三重城)이 쌓였다. 깃발(旗幟)은 바람에 펄럭였고, 절(寺)에서는 나라를 위한 기도(祈禱)가 이어졌다. 그러나 그 모든 글과 기도(祈禱)는 바다 이편 육지(陸地) 위에 널브러진 시신(屍身)들의 냄새를 막지 못했다. 몽골군(蒙古軍)은 강화도(江華島)의 성(城)을 굳이 두드릴 생각이 없었다. 섬(島)은 바다에 둘러싸여 있었고, 성(城)은 견고(堅固)했다. 괜한 피해(被害)를 볼 이유가 없었다. 대신 그들은 육지(陸地)를 선택했다. 마음껏 짓밟을 수 있는 곳. 반격(反擊)의 위험이 적은 곳. 그들의 말발굽은 논(畓)을 짓밟았고, 집(家)과 창고(倉庫)를 불태웠으며, 사람들을 끌고 가는 데 주저함이 없었다. 그 불길은 전주(全州) 근처까지 번져왔다. 여름에 익어가던 벼 이삭은 한순간에 시커먼 잿더미로 변했고, 가을걷이를 준비하던 농부(農夫)는 하루아침에 가족을 잃고 혼자 남았다. 겨울이 오자, 눈(雪) 아래에서도 탄 냄새가 올라왔다. 아이들은 눈을 가리키며 말했다.

“눈이 하얀 재(災) 같아요.”

어른들은 그 말에 대답(對答)하지 못했다. 대답한다는 것은, 그 재가 무엇에서 비롯되었는지를 인정(認定)하는 일이었기 때문이다.

그 와중에도 이씨(李氏) 집안은 사람들을 버티게 해야 했다. 이린(李璘)이 전주(全州)로 낙향(落鄕)한 뒤, 이씨(李氏) 집안은 다시 이 지역의 유력한 토호(土豪)로 자리 잡았다. 개경(開京)에서의 무반(武班) 경력은 완전히 사라지지 않았고, 고려(高麗) 중기(中期)에는 다시 무반직(武班職)을 얻어 중앙(中央)과 느슨하게나마 연결되었다. 그러나 무신정변(武臣政變)의 비극(秘極) 이후, 이씨(李氏) 집안은 최대한 눈에 띄지 않는 방식으로 살아가려 애썼다.

"칼로 올라가던 시대는 끝났다. 이젠 쟁기(耕具)를 잡고 버텨야 한다."

할아버지(祖父)는 늘 그렇게 말했다. 그 말에는 단념(斷念)이 아니라, 결연(決然)함이 담겨 있었다. 칼을 쥐지 않겠다는 선택은 비겁(卑怯)이 아니라, 살아남기 위한 지혜(智慧)였다. 그러나 세상은 그들을 가만히 두지 않았다. 몽골(蒙古)의 침략(侵掠)과 함께, 토호(土豪)라 불리는 집안들의 책임(責任)은 오히려 더 무겁게 내려앉았다. 군량(軍糧)을 빼앗기고, 장정(壯丁)을 내보내고, 피난(避難) 온 유민(流民)들을 먹여 살려야 했다. 조정(朝廷)은 강화도(江華島)에서 항전(抗戰)을 외쳤지만, 그 항전(抗戰)의 비용은 고스란히 육지(陸地)의 백성(百姓)들에게 전가(轉嫁)되었다. 그 속에서 자란 아이가 바로 이안사(李安社)였다. 그는 어릴 때부터 묘한 공기 속에서 자랐다. 밖에서는 사람들 입에 '역적(逆賊) 이의방(李義方)의 후손(後孫)'이라는 말이 돌았고, 대문(大門) 안에서는 '그래도 저 집 덕에 살아남았다'라는 감사(感謝)의 말이 함께 오갔다. 두 말은 서로 모순(矛盾)처럼 보였지만, 이 시대에는 너무도 자연스러운 동거(同居)였다. 어느 겨울밤, 어머니(母) 무릎을 베고 누워 있던 어린 이안사(李安社)가 물었다.

"어머니, 우리는… 나쁜 집안이에요, 좋은 집안이에요?"

어머니(母)는 잠시 손길을 멈추었다. 그리고 다시 천천히 그의 머리를 쓸어 넘겼다.

"우리는… 죄(罪)를 지은 집안이기도 하고, 죄를 갚으려 하는 집안이기도 하지."

"죄를 갚는다는 건 뭐예요?"

"사람을 살리는 거야. 옛날에 사람을 많이 죽인 집안이라면, 이제는 사람을 많이 살려야 하는 거지."

그 말은 어린 이안사(李安社)의 마음 깊숙이 박혔다. 사람을 살리는 것이 곧 조상(祖上)의 죄(罪)를 씻는 길이라는 생각. 그것은 서당(書堂)에 없는 가르침이었지만, 그의 삶을 지배하는 문장(文章)이 되었다.

세월이 흘러 몽골(蒙古)의 침략(侵掠)이 본격화되고, 강화도(江華島)가 왕도(王都)의 역할을 하는 동안, 이안사(李安社)는 점점 더 사람을 살리는 일에 마음이 쏠렸다. 흉년(凶年)이 들면 그는 도지세(賭地稅)를 거두는 대신 창고(倉庫) 문을 열었다. 굶어 죽어갈 농부(農夫)들에게 곡식을 나누어 주었고, 부역(賦役)으로 끌려가면 돌아오지 못할 과부(寡婦)의 외아들에게 대신 돈을 대어 병역(兵役)을 면제받게 해 주기도 했다. 몽골군(蒙古軍)이 지나간 마을에서 떠돌다 전주(全州)까지 흘러온 유민(流民)들에게는 집 한쪽에 움막을 짓게 하고, 버려진 땅을 나누어 농사를 짓게 했다. 그 곁에는 언제나 이안사의 부인 이씨(李氏)가 있었다. 그녀는 어린 시절 바다를 보며 자랐다. 전주(全州)에서 가장 가까운 바다는 군산(群山)이었지만, 그곳까지는 백 리(百里)가 넘는 길이었다. 어수선한 세상에서 여자 혼자 갈 수 없는 거리였다. 가마(輔)를 타고 수행(隨行)을 붙여도 왕복 육 일은 족히 걸렸다. 산(山)과 바다(海) 사이에서 자란 탓인지, 그녀의 눈빛에는 묘한 단단함이 있었다. 세상을 너무 가까이에서도, 너무 멀리에서도 보지 않는 시선(視線).

"이곳에도 바다가 있으면 좋겠어요."

전쟁(戰爭)의 냄새가 짙어질 무렵, 그녀가 불쑥 그렇게 말한 적이 있었다.

"바다요?"

이안사(李安社)가 묻자, 이씨 부인(李氏 夫人)은 산등성(山稜)을 바라보며 말했다.

"파도(波濤)가 쓸고 가면, 뭐라도 새로 시작할 수 있을 것 같아서요.

육지(陸地)는 너무 오래된 것들이 자리를 지키고 있잖아요. 피도, 죄도, 억울함도 다 땅속에 박혀 있으니.”

그때는 그 말의 깊이를 온전히 이해하지 못했다. 그러나 훗날 삼척(三陟)의 바다 앞에 서게 되었을 때, 이안사(李安社)는 그날의 눈빛을 기억하고야 말았다. 그 웅대(雄大)하고 장엄(莊嚴)한 기운(機運)이 서려 있는 천하(天下)의 눈빛을.

역사(歷史)는 계속해서 이씨(李氏) 집안을 난세(亂世)의 중심으로 밀어 넣었다. 몽골(蒙古)의 공격(攻擊)이 거듭되고, 강화도(江華島)에서의 항전(抗戰)이 길어질수록, 육지(陸地)의 백성(百姓)들은 점점 더 가난해졌다. 그러던 어느 해, 전주(全州)에도 본격적인 방어전(防禦戰)이 선포(宣布)되었다.

“전주 산성(山城) 방어(防禦)에 나설 자를 뽑아라!”

조정(朝廷)의 명(命)이 내려왔다. 그리고 자연스럽게, 이안사(李安社)의 이름도 그 명단에 올랐다. 전주(全州)의 유력한 토호(土豪), 무반(武班) 직함을 가진 자, 그리고 집안에 장정(壯丁)을 거느린 자. 아전(衙前)이 찾아와 말했다.

“산성(山城)으로 올라가시지요.”

이안사(李安社)는 잠시 눈을 감았다가 떴다.

“알겠소.”

그는 거부(拒否)할 생각이 없었다. 이 땅에서 태어나 이 땅을 먹고 사는 이상, 전쟁(戰爭)이라 해서 피할 수 없는 일이었다. 산성(山城)으로 올라간 날은 눈발이 잦던 초겨울이었다. 산성(山城) 아래로 전주(全州) 평야(平野)가 펼쳐져 있었고, 그 너머에는 몽골군(蒙古軍)이 남기고 간 검은 상처들이 점처럼 박혀 있었다. 산성(山城) 안에는 이미 여러 고을에서 모인 군졸(軍卒)과 관리(官吏)들이 뒤엉켜 있었다. 그 가운데 한 사람이 눈에 띄었다.

'산성 별감(別監) 박윤석(朴允碩)'

누런 얼굴에 매서운 눈매, 입가에는 늘 비웃음이 걸려 있었다. 그의 눈은 사람을 사람으로 보기보다, 계산해야 할 수치(數値)처럼 훑었다.

"전주의 이씨(李氏)라더니, 얼굴에 기개(氣槪)가 있구먼."

첫 대면(對面)에서 그가 말했다.

"무신정권(武臣政權) 때부터 전주 이씨(全州 李氏)는 이름이 높았지. 물론, 이름이 높으면 떨어질 때도 요란한 법인데."

이안사(李安社)는 허리를 숙여 예(禮)를 갖췄다.

"저는 그저 산성(山城)을 지키라는 명(命)을 받아 올라온 자일 뿐입니다. 명하시는 대로 따르겠습니다."

그 말은 겸손(謙遜)이었지만, 동시에 자신을 보호하는 방패(防牌)였다. 그가 조금만 더 나섰다가는, '이의방(李義方)의 후손(後孫)'이라는 말이 다시 칼날처럼 되살아날 것이 분명했기 때문이다. 하지만 시간이 갈수록, 두 사람 사이의 틈새는 점점 더 벌어졌다. 산성(山城)은 사람을 깎아 먹는 곳이었다. 몽골군(蒙古軍)이 아직 성(城)을 직접 두드리지 않는 동안에도, 추위(寒冷)와 병(病), 그리고 굶주림(飢餓)이 먼저 사람들을 쓰러뜨렸다. 밤이면 성안(城內) 곳곳에서 기침 소리와 신음이 이어졌고, 아침이면 누군가의 자리가 비어 있었다. 그때마다 이안사(李安社)는 생각했다. 외부(外部)를 칼로 지키는 성(城)보다, 내부(內部)의 사람을 지키는 일이 더 어렵다는 것을. 그리고 그는 알았다. 이 싸움은 몽골군(蒙古軍)과의 전투(戰鬪)만이 아니라, 사람이 사람으로 남기 위한 싸움이라는 것을.

　겨울이 깊어가던 어느 날이었다. 산성 위의 공기는 날카롭게 얼어붙어 있었고, 창고(倉庫) 앞 바닥에는 전날 내린 눈이 반쯤 녹은 채 얼음처럼 굳어 있었다. 군량(軍糧) 창고는 산성 안에서도 가장 엄중하게 지켜지는 곳이었다. 굶주림이 성안을 잠식할수록, 창고(倉庫)의 문(門)은 더 두꺼워졌고, 문 앞에 서는 군졸(軍卒)들의 눈빛도 점점 더 날이 섰다. 그날도 몇 명의 농부(農夫)가 군량(軍糧)을 실어 나르고 있었다. 지게 위에는 보리쌀 자루가 얹혀 있었고, 자루 끝에서는 부스러기가 조금씩 떨어졌다. 그 부스러기 하나에도 눈길이 쏠리는 시절(時節)이었다. 농부의 뒤를 따라오던 아이 하나가 있었다. 열 살 남짓 되어 보이는 아이였다. 얼굴은 핼쑥했고, 볼은 들어가 있었으며, 입술은 바람에 터져 있었다. 아이는 아버지의 지게를 붙들고 한 걸음 한 걸음 따라오다가, 창고 앞에서 잠시 멈춰 섰다. 아이의 시선은 창고 문틈에 고정되어 있었다. 바람에 문짝이 조금 흔들릴 때마다, 안쪽에서 곡식(穀食) 냄새가 새어 나왔다. 아이는 무의식적(無意識的)으로 침을 삼켰다. 이미 며칠째 제대로 먹지 못한 상태였다. 죽(粥) 한 그릇으로 하루를 버티는 것도 사치(奢侈)가 된 지 오래였다. 아이의 손이 떨리며 문틈으로 들어갔다. 바닥에 떨어진 보리쌀 몇 알이면 충분했다. 그 정도라면 아무도 모를 거라고, 아이는 생각했을 것이다. 아니, 생각할 힘조차 없었을지도 모른다. 그 순간, 군졸의 외침이 공기를 찢었다.

　"거기서 뭐 하는 놈이냐!"

　아이의 손이 움찔했다. 굳어버린 손가락이 미처 빠져나오기도 전에, 군졸 하나가 달려와 아이의 팔을 거칠게 낚아챘다. 보리쌀 몇 알이 눈 위로 흩어졌다. 군졸의 얼굴에는 분노(憤怒)와 두려움이 뒤섞여 있었다. 전시(戰時)의 군졸은 늘 그랬다. 규율(規律)을 어기면 자신이 처벌(處罰)받을 수 있다는 두려움, 그리고 그 두려움을 감추기 위해 더 잔혹(殘酷)해지는 분노(憤怒).

"군량에 함부로 손대는 자는 군율(軍律)로 처단(處斷)한다!"

그는 그렇게 외치며 아이의 배를 발로 걷어찼다. 아이의 몸이 공중에서 반쯤 뒤틀리며 눈 위로 떨어졌다. 둔탁한 소리와 함께 아이는 숨을 몰아쉬다가, 결국 위 속의 것을 토해냈다. 하얀 눈 위에 퍼지는 것은 피 섞인 침과 시큼한 냄새뿐이었다. 먹은 것이 거의 없었기에, 토해낼 것도 많지 않았다. 그 광경(光景)을 본 농부(農夫)가 지게를 내팽개치듯 내려놓고 바닥에 엎드렸다. 무릎이 눈에 파묻혔지만, 아픔을 느낄 겨를이 없었다.

"제 잘못입니다, 나으리…!"

농부의 목소리는 갈라져 있었다.

"제가 아이를 데리고 온 게 잘못입니다. 아이가 배가 고파서… 그만, 그만 욕심(慾心)을 부린 겁니다. 아이만 살려주시오. 저를 벌하시든지, 곤장을 치시든지, 아이만은…"

말끝이 흐려졌다. 농부는 이마를 땅에 찧었다. 얼음처럼 굳은 바닥에 피가 배어 나왔지만, 그는 고개를 들지 않았다. 그에게는 체면(體面)도, 자존(自尊)도 이미 없었다. 남은 것은 아이 하나뿐이었다.

그때, 이안사(李安社)가 그 광경을 보게 되었다. 산성의 순찰(巡察)을 마치고 돌아오던 길이었다. 그는 멀리서 아이가 쓰러지는 모습을 보았고, 농부가 엎드려 비는 소리를 들었다. 그 소리는 군졸의 고함(高喊)보다도 더 날카롭게 그의 귀를 찔렀다. 그는 잠시 발걸음을 멈추었다. 전시(戰時)의 산성에서 이런 장면은 드물지 않았다. 그러나 그는 그대로 지나칠 수 없었다.

"그만두시오!"

그의 목소리는 크지 않았지만, 단호(斷乎)했다. 군졸과 농부, 그리고 주변에 모여들던 사람들의 시선이 한꺼번에 그에게 쏠렸다. 이안사(李安社)는 군졸 앞에 섰다. 눈빛은 차분(差分)했으나, 흔들림이 없었다.

"군량에 손대는 것이 죄(罪)라면, 그 죄(罪)를 묻는 것은 아이가 아니라 어른들이오."

군졸이 입을 열려 했지만, 이안사(李安社)는 말을 이었다.

"아이를 굶긴 어른들, 아이를 여기까지 데리고 올 수밖에 없게 만든 세상, 그리고 이 산성을 이렇게 만든 우리가 모두 그 죄(罪)를 나누어 져야지. 아이에게 곤장을 치는 것이 군율을 세우는 길은 아니오."

군졸의 얼굴이 굳었다. 규율(規律)을 들이밀면 더 때릴 수도 있었다. 군율(軍律)에는 '군량 절도는 중죄(重罪)'라고 분명히 적혀 있었다. 그러나 이안사(李安社)는 단순한 토호(土豪)가 아니었다. 무반(武班) 직함을 가진 자였고, 산성 방어에 참여한 책임자(責任者) 중 하나였다. 무엇보다, 그의 눈빛에는 더 이상 물러서지 않겠다는 뜻이 분명히 담겨 있었다. 군졸은 잠시 이를 악물다가, 결국 한발 물러섰다.

"……알겠습니다."

그 한마디에는 체념(諦念)과 안도(安堵)가 함께 섞여 있었다. 군졸도 알고 있었다. 아이를 죽여서 지킬 군량이 아니라는 것을. 다만, 그렇게 말할 수 없는 자리였을 뿐이다. 이안사(李安社)는 아이에게 다가갔다. 아이는 여전히 숨을 헐떡이고 있었다. 그는 아이를 조심스럽게 들어 올렸다. 아이의 몸은 깃털처럼 가벼웠다. 뼈와 살이 분리된 듯한 무게였다. 이안사(李安社)는 아무 말 없이 아이를 등에 업고 자신의 막사(幕舍)로 향했다. 막사(幕舍) 안은 차가웠지만, 바람은 막을 수 있었다. 산성에 함께 따라온 여자 종 하나가 그를 보고 급히 움직였다. 그녀는 상황(狀況)을 묻지 않았다. 이미 이런 장면에 익숙해져 있었기 때문이다. 그녀는 보리죽을 끓여 왔다. 죽은 묽었지만, 따뜻했다. 이안사(李安社)는 아이의 입에 숟가락을 가져갔다. 처음에는 아이가 고개를 돌렸다. 그러나 몇 숟갈이 지나자, 아이의 손이 본능(本能)처럼 그릇을 붙잡았다. 천천히, 그러나 분명하게 아이의 숨이 가라앉기 시작했다. 이안사(李安社)는 이불을 덮어주며 아이의 얼굴을 살폈다. 창백(蒼白)했던 얼굴에 아주 미미한 혈색(血色)이 돌아오고 있었다. 그는 그 모습을 보며 마음속으로 생각했다.

'이 아이 하나를 살리는 일이, 이 산성을 지키는 일보다 어쩌면 더 어려운 일일지도 모른다고.'

그날의 일은 곧 산성 안에 퍼져나갔다.
"이안사(李安社)가 아이를 살렸대."
"군량 창고 앞에서 말렸다고 하더라."
"그 집안, 괜히 사람들이 믿는 게 아니구먼."
말은 조용히 퍼졌지만, 그 파장(波長)은 작지 않았다. 굶주림(飢餓)과 공포(恐怖) 속에서 사람들은 누군가의 선택(選擇)을 오래 기억한다. 특히 그 선택(選擇)이 칼이 아니라 사람을 향했을 때, 그 기억은 더 깊이 남는다. 그날 이후, 산성의 공기는 아주 조금 달라졌다. 여전히 춥고, 여전히 배고팠지만, 사람들은 알게 되었다. 이 성안에는 군율(軍律)만 있는 것이 아니라, 사람을 먼저 보는 눈도 남아 있다는 사실을. 그리고 이안사(李安社)는 알았다. 자신이 택한 길은 절대 안전(安全)하지 않다는 것을. 그러나 동시에, 이 난세(亂世) 속에서 자신이 지켜야 할 것이 무엇인지도 분명해졌다는 것을. 그는 그날 밤, 막사(幕舍) 바깥에서 불어오는 찬 바람을 맞으며 조용히 중얼거렸다.

"사람을 살리는 일이, 우리가 감당(堪當)해야 할 전쟁(戰爭)이구나."

그 말은 누구에게 들려주기 위한 것이 아니었다. 그저, 자신에게 내리는 또 하나의 명령(命令)이었다.

"전주의 이씨 나리는 군량을 나눠 먹인다더라."

"아이 하나 살리려고 군율(軍律)까지 어긴다네."

그 말은 바람처럼 산성 안을 돌았다. 처음에는 수군거림이었고, 다음에는 확인(確認)이었으며, 곧 평판(評判)이 되었다. 사람들은 굶주림(飢餓) 속에서도 누군가의 선택(選擇)을 곱씹었다. 그리고 그런 소문(所聞)은 반드시, 절대 들어가서는 안 될 귀로 흘러 들어가기 마련이었다.

산성 별감(別監) 박윤석(朴允碩)의 귀였다.

"규율(規律)은 규율(規律)이다. 또한 규율은 엄중(嚴重)한 법, 그리고 지켜져야 하는 것!"

그는 그렇게 말하며, 탁자 위에 놓인 군율(軍律) 문서를 손끝으로 두드렸다. 마치 그 문서가 살아 있는 생물(生物)인 양, 자신의 손길을 받아야 안심(安心)하는 것처럼.

"전쟁터(戰爭)에서는 법(法)이 곧 생명(生命)이다. 법(法)이 흐트러지면, 성도 무너진다."

곁에 서 있던 향리(鄕吏―고려 시대의 관아의 아전) 하나가 고개를 끄덕였다. 그러나 박윤석(朴允碩)의 시선은 이미 다른 곳을 향해 있었다. 성안 어딘가에서, 조용히 사람들의 마음을 끌어당기고 있는 한 사내. 전주의 이씨, 이안사(李安社).

"그런데 말이야."

박윤석(朴允碩)은 입꼬리를 비틀어 올리며 말을 이었다.

"전주의 이씨들은 늘 예외(例外)를 만들려 하네. 규율(規律) 앞에서도, 군율(軍律) 앞에서도 말이야."

그의 말에는 단순한 비판(批判) 이상의 것이 담겨 있었다. 오래 묵은 기억(記憶), 혹은 기억(記憶)처럼 굳어버린 편견(偏見). 그는 잠시 말을 멈추고, 천천히 술잔을 들어 올렸다.

"아직도 기개(氣槪)가 하늘을 찌르네, 그려."

그 말끝에는 분명한 비꼼이 있었다.

"경인년(庚寅年, 1170년 무신정변)에는 그 칼로 나라를 뒤집고, 이제는 인정(人情)으로 사람을 뒤집겠다는 건가?"

방 안의 공기가 잠시 굳었다. 박윤석(朴允碩)은 그 침묵(沈默)을 즐겼다. 그는 알고 있었다. 이 말이 단순한 험담(險談)이 아니라, 정치적(政治的) 신호(信號)라는 것을. 이안사(李安社)는 산성 안에서 점점 눈에 띄고 있었다. 그것은 위험한 징조(徵兆)였다. 전쟁(戰爭)터에서는 칼을 잘 쓰는 자보다, 사람을 모으는 자가 더 위협적(威脅的)이다. 박윤석(朴允碩)의 눈에 이안사(李安社)는 결코 단순한 '양민(良民)'이 아니었다. 그는 백성(百姓)의 마음을 얻고 있었고, 동시에 군졸(軍卒)들의 마음마저 얻고 있었다. 군졸(軍卒)들은 명령(命令)에 따라 움직였지만, 마음으로는 이안사(李安社)의 선택(選擇)을 이해(理解)하고 있었다. 박윤석(朴允碩)은 그것이 무엇을 의미하는지 정확히 알고 있었다. 사람의 마음을 얻는 자는, 언젠가 명령(命令)을 대신한다. 그것은 산성(山城)이라는 작은 공간에서 더욱 치명(致命)적인 힘이었다.

"아직도 칼로 뭔가를 하려는 건 아니겠지?"

그는 그렇게 말하며 웃었다. 그러나 그 웃음에는 서늘한 기운(氣運)이 서렸다. 그의 머릿속에는 이미 한 장면이 그려지고 있었다.

오래전 개경(開京)의 궁궐(宮闕), 피로 물든 현장, 그리고 칼을 앞세워 권세(權勢)를 움켜쥐던 이씨 집안의 그림자. 이의방(李義方)이라는 이름. 반역(反逆)과 폭력(暴力)의 상징(象徵)처럼 남아 있는 그 이름은 박윤석(朴允碩)에게 있어 언제든 꺼내 쓸 수 있는 칼날이었다.

"전주의 이씨(李氏)라….."

그는 혼잣말처럼 중얼거렸다.

"본래 무인(武人) 집안이지. 칼로 먹고살던 집안이었고, 칼로 망한 집안이기도 하고."

그는 그 사실을 즐기듯 곱씹었다. 이안사(李安社)가 아무리 사람을 살리려 애써도, 그의 혈관(血管) 속에는 그 피가 흐르고 있다는 듯이.

산성 안에서는 그런 일들이 계속해서 쌓였다. 부역(賦役)으로 끌려 올라온 농부(農夫)들이 과도한 노동(勞動)에 쓰러질 때마다, 이안사(李安社)는 그들을 챙겼다. 말없이 물을 내어주고, 일을 줄이도록 중재(仲裁)했다. 죽은 자가 나오면, 그는 이름을 묻고 가족(家族)이 있는지 확인(確認)하고, 묘(墓)를 제대로 써주려 했다. 그것은 전쟁(戰爭)터에서는 지나치게 사치(奢侈)스러운 행동처럼 보일 수 있었다.

"지금 이 판국에 죽은 놈 이름 하나하나 챙길 겨를이 어딨나?"

박윤석(朴允碩)은 코웃음을 쳤다.

"죽은 자는 이미 쓸모가 없다. 산 사람을 움직이는 게 먼저지."

그러나 그 말은, 곧바로 그의 불안(不安)을 드러내는 말이기도 했다. 이안사(李安社)는 죽은 자의 이름을 기억(記憶)하게 만들고 있었다. 그리고 그것은 산 사람들의 마음을 더 단단히 묶는 일이었다. 박윤석(朴允碩)은 그것이 두려웠다. 자신은 규율(規律)과 공포(恐怖)로 사람들을 묶고 있었지만, 이안사(李安社)는 기억(記憶)과 책임(責任)으로 사람들을 붙잡고 있었다.

"사람을 너무 귀하게 여기면, 그게 화(禍)가 되는 법인데."

그는 그렇게 말하며, 속으로는 다른 말을 삼켰다.

'저 사내는 내가 쌓아온 이 자리를 위태(危殆)롭게 만들 수 있다.'

질투(嫉妬)는 그 순간(瞬間) 분명(分明)해졌다. 박윤석(朴允碩)은 인정(認定)하고 싶지 않았지만, 인정(認定)하고 있었다. 이안사(李安社)는 자신이 가지지 못한 것을 가지고 있었다. 사람들의 신뢰(信賴), 그리고 그 신뢰(信賴)를 두려워하지 않는 담담함. 그것은 칼이나 관직(官職)으로는 얻을 수 없는 것이었다.

'조심하게, 전주의 이씨….'

그는 마음속으로 중얼거렸다.

"이 산성에서는, 인정(人情)이 칼보다 날카로울 수도 있다는 걸… 내가 먼저 보여주게 될 테니."

그 경계(警戒)는 아직 말로 드러나지 않았다. 그러나 이미 산성 안 어딘가에서, 두 사람의 길은 서로를 향해 천천히, 그러나 분명하게 좁혀지고 있었다. 이것은 몽골(蒙古)과의 싸움이 아니었다. 사람을 어떻게 다스릴 것인가를 두고 벌어지는, 또 하나의 전쟁(戰爭)이었다.

04
희생 (犧牲)

어떤 사건은 거창(巨創)함으로 시작되지 않는다. 오히려 오래전 묻어 두었던 기억(記憶)이 가장 약한 틈을 찾아 스며들 때 비로소 모습(模襲)을 드러낸다. 이안사(李安社)와 박윤석(朴允碩) 사이에 찾아온 균열(龜裂) 또한 그러했다. 그것은 소리 없이 시작되었고, 그래서 더욱 깊고 치명적(致命的)이었다. 그 이름은 '연화(蓮花)'였다. 성(性)도 없었던 그런 인생(人生)이었다. 그러나 그 이름은 처음부터 그녀의 것이 아니었다. 본래 그녀의 이름은 '분이(粉伊)'였다. 이름조차 배고파서 쌀가루라도 많이 먹으라고 해서 그 가난한 부모가 지어 준 것이다. 전주(全州) 서쪽 끝, 논과 밭의 경계(境界)가 무너진 곳에 붙어 있던 초라한 초가(草家)의 딸. 비가 오면 지붕에서는 물이 떨어졌고, 겨울이면 문풍지(門風紙)가 찢어진 틈으로 바람이 집 안을 할퀴었다. 분이는 그런 집에서 태어났다. 태어날 때부터 가진 것이라곤 고운 얼굴과 이상할 만큼 또렷한 눈빛뿐이었다.

열 살 무렵, 분이는 처음 이안사(李安社)의 집에 들어왔다. 어머니는 병(病)으로 눕고, 아버지는 품팔이를 전전(轉轉)하며 아이를 돌볼 수 없게 되었기 때문이다. 이안사(李安社)의 집은 아이를 다른 대가댁처럼 머슴으로 부리지 않았다. 마당을 쓸게 하고, 물을 긷게 하고, 심부름시켰지만, 여유(餘裕)가 있을 때면 서당(書堂) 마루 끝에 앉혀 글자를 가르쳤다. 분이는 글을 빠르게 익혔다. 그러나 그 아이는 외우는 데 급하지 않았다. '산(山)'과 '물(水)'을 구분(區分)한 뒤에도, '사람인(人)' 자를 한참 들여다보았다. 획 두 개로 서 있는 그 글자가, 왜 사람을 뜻하는지 오래 생각했다. 세상을 받아들이되, 함부로 삼키지 않는 눈. 쉽게 부서질 것 같으면서도 쉽게 꺾이지 않는 눈이었다. 이안사(李安社)는 그 눈빛을 오래 기억(記憶)했다. 가야금을 처음 배운 날도 그랬다. 줄을 퉁기자 소리가 났고, 분이는 놀라 손을 떼었다가 다시 조심스럽게 줄을 눌렀다. 서툰 손끝에서 흘러나온 소리는 어눌했으나, 묘하게 오래 남았다. 그 모습을 보던 이씨 부인(李氏 夫人)은 한참 말이 없다가 낮게 말했다.

“이 아이는 소리를 기억(記憶)하네.”

그날 이후, 분이는 가야금(伽倻琴)을 사랑하게 되었다. 가야금은 말하지 않아도 되었고, 울어도 들키지 않는 악기(樂器)였다. 해 질 무렵이면 마당 끝에 앉아 낮고 조심스러운 소리로 줄을 탔다. 마치 자기 삶이 들킬까 두려워하는 것처럼. 그러나 세상은 고운 것을 오래 두지 않았다. 분이가 열다섯이 되던 해, 다시 흉년(凶年)이 들었다. 몽골과의 전쟁(戰爭) 준비(準備)라는 명목(名目) 아래 과중(過重)한 세금(稅金)이 내려왔고, 곡식(穀食)뿐 아니라 사람까지 요구되었다. 분이의 집은 더 이상 버틸 수 없었다. 그리고 또 하나의 잔인(殘忍)한 이유가 겹쳤다.

‘가인박명(佳人薄命)’

사람들은 그렇게 불렀다. 고운 얼굴은 보호(保護)가 아니라 표식(標識)이 되었다. 관아(官衙)의 아전(衙前)이 집을 찾았고, 선택(選擇)지는 없었다. 분이는 끌려갔다. 울음도, 저항(抵抗)도 허락(許諾)되지 않았다. 그날, 그녀는 자신의 이름을 잃었다.

“이제부터 네 이름은 연화(蓮花)다.”

연꽃처럼 떠 있되, 뿌리는 진흙에 묻힌 이름. 분이는 그 이름을 거부(拒否)할 힘도 이유도 없었다. 그날 밤, 그녀는 처음으로 가야금이 아닌 소리로 울었다. 그러나 그 울음은 아무에게도 닿지 않았다. 관기(官妓)가 된 연화는 여러 고을을 전전(轉轉)했다. 사람들의 눈빛은 늘 같았다. 원하되 책임(責任)지지 않는 눈, 위로(慰勞)하되 기억(記憶)하지 않는 눈. 그녀는 자신이 점점 사람이 아니라 역할(役割)이 되어 가는 것을 느꼈다. 그럼에도 연화는 정조(貞操)를 지켰다. 그것은 단순한 행운(幸運)이나 우연(偶然)이 아니었다. 북방(北方)의 전란(戰亂)으로 행정(行政)은 느슨했고, 기생(妓生) 점고(點考)는 뒷전으로 밀려났다. 그러나 그보다 더 큰 이유는 연화 자신의 기준(基準)이었다. 그녀에게 정조(貞操)란 순결(純潔)의 문제가 아니었다. 그것은 자기 삶의 마지막 경계선(境界線)이었다. 몸까지 빼앗기면 자신이 분이였던 시절, 사람으로 대우(待遇)받았던 기억(記憶), 글자를 배우고 소리를 배웠던 시간까지 모두 거짓이 되어 버릴 것 같았다. 정조(貞操)는 그녀가 아직 사람으로 남아 있다는 유일한 증거(證據)였다. 그것을 잃는 순간, 다시는 돌아올 수 없다는 것을 연화는 본능(本能)처럼 알고 있었다. 그해 겨울, 연화는 산성(山城)으로 올라왔다. 군심(軍心)을 달래고 장수들의 사기(士氣)를 높이기 위해 관기(官妓)들을 올리라는 명(命)이었다. 위로(慰勞)와 유흥(遊興), 전쟁(戰爭)의 공포(恐怖)를 잠시 잊게 해 주는 존재(存在). 그녀는 선택(選擇)하지 않았다. 그저 또 한 번 이동(移動)했을 뿐이었다.

산성(山城)에 오르던 날, 눈이 내리고 있었다. 가마 안에서 연화는 문득 전주(全州)의 마당을 떠올렸다. 가야금 소리, 서당(書堂) 마루, 이안사(李安社)의 조용한 눈빛, 이씨 부인(李氏 夫人)이 건네주던 따뜻한 죽 한 그릇. 그 기억(記憶)은 오래된 상처(傷處)처럼 아프면서도 사라지지 않았다. 산성(山城)에 도착(到着)했을 때, 연화는 고개를 들지 않았다. 그러나 익숙한 기척이 느껴졌다. 말을 아끼는 걸음, 사람을 내려다보지 않는 시선(視線). 연화는 천천히 고개를 들었다. 그곳에 이안사(李安社)가 서 있었다. 얼굴은 거칠어졌고, 눈에는 세월(歲月)이 내려앉아 있었으나, 그 눈빛만은 변하지 않았다. 아주 짧은 순간, 두 사람의 시선(視線)이 마주쳤다. 그 순간 연화는 알았다. 이 만남(邂逅)이 우연(偶然)이 아니라는 것을. 그리고 이안사(李安社) 역시 깨달았다. 이 여인이 단지 산성(山城)으로 끌려온 관기(官妓) 중 하나가 아니라는 것을. 그날 이후 산성(山城)의 공기는 눈에 띄게 무거워졌다. 칼보다 날카로운 것은 기억(記憶)이었다. 그리고 그 기억(記憶)의 이름이 연화였다.

　박윤석(朴允碩)은 연화를 노골적(露骨的)으로 불렀다. 술자리마다, 노래 뒤에도 곁에 두려 했다. 그러나 연화 앞에는 늘 해월(海月)이 섰다. 해월(海月)은 이 산성(山城)에 모인 관기(官妓)들 가운데 가장 오래 살아남은 여자였고, 그만큼 가장 많은 것을 잃은 사람이었다. 젊은 기생들이 겉으로는 웃고 있었으나, 속으로는 모두 알고 있었다. 이곳에서 함부로 무너지지 않고 버텨 온 질서(秩序)가 있다면 그것은 관아(官衙)의 법도(法度)도 남자들의 호의(好意)도 아니라, 해월(海月)의 존재(存在)라는 것을. 해월(海月)은 기생들의 우두머리였다. 행수(行首) 기녀라 불렸고 관아(官衙)에서도 함부로 대하지 못했다. 술자리를 정하고 노래의 순서를 정하며 누가 나서고 누가 빠질지를 가르는 사람이 해월(海月)이었다. 그러나 그 권위(權威)는 관아(官衙)가 부여(賦與)한 것이 아니었다. 수십 년을 버텨 온 시간과 그사이 수없이 대신 맞아 온 모욕(侮辱)과 폭력(暴力)이 만들어낸 자리였다. 그녀는 과거(過去) 큰 흉년(凶年)이 들었을 때, 이안사(李安社)의 집에서 곡식을 나누어 받아 목숨을 건진 적이 있었다. 어린 딸을 업고 울며 서 있던 날, 이안사(李安社)의 어머니는 묻지도 않고 쌀자루를 내주었다.

"사람이 먼저지."

그 한마디는 해월(海月)의 삶에 오래 남았다. 세상이 그녀를 관기(官妓)로 끌고 가고, 이름과 얼굴을 상품(商品)처럼 부르기 시작한 뒤에도, 그 집안만은 잊지 않았다. 그래서 연화가 이안사(李安社)의 집에서 자라며 글과 가야금을 배웠다는 사실을 알았을 때, 해월(海月)은 본능(本能)처럼 그 아이를 감싸야 한다고 느꼈다. 연화를 지키는 일은 단순(單純)히 한 아이를 보호(保護)하는 것이 아니었다. 그것은 해월(海月) 자신이 지금까지 살아남아 온 방식(方式)이었고, 언젠가 사람으로 대해(待遇) 주었던 한 집안에 바치는 마지막 충성(忠誠)이었다. 연화가 무너지면, 해월(海月)이 지켜 온 모든 기준(基準) 역시 함께 무너질 것 같았다. 그래서 박윤석(朴允碩)이 연화를 부를 때마다, 해월(海月)은 앞에 섰다.

"오늘은 몸이 성치 않습니다."

"며칠째 열이 내리지 않습니다."

"노래는 다른 아이로 대신하겠습니다."

처음 몇 번은 통했다. 박윤석(朴允碩)도 전란 중(戰爭中)에 앞두고 괜히 소란(騷亂)을 키우고 싶지는 않았기 때문이다. 그러나 몽골의 동향(動向)이 심상치 않고, 산성(山城) 안의 공기가 점점 험악(險惡)해질수록, 그의 인내(忍耐)는 빠르게 바닥났다. 권력(權力)이 흔들릴수록, 그는 더 노골적(露骨的)으로 힘을 확인(確認)하려 들었다. 눈이 굵게 내리던 밤이었다. 술기운에 얼굴이 벌겋게 달아오른 박윤석(朴允碩)은 군졸들을 이끌고 관기(官妓)들의 숙소(宿所)로 들이닥쳤다.

"연화를 들여라!"

해월(海月)은 반사적(反射的)으로 앞으로 나섰다. 늙은 몸이었지만, 그 순간만큼은 누구보다도 곧게 섰다. 그녀는 큰절을 올리며 말했다.

"별감(別監) 나리, 그 아이는 정말 몸이 아픕니다. 며칠째 열이 내려가지 않아…."

말이 끝나기도 전에 박윤석(朴允碩)의 얼굴이 일그러졌다.

"아프면 의원(醫員)을 부르면 될 것이지, 내 명(命)을 몇 번이나 거역(拒逆)하느냐! 천한 것이 감히 나를 속여?"

그는 군졸들에게 손을 내저었다. 그 손짓 하나로, 오랜 세월(歲月)

쌓아 온 질서(秩序)가 무너졌다.

"이 늙은 년을 끌어내 곤장(棍杖) 오십 대를 쳐라!"

숙소(宿所) 앞 마당에 곤장(棍杖) 틀이 놓였다. 해월(海月)은 묶이면서도 노여워하지 않았다. 첫 몽둥이가 떨어질 때, 그녀의 몸이 활처럼 휘었고, 피가 눈 위로 튀었다. 두 번째, 세 번째…. 눈 위에 떨어진 핏방울은 금세 식어 갔다. 연화는 방 안 구석에 웅크린 채 두 손으로 귀를 막았다. 그러나 소리는 막히지 않았다. 몽둥이가 살을 가르는 소리, 해월(海月)이 이를 악물고 삼키는 숨소리, 군졸들의 거친 욕설(辱說)이 손가락 사이로 스며들어 머릿속 깊은 곳까지 파고들었다. 그 새벽, 산성(山城) 위에는 피 냄새와 눈 냄새가 뒤섞여 떠돌았다. 그리고 그 순간, 이안사(李安社)는 분명히 깨달았다. 이 일은 더 이상 연화 한 사람의 비극(悲劇)으로 남지 않으리라는 것을. 자신과 박윤석(朴允碩) 사이에 그어졌던 마지막 선(線)은 이미 넘어갔다는 것을.

이 일 후, 연화는 아무도 모르게 산을 내려왔다. 붙잡히면 죽음(死亡)이었고, 붙잡히지 않더라도 돌아갈 곳은 없었다. 야반도주(夜半逃走). 그것은 도망(逃亡)이 아니라 살아남기 위한 마지막 선택(選擇)이었다. 그러나 그녀를 움직인 것은 정절(貞節)을 지키기 위한 연정(戀情)이 아니었다. 연화의 가슴 깊은 곳에는 사랑(愛)보다 더 오래 남는 것이 있었다. 존경(尊敬), 그리고 신앙(信仰)에 가까운 믿음(信念)이었다. 사람을 사람으로 대하던 눈빛, 힘을 가졌으나 함부로 휘두르지 않던 태도(態度). 그 기준(基準)을 더럽히지 않기 위해, 그 이름을 욕되게 하지 않기 위해, 연화는 자신을 지웠다. 이안사(李安社)의 곁에 머무르는 것은 그를 살리는 일이 아니라, 오히려 무너뜨리는 일임을 그녀는 알고 있었다. 그래서 떠났다. 자기 삶을 내어놓음으로써, 누군가의 삶을 지키기 위해. 산 아래로 내려가는 길은 어둡고 가팔랐지만, 연화의 걸음은 흔들리지 않았다. 그녀는 뒤돌아보지 않았다. 뒤돌아보는 순간, 결심(決心)이 무너질 것을 알았기 때문이다. 그날 밤, 산성(山城) 위에는 아무 말도 남지 않았다. 그러나 어떤 침묵(沈默)은 칼보다 깊이 사람의 가슴을 베어낸다. 그리고 그 침묵(沈默) 속에서, 이안사(李安社)는 알게 될 것이다. 연화의 떠남이 도망(逃亡)이 아니라, 자신이 지켜온 삶의 방식(方式)에 대한 가장 조용하고도 가장 단호(斷乎)한 응답(應答)이었다는 것을.

05
이탈 (離脫)

연화가 산을 내려갔다는 소식은 즉시 퍼지지 않았다. 오히려 그 반대였다. 산성(山城) 안에는 아무 말도 돌지 않았다. 누군가 의도적(意圖的)으로 입을 막으라고 지시(指示)한 흔적도 없었고, 소문을 덮기 위해 사람들을 불러 모은 기척(棄擲)도 없었다. 그저, 모두가 같은 선택(選擇)을 한 것처럼 침묵(沈默)했다. 말하지 않기로, 입에 올리지 않기로. 마치 이름을 부르는 순간, 되돌릴 수 없는 일이 시작될 것이라 믿는 사람들처럼. 그러나 어떤 부재(不在)는 소문보다 먼저 사람을 흔든다. 이름을 부르지 않아도, 빈자리는 자신을 드러낸다. 사람의 흔적은 남아 있는 물건이나 공간보다, 사라진 질서(秩序) 속에서 먼저 감지(感知)된다. 이안사(李安社)는 며칠이 지나서야 그것을 분명히 깨달았다. 연화가 더 이상 이 산성(山城) 안에 없다는 사실을. 노랫소리가 들리지 않았다. 술자리가 끝난 뒤면 어김없이 이어지던 가야금의 낮은 음이 사라졌다. 해 질 무렵이면 마당 끝, 사람들이 조금씩 흩어진 틈을 타 조심스럽게 울리던 소리. 누군가의 눈치를 살피며 현(絃)을 눌렀을 그 손길이, 더는 느껴지지 않았다. 마치 한 사람이 사라진 것이 아니라, 이곳을 지탱하던 어떤 미세(微細)한 균형(均衡) 하나가 빠져나간 듯한 느낌이었다. 누구도 그녀의 이름을 입에 올리지 않았다. 그러나 바로 그 침묵(沈默)이야말로 연화의 부재(不在)를 가장 분명하게 증명(證明)하고 있었다. 말하지 않음으로써 모두가 알고 있다는 사실, 그리고 알고 있음에도 감히 건드리지 못하고 있다는 사실이 동시(同時)에 드러났다.

그날 밤, 이안사(李安社)는 좀처럼 잠들지 못했다. 성벽(城壁) 위로 바람이 지나가며 돌을 긁는 소리가 귀에 오래 남았다. 그것은 단순한 바람 소리라기보다, 오래전부터 그의 등을 따라다니던 질문(質問)처럼 들렸다. 스스로 외면(外面)해 왔고, 애써 묻어 두었던 물음.
'나는 아직 여기에 있어도 되는가?'
그 질문은 단순히 산성(山城)에 머물 것인가, 전주(全州)로 돌아갈 것인가에 대한 판단(判斷)이 아니었다. 그것은 그가 평생 옳다고 믿어 온 삶의 방식(方式) 전체를 향한 질문이었다. 사람을 대하는 태도(態度), 권력(權力)과 거리를 유지하려 애써 온 선택들, 필요 이상의 폭력(暴力)을 끝까지 허락(許諾)하지 않으려 했던 고집이 과연 이 시대(時代)에도 의미(意味)가 있는지에 대한 의문(疑問)이었다. 그런데 그 의문은 어느 순간부터 모양을 바꾸었다. 처음엔 외적(外敵)의 위협(威脅)이었다. 몽골(蒙古)의 그림자, 전란(戰亂)의 소문, 불시에 무너질 수 있는 성벽(城壁)의 불안(不安). 그러나 시간이 지날수록 이안사(李安社)가 더 선명(鮮明)하게 느낀 것은 외부의 칼날이 아니었다. 산성(山城) 안, 사람들의 마음을 깎

아내리고 삶을 부수는 내부(內部)의 적(敵)이었다. 박윤식(朴允碩)이라는 이름으로 요약(要約)되는 폭력(暴力), 탐욕(貪慾), 그리고 '법'이라는 외피를 쓴 마음대로의 처분(處分). 외적(外敵)은 눈앞에서 사람을 죽인다. 그러나 내부의 적은 사람을 살려 둔 채 사람을 무너뜨린다. 해월(海月)이 곤장을 맞던 밤 이후, 이안사(李安社)는 자신이 더 이상 무엇을 지킬 수 있는지 자신에게 물었다. 그는 권력(權力)이 없지 않았다. 토지(土地)와 인맥(人脈), 사람들의 신뢰(信賴), 관아(官衙)도 함부로 무시(無視)하지 못하는 이름. 그러나 그 모든 것은 '공적(公的) 권력' 앞에서 모래처럼 흩어지는 힘이었다. 박윤식(朴允碩)이 군졸을 움직이고, 문서를 만들고, 형벌(刑罰)을 선언(宣言)하면, 이안사(李安社)의 이름은 종이보다 가벼워질 수 있었다. 그 사실이 그를 가장 괴롭혔다. 그는 '권력자'였지만, 동시에 '피(被) 권력자'였다. 힘이 있다는 이유로 선택(選擇)받아 이 자리에 올라섰으나, 정작 결정적(決定的)인 순간에는 아무도 구하지 못하는 한계(限界) 속에 갇혀 있었다. 연화와 해월 같은 존재를 지키려 애쓸수록, 그들은 더 큰 고통(苦痛)을 받았다. 지켜 주려 할수록, 그들의 상처(傷處)는 더 깊어졌다. 그 역설(逆說)이 이안사(李安社)의 숨을 막았다.

'떠남과 책임(責任)'

이안사는 더욱 깊숙이 어떤 생각으로 가득 차 있었다. 전주(全州)는 여전히 그에게 익숙한 땅이었다. 선대(先代)부터 내려온 토지(土地)와 집, 그를 믿고 따르던 소작인(小作人)들, 흉년(凶年)이 들 때마다 곡식을 나누며 맺어진 수많은 인연(因緣). 억울한 송사(訟事)가 생기면 관아(官衙)보다 먼저 그의 집 문을 두드리던 사람들. 그는 토호(土豪)였고, 호족(豪族)이었으며, 관아(官衙)와도 일정(一定)한 균형(均衡)을 유지(維持)해 온 인물이었다. 관(官)에 들지 않았으되 관을 무시(無視)하지 않았고, 권력(權力)을 멀리했으되 함부로 기대지 않았다. 그래서 '떠난다'라는 생각은 더욱 쉽지 않았다. 떠난다는 것은 단순히 거처를 옮기는 일이 아니었다. 그것은 그가 평생 쌓아 온 관계(關係)와 책임(責任), 그리고 '이안사라면 이럴 것'이라 믿어 온 사람들의 기대(期待)를 모두 내려놓는 일이었다. 남아 있는 것만이 책임이고, 떠나는 것은 배신(背信)처럼 여겨지는 자리였다. 그의 곁을 지키던 이들은 하나같이 반대(反對)했다.

"나리께서 떠나시면, 이 고을은 누가 지키겠습니까."

"지금 같은 시국(時局)에 자리를 비우면, 오히려 관아(官衙)의 의심(疑心)을 살 뿐입니다."

"별감(別監)이야말로 그걸 기다리고 있을지도 모릅니다."

그들의 말에는 충정(忠情)과 두려움(恐懼)이 뒤섞여 있었다. 그들은 알고 있었다. 이안사(李安社)가 전주(全州)에 버티고 있는 한, 박윤식(朴允碩) 같은 인물이 함부로 전주를 쥐락펴락하지 못한다는 것을. 그의 존재(存在) 자체가 하나의 경계선(境界線)이었다. 법(法)으로는 설명(說明)되지 않지만, 모두가 암묵적(暗默的)으로 인정(認定)해 온 선. 그러나 이안사(李安社)의 마음은 이미 그 논리(論理)에서 조금씩 멀어지고 있었다. 남아 있는 것이 과연 지키는 일인지, 아니면 지키는 척하며 더 많은 사람을 박윤식(朴允碩)의 손아귀에 남겨두는 일인지 그는 확신(確信)할 수 없었다. 해월(海月)이 곤장을 맞던 그 밤 이후, 그는 이곳에서 사람을 사람으로 지키는 일이 점점 불가능(不可能)해지고 있다는 예감(豫感)을 떨칠 수 없었다.

박윤식(朴允碩)은 더 이상 숨기지 않았다. 술자리에 불려 나오는 횟수는 잦아졌고, 말끝에는 노골적(露骨的)인 위협(威脅)이 묻어났다. 군졸들을 부리는 방식도 달라졌다. 필요 이상의 인원을 움직였고, 사소(些少)한 문제에도 형벌(刑罰)을 입에 올렸다. 그것은 질서(秩序)를 세우기 위한 행위(行爲)라기보다, 자신의 권력(權力)이 어디까지 미치는지를 확인(確認)하려는 몸짓에 가까웠다. 그리고 이안사(李安社)는 어느 날 문득 깨달았다. 연화가 산을 내려가 도피(逃避)하기 전까지의 박윤식(朴允碩)의 연화를 보는 눈이 그렇게 달라 있었다는 것을. 박윤식의 눈이 '연화'를 고집(固執)한 이유는 연화의 몸 때문만이 아니라는 것을. 박윤식은 연화의 눈이 어디를 향하는지 보고 있었다. 연화가 누구를 믿는지, 누구를 의지(依支)하는지, 누구의 이름을 마음속에서 지우지 못하는지. 그리고 그 믿음(信賴)의 방향이 곧 자신이라는 것도, 박윤식은 이미 감지(感知)했음을. 그 깨달음은 차갑게 이안사(李安社)의 등을 훑었다. 연화가 그의 집에 몸을 의탁(依託)하는 순간, 연화는 더 이상 관기(官妓)의 목록이 아니라, 이안사(李安社)의 '약점(弱點)'이 된다. 그리고 약점이 되는 순간, 박윤식(朴允碩)은 그 약점을 통해 그를 찢을 것이다. 그것은 예감(豫感)이 아니라 계산(計算)이었다. 박윤식의 방식은 단순했다. 힘이 필요한 순간마다, 그는 '법(法)'을 입에 올렸다. 관기 점고, 관아(官衙)의 권한(權限), 군율(軍律), 백성 통제(統制). '규정(規定)'을 방패로 삼아 사람을 치는 방식. 그가 원한다면, 연화는 다시 끌려갈 것이고, 해월 같은 이들은 또다시 '본보기'가 될 것이다. 더 끔찍한 것은, 그 모든 고통이 '이안사가 연화를 숨겼다.' '이안사가 관아의 질서(秩序)를 흐렸다'라는 말로 정당화(正當化)될 수 있다는 점이었다. 그 순간부터, 떠남은 단지 정치적(政治的) 판단이 아니라 윤리적(倫理的) 탈출(脫出)이 되었다. 이안사(李安社)는 전주(全州)를 지키기 위해 남는 것이 아니라, 전주에서 사람들이 더 이상 '사람'으로 살 수 없게 되는 현실(現實)을 막기 위해 떠나야 한다는 생각에 사로잡혔다. 외적(外敵)은 막을 수 없더라도, 적어도 내부의 적에게 무너져 가는 사람들을 다른 길로 **빼낼** 수 있다면, 그것이 자신의 남은 책임(責任)이라고 느꼈다. 그는 전주의 다른 지주(地主)들과 다시 마주했다. 그들은 은근히 그를 몰아세웠다.

"나리께서 떠나시면, 박윤식이 기세를 올릴 텐데 그걸 아십니까."

"지금 떠나는 건 결국 백성(百姓)들을 버리는 일입니다."

이안사(李安社)는 그 말들 앞에서 오래 침묵(沈默)했다. 그리고 마침내 말끝을 세웠다.

"내가 남으면 백성(百姓)들이 산다고 믿는가?"

"내가 여기서 버티는 동안, 박윤식이 칼을 접었다고 생각하는가?"

"그는 내게 직접 칼을 들지 않는다. 대신 내 주변을 자른다. 해월을, 연화를, 그리고 이름 없는 사람들을."

말을 내뱉고 나서야, 이안사(李安社)는 자신의 목소리가 떨리고 있음을 알았다. 분노(憤怒)와 수치(羞恥)가 함께 섞여 있었다. 그는 지주들이 아니라, 자기 자신에게 말하고 있는 듯했다.

'나는 무엇을 지킬 수 있는가? 나는 어디까지가 나의 힘으로 그들을 위할 수 있는가?'

그날 밤, 집 안은 조용했다. 아이들은 이미 잠들어 있었고, 등잔불 아래 아내는 말없이 그의 등을 내주었다. 오래 함께 살아온 사람만이 공유(共有)할 수 있는 침묵(沈默)이었다.

"당신 마음이 이미 떠났다는 걸 알아요. 그러면 목적지(目的地)는 어디인가요?"

"당신의 고향 삼척(三陟)이오, 늘 당신이 바다를 그리워했고, 답답한 전주(全州)와 비견(比肩)하여 삼척 고을의 아름다움(美麗)을 내게 말하지 않았소. 또한 땅과 바다가 있어 양쪽에서 먹을 것이 있다고 하지 않았소. 그리고 처가에서도 반가이 맞을 것이고 또한 거기도 사람사는 곳이니 살아지지는 않겠소.”

이씨 부인(李氏 夫人)은 물끄러미 그를 바라보았다. 그리고 옅은 미소로 응답(應答)했을 뿐이다. 이안사(李安社)는 아내를 보고는 숨을 천천히 내쉬었다. 혈족(血族)들과의 이야기는 길고 고통(苦痛)스러웠다. 남아야 한다는 이유와 떠나야 한다는 이유가 끝없이 오갔다. 아이들의 미래(未來), 노인들의 안위(安危), 함께 살아온 사람들의 생계(生計)가 하나하나 거론(擧論)될수록, 결정(決定)은 더욱 무거워졌다. 그러나 마지막에는 한 문장이 남았다.

‘우리가 남아 있을수록, 누군가가 더 고통을 받는다.’

‘우리가 남아 있을수록, 누군가가 더 절망(絕望)한다.’

새벽녘, 결국 결론(結論)은 하나로 모였다.

‘전주(全州)를 떠난다. 더 늦기 전에 삼척(三陟)으로 간다.’

그 결정(決定) 이후, 이안사(李安社)는 연화를 찾았다. 산 아래 작은 마을, 사람들의 눈을 피해 잠시 몸을 숨기고 있다는 말을 전해 들었다. 그는 밤을 택했다. 말이 많아질수록 위험(危險)해지는 시기(時期)였다.

연화를 마주했을 때, 그는 잠시 말을 잃었다. 얼굴은 수척(瘦瘠)해 있었고, 눈빛은 단단했지만 깊은 피로(疲勞)가 배어 있었다. 살아남기 위해 긴장을 풀지 않고 버텨 온 사람의 얼굴이었다.

“기다려라.”

그가 가장 먼저 꺼낸 말이었다.

“지금은 흩어질 때가 아니다. 곧 나도 이곳을 떠날 것이다.”

연화는 고개를 저었다.

“대감, 저는 더 이상 짐이 되고 싶지 않습니다.”

그 말은 단호(斷乎)했지만, 그 안에는 미안함과 두려움(恐懼)이 겹쳐 있었다. 이안사(李安社)는 그 두려움이 무엇을 향하는지 알고 있었다. '연화 자신 때문에 이안사가 더 큰 화(禍)를 입을지도 모른다.' 라는 두려움. 그리고 그 두려움은 사실(事實)이었다.

"이미 많은 사람이 다쳤습니다. 해월 어르신도….""

이안사(李安社)는 말을 잇지 못했다. 그 이름 하나만으로도 가슴이 저렸다. 그는 조용히 고개를 숙였다가, 다시 들었다.

"그래서 더 기다려야 한다."

"네가 혼자 떠나면, 박윤식은 널 다시 잡으러 올 것이다. 네가 나를 의지(依支)한다는 걸 그가 안 이상, 너와 나 둘 다, 더 많은 고통(苦痛)을 받게 될 것이다."

그는 스스로 인정(認定)하듯 말했다.

"내가 남아 있는 한, 너는 그의 칼끝이 된다. 내가 버티는 한, 해월 같은 이들이 또 고통을 받을 것이다."

연화의 눈빛이 흔들렸다. 그러나 여전히 고개를 젓고 싶어 했다.

"예전처럼 하자."

이안사(李安社)는 마침내 말을 꺼냈다.

"우리 집에 몸을 의탁(依託)해라. 잠시라도, 아니면 아주 멀리 가더라도. 내가 너를 지키겠다고 말하는 것이 아니다. 내가 너를… 더 이상 그의 손에 남겨두지 않겠다는 말이다."

연화는 오래 침묵(沈默)했다. 그녀의 마음은 이미 떠날 준비(準備)가 되어 있었고, 다시 어떤 울타리 안으로 들어가는 것이 옳은지 확신(確信)할 수 없었다. 그러나 그날 밤, 연화의 가족들이 입을 열었다.

"혼자서는 버틸 수 없다."

"지금은 사람의 손이 필요할 때다."

"살아야 한다. 살아야 나중에라도…."

그 말 앞에서 연화는 더 이상 고개를 들 수 없었다. 그녀는 결국 따르기로 했다. 그것은 제 뜻이라기보다 함께 살아남기 위한 선택(選擇)이었다.

이 모든 움직임을 산성 별감(別監) 박윤식(朴允碩)은 유심(留心)히 지켜보고 있었다. 그는 이안사(李安社)의 잦은 이동(移動), 밤마다 바뀌는 마을의 기척, 사람들의 은밀한 왕래(往來)를 놓치지 않았다. 겉으로는 아무 말도 하지 않았으나, 그의 눈은 날이 갈수록 차갑고 날카로워졌다.

'이안사가 움직인다.'

그것은 단순한 이탈(離脫)이 아니었다. 박윤식(朴允碩)은 직감(直感)했다. 이안사(李安社)는 자신에게 맞서 싸우려는 것이 아니라, 자신이 만든 질서(秩序) 바깥으로 빠져나가려 하고 있다는 것을. 그것이 오히려 더 위험(危險)했다. 권력(權力)은 맞서는 적보다, 따르지 않는 사람을 더 두려워한다는 사실을 그는 잘 알고 있었다.

며칠 뒤, 소문은 암암리(暗暗裡)에 퍼졌다. 이안사(李安社)가 전주(全州)를 떠난다는 사실. 그리고 그와 함께 떠나겠다는 사람들이 하나둘 모여들기 시작했다. 흉년(凶年) 때 곡식을 나누어 받았던 집, 세금으로 아이를 잃을 뻔했을 때 대신 나서 주었던 기억(記憶)을 가진 집, 억울한 송사(訟事)를 조용히 풀어 주었던 은혜(恩惠)를 잊지 않은 집들. 숫자는 빠르게 불어났다.

'백칠십여(百七十餘) 가구(家口).'

노인과 아이까지 합치면 천 명이 넘는 사람들이었다. 이것은 단순한 이주(移住)가 아니었다. 토호(土豪)이자 호족(豪族)인 이안사(李安社)가 어떤 인물인지를 증명(證明)하는 일이었고, 동시에 박윤식(朴允碩)이 어떤 관리(官吏)인지를 고발(告發)하는 침묵(沈默)의 행렬(行

列)이었다. 사람들은 말하지 않았다. 그러나 쌀자루를 꾸리고, 아이들의 짐을 싸고, 집 문을 하나씩 닫아 나가는 그들의 움직임이 모든 것을 말하고 있었다. 박윤식(朴允碩)은 분노(憤怒)했다. 그러나 함부로 손을 댈 수 없었다. 이안사(李安社)를 건드리는 순간, 그 뒤에 선, 천 명의 눈이 함께 자신을 바라보게 될 것이기 때문이다. 그날 밤, 그는 잠을 이루지 못했다. 박윤식(朴允碩)은 처음에 이것을 반역(反逆)이라고 불렀다. 그래야만 했다. 그래야 이 상황을 이해(理解)할 수 있었고, 자신이 흔들리지 않을 수 있었다. 고을을 떠나는 백성(百姓)들, 한 사람을 중심으로 움직이는 행렬(行列), 관아(官衙)의 통제(統制)를 벗어난 침묵(沈默)의 이동(移動). 그 모든 것은 질서(秩序)를 위협(威脅)하는 징후(徵候)처럼 보였다.

'이것은 반역이다!'

그는 그렇게 자신을 설득(說得)했다. 그러나 생각은 오래 그 자리에 머물지 못했다. 며칠이 지나자 그는 다른 가능성(可能性)을 떠올리지 않을 수 없었다. 만약 이것이 반역(反逆)이라면, 왜 칼이 들리지 않는가. 왜 격문(檄文)도, 구호(口號)도, 분노(憤怒)의 언어도 없는가. 사람들은 아무 말 없이 떠나고 있었다. 그 조용함이 오히려 그를 불안(不安)하게 만들었다. 곧 그는 깨달았다. 이것은 반역(反逆)보다 더 위험(危險)한 일이라는 것을. 사람들이 권력(權力)을 향해 움직이는 것이 아니라, 권력을 비켜 서 있는 한 사람을 따라 움직이고 있다는 사실. 명령(命令)이 아니라 기억(記憶)을 따라, 두려움(恐懼)이 아니라 신뢰(信賴)를 따라 길을 나서고 있다는 사실. 그것은 군졸로도, 형벌(刑罰)로도 다스릴 수 없는 종류의 움직임이었다. 박윤식(朴允碩)은 그제야 이 사태(事態)를 안찰사(按察使–고려시대 '도(道)'의 수장)에게 어떻게 보고(報告)해야 할지 막막(漠漠)해졌다. '백성들이 고을을 떠났습니다'라는 말은, 곧 '고을을 다스리는 자가 신뢰(信賴)를 잃었습니다'라는 고백(告白)이 될 터였다. 이것은 상관(上官)에게 전하기에는 지나치게 노골적(露骨的)인 실패(失敗)였다. 정치적(政治的) 수완(手腕)을 증명해야 할 자리에, 자신의 무능(無能)을 드러내는 증거(證據)를 올려놓는 셈이었다. 그는 분노(憤怒)보다 먼저 부끄러움(羞恥)을 느꼈다. 그리고 그 부끄러움(羞恥)이 분노(憤怒)로 바뀌는 데는 오랜 시간이 걸리지 않았다.

그 사이, 이안사(李安社)는 알고 있었다. 이 떠남이 도피(逃避)가 아니라 선택(選擇)이라는 것을. 패배(敗北)가 아니라 증언(證言)이라는 것을. 자신이 지켜 온 삶의 방식(方式)이 틀리지 않았음을, 말이 아니라 사람들의 발걸음으로 남기게 되리라는 것을. 연화는 그 행렬(行列)의 맨 뒤에 섰다. 얼굴을 가렸고, 말도 하지 않았다. 그러나 그녀의 걸음은 누구보다도 곧았다. 그녀는 이제 알았다. 떠난다는 것이 언제나 버리는 일은 아니라는 것을. 때로는 떠남이, 남아 있던 모든 것을 지키는 가장 깊은 방식(方式)이 될 수 있다는 것을. 전주(全州)는 그렇게, 소리 없이 비워지기 시작했다. 그리고 그 침묵(沈默)은 어떤 고발(告發)보다도 오래 남을 것이었다.

06
조작 (造作)

이안사의 일행(一行)이 떠나기 일주일 전, 박윤식(朴允碩)은 결국 결론(結論)에 이르렀다. 이 사태(事態)를 멈출 방법은 단 하나뿐이었다. 의미(意味)를 바꾸는 것. 사람들이 떠나는 이유를 바꾸어야 했다. 이안사(李安社)를 따르는 발걸음을, '신뢰(信賴)'가 아니라 '선동(煽動)'으로 바꿔야 했다. 침묵(沈默)의 행렬(行列)을, 자발적(自發的)인 선택(選擇)이 아니라 위험(危險)한 움직임, 더 정확히는 반역(反逆)의 전조(前兆)로 규정(規定)해야 했다. 그래야만 이 사태(事態)를 다룰 명분(名分)이 생겼고, 그래야만 칼을 들 수 있었다. 그 첫 단추는 사람이어야 했다. 문서(文書)보다 먼저, 몸이 필요했다. 박윤식(朴允碩)의 머릿속에 떠오른 이름은 오래 망설일 필요도 없었다.

'연화(蓮花). 그리고 해월(海月).'

해월(海月)은 이미 무너진 몸으로 산성(山城) 어딘가에 누워 있었다. 곤장(棍杖)의 흔적은 아직 마르지 않았고, 숨은 얕고 흐렸다. 그녀는 더 이상 말을 할 수 있는 상태(狀態)가 아니었다. 그러나 바로 그 점이 박윤식(朴允碩)에게는 유용(有用)했다. 말하지 못하는 증인(證人)은 원하는 이야기로 얼마든지 다듬을 수 있었다. 연화(蓮花)는 달랐다. 연화(蓮花)는 아직 살아 있었고, 움직이고 있었으며, 무엇보다 이안사(李安社)를 향해 마음을 두고 있다는 사실(事實)이 분명(分明)했다. 박윤식(朴允碩)은 이미 그것을 눈치채고 있었다. 연화(蓮花)의 시선(視線), 몸의 방향(方向), 위기(危機) 앞에서 본능(本能)적으로 피하는 방식. 그것은 단순(單純)한 공포(恐怖)가 아니었다. 누군가를 잃을까 두려워하는 사람의 태도(態度)였다. 박윤식(朴允碩)은 조용히 명(命)을 내렸다.

"해월(海月)을 산성(山城) 안으로 옮겨라."

"연화(蓮花)의 행적(行蹟)을 확인(確認)하되, 아직 손대지 말라."

군졸(軍卒)들은 그 의미(意味)를 정확히 이해(理解)했다. 지금은 잡지 말고, 도망갈 길을 남겨두라는 뜻이었다. 쫓기는 사람은 흔적(痕跡)을 남긴다. 그리고 그 흔적(痕跡)은 나중에 죄(罪)가 된다.

며칠 뒤, 박윤식(朴允碩)은 관아(官衙)의 기록(記錄)을 하나 열어 보았다. '관기(官妓) 점고(點考) 미비(未備). 관아(官衙) 명령(命令) 불이행(不履行). 관기(官妓) 연화(蓮花), 소재(所在) 불명(不明).' 그 문장(文章) 하나하나가 칼날처럼 날카로웠다. 법(法)은 늘 폭력(暴力)보다 늦게 도착(到着)하지만, 한 번 도착(到着)하면 오래 남는다. 박윤식(朴允碩)은 붓을 들고 마지막 문장(文章)을 덧붙였다.

'이안사(李安社)와의 내통(內通) 의혹(疑惑) 있음.'

그날 이후, 산성(山城) 안의 공기(空氣)는 달라졌다. 군졸(軍卒)들은 이안사(李安社)의 산성(山城)에 있는 거처(居處)를 지나갈 때마다 발걸음을 늦췄고, 밤이면 일부러 등불(燈火)을 오래 켜 두었다. 지켜본다는 신호(信號)였다. 직접(直接) 말하지 않아도, 충분히 전해지는 위협(威脅). 이안사(李安社)는 그것을 즉시 알아차렸다. 그리고 동시에 깨달았다. 박윤식(朴允碩)이 연화(蓮花)를 '미끼'로 쓰려고 하고 있다는 사실(事實)을. 연화(蓮花)가 이안사(李安社)와의 관계(關係)는 박윤식(朴允碩)에게 음모(陰謀)의 연결(連結) 고리(環)였다. 연화(蓮花)는 보호(保護) 대상(對象)이 아니라 이안사(李安社)를 무너뜨리는 근거(根據)가 되었다. 박윤식(朴允碩)은 그 고리(環)를 잡아당겨 이안사(李安社)를 끌어내릴 생각이었다. 연화(蓮花)를 '감무'(監務─작은 현의 관리)의 명령(命令)에 불복(不服)한 강상(綱常)을 어지럽힌 죄인(罪人)'으로 만들고, 이안사(李安社)를 '관아(官衙) 질서(秩序)를 무너뜨린 배후(背後)'로 엮는 것. 그렇게 되면, 백성(百姓)들의 이동(移動)은 단숨에 선동(煽動)된 집단(集團) 이탈(離脫), 즉 반역(反逆)의 전조(前兆)가 된다.

이안사(李安社)는 밤마다 고민(苦悶)했다.

'지금 연화(蓮花)를 보호(保護)하지 못하면 박윤식(朴允碩)은 그녀를 잡으러 올 것이다. 지금 연화(蓮花)를 숨기면, 박윤식(朴允碩)은 더 강한 명분(名分)을 만든다. 지금 내가 떠나면, 그는 그 이유를 반역(反逆)으로 규정(規定)한다.'

어느 쪽이든 고통(苦痛)은 남았다. 그러나 분명(分明)한 한 가지는 있었다. 자신이 여기에 남아 있는 한, 연화(蓮花)와 해월(海月) 같은 사람들은 계속 고통(苦痛)을 받을 것이고, 급기야는 생존(生存)하지 못할 것이라는 사실(事實). 그는 그 비극(悲劇) 앞에서 더 이상 자신을 속일 수 없었다. 자신은 이곳의 양민(良民)들에게 의미(意味) 있는 존재(存在)가 아니라, 박윤식(朴允碩)의 폭력(暴力)을 증폭(增幅)시키는 매개(媒介)가 되어 가고 있었다.

그 무렵, 박윤식(朴允碩)은 관아(官衙)의 하급(下級) 관리(官吏)들을 불러 모았다. 술자리가 아니었다. 명령(命令)을 전하기 위한 자리였다.

"요즘 전주(全州)가 조용하지 않다."

"사람들이 움직인다."

"그 중심(中心)에 누가 있는지는, 너희도 알고 있겠지."

그는 이름을 말하지 않았다. 그러나 모두가 고개를 끄덕였다.

'이안사(李安社).'

"나는 반역(反逆)이라는 말을 쓰고 싶지 않다."

박윤식(朴允碩)은 일부러 그렇게 말했다.

"그러나, 반역(反逆)으로 보일 수 있는 일은 반드시 막아야 한다."

그 말은 곧 막아도 좋다, 아니 막아야 한다는 허가(許可)였다. 그날 밤, 연화(蓮花)는 이상(異常)한 기척(氣脈)을 느꼈다. 숨어 있는 산 밑 허름한 폐허(廢墟)에 짐승의 발소리가 아닌 사람의 발소리가 멈추었다가 사라지는 느낌. 문 앞에 놓인 작은 표시(表示). 누군가가 이미 이 집의 구조(構造)를 알고 있다는 불길(不吉)한 확신(確信). 연화(蓮花)는 그 사실(事實)을 이안사(李安社)가 보내준 사람을 통해 이안사(李安社)에게 전했다. 이안사(李安社)는 소식을 듣고 아무 말도 하지 않았지만, 그의 얼굴이 굳어졌다.

"이제 시간이 없다!"

그는 혼자 낮게 말했다.

"박윤식(朴允碩)은 반역(反逆)의 증거(證據)를 찾고 있다."

그는 그제야 분명(分明)한 한마디를 전했다. 듣고 있던 몸종이 귀를 이안사(李安社)의 입으로 돌렸다.

"준비(準備)하라고 하거라. 내일 밤 떠난다."

이안사(李安社)는 결심(決心)했다. 더 이상 방어(防禦)하지 않겠다고. 박윤식(朴允碩)이 만들어 놓은 반역(反逆)의 틀 안에서 움직이지 않겠다고. 그 틀 자체를 무력화(無力化)시키는 길은 하나뿐이었다.

'떠난다!'

칼을 들 이유도, 명령(命令)을 내릴 대상(對象)도 없게 만드는 것. 연화(蓮花)를 인질(人質)로 삼을 수 없게, 해월(海月)을 본보기로 삼을 수 없게, 폭력(暴力)이 들어설 자리를 통째로 비워 버리는 것.

그날 밤, 이안사(李安社)는 마지막으로 집 안을 둘러보았다. 그리고 속으로 말했다.

'나는 싸우지 않는다. 그러나 지지 않는다.'

박윤식(朴允碩)은 아직 그것을 몰랐다. 자신이 던진 '반역(反逆)'이라는 그물이 곧 아무도 걸리지 않은 채 찢어질 것이라는 사실(事實)을.

07
민심 (民心)

　　전주(全州)를 떠나는 행렬(行列)은 새벽과 함께 움직였다. 목적지(目的地)는 삼척(三陟), 전주(全州)에서 구백리(九百里)가 넘는 길이었다. 어린이와 노약자(老弱者)들이 걸으면 한 달은 족히 걸린다. 날이 밝기 전이었다. 어둠이 아직 들판의 굴곡을 붙들고 있을 때, 사람들은 하나둘 집 문을 닫고 길 위로 나섰다. 말은 없었다. 아이들은 울지 않았고, 노인들은 소리를 삼켰다. 소리는 남아 있는 자의 것이었고, 떠나는 자의 언어(言語)는 발걸음이었다. 행렬(行列)의 앞에는 수레가 있었고, 가운데에는 아이와 노인들이 섞여 있었다. 가장 뒤에는 사병(私兵)들이 섰다. 이안사(李安社)의 사병(私兵)들이었다. 관(官)의 군졸(軍卒)과 달리, 그들은 문서(文書)로 임명된 자들이 아니었다. 그러나 전주(全州) 사람들은 그들의 얼굴을 알고 있었다. 흉년(凶年) 때 곡식을 풀던 날에도, 홍수(洪水) 때 둑을 쌓던 밤에도 그들은 늘 곁에 있었다. 칼을 차고 있었으나, 칼을 휘두르기보다는 먼저 몸을 내밀던 사람들이었다. 사병(私兵)들은 앞과 뒤에 나뉘어 섰다. 사병(私兵) 수는 대략(大略) 백오십여 명(百五十餘名)이었다. 앞에서는 길을 열었고, 뒤에서는 행렬(行列)을 감싸며 속도(速度)를 맞췄다. 누군가 뒤처지면 자연스럽게 자리를 바꾸었다. 군사적(軍事的) 움직임이라기보다, 오래 연습해 온 생활(生活)의 호흡(呼吸)에 가까웠다. 연화(蓮花)는 맨 뒤, 사병(私兵)들 앞쪽에 섰다. 얼굴을 가렸고 말도 하지 않았다. 그러나 그녀의 눈은 줄곧 앞을 향해 있었다. 이 길이 어디로 이어질지 알지 못했지만, 적어도 돌아갈 곳이 아니라는 것만은 분명했다.

이안사(李安社)는 말 위에 있지 않았다. 그는 수레 옆을 걸었다. 아이들이 있는 쪽이었다. 그가 말 위에 오르지 않은 것은 우연(偶然)이 아니었다. 그는 이 길이 호위(護衛)의 행렬(行列)이 아니라, 사람의 길이라는 것을 분명히 하고 싶었다. 위에서 내려다보는 대신, 같은 높이에서 함께 걷고자 했다. 해가 떠오를 즈음, 그 소식(消息)은 이미 관아(官衙)에 도착해 있었다.

"별감(別監) 나리, 움직였습니다."

보고(報告)를 들은 박윤식(朴允碩)은 잠시 말이 없었다. 그는 이미 알고 있었다. 이안사(李安社)가 떠날 것이라는 사실(事實)도, 사람들이 따라나설 것이라는 사실(事實)도. 다만 이렇게 빨라질 줄은 몰랐다. 이렇게 조용할 줄은 더더욱 예상(像想)하지 못했다. 그는 잠시 눈을 감았다가 떴다. 조용함은 언제나 위험(危險)했다. 소란(騷亂)은 진압(鎭壓)할 수 있어도, 침묵(沈默)은 보고서(報告書)로 다루기 어려웠다.

"어느 길로?"

"동쪽입니다. 산길이 아니라 큰 길로…."

"목적지(目的地)는?"

"삼척(三陟)입니다. 삼척(三陟) 노곡(蘆谷-갈대 골짜기, 현재의 지명(地名)은 미로면(彌老面) 활기리(活基里))으로"

"삼척(三陟)이라?"

그 말이 끝나기도 전에 박윤식(朴允碩)의 머릿속에는 지도(地圖)가 펼쳐졌다. 동쪽 큰 길. 군(軍)이 움직이기엔 막기 쉬운 길이었고, 동시에 피가 흐르기 가장 좋은 길이기도 했다. 그는 자리에서 일어섰다. 갑옷을 갖춰 입을 시간(時間)은 없었다. 평상복 위에 외투만 걸치고 밖으로 나섰다. 마당에는 이미 군졸(軍卒)들이 모여 있었다. 관군(官軍)이었다. 수는 많지 않았다. 전주(全州) 고을이 평온(平穩)하다

는 보고(報告) 아래, 늘 최소한(最小限)만 유지해 온 병력(兵力)이었
다.

그는 그 얼굴들을 하나하나 훑어보았다. 낯익은 얼굴들이었다. 이
고을에서 태어나 이 고을에서 자란 자들. 누군가는 이안사(李安社)에
게서 곡식을 받았고, 누군가는 소작(小作) 문제(問題)를 대신 해결(解
決) 받았고, 누군가는 아버지의 송사(訟事)를 조용히 무마(撫摩)해 준
기억(記憶)을 가지고 있었다.

"막아야 한다!"

그는 그렇게 말했다. 그러나 그 말은 명령(命令)이 아니라, 스스로
를 향한 다짐처럼 들렸다. 그가 두려워한 것은 이안사(李安社)가 떠
나는 것 자체가 아니었다. 떠남은 늘 있었다. 그러나 이렇게 많은 사
람이 함께 움직이는 일은 드물었다. 더구나 그 중심(中心)에 이안사
(李安社)가 있다는 사실(事實). 그것은 관(官)의 권위(權威)를 뿌리째
흔드는 일이었다. 하지만 그보다 더 큰 공포(恐怖)는 다른 데 있었다.

'몽골군(蒙古軍)'

소문(所聞)은 이미 들려오고 있었다. 북쪽 변방(邊方)에서 다
시 군마(軍馬)가 움직인다는 말, 국경(國境)이 불안(不安)하다는 보
고(報告). 만약 외적(外敵)이 들이닥친다면, 지금 이 고을에서 내전
(內戰)이 벌어졌다는 보고(報告)가 함께 올라갈 것이다. 그 책임
(責任)은 고스란히 별감(別監)인 자신의 몫이 된다. 관찰사(觀察使)는
묻지 않을 것이다. 왜 막지 못했는지가 아니라, 왜 피를 보게 했는지
를. 군졸(軍卒)들이 움직였다. 말이 준비되었고, 창(槍)과 활(弓)이 배
분(配分)되었다. 그러나 그들의 눈에는 확신(確信)보다 망설임이 먼
저 떠올랐다. 전주(全州) 사람들 중 상당수(相當數)는 그들 군졸(軍卒)
의 가족(家族)이기도 했다. 떠나는 행렬(行列) 속에, 자신들의 부모
(父母)나 형제(兄弟)가 있을지도 모른다는 생각을 떨칠 수 없었다. 실

제로 있었다. 고모(姑母), 외삼촌, 사촌(四寸). 어떤 이는 아이를 낳아 준 여인(女人)이 그 행렬(行列)에 있었다. 박윤식(朴允碩)은 그 사실(事實)을 알고 있었다. 그는 이미 보고(報告)를 받았다. 군졸(軍卒) 열 명(十名) 중 셋은 피로 연결(連結)된 사람들이 그 행렬(行列)에 있다는 것. 다섯은 은혜(恩惠)로 묶여 있었다. 그리고 나머지도 마음만은 이미 칼을 내려놓고 있었다.

행렬(行列)을 따라잡은 것은 정오(正午) 무렵이었다. 길은 넓지 않았고, 좌우로 밭과 낮은 언덕이 이어졌다. 멀리서도 행렬(行列)은 한눈에 들어왔다. 수레와 사람들, 그리고 그 주변을 감싸는 사병(私兵)들의 움직임이 질서정연(秩序井然)했다. 그것은 군세(軍勢)가 아니었고, 폭도(暴徒)도 아니었다. 오히려, 너무도 질서정연(秩序井然)해서 더 위험(危險)해 보였다. 박윤식(朴允碩)은 말을 세웠다. 군졸(軍卒)들도 멈춰 섰다. 그와 이안사(李安社) 사이의 거리는 멀지 않았다. 서로의 얼굴을 알아볼 수 있을 만큼 가까웠다.

"대감(大監)!"

박윤식(朴允碩)이 먼저 입을 열었다. 대감(大監). 공식(公式) 직함(職銜)은 아니었다. 그러나 이안사(李安社)의 조상(祖上)이 쌓아 온 위세(威勢)와 명망(名望)이 그렇게 불리게 만들었다. 그의 목소리는 크지 않았으나, 평소보다 날이 서 있었다.

"이게 무슨 짓이오!"

이안사(李安社)는 걸음을 멈췄다. 그러나 뒤에 선 행렬(行列)은 멈추지 않았다. 그는 손을 들어 잠시 멈추라는 신호(信號)를 보냈다. 사병(私兵)들이 움직였고, 행렬(行列)은 서서히 멈췄다. 사람들은 고개를 들지 않았다. 그러나 귀는 모두 이쪽을 향해 있었다.

"별감(別監) 나리."

이안사(李安社)는 공손(恭遜)히 고개를 숙였다. 그러나 깊이 조아리지는 않았다.

“고을을 비우는 것이오? 관(官)의 허락(許諾)도 없이?”

박윤식(朴允碩)의 말에는 분노(憤怒)와 초조(焦躁)가 섞여 있었다. 그러나 그보다 먼저, 계산(計算)이 깔려 있었다. 여기서 피를 흘리면 끝이다.

“허락(許諾)을 구할 일이 아닙니다.”

이안사(李安社)의 대답(對答)은 담담(淡淡)했다.

“백성(百姓)은 떠날 수 있습니다. 땅을 버리는 것도 아니고, 반기(反旗)를 드는 것도 아닙니다. 단지 살기 위해서 떠나는 것입니다.”

“이것은 질서(秩序)를 무너뜨리는 일이 아니오!”

“질서(秩序)라 하셨습니까?”

이안사(李安社)는 잠시 말을 멈췄다. 그는 뒤에 선 사람들을 돌아보았다. 아이를 업은 여인, 지팡이에 몸을 의지(依支)한 노인(老人), 수레에 기대 선 젊은이들. 그들의 얼굴에는 분노(憤怒)보다 피로(疲勞)가, 결의(決意)보다 체념(諦念)이 먼저 떠올라 있었다.

“사람이 사람답게 살 수 없는 질서(秩序)라면, 지켜야 할 이유(理由)가 있겠습니까?”

그 말에 주변이 술렁였다. 군졸(軍卒)들 중 몇은 고개를 숙였다. 박윤식(朴允碩)은 이를 악물었다. 그는 손을 들어 군졸(軍卒)들에게 신호(信號)했다. 군졸(軍卒)들이 앞으로 나섰다. 창(槍)이 들렸고, 말들이 움직였다. 그러나 그 순간, 박윤식(朴允碩)은 보았다. 군졸(軍卒)들의 발이 동시에 움직이지 않는 것을. 창끝이 흔들리고, 시선(視線)이 행렬(行列)을 피하고 있다는 것을. 싸울 의지(意志)가 아니라, 흉내만 내고 있다는 것. 그 순간, 사병(私兵)들이 움직였다. 앞에 서 있던 사병(私兵)들이 반 걸음 앞으로 나섰고, 뒤에 있던 이들이 행렬(行

列)을 더 단단히 감쌌다. 칼이 뽑히지는 않았다. 그러나 칼자루 위에 손이 얹혔다. 그들의 눈은 박윤식(朴允碩)이 아니라, 군졸(軍卒)들을 향해 있었다. 싸울 준비(準備)가 되어 있다는 눈이었다.

"칼을 들지 마라."

이안사(李安社)의 목소리가 낮게 울렸다.

"오늘은 피를 흘릴 날이 아니다."

그 말은 사병(私兵)들뿐 아니라, 군졸(軍卒)들에게도 들렸다. 박윤식(朴允碩)은 그제야 분명(分明)히 깨달았다. 이안사(李安社)는 싸우려는 의지가 없었다. 그러나 싸움이 벌어지면, 이길 준비(準備)는 되어 있었다. 그리고 그 싸움의 결과(結果)는 모두에게 재앙(災殃)이 될 것이었다. 군졸(軍卒) 하나가 앞으로 나섰다. 젊은 병사(兵士)였다. 그는 창(槍)을 들고 있었으나, 끝이 떨리고 있었다. 그의 눈은 행렬(行列) 한가운데를 향해 있었다. 그곳에, 어머니가 있었다. 그는 입술을 깨물었다. 눈이 마주쳤다. 어머니는 아무 말도 하지 않았다. 그러나 그 눈빛은 분명(分明)했다. 여기서 모두가 살아야 한다는 것이다.

"물러서라!"

박윤식(朴允碩)이 소리쳤다. 그러나 그 소리는, 더 이상 명령(命令)이 아니었다. 자기 자신에게 내리는 마지막 제동(制動)이었다. 그 순간, 노인(老人)이 앞으로 나왔다. 지팡이를 짚은 채였다.

"괜찮다. 괜찮아…."

그는 군졸(軍卒)을 바라보며 말했다.

"우리는 도망가는 게 아니다. 살려고 가는 것이다. 사람답게…."

그 말은 애원(哀願)도, 호소(呼訴)도 아니었다. 그저 사실(事實)이었다. 박윤식(朴允碩)의 손이 떨렸다. 지금 여기서 명령(命令)을 내리면, 피가 흐를 것이다. 피가 흐르면, 몽골군(蒙古軍)이 오기도 전에 고을은 무너진다. 그리고 그 책임(責任)은, 오롯이 자신의 이름으로 남을 것이다. 한동안 서로는 말이 없었다. 피아(彼我)가 아니라 서로는 하나였다는 사실들이 온몸으로 전해졌다. 서로의 눈빛이, 어떤 이는 붉은 눈에 눈물이 흐르고 있었다. 이미 박윤식은 그것을 알고 있었다. 아니, 더 정확(正確)히는 여기에 와서 더욱 확실(確實)하게 알게 되었다. 침묵(沈默)은 계속되었다. 그 침묵을 참지 못한 아이 하나가 울음을 시작했다. 여기저기서. 누구도 아이들을 달래지 않았다.

"길을 열어라."

마침내 박윤식이 말했다. 그 말은 패배(敗北)처럼 들렸으나, 그에게는 유일(唯一)한 생존(生存)의 선택(選擇)이었다. 군졸(軍卒)들이 물러섰다. 사병(私兵)들은 칼을 뽑지 않았다. 행렬(行列)은 다시 움직였다.

이안사(李安社)는 마지막으로 박윤식(朴允碩)을 바라보았다.

"별감(別監) 나리."

그는 낮게 말했다.

"감사(感謝)합니다. 그리고 이것을 반역(反逆)이라 부르셔도 좋습니다. 그러나 사람이 사는 것, 사람을 살리는 것이 가장 위대한 (偉大) 권력(權力)이라는 것, 그것을 알게 되실 겁니다."

박윤식(朴允碩)은 대답(對答)하지 않았다. 그는 먼지를 바라보았다. 사람들이 지나간 뒤에 남은 길 위의 흔적(痕跡)을.

그날 이후, 전주(全州)에는 많은 소문(所聞)이 돌았다. 군(軍)이 백성(百姓)을 막지 않았다는 소문(所聞). 사병(私兵)이 칼을 뽑지 않았다는 소문(所聞). 그러나 그보다 더 오래 남은 것은 사람들이 서로를 지켰다는 이야기였다. 박윤식(朴允碩)은 그 소문(所聞)을 들으며 알았다. 자신이 탐욕(貪欲) 때문에 포기(抛棄)한 것이 아니라, 탐욕(貪欲) 때문에 더 이상 버틸 수 없게 되었다는 것을. 이안사(李安社)는 길 위에서 다시 한번 깨달았다. 무언인가를 지키는 일은 언제나 함께하는 것이라는 것을. 연화(蓮花)는 뒤돌아보지 않았다. 그녀의 걸음은 흔들리지 않았다. 그 행렬(行列)은 더 이상 도망자(逃亡者)가 아니었다. 그들은 증언(證言)이었고, 살아 있는 기록(記錄)이었다. 그리고 그날, 권력(權力)은 사람을 이기지 못했다.

08
판단 (判斷)

안찰사(按察使) 김윤서(金允瑞)는 그날 밤 끝내 잠자리에 들지 못했다. 관아(官衙) 깊숙한 곳, 바람이 가장 늦게 드는 방에 홀로 앉아 있었다. 등잔불은 낮게 깔렸고, 불꽃은 흔들렸다. 불빛이 흔들릴 때마다 벽에 비친 그의 그림자도 함께 일그러졌다. 마치 한 사람의 몸 안에 여러 개의 판단(判斷)이 겹쳐 있는 듯한 모습이었다. 책상 위에는 보고서(報告書)가 쌓여 있었다. 전주(全州), 진안(鎭安), 무주(茂朱), 영동(永同). 각 고을에서 올라온 단편적(斷片的)인 보고(報告)들이었다. 김윤서는 그것들을 다시 펼치지 않았다. 이미 내용은 외울 만큼 익숙했다. 문제는 정보(情報)가 아니었다. 이 사태를 무엇으로 규정(規定)할 것인가, 그 판단(判斷)이었다.

'전주 고을에서 백성(百姓)들이 떠나고 있다.'

'그 수가 적지 않다.'

'중심(中心)에는 이안사(李安社)라는 토호(土豪)가 있다.'

'무장(武裝) 충돌(衝突)은 없다.'

'관아(官衙)를 공격(攻擊)하지도 않는다.'

'그러나 돌아가지도 않는다.'

김윤서는 이 문장들을 마음속에서 천천히, 그러나 집요(執拗)하게 반복했다.

'이동(移動). 떠남. 침묵(沈默). 질서(秩序).'

지금은 전쟁(戰爭) 중이었다. 몽골군(蒙古軍)은 결코 완전히 물러난 적이 없었다. 북방(北方)의 산줄기 너머에서는 여전히 군마(軍馬)의 기척이 들려왔고, 동서(東西)의 요충지(要衝地)마다 패잔병(敗殘兵)과 용병(傭兵)들이 흩어져 약탈(掠奪)로 연명(延命)하고 있다는 보고(報告)가 끊이지 않았다. 관군(官軍)은 분산(分散)되어 있었고, 보급(補給)은 늘 늦었다. 이 혼란(混亂) 속에서 백성(百姓)들이 움직이는 것은 이상(異常)한 일이 아니었다. 그러나 김윤서는 느끼고 있었다. 이번은 다르다는 것을.

"피난(避難)이 아닙니다."

그의 수하(手下), 별장(別將—정7품 무관(武官)) 윤호정(尹浩廷)의 말이 다시 떠올랐다. 윤호정은 군 경력(經歷)이 오래된 인물이었다. 북방과 남방을 오가며 수많은 피난 행렬(行列)을 직접 보아 온 사람이었다. 그런 그가 단호(斷乎)하게 고개를 저었다.

"그렇다면 무엇인가?"

김윤서가 물었을 때, 윤호정은 잠시 말을 고르더니 이렇게 답했다.

"의지(意志)를 가진 이동(移動)입니다. 행렬(行列)의 속도(速度)가 일정(一定)합니다. 앞뒤로 호위(護衛)가 있고, 밤에는 불빛을 최소(最小)로 줄입니다. 무엇보다… 흩어지지 않습니다."

김윤서는 그 마지막 말을 오래 붙들었다. 피난민(避難民)은 흩어진다. 가족(家族)조차 각자의 길을 찾기 마련이다. 그러나 전주(全州)에서 떠난 사람들은 달랐다. 그들은 같은 시간에 걷고, 같은 시간에 쉬며, 같은 방향(方向)을 바라보고 있었다. 그것은 군대(軍隊)의 행렬도, 난민(難民)의 흐름도 아니었다. 무엇보다 문제는, 그 중심(中心)에 있는 사람이 관직자(官職者)가 아니라는 사실(事實)이었다.

'이안사(李安社).'

김윤서에게도 낯설지 않은 이름이었다. 관직(官職)에 오른 적은 없으나, 전주 일대의 민원(民願)을 수년간 잠재워 온 인물. 세곡(稅穀) 문제(問題)가 생길 때마다 관아보다 먼저 움직였고, 흉년(凶年)이 들면 곡식을 풀어 사람들의 원망(怨望)을 줄였다. 그가 있었기에 관아는 깊이 개입(介入)하지 않아도 되었던 곳이 전주였다. 김윤서는 스스로 물었다.

'관(官)이 다스려야 할 자리를, 민간(民間)이 대신해 온 것인가?'

그렇다면 이 사태는 단순(單純)한 이동(移動)이 아니라, 통치(統治)의 공백(空白)이 드러난 사건(事件)이었다.

"사람을 다스리는 자가 둘이면, 언젠가는 반드시 부딪히게 되어 있지."

그는 낮게 중얼거렸다. 조정(朝廷)이 가장 두려워하는 것은 반란(反亂)보다 대체 권력(權力)이었다. 칼을 들고 봉기(蜂起)하는 자보다, 사람들이 스스로 따르는 자가 더 위험(危險)했다. 후자(後者)는 피를 흘리지 않아도 체제(體制)를 잠식(蠶食)할 수 있기 때문이다. 자연스럽게, 그의 생각은 전주의 산성 별감(山城別監) 박윤식(朴允碩)에게로 향했다. 박윤식은 욕망(慾望)이 분명한 인물이었다. 상관(上官)에게는 지나칠 만큼 공손(恭遜)했고, 아랫사람에게는 필요 이상으로 엄격(嚴格)했다. 그는 늘 '질서(秩序)'를 말했지만, 그 질서 안에는 언제나 자신의 이익(利益)이 먼저 놓여 있었다. 군졸(軍卒)을 사적(私的)으로 부리고, 부역(賦役)을 늘리고, 세금(稅金)을 앞당겨 걷는 일도 마다하지 않았다. 김윤서는 이미 몇 차례 경고(警告)를 보낸 바 있었다.

'산성 주변의 과도(過度)한 부역(賦役), 군졸의 사적 동원(動員), 민

가(民家)에 대한 압박(壓迫).'

그러나 박윤식은 늘 같은 말로 답했다.

"전쟁(戰爭) 중입니다."

"몽골군(蒙古軍)이 언제 들이닥칠지 모릅니다."

그 말은 편리(便利)했고, 동시에 위험(危險)했다. 전쟁(戰爭)은 무능(無能)한 자에게 가장 좋은 방패(防牌)였다. 무엇이든 그 뒤에 숨길 수 있었다. 김윤서는 점점 확신(確信)하게 되었다. 이안사(李安社)가 사람들을 선동(煽動)한 것이 아니라, 박윤식(朴允碩)이 사람들을 떠밀었다는 사실(事實)을.

전주(全州)에서 벌어진 일은 단순한 이주(移住)가 아니었다. 그것은 박윤식의 통치 실패(失敗)가 수면(水面) 위로 떠오른 순간(瞬間)이었다. 백성(百姓)들이 칼을 들지 않고, 관아를 불태우지 않고, 그저 조용히 떠났다는 사실. 그 침묵(沈默)은 어떤 상소(上疏)보다도 날카로운 고발(告發)이었다. 그러나 문제는, 그 고발을 누가 어떻게 받아야 하느냐였다. 평상시(平常時)라면 답은 분명했다. 군(軍)을 보내 주동자(主動者)를 체포(逮捕)하고, 대열(隊列)을 해산(解散)시킨다. 질서 유지(維持)를 명분(名分)으로 삼으면, 법(法)은 언제나 관(官)의 편이 되어 주었다. 그러나 지금은 달랐다.

첫째, 군(軍)을 동원(動員)할 수 없었다. 몽골군(蒙古軍)의 동향(動向)이 심상치 않았고, 병력(兵力)은 이미 여러 고을로 흩어져 있었다. 전주 하나를 위해 병력을 집중(集中)시키는 순간, 다른 요충지(要衝地)가 무너질 수 있었다. 김윤서는 그 책임(責任)을 감당(堪當)할 자신이 없었다.

둘째, 칼을 들 명분(名分)이 없었다. 이안사(李安社)와 그 행렬(行列)은 무기(武器)를 들지 않았다. 단지, 자신들을 최소한으로 보호(保護)하기 위한 사병(私兵)이 있을 뿐이었다. 관아를 습격(襲擊)하지도 않았고, 조정에 반기(反旗)를 든 적도 없었다. 그들은 단지 떠났다. 양민(良民)의 이동(移動)이었다.

셋째, 피가 나면 모든 것이 끝이었다. 피가 흐르는 순간, 이 사건(事件)은 '이동'이 아니라 '난(亂)'이 된다. 조정(朝廷)은 이유(理由)를 묻지 않는다. 결과(結果)만 본다. 그 결과의 책임은 안찰사(按察使), 김윤서의 이름으로 기록(記錄)될 것이다.

그는 밤마다 계산(計算)했다. 어디까지가 법(法)이고, 어디서부터가 현실(現實)인지. 어디까지가 질서(秩序)이고, 어디서부터가 탐욕(貪慾)인지. 그리고 그 경계(境界)에서 자신이 어느 쪽에 서야 하는지. 며칠 뒤, 또 하나의 보고(報告)가 올라왔다. 박윤식(朴允碩)이 군을 이끌고 행렬을 막으려 했으나, 끝내 물러섰다는 사실. 군졸 다수가 싸울 의사(意思)가 없었고, 그들 중 상당수(相當數)가 행렬에 친족(親族)이나 혈족(血族)을 두고 있었다는 사실. 김윤서는 그 대목에서 오래 멈췄다.

"군(軍)이 군답지 못하면, 이미 진 것이다."

그는 박윤식의 선택(選擇)을 비겁(卑怯)하다고만은 생각하지 않았다. 오히려 너무 늦었다고 여겼다. 박윤식은 끝까지 밀어붙일 힘도 없었고, 이제 와서 물러서기에도 명분(名分)을 잃었다. 탐욕(貪慾)으로 시작한 통치(統治)는 계산(計算) 앞에서 무너지고 있었다. 김윤서는 마침내 결심(決心)했다. 이 사건을 크게 만들지 않기로. 그는 붓을 들었다. 조정에 올릴 보고서는 길어서는 안 되었다. 길수록 의심(疑心)

을 부르고, 짧을수록 여지(餘地)를 남긴다. 그는 문장을 고르고 또 골랐다. 자신의 판단(判斷)이 누군가의 삶을 좌우(左右)할 수 있다는 사실이, 붓끝을 무겁게 했다.

[전주 고을 백성 일부가 몽골군의 동향을 염려(念慮)하여 동쪽 산간(山間)으로 이동(移動) 중입니다. 무장(武裝) 없음. 충돌(衝突) 없음. 산성 별감 박윤식은 이를 제지(制止)하려 하였으나, 민심(民心)을 자극(刺激)할 우려(憂慮)가 있어 군을 물렸습니다.]

김윤서는 잠시 붓을 멈추었다. 그리고 마지막 문장을 덧붙였다.
[이는 반역(反逆)이 아니라, 전란(戰亂) 속 민심 이탈(離脫)의 징후(徵候)로 보입니다.]
그 문장은 위험했다. 그러나 꼭 필요한 문장이었다. 봉인(封印)하며, 김윤서는 깊은숨을 내쉬었다. 이 보고서가 누군가에게는 나약함(懦弱)으로 보일지도 모른다. 그러나 그는 알고 있었다. 지금 필요한 것은 칼이 아니라 시간(時間)이라는 것을.

그날 밤, 그는 등잔불을 끄고서도 오래도록 자리에 앉아 있었다. 사람들이 사람을 따라 움직이는 시대(時代). 그 시대를 칼로 막을 수는 없었다.
"역사(歷史)는 언제나 조용한 쪽에서 시작되지."
김윤서는 그렇게 중얼거렸다. 그리고 그는 분명히 알았다. 전주를 떠난 그 행렬이, 언젠가는 조정의 기록(記錄) 속 한 줄로 남게 되리라는 것을. 그러나 그 한 줄이 담고 있는 무게를, 그 어떤 붓도 끝내 다 적어내지 못하리라는 것을.

09

경계 (境界)

전주(全州)를 떠난 행렬은 동쪽을 향했다. 그것은 정든 고향을 떠나는 슬픔이 방향을 고른 것이 아니라, 살아남으려는 머리가 골라낸 길이었다. 서쪽은 산(山)과 골짜기로 막혀 있었고, 남쪽은 군마(軍馬)가 오가며 통제가 잦았다. 북쪽은 산줄기가 깊었고, 무엇보다 몽골 잔당(殘黨)이 그 길목에 여전히 남아 있다는 소문이 끊이지 않았다. 남은 길은 하나, 태백(太白)의 산줄기를 넘는 동쪽뿐이었다. 멀고 험했으나, 오히려 그래서 관의 손길이 느리고 군의 발길이 더뎠다. 이안사는 목적지를 삼척부(三陟府) 노곡리(蘆谷里)로 삼았다. 골짜기가 깊고 물길이 풍부하며 큰길에서 비켜난 땅. 젊은 시절 조운(漕運—세금인 곡물과 물품을 배를 이용해 수도의 경창(京倉)까지 운반하던 제도 및 그 운송 행위) 일을 살피다 우연히 머물렀던 곳, '사람이 숨을 수 있는 땅'이었다. 그는 그 땅을 떠올릴 때마다 이상하게도 한 가지 기억(記憶)이 먼저 올라왔다. 산비탈에 낮게 박힌 돌담, 그 위에 얹힌 억새, 그리고 밤마다 들리던 물소리. 그 소리는 전쟁(戰爭)의 소문을 잠재우는 평화(平和)였다. 물은 거짓말을 하지 않는다고, 그는 어디선가 배웠다.

행렬은 진안현(鎭安縣)을 향해 움직였다. 수레는 많지 않았다. 짐은 최소였고, 사람은 최대였다. 곡식 자루는 무겁고, 사람의 몸은 더 무거웠다. 떠나는 순간부터 누구나 알았다. 이 행렬은 '도망'이 아니라, 가문(家門)과 사람을 묶어 옮기는 일이었다. 그러니 계산은 더 정밀(精密)해야 했다. 선두에는 문겸(文謙)이 섰다. 오십을 바라보는 사내, 이안사의 집안에서 삼십 년을 함께한 인물이었다. 말발굽이 남긴 흔적과 사람의 발자국을 구분했고, 산짐승의 배설물에서도 '언제'

지나갔는지 대강 읽어냈다. 문겸이 고개를 끄덕이면 길이었고, 문겸이 손을 들면 멈춤이었다. 후미에는 조윤탁(趙允鐸)이 있었다. 과거 관군(官軍) 출신으로 군율(軍律)을 몸으로 기억하는 사람이었다. 그는 늘 숫자를 셌다. 떠난 사람, 쓰러진 사람, 밤에 울다 잠든 아이까지도. '숫자는 피를 덜 흘리게 한다.'라고 믿는 눈이었다. 그리고 가운데에는 백수린(白秀麟)이 있었다. 약초와 상처를 다루는 여인, 손끝이 차갑고 눈빛이 뜨거운 사람. 그녀는 연화(蓮花)와 함께 아이와 노인을 돌보았다. 밤이면 불빛 아래에서 아이의 이마를 짚었고, 낮이면 길가의 풀뿌리를 훑어 "이 풀은 열을 내리고, 저 풀은 설사를 멎게 한다"라는 말을 조용히 흘렸다.

첫 열흘은 비교적 조용했다. 아직은 떠났다는 사실 자체가 사람들을 지탱해 주었다.

"떠났으니 살 것이다."

그 문장 하나로 각자의 발이 움직였다. 그러나 진안(津岸) 고개를 넘는 동안 봄비가 내리자, 현실은 계산을 찢기 시작했다. 비는 잔잔했으나 산길을 미끄럽게 만들기에는 충분했다. 수레가 자주 멈췄고, 사병(私兵)들이 바퀴를 들어 옮겼다. 바퀴의 나뭇결이 물을 머금어 부풀어 오르고, 축(軸)은 삐걱거렸다. 비가 내리는 날에는 소리가 더 멀리 퍼졌다. 이안사는 그래서 더 조심했다. 소리는 관군을 부른다. 소리는 굶주린 산중 무리도 부른다. 무주현(茂朱縣)으로 들어서자, 첫 갈등이 터졌다. 곡식 자루의 밑바닥이 보이기 시작했다. 하루 두 끼가 한 끼로 줄었고, 아이들은 죽(粥)으로 연명했다. 누군가는 불평을 삼켰고, 누군가는 삼키지 못했다.

"이 길이 맞습니까?"

"차라리 흩어지는 게 낫지 않겠습니까?"

말은 밤마다 자랐다. 날이 어두울수록 말은 크게 들렸다. 이안사는 그때마다 불을 크게 피우지 못하게 했다. 불빛은 사람을 모으지만 동시에 적(敵)도 모으는 법이었다. 그는 낮에는 '괜찮다'라는 얼굴을 했고, 밤에는 마음속으로 몇 번이나 같은 문장(文章)을 되뇌었다.

'내가 이들을 지키는가? 아니면 내가 이들을 묶어 죽음으로 끌고 가는가?'

그 질문은 점점 더 단단한 돌처럼 가슴에 박혔다. 영동현(永同縣)으로 향하는 길에서 첫 죽음이 나왔다. 노인이었다. 열흘 전부터 다리를 절더니, 결국 고갯마루에서 조용히 쓰러졌다. 가족들은 울음을 크게 내지 못했다. 울음은 소리이기 때문이었다. 이안사는 행렬을 멈추게 했다.

"여기까지다."

그는 그렇게 말했다. 그리고 모두가 함께 노인의 묘(墓)를 팠다. 땅이 젖어 삽질이 쉬운 줄 알았으나, 산길의 흙은 생각보다 단단했다. 뿌리가 얽혀 있었고, 작은 돌들이 손목을 때렸다. 조윤탁이 땀과 빗물을 함께 흘리며 중얼거렸다.

"전쟁(戰爭)도 사람을 죽이는 일이지만, 길은 사람을 더 죽입니다."

이안사는 대답하지 않았다. 묘(墓) 앞에서 말은 늘 무거워진다. 그날은 누구도 불평하지 않았다. 죽음 앞에서는 계산이 잠시 멈추는 법이었다.

단양군(丹陽郡)으로 향하는 길은 더 험했다. 태백산맥(太白山脈)의 문턱이었다. 고개를 넘는 동안 바람이 달라졌고, 기침이 늘었다. 밤의 찬 기운이 뼛속으로 스며들었다. 아이 하나가 열병(熱病)에 걸렸다. 백수린이 밤새 곁을 지켰다. 아이의 숨이 가늘어질 때마다, 수린은 손바닥으로 아이의 흉곽(胸廓)을 느꼈다. 숨이 '살아있는가'가 아니라 '떠나려 하는가'를 알기 위해서였다. 연화가 조용히 이안사 곁으로 왔다. 좀처럼 없는 일이었다. 그녀는 조용히 물었다. 그녀의 목소리는 울고도 남은 사람의 소리였다. 이 말은 자신을 원망(怨望)하기도 한 말이었다.

"이 길이 옳았을까요?"

이안사는 한참 만에 답했다.

"옳은 길은 나중에 생긴다. 지금은… 버티는 길이다."

그 말은 위로(慰勞)이자, 자신에게 하는 다짐이었다. 그러나 그는 알고 있었다. 다짐만으로 사람은 살지 못한다. 다짐은 곡식이 아니고, 다짐은 약이 아니다. 다짐은 다만 이안사 자신의 마음을 꿰어 두는 실(絲)일 뿐이었다.

같은 시간, 멀리서 충청(忠淸) 안찰사(按察使) 유정학(柳廷鶴)은 이 여정을 보고 받았다. 관아(官衙) 안은 바깥보다 따뜻했으나, 그의 머릿속은 그 어느 때보다 차가웠다. 전쟁이 길어질수록, 법(法)은 낡고 힘(力)은 거칠어진다. 그는 그 사이에서 늘 같은 모순(矛盾)을 들여다봐야 했다. 백성을 지키려면 군을 움직여야 하고, 군을 움직이면 백성이 다친다. 보고는 간결했다.

'전주 출신의 유력 가문 이안사(李安社)가 대규모 행렬을 이끌고 동쪽으로 이동 중. 이동 경로에는 질서가 있음. 사병이 호위하며, 도중에 약탈은 보고되지 않음. 그러나 허가 없는 대규모 이동(移動)은 곧 통제 밖의 군(軍)이 될 소지가 있음.'

안찰사는 서류를 덮었다. 원칙대로라면 결론은 분명했다. 군을 이끌고 가서 주동자를 체포(逮捕)하고 엄벌(嚴罰). 그러나 지금은 달랐다. 군은 흩어져 있었고 전쟁은 끝나지 않았다. 몽골의 큰 무리는 물러났으나, 산중에는 여전히 패잔병과 용병(傭兵)이 떠돌았다. 그리고 무엇보다… 사람들은 굶주렸다. 굶주린 사람의 이동을 칼로 막으면, 그 칼은 결국 관의 목을 겨눈다. 그는 속으로 중얼거렸다.

"괴이하다."

괴이한 것은 이동 자체가 아니라, 그 이동의 결이었다. 대개 피난은 흩어진다. 사람은 살려고 뛰고, 뛰면 질서가 무너진다. 그런데 보고서 속의 이안사 행렬(行列)은 달랐다. 중심이 있었고, 누군가가 밤마다 사람의 수를 세고, 누군가가 아이의 열을 재고, 누군가가 산짐승의 흔적을 읽는다. 그것은 단순한 피난이 아니라, 작은 나라가 옮겨가는 모습에 가까웠다. 안찰사는 관원들에게 명했다.

"급히 큰 군은 움직이지 말라. 먼저 척후(斥候)와 소수의 순검(巡檢)을 보내라. 그리고… 오해가 생기지 않게 문서(文書)를 갖춰라."

그는 이 결정(決定)이 비겁하다는 비난을 받을 수 있음을 알았다.

"왜 즉시 토벌(討伐)하지 않는가?"

그러나 그는 또한 알았다. 지금 칼을 뽑으면, 칼은 몽골의 목이 아니라 고려 사람의 목을 먼저 찾으리라는 것을.

영월부(寧越府) 언저리에 이르렀을 때, 행렬은 한 번 더 흔들렸다. 이번에는 굶주림이 아니라 관의 눈이었다. 문겸이 낮은 손짓으로 사람들을 멈추게 했다. 앞쪽 산길 아래에서 낯선 연기가 피어올랐다. 연기는 불빛보다 위험했다. 불을 피운 자가 있다는 것은 사람이 있다는 뜻이었고, 사람은 언제나 '관(官)'이거나 '적(敵)'이었다. 조윤탁이 낮게 말했다.

"관군입니다. 아니면 순검 무리이거나, 활(弓-궁)을 들고 있습니다."

문겸이 땅에 엎드려 먼지를 묻히며 앞으로 기어갔다. 잠시 뒤 돌아온 그의 얼굴은 굳어 있었다.

“순검(巡檢)과 군졸이 섞여 있습니다. 수는 스무 명 남짓. 깃발이…
정식 군기(軍旗)는 아닙니다만 관의 표식은 맞습니다.”

이안사는 곧바로 결정(決定)했다. 숨으면 의심이 커진다. 그러나
맞서면 오해(誤解)가 칼이 된다. 그는 사람들을 뒤로 물리고, 선두에
는 ‘아무것도 숨기지 않는다.’라는 모양새를 만들었다. 수레를 한 줄
로 세우고, 아이와 노인은 안쪽으로 모았다. 사병들은 칼을 감추고
활을 내려놓게 했다.

“먼저 대화(對話)로 지난다.”

그는 스스로에게도 들리게 말했다. 말은 결심을 단단하게 만든다.
잠시 후, 순검 무리가 길목을 막았다. 그들 중 앞장선 자는 갑옷을 제
대로 갖추지 못했고, 칼집은 낡았으나 눈빛은 날카로웠다. 굶주림과
권력 사이에서 자란 눈이었다.

“어느 고을 사람들인가?”

그가 물었다. 이안사가 한 걸음 나섰다. 그는 관복(官服)을 입지 않
았다. 너무 눈에 띄기 때문이었다. 그러나 말투는 관의 사람처럼 고
르게 유지했다.

“전주(全州)에서 온 피난 행렬입니다. 몽골 잔당이 산중에 남아 있
어 동쪽으로 이동하고 있습니다.”

순검이 코웃음을 쳤다.

“피난이라? 이 정도 인원이 질서 있게 움직인다? 사병이 붙었고,
무기가 있고… 그건 피난이 아니라 반란(叛亂)의 씨앗이다.”

그 말이 칼끝처럼 막혔다. 뒤쪽에서 사람들의 숨이 흔들렸다. 누군
가는 어린아이의 입을 손으로 막았다. 울음은 칼보다 위험한 시대였
다. 조윤탁이 이를 악물었다. 그의 손이 본능적(本能的)으로 칼자루
를 찾았다가, 스스로 움켜쥐고 내려놓았다. 이안사는 조윤탁의 그 작
은 흔들림을 보았다. 사람이 싸움을 시작하는 순간은, 칼을 뽑을 때

가 아니라 마음이 먼저 뽑힐 때라는 것을. 이안사는 천천히 말했다.

"우리는 반란이 아닙니다. 곡식도 모자라고 무기도 많지 않습니다. 질서는… 흩어지면 더 많은 사람이 죽기 때문에 세운 것입니다."

순검은 신뢰하지 않는 얼굴이었다. 그는 뒤에 서 있던 군졸에게 눈짓했다. 군졸 몇이 수레 쪽으로 다가갔다. 그들의 손은 '검문(檢問)'이라기보다 '약탈(掠奪)'에 가까운 움직임이었다. 곡식 자루를 발로 찼고, 천을 들춰보며 서로 눈을 맞췄다. 그때, 군졸 하나가 백수린의 약초 꾸러미를 집어 들었다.

"이건 뭐냐. 독초(毒草)냐?"

백수린이 한 걸음 나섰다. 그녀의 목소리는 낮았지만 단단했다.

"약(藥)입니다. 열을 내리고, 상처를 덮습니다. 독초는 아닙니다."

순검의 얼굴이 일그러졌다. 여인의 말이 자존심(自尊心)을 건드렸기 때문이다. 그는 곧 칼자루를 눌렀다. 이안사는 그 순간, 사람들의 뒤에 숨겨진 공포(恐怖)를 읽었다. 오해는 몽골보다 먼저 사람을 찢는다. 그는 더 낮은 목소리로, 그러나 더 또렷하게 말했다.

"우리가 가진 것을 보여드리겠습니다. 그리고 원하는 것을 말해 주십시오. 다만, 이 자리에서 피가 흐르면… 이 산길은 몽골이 아니라 우리 손으로 서로에게 해(害)를 입히게 될 것입니다."

순검은 잠시 멈칫했다. '우리 손'이라는 말이 그를 건드렸다. 순검이든 군졸이든 결국 같은 고려 사람이었다. 그러나 그에게도 굶주림이 있었다. 관의 녹(祿)은 끊기기 일쑤였고, 산길에서 만나는 행렬은 '기회'가 된다.

"그럼… 통행문서(通行文書)는 있느냐."

그가 물었다. 이안사는 침묵했다. 문서가 없었다. 피난은 문서를 기다려주지 않는다. 침묵이 길어지자, 순검의 눈이 다시 날카로워졌다. 그때 문겸이 앞으로 나섰다. 그의 손에는 낡은 봉인(封印)이 찍힌 작은 종이가 있었다. 완전한 통행문서는 아니었지만, 예전 조운 관련 업무에서 받은 확인서(確認書) 같은 것이었다. 문겸은 그 종이를 조심히 내밀었다.

"예전의 인장(印章)입니다. 이안사 대감께서 조운(漕運) 일을 보던 때 받은 것입니다. 완전하진 않으나… 우리가 관의 적이 아니라는 증좌(證左)로 봐 주십시오."

순검은 종이를 받았다. 글을 다 읽지는 못했지만, 인장(印章)만큼은 눈에 익었다. 관묵(官墨)은 오래돼도 관의 냄새를 남긴다. 그는 잠시 갈등했다. 이 행렬을 붙잡으면 공(功)이 될 수 있다. 그러나 괜히 크게 건드렸다가, 뒤에서 책임을 떠안게 될 수도 있다. 결국 그는 한 발 물러났다.

"오늘은 넘긴다. 그러나 경계는 한다. 산중에서 함부로 군을 모으지 말라."

이안사는 고개를 숙였다. 승리라기보다, 피를 미룬 것이었다. 행렬이 다시 움직이기 시작했을 때, 사람들은 살았다는 안도보다 더 큰 피로(疲勞)를 느꼈다. 적과 싸우는 것보다, 같은 편으로부터 의심(疑心)받는 일이 사람을 더 고통스럽게 했다. 연화가 이안사 옆에서 낮게 말했다.

"우리는… 어디까지 가야 '죄'가 아닌가요."

이안사는 답하지 못했다. 죄(罪)와 생(生)의 경계(境界)는 전쟁 때 가장 흐려진다.

10
자제 (自制)

관군(官軍)과의 마찰(摩擦)을 지나자마자, 더 깊은 산길에서 사건(事件)이 터졌다. 마치 산이 '이제 진짜를 보여 주겠다'라는 듯했다. 문겸이 먼저 느꼈다. 새들이 동시에 날아오르는 방향(方向), 숲이 잠깐 숨을 멈춘 듯한 정적(靜寂), 그리고 바람 속에 섞인 낯선 냄새, 땀과 가죽과 오래 씻지 못한 사람의 냄새. 그는 손을 들어 행렬(行列)을 멈췄다. 그리고 낮게 말했다.

"기척(氣息)이 있습니다. 군마(軍馬)는 아닙니다. 그러나 사람 수가… 적지 않습니다. 아무래도 몽골 잔병(殘兵)인 듯합니다."

조윤탁이 즉시 진형(陣形)을 잡으려 했다. 후미(後尾)를 좁히고, 수레를 방패(防牌)처럼 세우고, 아이와 노인을 가운데로. 그러나 이안사는 그의 팔을 붙잡았다.

"진형을 크게 만들지 마라. 크게 보이면, 크게 싸우게 된다."

그 말은 이상하게 들릴 수 있었다. 그러나 이안사의 계산(計算)은 냉정(冷靜)했다. 이 무리는 군(軍)이 아니다. 군처럼 보이는 순간, 적(敵)도 군처럼 덤빈다. 그때 한 사내가 앞으로 나섰다. 장무겸(張武謙). 이안사의 수하(手下) 중 최고의 장수(將帥)였다. 젊은 시절 북방(北方)에서 몽골 기병(騎兵)과 맞서 싸운 경험(經驗)이 있었다. 그의 등에는 긴 활(弓)이, 허리에는 짧은 칼이 있었다. 그는 말을 타지 않았다. 이 산에서는 말이 오히려 소리다. 그는 땅을 밟는 감각(感覺)으로 싸우는 사람이었다.

"제가 막겠습니다."

짧은 말, 그러나 말끝에는 '패배(敗北)를 허락하지 않겠다'라는 단단함이 있었다. 이안사는 고개를 끄덕였다.

"피를 적게."

장무겸은 대답(對答) 대신 활시위(弓弦)를 손가락으로 한 번 튕겼다.

"텅!"

그 소리는 낮았으나, 사람들의 심장(心臟)을 건드렸다. 몽골 잔당(殘黨)은 숲 가장자리에서 나타났다. 수는 열댓 명, 어깨가 좁고 눈이 깊었다. 정규군(正規軍)의 단정함이 아니라, 굶주림이 만든 날카로움이었다. 그들은 말을 타지 않았지만, 말과 함께 살던 자들의 걸음이었다. 발을 디딜 때 소리가 거의 나지 않았다. 손에는 짧은 칼과 합성궁(合成弓)의 흔적이 남은 활이 들려 있었다. 누군가는 몽골식 모자(帽子)를 썼고, 누군가는 고려 백성(百姓)의 옷을 반쯤 걸쳤다. 전쟁(戰爭)은 옷을 섞어 입힌다. 적과 아군(我軍)을 헷갈리게 만든다. 서로 맞대면하자 저들도 놀랐다. 숫자가 생각했던 것보다 많아서 그런 것이고, 이쪽에서는 처음 몽골군을 맞닥뜨렸다. 소문으로만 듣던 그 무시한 '짐승'들을 대면(對面)한 것이다. 그들 중 하나가 고려말(高麗言)을 어색하게 내뱉었다. 목소리에는 굶주림과 두려움이 가득 차 있었다.

"곡식(穀食). 여자(女子). 내놔라."

그 말이 끝나기도 전에 장무겸은 이미 바람을 읽고 있었다. 산길에서 활은 '힘'이 아니라 '각도(角度)'다. 그는 언덕 위로 반걸음 올라섰다. 발아래 흙의 질감(質感), 젖은 낙엽의 미끄러움, 바람의 방향. 그는 숨을 길게 내쉬었다. 그리고 첫 화살을 놓았다. 화살은 소리를 거의 내지 않았다.

"훅!"

몽골 잔당 하나가 목을 움켜쥐고 무너졌다. 피가 뿜어 나오지 않았다. 피는 안에서 먼저 고인다. 그가 쓰러지는 소리가 더 컸다.

"툭!"

잔당들이 흩어졌다. 그러나 흩어지는 것은 도망이 아니라, 포위(包圍)의 시작일 수도 있었다. 두 명이 좌측 숲으로 파고들었고, 세 명이 바위 뒤로 몸을 숨겼다. 한 명은 일부러 크게 뛰어 장무겸의 시선(視線)을 끌었다. 경험 많은 자들의 움직임이었다. 조윤탁이 낮게 외쳤다.

"숲으로 들어가지 마십시오! 숲은 그들의 무기입니다!"

사병(私兵)들이 수레를 방패처럼 세웠다. 수레의 나무판이 몸을 다 가리지 못했지만, 심리(心理)에는 큰 벽(壁)이 된다. 아이들이 숨을 죽였다. 숨을 죽이는 소리조차 들릴 것 같았다. 장무겸은 두 번째 화살을 꺼내며, 첫 번째로 쏜 방향을 기억했다. 그는 '사람'을 맞추는 것이 아니라 '사람이 다음에 서 있을 자리'를 맞추는 사내였다. 바위 뒤로 숨은 자는 바위 끝을 믿는다. 그 믿음이 그를 죽인다. 장무겸의 화살이 바위 끝으로 날아갔다. 바위 뒤에서 피가 튀는 소리가 났다. 숨은 자가 신음을 삼키지 못했다. 그 순간, 잔당 하나가 오른쪽으로 우회(迂回)해 수레 쪽으로 뛰어들었다. 그의 칼이 번뜩였다. 칼은 짧았고, 그래서 더 위험했다. 길게 휘두를 필요가 없었다. 가까이 붙어 찌르면 된다. 그는 수레를 밀치며 안쪽으로 파고들려 했다. 그러나 쉽지 않다는 것을 느꼈는지 뒤로 잠시 물러났다. 그가 노린 것은 곡식이 아니라 사람의 공포(恐怖)였다. 공포는 행렬을 무너뜨리는 가장 쉬운 방법이었다. 이안사는 그 장면을 보며, 가슴이 얼어붙는 느낌을 받았다.

'지금 한 사람만 뚫리면… 우리는 다시 흩어진다.'

그때 백수린이 아이를 안고 뒤로 물러나며, 연화에게 낮게 말했다.

"눈을 가려. 피를 보면… 아이가 평생 그 피를 씹어!"

연화의 손이 떨렸다. 그러나 그녀는 아이의 눈을 가렸다. 그 작은 손이, 전쟁보다 큰 결심(決心)처럼 보였다. 장무겸이 활을 잠시 내려놓았다. 거리는 너무 가까웠다. 활은 '거리'의 무기다. 그는 허리의 칼을 뽑았다. 칼이 뽑히는 소리는 짧았으나, 그 소리에 사병들의 몸이 동시에 반응(反應)했다. 장무겸은 달렸다. 달리는 사내는 바람과 같다. 바람은 한 번 부딪히면 멈추지 않는다. 칼이 부딪쳤다.

"챙!"

짧은 칼과 장무겸의 칼이 맞붙었다. 상대는 몽골군 특유의 '붙어서 찌르기'를 시도(試圖)했다. 팔꿈치를 붙이고 몸을 낮추어, 칼끝을 배로 넣는 방식. 장무겸은 그 순간 한 발 뒤로 물러나며 상대의 손목을 쳐냈다. 손목이 꺾이면 칼끝이 길을 잃는다. 상대의 칼끝이 허공(虛空)을 가르자, 장무겸의 칼이 상대의 어깨 아래를 스쳤다. 피가 얇게 번졌다. 상대가 비명을 지르려 했으나, 장무겸은 즉시 그의 턱 아래를 손안의 단검으로 베어 숨을 끊었다. 죽음은 큰 소리로 오지 않았다. 산은 소리를 싫어한다. 숲속에서는 잔당들이 다시 움직였다. 화살 두 발이 날아왔다. 하나는 수레의 나무판에 꽂혔고, 하나는 땅에 박혔다. 땅에 박힌 화살이 떨렸다. 그 떨림이 공포를 키웠다. 조윤탁이 사병 둘을 이끌고 옆으로 빠졌다. 그는 군을 떠났어도 군의 방식(方式)으로 싸웠다.

"정면(正面)은 버티고, 옆은 자른다."

둘은 바위 사이로 낮게 기어가 잔당의 측면(側面)을 노렸다. 그 순간, 잔당 하나가 도망치듯 달아났다. 그러나 조윤탁은 알았다. 도망치는 자가 아니라, 도망치는 척하는 자라는 것을. 그는 일부러 그를 쫓지 않았다. 대신 그가 남길 '길'을 보았다. 길은 뒤에 있는 자들을 드러낸다. 장무겸이 다시 활을 들었다. 숨을 고르고, 세 번째 화살. 그는 이번엔 사람이 아니라, 나뭇가지 위의 작은 흔들림을 겨냥했다. 흔들림은 숨은 자의 호흡(呼吸)이었다. 화살이 날아가고, 나뭇잎이 한꺼번에 떨어졌다. 그리고 숲속에서 사람이 굴러 나왔다. 어깨에 화살이 박힌 채. 전투(戰鬪)는 길게 이어지지 않았다. 산중(山中)의 싸움은 오래 끌수록 양쪽이 다 무너질 수 있다. 잔당들은 곡식을 얻지 못하면 떠나야 했다. 아니 도망갔다. 그들은 굶주렸지만, 완전히 미친 짐승은 아니었다. 몇 명이 쓰러지자, 그들은 숲으로 흩어졌다. 사병들이 뒤쫓으려 했으나 이안사가 막았다.

"쫓지 마라. 산에서 쫓는 자는… 산이 먹는다."

사병들은 멈췄다. 한동안 숲은 조용했다. 너무 조용해서, 오히려 다시 숨이 막혔다. 이쪽은 피가… 거의 흐르지 않았다. 행렬 쪽의 피는 없었다. 그 사실(査實)이 이안사의 가슴을 더 무겁게 했다. 우리는 싸울 수 있다. 우리는 이길 수도 있다. 그 깨달음은 희망(希望)이 아니라, 또 다른 위험(危險)이었다. 싸울 수 있다는 순간부터 사람은 싸움을 선택하기 쉬워진다. 그리고 싸움은 결국 사람을 바꾼다. 그날 밤, 이안사는 잠들지 못했다. 그는 자신이 사람들을 지키는지, 아니면 위험 속으로 끌고 가는지 묻고 또 물었다. 불을 피우지 못해 어둠 속에서 생각은 더 크게 들렸다. 그는 속으로 전주(全州)를 떠올렸다. 떠올리는 것만으로도, 가슴이 한 번씩 꺼졌다.

몽골 잔당과의 충돌(衝突) 소식은 곧 강원도 안찰사(按察使) 민경도((閔敬度)에게도 들어갔다. 보고(報告)는 더 복잡해져 있었다.

'이안사 행렬이 산중에서 무리를 물리침, 피해(被害)는 거의 없었으나 무력(武力) 충돌이 있었고, 이는 사병의 전투 능력(能力)을 증명함'

관원(官員) 하나가 흥분(興奮)해 말했다.

"지금 치지 않으면, 나중에는 더 큰 화(禍)가 됩니다. 사병이 산중에서 몽골을 물리쳤다? 그건 곧… 관군도 물리칠 수 있다는 뜻입니다."

안찰사는 그 말을 가만히 들었다. 그리고 천천히 물었다.

"그들이 약탈(掠奪)했느냐."

"아, 그건… 아직…"

"관아(官衙)를 불태웠느냐."

"아직은…"

"그럼, 그들이 한 것은… 산중의 잔당을 물리친 일이다."

관원이 말문이 막혔다. 안찰사는 알고 있었다. 법(法)으로는 '허가 없는 이동(移動)'이 죄(罪)가 될 수 있다. 그러나 민심(民心)으로는 '몽골 잔당을 물리친 자'가 영웅(英雄)이 될 수도 있다. 지금 칼을 들이대면, 칼은 이안사를 죽이는 게 아니라 관의 정당성(正當性)을 상처 낼 수 있다. 그는 조용히 결론(結論)을 내렸다.

"순검(巡檢)을 보내되, 싸움을 만들지 마라. 그 행렬을 감시(監視)하라. 그리고… 길목의 고을들에 명(命)해라. 불필요한 검문(檢問)으로 백성을 흔들지 말라."

그 명령은 사람들에게 '약하다'로 들릴 수 있었다. 그러나 안찰사는 안다. 지금 필요한 것은 강함이 아니라, 무너지는 것을 늦추는 힘이라는 것을.

11
굴욕 (屈辱)

몽골군과의 전투(戰鬪), 관군(官軍)과의 마찰(摩擦) 이후, 행렬의 분위기는 눈에 띄게 무거워졌다. 사람들은 살아남았다. 그러나 살아남았다는 사실이 곧 안도(安堵)를 뜻하지는 않았다. 살아남는다는 것은 또다시 생존(生存)을 위한 투쟁(鬪爭)이 계속되어야 한다는 뜻이다. 사람은 죽음보다 미래의 공포를 더 오래 품는다. 낮에는 말이 없었고, 밤에는 잠이 없었다. 아이들은 자다가도 몸을 움찔 떨며 울음을 삼켰다. 어떤 아이는 '말발굽 소리'를 들었다고 했고, 어떤 이는 '관군(官軍)이 뒤를 밟고 있다.'라고 말했다. 환청(幻聽)들이 모여서 진실(眞實)을 만들려고 했다. 확인된 것은 아무것도 없었으나, 소문(所聞)은 배고픔보다 빨리 퍼졌고, 두려움보다 먼저 사람을 무너트렸다. 이안사는 사람들을 모아 설명하려다 그만두었다. 그는 이미 여러 번 경험(經驗)으로 배웠다. 말은 불을 끄기도 하지만, 때로는 불씨에 기름을 붓기도 한다. 지금 필요한 것은 잡다한 염려(念慮)의 말이 아니라 질서(秩序)였다. 그는 문겸과 조윤탁을 불러 짧게 지시했다.

"낮에는 쉬는 시간을 일정하게 유지하라. 불규칙하면 불안(不安)이 커진다. 밤에는 소리 없는 순찰(巡察)을 돌려라. 횃불은 최소한으로. 발자국도 줄여라. 곡식(穀食) 배분(配分)은 더 공평(公平)하게 하되, 더 엄격(嚴格)하게 하라. 원망(怨望)은 허기(虛氣)에서 나오지만, 폭동(暴動)은 불공평(不公平)에서 시작된다."

그리고 마지막으로, 가장 길게 멈추어 말을 이었다.

"다음 고을의 관아(官衙)와 마주치면, 우리가 먼저 예(禮)를 갖춘다. 자세(姿勢)에서 오해(誤解)의 칼날이 서지 않게 하라. 변명(辨明)하지 말고, 공격(攻擊)하지도 말라."

조윤탁의 눈썹이 순간 꿈틀거렸다. 그는 이 지시(指示)가 얼마나 위험한 것인지 알고 있었다. 그러나 그는 반박(反駁)하지 않았다. 이안사의 목소리에는 이미 결정(決定)이 들어 있었기 때문이다. 하지만 길은 늘 사람의 계산보다 잔인(殘忍)했다.

며칠 뒤, 작은 고을 어귀 장터의 흙이 아직 다져지지 않은 곳에서 그들은 또 다른 순검의 우두머리는 병마부사영(兵馬副使營)에 소속된 순검별감(巡檢別監)과 맞닥뜨렸다. 지방 고을을 순행(巡行)하며 유민(流民)과 도적을 단속(團束)하는 임무(任務)를 맡고 있었고, 그 권한(權限)은 조사와 제지를 넘어 필요하다면 즉결 구금(拘禁)까지 가능했다. 그들은 이미 길을 막고 서 있었다. 우연히 마주친 것이 아니었다. 마치 이쪽에서 나올 것을 알고 기다렸다는 듯, 사람들의 시선을 하나하나 훑고 있었다. 순검별감은 말에서 내리지도 않은 채, 턱을 약간 들어 올리고 이안사의 무리를 내려다보았다. 그들 정예병(精銳兵)들은 창과 칼로 무장했다. 20여 명이 넘었다. 그들은 오합지졸(烏合之卒)로 보이는 천여 명의 피난민들과 하찮게 보이는 사병들이 눈에 차지 않았다. 눈은 좁게 떴고, 시선(視線)은 멈추지 않았다. 노인과 아이, 짐수레, 무기를 멘 사내들, 그의 눈은 셈하듯 움직였다. 사람을 보는 눈이 아니라, 사안(事案)을 재는 눈이었다. 그는 손을 들었다. 말 한마디 없이도 길이 막혔다.

"거기서 멈춰라!"

목소리는 낮았지만 단호(斷乎)했다. 명령(命令)이었지, 요청(要請)이 아니었다. 뒤따르던 순검들이 동시에 창과 몽둥이를 반쯤 앞으로 내밀었다. 위협(威脅)을 숨기지 않는 제지(制止)였다. 순검 별감은 고개를 기울이며 말했다.

"행렬이 꽤 크군."

말끝이 살짝 올라갔다. 칭찬이 아니라, 의심의 말이었다. 그는 잠시 말(言-언)을 멈추었다. 의도적인 침묵이었다. 사람들이 먼저 입을 열기를 기다리는 그러나 누구도 말하지 못하게 만드는 침묵. 그리고, 마침내 말을 이었다.

"산중에서 피를 흘렸다고 들었소."

그 말 한마디에, 문겸의 손이 반사적으로 칼자루에 닿았다. 그러나 그는 쥐지 않았다. 이안사가 이미 한발 앞서 나서 있었기 때문이다. 순검은 말을 이었다.

"소문이 있소. 이안사라는 자가 몽골 잔당(殘黨)과 내통했다는 말이오."

전투의 소식은 이렇게 변질(變質)되었다.

'몽골 잔당을 물리쳤다'라는 말은 '몽골 잔당과 싸웠다'로, 다시 '몽골 잔당과 엮였다'로, 끝내 '몽골 잔당과 내통했다'로 바뀌었다. 전쟁 통의 말은 사실보다 먼저 썩고, 진실보다 오래 살아남는다.

"산중에서 피가 났다면, 이유가 있는 법."

순검 별감은 고개를 기울이며 말했다.

"조사(調査)를 받으셔야겠소!"

그 순간, 조윤탁의 눈이 선명하게 빛났다. 그는 군(軍)의 냄새를 맡았다. 이것은 조사가 아니었다. 공(功)을 세우려는 칼, 죄를 만들기 위해 증거(證據)를 찾는 방식(方式)의 심문(審問)이었다. 조윤탁은 한 발을 내디뎠다. 그의 어깨가 굳어졌고, 칼집이 미세하게 울렸다. 그때 이안사가 고개를 돌렸다. 아주 작고 분명하게. 고개를 저었다. 말은 없었다. 그러나 그 한 번의 고개는 조윤탁의 팔을, 그의 분노(憤怒)를 그리고 칼을 다시 칼집 속으로 밀어넣었다. 이안사는 알고 있었다. 지금 이곳에서 전투는 모두를 죽이는 살육(殺戮)이 된다는 것을. 그는 별감 앞에 더 가까이 섰다. 어깨를 낮추고, 시선을 먼저 내렸다. 그 모습은 일부러 선택한 비굴(卑屈)이었다.

"조사를 받겠습니다."

그 말에, 휘하의 사병(私兵)들 사이에 짧고 거친 숨소리가 퍼졌다. 문겸은 이를 악물었다. 그러나 이안사는 뒤돌아보지 않았다.

"다만,"

그는 말을 이었다.

"이 행렬에는 노약자와 아이들이 있습니다. 조사가 필요하다면 저를 통해서 해 주십시오. 이들은 죄가 없습니다. 죄가 있다면 제가 달게 받겠습니다. 이들에게 죄가 있다면 나를 따른 것뿐입니다."

이안사는 마지막 말을 조금 낮췄다. 변명(辨明)이 아니라 선택(選擇)이었다. 그는 자신을 방패(防牌)로 내놓았다. 말(言)의 전투에서 이기는 길은 있었으나, 그 길은 피를 요구할 수도 있는 것이다. 이안사는 그 피의 고통을 자기 몫으로 가져갔다.

잠시 침묵(沈默)이 흘렀다. 순검별감은 말(馬) 위에서 내려다보며 이안사의 얼굴을 살폈다. 눈빛에는 의심이 남아 있었지만, 그보다 먼저 떠오른 것은 우월감(優越感)이었다. 상대가 한발 물러났다는 사실은 그에게 설명(說明)보다 분명한 신호(信號)였다. 자신의 권세(權勢)로 상대를 무너트렸다는 힘의 승리(勝利).

"달게 받겠다고?"

별감은 코웃음을 쳤다. 말끝을 일부러 늘였다.

"그 말, 책임질 수 있나? 그런 말을 함부로 해도 되나?"

그는 고개를 돌려 부하들을 한 번 훑어보았다. 이미 결론(結論)은 나 있었고, 이제 남은 것은 그 결론을 어떻게 과시(誇示)하느냐였다.

"산중에서 피가 흘렀다는 말만 들으면, 보통은 칼부터 찾는다네."

그는 다시 이안사를 내려다보았다.

"하지만 자네는 말(言)부터 꺼냈군."

그 말은 칭찬처럼 들렸으나, 실은 자기 권한(權限)을 확인하는 방식이었다. 난(亂)의 시대에는 도덕보다 칼이 통하는 것이다. 별감은 말에서 반쯤 몸을 기울였다.

"좋다. 오늘은 넘어가 주지."

'넘어가 준다.'라는 말에 휘하 병졸(兵卒) 몇이 작게 웃었다. 그 웃음은 행렬 쪽으로 흘렀다. 마치 시혜(施惠)를 베푸는 장면처럼.

"'선량한 양민'을 너그럽게 살펴 주심에 감사(感謝)합니다"

이안사가 조용하지만, 감사가 담긴 목소리로 말했다. 그는 손을 내저었다.

"선량한 양민이라…. 선량(善良)? 그런 건 내가 판단할 일이지, 그대가 정할 일은 아니야."

그리고는 일부러 말을 낮추었다.

"그래도 말이야, 이런 판국에 노약자랑 아이를 앞세우고 다니는 건 나쁘지 않은 선택이었어."

이안사는 고개를 숙였다. 짧게, 그러나 분명하게. 별감은 그 모습이 마음에 든 듯 입가에 웃음을 올렸다.

"다만, 기억해 두게."

그는 웃음을 지운 채 말했다.

"다음 고을에서도 이런 식으로 다니면, 그땐 나 말고 다른 작자에게 걸릴 수도 있어. 그리고 그런 작자들은… 오늘의 나만큼 너그럽지 않을 수도 있지."

별감이 얼마나 너그러운지 스스로 자신을 드러내었다. 말은 경고였지만, 말투는 훈계(訓戒)였다.

"항상 조심하게. 그리고…."

그는 말머리를 돌리며 덧붙였다.

"괜히 소문나지 않게."

순검별감은 그렇게 떠났다. 자신이 한 번 큰 결단(決斷)을 내린 듯한 표정으로 자신을 한 치 더 높인 채. 행렬은 한동안 움직이지 못했다. 아이들의 울음도, 노인들의 기침도 그가 사라진 뒤에야 다시 흘러나왔다.

조윤탁은 이를 악문 채 이안사를 바라보았다. 문겸 역시 아무 말도 하지 못했다. 이안사는 천천히 고개를 들었다. 그의 얼굴에는 분노(憤怒)도, 안도(安堵)도 없었다. 다만, 책임을 다 치르고 돌아온 사람의 표정만이 남아 있었다. 그는 알고 있었다. 오늘 자신이 택한 것은 체면이 아니라 비굴함(卑屈)이었다는 것을. 그러나 그 비굴함으로 아이들은 잠들 수 있고, 노인들은 내일을 맞을 수 있다면 그 정도의 굴욕(屈辱)은 자신이 감당해야 할 몫이었다. 그리고 이안사는 말없이 받아들였다.

<h1 style="text-align:center">12
동행 (同行)</h1>

그날 밤, 행렬은 고을 바깥, 바람이 잘 드는 곳에서 멈췄다. 책력(册曆)으로는 아직 찬 2월이었지만, 공기는 더 이상 1월의 그것은 아니었다. 한겨울의 바람은 살을 베었고, 지금의 바람은 살을 파고들되 오래 머물지는 않았다. 얼음처럼 단단하던 땅도 낮 동안에는 잠시 물러졌다가, 밤이 되면 다시 얇게 굳어 발밑에서 작은 소리를 냈다. 행렬은 한 달 전, 눈이 허리께까지 쌓이던 1월의 한복판에서 길을 나섰다. 그때는 숨을 들이마시는 것조차 아팠고, 사람들의 말은 입 밖으로 나오기 전에 얼어붙었다. 지금은 다르다. 아직 춥지만, 사람들은 무의식(無意識)중에 '조금만 더 가면'이라는 말을 입에 올리기 시작했다. 그 말속에는 희망(希望)이라기보다, 버틸 수 있겠다는 감각(感覺)이 담겨 있었다. 이안사는 그 차이(差異)를 느꼈다. 그래서 더 잠들 수 없었다. 풀잎 끝에는 여전히 서리가 맺혀 있었지만, 그 아래 흙은 1월처럼 죽어 있지 않았다. 낮 동안 풀린 기운(氣運)이 남아 있

었다. 봄은 아직 오지 않았으나, 봄이 오고 있다는 사실만은 숨길 수
없게 된 밤이었다.

이안사는 눈을 감았다가 다시 떴다. 잠은 쉽게 오지 않았다. 사람
을 지키기 위해 얼마나 더 낮아져야 하는지, 얼마나 더 져줘야 하는
지, 그 계산은 계절(季節)처럼 조금씩 바뀌면서도, 끝내 사라지지 않
았다. 1월에는 선택지가 없었다. 살아남느냐, 얼어 죽느냐의 문제였
다. 그러나 2월은 달랐다. 길 위에 선택(選擇)의 생기(生氣)가 시작하
는 계절, 그래서 책임이 더 무거워지는 계절이었다. 그는 자신에게
물었다. 오늘 져준 말 한마디가 내일은 무엇을 요구하게 될지. 오늘
숙인 고개가 다음 고을에서는 무릎이 되지는 않을지. 봄이 오면 길은
더 붐빌 것이고, 붐비는 길은 언제나 의심(疑心)과 칼을 함께 불러온
다. 사람들은 그를 두령(頭領), 또는 일상적으로 대감(大監)이라고 불
렀다. 두령이 된 적도, 대감이 된 적도 없지만 그들에겐 그런 의지(依
持)였다. 앞에 서서 방향을 정하는 사람, 뒤에서 밀려오는 두려움을
대신 맞는 사람. 그러나 그 호칭이 따뜻하게 느껴진 적은 없었다. 두
령이나 대감이란 이름은 결정(決定)의 순간(瞬間)마다 한 사람의 몸
위에 얹히는 무게였다. 이안사는 밤하늘을 올려다보았다. 별은 1월보
다 분명했고, 그만큼 길도 더 또렷해 보였다. 또렷하다는 것은, 숨길
것이 줄어든다는 뜻이기도 했다.
　‘삼척 원덕읍 노곡리….’
　그 지명(地名)을 떠올리자, 가슴 한쪽이 미세(微細)하게 풀어졌다.
겨울에도 물이 마르지 않고, 사람이 머물며 밭을 일굴 수 있다는 곳.
눈 속에서도 뿌리를 잃지 않는 땅.
　‘정말… 삶을 누릴 수 있는 땅일까.’
　그는 자신에게 물었다. 갈등(葛藤) 없이, 아픔 없이, 칼을 먼저 떠올

리지 않아도 되는 그런 땅이 아직 이 세상에 남아 있기는 한 것인지. 그러나 곧 생각은 다시 길로 돌아왔다.

'거기까지 가는 길은….'

그 길은 겨울을 견디는 길이 아니라, 겨울이 끝나가는 길이었다. 얼음이 녹기 시작하는 길은

발자국이 더 선명(宣明)해지는 길이다. 누가 앞에 서는지, 누가 뒤처지는지, 누가 칼을 드는지, 누가 끝내 고개를 숙이는지, 그 모든 것이 눈 대신 흙 위에 남게 될 것이다. 이안사는 알았다. 두령이든, 대감이든 앞서는 사람이란 가장 강한 사람이 아니라, 가장 오래 책임을 짊어지는 사람이라는 것을. 이길 수 없는 전투에서 싸움을 택하지 않는 법을 말로 설명하는 자리가 아니라, 자기 체면(體面)을 깎아 사람들의 하루를 연장(延長)하는 자리.

봄이 오면 사람들은 더 살고 싶어질 것이다. 살고 싶어진다는 것은 그만큼 더 많은 위험(危險)을 부르는 일이기도 하다. 이안사는 깊게 숨을 들이마셨다. 차가운 공기 속에 아주 옅은 흙냄새가 섞여 들어왔다. 그 냄새는 아직 봄(春-춘)이 아니었지만, 봄이 멀지 않다는 증거(證據)였다. 그는 다시 눈을 감았다. 잠은 오지 않았지만, 결정(決定)은 이미 내려져 있었다. 노곡리(蘆谷里)까지 가는 길에서 또다시 자신이 무너져야 한다면, 봄을 앞둔 이 길에서도 그 몫은 여전히 '두령(頭領)의 것'이었다.

멀리서 바람이 태백의 냄새를 실어 왔다. 바람 속에는 아직 바다의 기척이 없었다. 소금기 대신, 마른 흙과 솔잎, 오래된 바위의 냄새가 섞여 있었다. 산의 냄새였다. 삼척(三陟)은 아직 멀었다. 너무 멀어서, 도착은 희망이라기보다 또 하나의 부담처럼 느껴졌다. 행렬이 잠시 멈춘 사이, 사람들은 저마다의 방식으로 밤을 견뎠다. 아이 곁을 떠

나지 않는 어미가 있었고, 불을 지키며 졸다 깨기를 반복하는 사내들이 있었다. 연화는 그들 사이에서 한참을 망설이다가, 마침내 자리에서 일어났다. 그녀가 이안사를 찾게 된 것은 갑작스러운 결심이 아니었다. 며칠 전부터, 아니 어쩌면 그보다 훨씬 전부터 연화는 이안사를 멀리서만 보아왔다. 말을 아끼는 모습, 결정의 순간마다 한 박자 늦게 고개를 끄덕이는 버릇, 자기 이름이 불릴 때보다 다른 이의 이름이 불릴 때 더 오래 서 있는 태도. 순검별감과 마주쳤던 날, 연화는 행렬의 가장자리에서 그 장면(場面)을 보았다. 이안사가 고개를 숙이던 순간, 그의 등 뒤에 있던 아이 하나가 무의식중에 그를 방패처럼 붙잡는 것을. 그날 이후, 연화의 마음에는 풀리지 않는 매듭 하나가 남았다.

'저 사람은 왜 저렇게까지 져주는가.'

연화는 원래 말을 먼저 꺼내는 사람이 아니었다. 사람들 틈에서 오래 살아온 여인들은 질문보다 침묵이 더 안전(安全)하다는 것을 너무 일찍 배운다. 그러나 길이 길어질수록, 침묵은 점점 무거운 짐이 되었다. 특히 '노곡리'라는 이름이 사람들 입에 오르내리기 시작하면서부터였다.

'거기까지 가면 괜찮아질 거다.'

'삼척은 다르다더라.'

그 말들이 쌓일수록, 연화의 마음에는 오히려 다른 질문이 커졌다.

'정말… 다를까?'

'아니면, 다르기를 바라는 것뿐일까.'

그 질문(質問)을 사람들 가운데서 꺼낼 수는 없었다. 그러나 이안사에게라면 묻고 싶었다. 연화는 조심스럽게 불 가에 앉아 있던 사람들 사이를 지나 조금 떨어진 곳에 홀로 서 있는 이안사를 보았다. 그는 바람이 불어오는 방향을 향해 서 있었다. 마치 길을 재고 있는 사람처럼. 연화는 몇 걸음 뒤에서 멈췄다. 그리고 잠시, 그가 먼저 돌아보기를 기다렸다. 이안사는 그녀의 기척을 느꼈다. 아주 작은 발걸음, 숨을 고르는 소리. 그는 천천히 고개를 돌렸다.

"무슨 일로."

연화는 고개를 숙였다가 들었다. 말을 고르면서도 멀찍이 섰다. 그 사이, 바람이 한 번 더 불었다. 멀리서 수천 년을 그 자리에 서 있었을 산의 냄새가 실려 왔다. 아직 바다는 없었다. 바다는 늘 마지막에 와야 하는 것처럼, 이 밤에도 모습을 드러내지 않았다. 연화가 조용히 입을 열었다. 그 순간 이안사는 그를 더 가까이…. 그리고 앉으라고 손짓했다. 그가 가까이 가질 않았지만, 조용히 앉았다.

"대감… 송구합니다. 쉬시는데… 그래도…"

말끝이 잠시 흔들렸다. 그 흔들림을 숨기듯, 그녀는 다시 고개를 낮췄다.

"혹여 하여 무례(無禮)를 무릅쓰고 여쭙습니다. 삼척에 가면, 정말 숨을 돌릴 수 있다고 생각하시는지요."

그 질문에는 책망도 없었고, 앞날에 대한 막연한 기대도 없었다. 다만 오래도록 마음속에 눌러 두었던 불안(不安)이 조심스럽게 고개를 든 순간이었다. 그리고 그 불안은 이안사 한 사람을 향한 것이 아니라 그가 짊어진 무게를 함께 바라본 데서 비롯된 것이었다. 이안사는 곧바로 답하지 않았다. 그녀의 얼굴을 보지 않고, 바람이 지나가는 어둠 쪽을 잠시 바라보았다. 마치 그 어둠 속에 자신이 삼키고 온 말들이 남아 있는 듯이.

"숨을 돌린다는 게,"

그가 낮게 말했다.

"어떤 숨을 말하는지에 따라 다르겠지."

연화는 그 말을 놓치지 않았다. 그의 대답(對答)이 질문(質問)을 피한 것이 아니라, 오히려 질문을 더 깊은 곳으로 옮겼다는 것도.

“저는……”

그녀는 잠시 말을 멈췄다. 이 말이 어디까지 가야 하는지, 어디서 멈춰야 하는지를 자기 자신에게 묻는 침묵이었다.

“도망치듯 쉬는 숨이 아니고….”

그녀가 조심스럽게 말을 이었다.

“앞을 봐도 되는 숨을…… 그런 숨을 말하고 싶었습니다.”

그 말에는

‘당신은 왜 그렇게 혼자서 버티고 있습니까?’라는 질문도,

‘당신이 무너지면 우리는 어찌합니까?’라는 두려움도 함께 접혀 있었다. 그러나 연화는 그것들을 하나도 펼치지 않았다. 바람이 잠시 잦아들었다. 이안사는 그제야 연화를 다시 보았다. 그녀의 눈에는 원망도 기대도 없었다. 다만, 자기보다 앞서 가지 않겠다는 결심(決心) 같은 것이 조용히 깔려 있었다. 그리고 그는 알았다. 이 질문은 연화 개인의 것이 아니라, 곧 이 행렬 전체가 누군가에게 건네게 될 질문이라는 것을. 그는 짧게 숨을 내쉬었다.

“그래서?”

그답지 않게, 말을 재촉하는 듯한 한마디였다. 마치 누군가에게서 대답을 듣고 싶다는 사람처럼. 연화는 고개를 끄덕이며 말을 이었다.

“앞을 볼 수 있는 숨이라면… 아직 멀어도, 그 길을 함께 가야 하겠지요.”

그 말에는

‘당신 혼자 두지 않겠습니다’라는 뜻도, ‘당신을 앞세워 도망치지는 않겠습니다’라는 뜻도 섞여 있었다. 그러나 연화는 끝내 그 어느 것도 입 밖으로 내지 않았다. 이안사는 고개를 끄덕였다.

“함께라……”

그의 목소리는 낮았고, 그 말 뒤에는 아무것도 덧붙지 않았다. 함

께라는 말이 그에게는 늘

가장 늦게 허락되는 말이었기 때문이다. 침묵이 길어지자, 연화는 더 머물지 않았다. 조용히 몸을 일으켰다. 그 동작(動作)에는 아쉬움보다도 선(線)을 넘지 않겠다는 배려(配慮)가 먼저 담겨 있었다. 연화가 몇 걸음 떨어져 가는 모습을 보며 이안사는 여린 웃음을 띠었다. 붙잡지 않았고, 불러 세우지도 않았다. 그럴 자격(資格)이 없다는 것을 그는 누구보다 잘 알고 있었다. 연화는 모닥불 쪽으로 돌아갔다. 그곳에서는 이씨 부인이 아이 하나를 무릎에 앉히고, 다른 아이의 발을 주무르며 아녀자들에게 무언가를 나누어 주고 있었다. 쉼 없는 손놀림, 쉼 없는 슬프고도 여린 목소리. 그녀는 여전히 이 행렬의 현실(現實) 한가운데에 있었다. 사람을 살리는 일은 대개 저런 자리에서 이루어진다는 듯이. 연화는 그 곁으로 조용히 섞였다.

그때, 이안사는 문득 이상한 감각(感覺)을 느꼈다. 바람이 다시 불었는데, 그 바람 속에 조금 전까지 없던 아주 희미한 꽃 내가 섞여 있었다. 어디선가 꺾인 꽃도 없고, 피어 있는 꽃도 없는 계절인데, 분명이 꽃이 지나간 자리의 냄새였다. 그는 잠시 그 자리에 서서 그 냄새가 사라질 때까지 움직이지 않았다. 가까이 갈 수 없다는 것을 알기에 더 또렷해지는 마음이 있다는 것을, 이안사는 그날 밤에야 처음으로 깨달았다.

13
고비 (苦憊)

전날 밤, 바람이 바뀌었다. 산의 숨결이 더 깊어지고, 젖은 흙냄새가 짙어졌다. 태백(太白)의 산줄기는 사람의 발걸음을 시험하듯 고개를 높여 세우고 있었다. 이안사(李安社)는 잠을 이루지 못한 눈으로 어둠을 밀어내며 일어났다. 밤새 불은 피우지 못했다. 불빛은 따뜻함이지만, 동시에 표식(標識)이었다. 표식은 관군(官軍)과 몽골 잔당(殘黨)을 함께 부른다. 그는 그 사실(査實)을 알고 있었다. 그래서 어둠 속에서 사람들의 숨결만으로 시간을 재고, 짐승 울음으로 거리의 깊이를 가늠하며, '오늘은 몇 명이 쓰러질까?'를 계산하는 듯한 마음으로 새벽을 맞았다. 그가 가장 먼저 들은 것은, 어린아이의 연약하고 아린 기침이었다. 작은 기침이었지만 길었다. 그 기침은 산에서 울림을 얻는다. 한 번 시작된 기침은 멈추기 어렵고, 멈추지 않는 기침은 곧 열(熱)을 부르고, 열은 사람을 무너뜨린다. 백수린(白秀麟)은 아이의 이마를 짚고, 입술을 살폈다. 입술이 마른 것은 곡식의 부족 때문만이 아니었다. 물이 부족해도, 몸속이 타도, 입술은 같은 모양으로 마른다.

"열병(熱病)이 번질 조짐이에요."

그녀는 낮은 목소리로 이안사에게 말했다.

"어젯밤에 떨던 아이가 둘, 기침하는 노인이 셋. 더 늦으면… 길에서 많은 사람이 쓰러질 겁니다."

이안사는 대답 대신, 손으로 자기 목덜미를 한 번 쓸었다. 땀인지 이슬인지 분간되지 않는 습기가 손바닥에 묻었다. 그는 생각했다. '삼척(三陟)까지 남은 거리'가 아니라, '삼척까지 남은 몸'이 문제라고. 행렬은 '마지막 고개'를 앞에 두고 있었다. 마을 사람들은 그 고개를 '끝

고개'라 불렀다. 끝이라는 말은 도착을 뜻하기도 하지만, 죽음도 뜻한다. 특히 길 위의 사람들에게 끝은 늘 두 얼굴이었다. 문겸(文謙)이 먼저 길을 살폈다. 그는 전날부터 산짐승의 흔적이 달라졌다고 말했었다. 짐승은 길을 피하는데, 요 며칠은 짐승이 길로 내려온다. 그것은 산이 '더 배고프다'라는 것보다 산에 사람이 많아졌다는 뜻이었다. 산중의 떠도는 무리, 몽골 잔당(殘黨)이든 도적이든, 어쨌든 '사람'이 산을 어지럽히고 있다는 신호(信號)였다.

"고개 위에 바람이 이상합니다."

문겸이 말했다.

"사람이 오래 머문 냄새가 납니다. 젖은 옷, 말린 피, 기름… 그런 냄새요."

조윤탁(趙允鐸)은 즉시 진형(陣形)을 떠올렸다. 그는 본능적(本能的)으로 수레의 위치를 바꾸고 싶어 했고, 후미를 좁히고 싶어 했다. 그러나 이안사는 조윤탁의 눈빛을 보고는 손을 들었다.

"오늘은 숨을 수 있는 형태로 간다."

"숨는 형태라니요?"

"진형을 만들되, 군처럼 보이지 않게."

그 말은 모순처럼 들렸다. 그러나 이안사는 알고 있었다. 이 행렬이 '군처럼' 보이는 순간, 관군은 이를 '통제 대상'으로 규정할 것이고, 잔당은 이를 '한 번에 큰 곡식'을 얻을 대상으로 볼 것이다. 살기 위해 만든 질서가, 오히려 죽음을 부르는 표식이 되는 것이다. 사람들은 고개를 오르기 시작했다. 바위가 늘어나고, 흙은 얇아지며, 발 아래는 단단해졌다. 산은 사람을 반기지 않는다. 산은 오히려 사람의 무게를 싫어한다. 수레가 끙끙대며 바위를 넘을 때, 사병(私兵)들이 줄을 걸어서 당겼다. 그 줄은 삭아 있었다. 줄이 끊어지면 수레가 굴러떨어지고, 수레가 굴러떨어지면 사람의 마음이 먼저 굴러떨어진다.

"조심해라."

이안사의 말이 낮게 떨어졌다. 그때, 첫 번째 위기(危機)가 터졌다. 먹을거리였다. 무주(茂朱) 이후로 줄인 배급(配給)은 이제 더 줄일 수 없는 곳까지 왔다. 곡식 자루를 열면 바닥의 가루가 보였다. 가루는 곧 끝이다. 사람들은 그 사실을 알고 있었다. 그래서 더 예민(銳敏)해졌다. 예민함은 대개 약한 곳을 먼저 찌른다. 한 사내가, 배급 수레 옆에서 갑자기 소리를 질렀다.

"저쪽은 더 받았습니다! 아이가 있다고, 노인이 있다고… 우리 집도 아이가 있습니다!"

그의 손가락은 특정 수레를 가리켰고, 사람들의 시선이 그 방향으로 모였다. 조윤탁이 뛰어들어 막았다.

"지금은 싸울 때가 아니다!"

"그럼 언제입니까? 이러다가 그냥 다 굶어 죽습니까?"

말(言)이 말(言)이 아니라 칼이 되려는 순간이었다. 이안사는 즉시 한 가운데로 나섰다. 그의 얼굴은 피곤했지만, 목소리는 피곤함을 숨겼다.

"여기서 갈라지면, 다 죽는다."

그는 짧게 말했다.

"우리는 함께 살아야 한다. 그러나 함께 살려면, 모두 좀 더 적게 먹어야 한다."

사람들이 술렁였다. '모두'이라는 말은 곧 '전부'가 될 수 있기 때문이다. 이안사는 그 시선(視線)을 정면(正面)으로 받았다. 그리고 이어서 말했다.

"오늘부터 내 몫은 삼분의 일로 줄인다."

그 말은 의외로 크게 들렸다. 왜냐하면, 사람들은 이미 마음속으로 이안사의 몫이 가장 안전하다고 생각했기 때문이다. 두령의 몫이 사라지면, 사람들은 잠시라도 '공평(公平)'을 믿게 된다. 믿음은 곡식이 아니지만, 믿음은 사람을 하루 더 걷게 만든다. 백수린이 조용히 이 안사의 팔꿈치를 잡았다.

"몸이 버티지 못하면, 정신도 버티지 못해요."

"몸은… 나중에."

"나중이 없을 수도 있어요."

그 말이 이안사의 속을 찔렀다. 그는 다시 생각했다. '나는 두령인가? 짐인가?' 그러나 그 생각은 곧 뒤로 밀렸다. 길은 생각을 기다려 주지 않는다.

고개가 절반쯤 남았을 때, 두 번째 위기가 터졌다. 병(病)이었다. 앞서 기침하던 아이가 갑자기 숨을 가쁘게 몰아쉬었다. 몸이 뜨겁게 달아올랐고, 눈이 뒤집혔다. 백수린이 아이를 눕혔다. 그녀는 약초 꾸러미를 풀어 손바닥에 가루를 덜었다. 그러나 물이 부족(不足)했다. 물이 없으면 약(藥)도 목에 걸린다.

"물!"

그녀가 외쳤다.

"깨끗한 물이 필요해요!"

연화가 수레 밑의 작은 물동이를 내밀었다. 물은 절반도 남지 않았다. 그 물은 원래 노인에게 돌릴 물이었다. 수린의 눈이 흔들렸다. 하나를 살리면 다른 하나가 위험해진다. 그러나 수린은 망설이지 않았다. 그녀는 그 물을 아이의 입술에 조금씩 흘려 넣었다.

"숨을 쉬어. 숨을 쉬어야 해."

그녀는 아이에게 말하면서도, 자기 자신에게 말하는 것처럼 들렸다. 그 모습이 사람들의 마음을 다시 갈라놓았다.

"저 아이만 살리면 뭐 합니까?"

“그럼 우리 애는요?”

“병이 옮는 거 아닙니까?”

병은 몸보다 먼저 사람의 마음에 옮는다. 불안(不安)이 전염(傳染)
되고 있었다. 이안사는 그 말들이 벌어지기 전에 손을 들었다.

“간호하는 이 외에 아이와 거리를 둬라!”

그는 말했다.

“가까이 오지 말고, 두려워하지도 마라! 병은 두려움이 아니라, 손
과 마음으로 다스린다.”

그 말이 진정(鎭定)될지, 허세(虛勢)가 될지는 알 수 없었다. 다만
지금은 흔들리는 무리에 중심이 필요했다. 그 중심은 ‘희망’을 책임
져야 한다.

고개 위쪽에서 갑자기 바람이 세졌다. 바람 속에, 새로운 냄새가 섞
여 들어왔다. 말린 가죽 냄새, 피 냄새, 그리고 사람의 숨 냄새. 문겸
이 다시 손을 들어 멈추게 했다.

“위에… 있습니다.”

그가 낮게 말했다.

“숲이 이상합니다. 너무 조용합니다.”

조윤탁이 이를 악물었다.

“도적(盜賊)입니다.”

“몽골 잔당일 수도 있다.”

이안사가 말했다. 그 순간, 위에서 돌 하나가 굴러 내려왔다. 작은
돌이었지만, 그 돌은 ‘신호(信號)’였다. 곧이어 검은 형체들이 숲 사이
로 드러났다. 열댓 명, 아니 스무 명 가까운 수였다. 더 많았다. 지난
번 산중 전투 때보다 확실히 더 많다. 그들은 제각각이었다. 어떤 자
는 몽골식 복장(服裝)의 조각을 걸쳤고, 어떤 자는 고려 농민의 누더

기를 입었다. 그 누더기 아래로 칼집이 보였다. 그들이 가진 것은 굶주림이고, 그 굶주림이 낳은 폭력(暴力)이다. 앞장선 자가 말했다. 말은 서툴렀으나 뜻은 분명했다.

"곡식 내놔라. 수레 내놔라. 여자 내놔라."

연화의 얼굴이 하얗게 질렸다. 백수린이 연화의 손을 잡았다. 손끝이 차가웠다. 이안사는 그 말을 들었을 때, 심장이 내려앉는 느낌을 받았다. 싸움은 곡식을 위해서가 아니라, 사람의 존엄(尊嚴)을 위해서 치러질 때 더 잔인(殘忍)해진다. 장무겸(張武謙)이 앞으로 나섰다. 이번에도 그는 말을 타지 않았다. 그는 산길의 전투가 어떤 것인지 알고 있었다. 산길에서의 싸움은 '정면'이 아니라 '각도'와 '소리'의 싸움이다. 잘못 움직이면, 적보다 산이 먼저 사람을 죽인다. 장무겸이 이안사에게 낮게 말했다.

"이번엔 멀리 쏘는 싸움이 아닙니다. 붙습니다."

"붙지 마라."

"붙지 않으면, 그들이 우리 수레에 붙습니다."

그 말이 현실이었다. 잔당들은 이미 고개 위에서 길목을 잡고 있었다. 그들은 내려오며 포위(包圍)를 만들려고 했다. 수레를 뺏어 아래로 굴리면 행렬은 공포(恐怖)에 깨진다. 그들은 그걸 노렸다. 사람을 죽이기 전에, 질서를 무너뜨리는 것. 그것이 산중 도적들의 가장 현실적인 전술이었다. 장무겸은 활을 들었다. 그러나 그는 곧 활을 내렸다. 바람이 너무 세고, 거리가 너무 가까웠다. 화살은 이 바람에서 믿을 수 없다. 그는 첫 화살을 쏘는 대신, 사병들에게 손짓했다.

"수레를 세워! 가장 좁은 길목을 막아!"

사병들이 수레를 비스듬히 세웠다. 바퀴가 바위에 걸리고, 나무판이 방패처럼 길을 막았다. 그러나 방패는 완전하지 않았다. 틈이 있었다. 그 틈을 노리고 잔당 두 명이 뛰어들었다. 첫 번째 놈의 칼이 번뜩였다. 그는 바퀴 아래로 몸을 낮추어 들어왔다. 짧은 칼은 이 좁은 길에서 맹수(猛獸)였다. 장무겸이 칼을 뽑았다. 칼이 공기를 가르는 소리가, 차갑게 울렸다.

"챙!"

붙었다. 이번엔 정말 붙었다. 상대는 몽골식 근접전(近接戰)의 흔적을 가진 자였다. 그는 칼끝을 '휘두르지' 않았다. '찌르려' 했다. 그는 사람의 몸에서 가장 빠른 길을 찾는다. 배, 겨드랑이, 목. 장무겸은 그 칼의 길을 잃고, 발을 옆으로 빼며 상대의 손목을 쳤다. 손목이 꺾이면 칼은 힘을 잃는다. 그러나 상대는 바로 반대 손으로 장무겸의 옷깃을 잡아당겼다. 가까이 붙어야 찌를 수 있기 때문이다. 장무겸의 어깨가 당겨졌다. 그 순간, 그의 옆구리로 또 다른 잔당이 파고들었다. 두 명이 협공(挾攻)이다. 장무겸은 뒤로 물러날 수 없었다. 뒤는 수레, 사람, 아이. 물러나면 뚫린다. 그는 짧게 숨을 들이마셨다. 그리고 자신의 칼을 상대의 칼과 부딪치지 않았다. 대신 상대의 팔꿈치 아래를 베었다. 팔은 뼈보다 힘줄이 먼저 끊어진다. 힘줄이 끊어지면 칼은 떨어진다. 상대가 비명(悲鳴)을 질렀다. 그 비명은 산에 부딪혀 다시 내려왔다. 그 비명이 다른 잔당들을 자극했다. 그들은 더 거칠게 뛰어들었다. 돌을 던졌고, 나무토막을 던졌다. 그중 하나가 사병의 이마를 갈랐다. 피가 흐르자, 행렬 뒤쪽에서 작은 비명이 새어 나왔다. 공포가 흔들리기 시작했다. 조윤탁이 그 순간, 군의 기억으로 움직였다. 그는 사병 셋을 데리고 옆길로 빠졌다. 산에는 늘 작은 옆길이 있다. 짐승 길이든, 사람 길이든. 조윤탁은 그 길을 찾아 잔당의 옆구리를 찔렀다. 그는 칼을 휘두르지 않았다. 칼은 좁게, 빠르게. 상대의 허벅지, 종아리. 걷지 못하게 만들면 싸움은 끝난다. 죽이지 않아도 된다. 걷지 못하면, 산이 그를 먹는다. 그러나 잔당들도 산을 알고 있었다. 그들은 순식간에 뒤로 빠지며 다시 모였다. 그리고 그들

중 하나가 갑자기 외쳤다.

"관군이다!"

그 말이 사실인지, 거짓인지 알 수 없었다. 하지만 그 말은 전투의 판을 바꾼다. 잔당에게 관군은 적이 아니라, '또 다른 약탈자'다. 관군이 오면 잔당은 도망친다. 그러나 행렬도 마찬가지다. 관군이 오면, 행렬은 '조사(照査)'와 '해체(解體)'의 위험을 맞는다. 이안사는 그 한마디에, 두 개의 공포가 동시에 떠오르는 것을 느꼈다. 잔당과 관군. 산중의 칼과 관의 칼. 어느 쪽이든, 사람은 피한다. 장무겸은 잔당의 흔들림을 놓치지 않았다. 그들은 이미 '이득이 적다'라고 판단하고 있었다. 곡식을 얻기도 전에, 피가 나고, 소리가 커졌다. 소리는 관군을 부른다. 잔당은 더 오래 머물수록 손해(損害)였다. 장무겸이 마지막으로 활을 들었다. 바람이 세지만, 그는 바람을 '따라' 쏘는 방법을 알고 있었다. 그는 화살을 곧장 쏘지 않았다. 바람의 방향으로 약간 비껴 쏘았다. 화살은 바람에 실려 돌아가듯 날아갔다. 잔당의 한 명이 다리를 움켜쥐고 쓰러졌다. 그 쓰러짐은 '죽음'이 아니라 '포기(抛棄)' 였다. 잔당들은 그 포기를 보고, 더는 붙지 않았다. 그들은 숲으로 흩어졌다. 나뭇잎이 흔들리고, 발소리가 멀어졌다. 전투는 끝났다. 그러나 진짜 위기(危機)가 그들을 기다리고 있었다.

14
긴장 (緊張)

관군(官軍)이 출현은 처음부터 '소리'로 오지 않았다. 그보다 앞서 산이 먼저 반응(反應)했다. 고개 아래쪽 숲에서 새 한 무리(無理)가 동시에 날아올랐다. 흩어지는 것이 아니라, 마치 하나의 방향을 정해둔 듯 일제히 떠올랐다. 날갯짓이 급했고, 고도(高度)가 낮았다. 짐승을 만났을 때의 우발적인 혼란(混亂)과는 전혀 다른 움직임이었다. 문겸은 그 장면을 보는 순간, 목뒤의 살이 서늘해지는 것을 느꼈다. 그는 칼자루에 손을 얹은 채, 일부러 숨을 고르며 귀를 열었다. 그리고 곧이어 들려온 것은 쇳소리였다. 바람을 타고 올라온, 서로 다른 금속(金屬)이 부딪치는 둔탁한 마찰음. 갑옷의 겹이 맞물리는 소리, 창 자루가 흔들리며 돌에 스치는 소리, 그 사이사이에 규칙적으로 박힌 발걸음. 그것은 산짐승이 낼 수 있는 소리가 아니었다. 도적 떼의 소리도 아니었다. 훈련된 움직임, 그리고 익숙한 질서였다. 문겸(文兼)은 이를 악물었다. 이 소리를 잘못 부르면, 모두가 죽는다.

"…옵니다."

그의 낮은 목소리에 주변의 공기가 한 번 더 가라앉았다. 아직 사람들은 정확히 무엇이 오는지 알지 못했다. 그러나 모른다는 사실 자체가 공포였다. 아이를 업은 여인들은 본능적으로 아이의 머리를 가슴 쪽으로 끌어당겼고, 노인들은 지팡이를 놓치지 않으려 손에 힘을 주었다.

행렬은 이미 하루 넘게 제대로 쉬지 못한 상태였다. 발은 무뎌졌고, 눈은 흐려졌으며, 마음은 계속해서 '다음은 무엇인가?'를 준비하고 있었다. 준비하지 않으면 버틸 수 없다는 사실을, 이들은 이미 여러 번 배웠다. 문겸이 다시 말했다.

"관군입니다! 지나가는 순검(巡檢)이 아닙니다… 진병(鎭兵)입니다."

그 말이 떨어지는 순간, 이안사의 가슴이 서늘하게 식었다. 순검이라면 말이든 비굴한 태도(態度)든 버틸 수 있다. 그러나 진병은 다르다. 진병은 이동하는 법을 알고, 대형(隊形)을 유지하는 법을 알고, 무엇보다 명령을 해석하지 않고 집행(執行)하는 자들이다. 그들은 상황(狀況)을 이해하지 않아도 움직인다. 이해는 위에서 이미 끝났기 때문이다. 이안사는 고개를 들지 않은 채 잠시 눈을 감았다. 전투의 피로(疲勞)가 아직 몸에 남아 있었다. 팔과 어깨, 허벅지 안쪽에 남은 통증(痛症)은 단순한 근육(筋肉)의 문제가 아니었다. 그것은 몸이 보내는 경고(警告)였다. 지금은 미룰 수 없다. 지금 관군과 맞닥뜨리면, 이번에는 말로 끝나지 않을 가능성이 컸다. 그는 천천히 눈을 뜨고 행렬을 훑어보았다. 여기에는 무기를 든 자도 있었지만, 그보다 훨씬 많은 수가 칼을 쥘 줄도 모르는 사람들이었다. 아이, 노인, 병든 자, 그리고 싸움이 아니라 도망을 선택한 이들. 그러나 관군의 눈에는 이 모든 것이 하나의 단어로 보일 것이다.

'무장한 집단.'

이안사는 그 단어가 얼마나 잔인하게 쓰이는지 알고 있었다. 그것은 사실의 요약(要約)이 아니라, 처벌의 준비였다. 그때, 소리가 더 분명해졌다.

앞장선 것은 수색병이었다. 갑옷은 가볍고 창은 길었다. 두 명씩 간격을 두고 숲 가장자리를 훑으며 올라왔다. 눈은 앞만 보지 않았다. 위, 옆, 바위틈, 나무 뒤까지 살폈다. 그 움직임에는 조급함이 없었다. 이미 이 길이 자기들의 통제(統制)안에 들어와 있다고 믿는 자들의 태도였다. 그 뒤로 본대(本隊)의 기척이 밀려왔다. 수십의 발걸음이 하나의 박자로 맞춰진 채, 산길을 점령하듯 올라오고 있었다. 그리고 마침내, 깃발(旗)이 보였다. 바람에 한 번 접혔다 펴지며 문양이 드러났다. 그 순간, 이안사는 확신했다. 군기(軍旗)는 단순한 천 조각이 아니다. 그것은 권력의 언어였다. 말(言)보다 먼저 도착하고, 설명 없이 명령하는 언어. 그 언어 앞에서, 피난민(避難民)은 늘 약해진다.

군관(軍官)은 수색병 뒤, 본대의 선두에서 모습을 드러냈다. 말은 없었지만, 자세(姿勢)가 달랐다. 갑옷의 결이 달랐고, 고개를 드는 각도가 달랐다. 그는 이미 이곳을 전장(戰場)으로 규정한 눈을 하고 있었다. 그가 목소리를 높였다.

"여기서 무엇을 하는가?"

소리는 산에 부딪혀 되돌아왔다. 아이 하나가 울음을 삼켰고, 누군가 숨을 너무 크게 들이마셨다.

"대규모 행렬이 무장(武裝)한 채 이동(移動)한다는 첩보(諜報)가 있었다!"

그는 깃발을 스치듯 돌아보았다.

"피아(彼我)의 구별을 위해 조사가 필요하다."

그 말속에서, 이안사는 분명이 들었다.

'피아 구별이라는 통제, 조사라는 이름의 해체'

'피아 식별'이라는 말은 칼보다 날카로웠다. 식별(識別)은 곧 통제다. 통제는 곧 해체다. 해체는 곧 흩어짐이다. 흩어지면, 잔당이 잡아먹는다. 산이 잡아먹는다. 굶주림이 잡아먹는다. 조윤탁이 앞으로 나서려 했다. 장무겸이 그를 막았다. 칼로 해결할 일이 아니다. 칼로 해결하면, 이 행렬은 반란(反亂)이 된다. 이안사가 앞으로 나섰다.

"우리는 피난민(避難民)입니다. 몽골 잔당이 길목을 막아서….

군관이 말을 끊었다.

"피난이면 관의 지시(指示)를 따라야 한다."

잠시 숨을 고른 뒤, 차갑게 덧붙였다.

"보호(保護)를 위해 행렬을 해체(解體)하여, 각 고을로 분산(分散) 수용(收用)하겠다."

사람들의 얼굴이 굳었다. 분산 수용은 말이 곱지만, 현실은 흩어짐이다. 흩어지면 가족이 갈라지고, 아이가 울고, 노인이 쓰러진다.

그리고 그 틈으로 잔당이 들어온다. 한 사내가 참지 못하고 외쳤다.

"우릴 보호한다고요? 그러면 왜 지금까지 보호하지 않았습니까!"

군졸 하나가 즉각 창을 내밀었다.

"입 다물라!"

그 순간, 위기는 다시 한번 터질 뻔했다. 아니, 정확히 말하면 터지기 직전까지 부풀어 올랐다. 행렬 안쪽에서 낮은 웅성거림이 번지기 시작했다. 누군가는 이를 악물었고, 누군가는 이미 뒤로 빠질 길을 계산하고 있었다. 무기를 든 자들은 관군의 수를 가늠했고, 무기를 들지 못한 자들은 싸움이 시작되기 전에 아이를 어떻게 숨길지를 떠올리고 있었다. 관군과 맞서는 순간, 이 행렬은 끝이다. 그러나 관군의 '보호'에 순순히 해체되는 순간도 끝이다. 이안사는 두 개의 끝 사이에서 있었다. 어느 쪽으로 한 발짝만 옮겨도, 되돌릴 수 없다. 군관(軍官)은 이미 손짓으로 다음 명령을 준비하고 있었다. 수색병 몇이 더 앞으로 나오며, 대형이 미세하게 조여들었다. 그 움직임은 말보다 분명했다. 지금 결정하지 않으면, 우리가 결정한다.

그때였다. 산길 아래쪽에서, 다른 소리가 섞여 들어왔다. 앞서 들리던 군보(軍步)의 규칙적인 발소리와는 다른 리듬. 더 빠르고, 더 날카로운 소리. 말발굽 소리였다.

"딱, 딱, 딱!"

돌길을 찍으며 올라오는 소리가 점점 또렷해졌다. 수색병 하나가 고개를 돌렸고, 군관의 시선도 반사적(反射的)으로 아래쪽으로 향했다. 잠시 후, 산길 굽이에서 한 기(騎)가 모습을 드러냈다. 말은 거품을 물고 있었고, 기수의 갑옷에는 먼지가 잔뜩 묻어 있었다. 깃발에는 '영(令)' 자가 선명했다. 전령(傳令)이었다. 그는 대형을 가르며 곧장 올라오지 않았다. 먼저 속도를 줄였고, 일정한 거리에서 말(馬)머리를 세웠다. 그 자체가 보고의 예법(禮法)이었다.

"전령이군."

군관의 말이 낮게 떨어졌다. 그 순간, 관군의 자세가 눈에 띄게 달라졌다. 전령은 군관보다 아래지만, 명령을 싣고 오는 자다. 그의 등 뒤에는 개인의 판단이 아니라, 더 위의 권력이 서 있다. 전령은 말에서 내려 한쪽 무릎을 꿇었다. 숨을 한 번 고른 뒤, 품에서 작은 봉투 하나를 꺼냈다. 봉투는 봉해져 있었고, 인장(印章)이 분명했다.

"안찰사(按察使) 영(令)입니다."

그 짧은 말이, 산길의 공기를 갈라놓았다. 이안사는 순간 혼란을 느꼈다. 이미 강원도로 넘어섰는데, 어느 안찰사란 말인가. 전라도, 충청도를 지나 삼도(三道)를 넘었는데, 아직도 전라도 안찰사 김윤서(金允敍)의 기운이 이곳까지 미친단 말인가. 그러나 그는 곧 생각을 거두었다. 지금 중요한 것은 누구의 이름이냐가 아니라, 이름 자체였다. 군관의 얼굴 근육이 미세하게 굳었다. 그는 봉투를 받아 인장을 확인했다. 바로 열어 읽지도 않았다. 읽지 않고도 이미 아는 듯한 침묵이 흘렀다. 이안사는 그 침묵을 놓치지 않았다. 안찰사의 영(令)은 이 자리의 규칙을 바꿀 수 있다. '조사'라는 이름의 폭력을 멈추게 할 수도 있고, 반대로 합법(合法)이라는 외피를 씌워 더 깊게 개입(介入)하게 할 수도 있다. 마침내 영이 낭독(朗讀)되었다.

'무리한 충돌을 피할 것. 대규모 피난 행렬은 우선 감시하되, 민심(民心)을 해치지 말 것. 해체는 신중히 결정할 것. 해체 시도 시 양민에게 피해가 있을 수 있음.'

군관의 얼굴이 일그러졌다.

'보호'라는 명분으로 공을 세우려던 계산이 어긋난 것이다. 그러나 그는 곧 태도를 고쳤다.

"좋다. 오늘은 임시로 호위(護衛)하겠다."

잠시 말을 끊고, 다시 덧붙였다.

"다만, 무장한 자는 무기(武器)를 걷어라."

행렬 안에서 안도(安堵)의 숨이 터져 나오지 않았다. 이것은 해결(解決)이 아니었다. 연기(延期)였다. 이안사는 그 순간, 안찰사의 그림자를 느꼈다. 누군가는 멀리서 칼을 내려놓게 만들고 있었다. 그러나 동시에, 누군가는 더 날카로운 오해(誤解)를 만들고 있었다.

'관군이 호위한다.'

그 말은 곧 관의 눈 아래 있다는 뜻이기도 했다. 행렬은 관군과 함께 움직이게 되었다. 사람들은 안도하지 못했다. 보호는 따뜻하지 않았다. 보호는 차갑고, 무겁고, 발소리가 큰 것이었다.

15
권모 (權謀)

관군의 '호위(護衛)'는 길을 열어 주는 손이 아니라 길을 좁히는 테두리였다. 행렬이 다시 움직이기 시작했을 때, 사람들은 안도하지 못했다. 창끝이 앞을 막지 않는다고 해서 자유가 온 것이 아니었다. 창끝은 이제 옆과 뒤에 있었다. 한 걸음마다 '보호(保護)'라는 말이 따라붙었고, 그 말은 늘 '감시(監視)'의 그림자를 데리고 다녔다. 산길을 내려 장성(長城-지금의 태백시)으로 접어드는 동안 관군은 대형(隊形)을 풀지 않았다. 수색병(搜索兵)은 앞에서 길목을 정리했고, 본대는 행렬의 양옆을 붙잡았다. 뒤에는 별동(別動)이 붙었다. 누군가가 탈주(脫走)할 때를 대비한 것처럼 보였지만, 실제로는 '흩어짐'을 막기 위한 장치였다. 흩어지지 못하게 하는 것, 그것이 관의 '보호'가 하는 첫 번째 일이다. 두 번째 일은 기록(記錄)이다. 장성 관가(官家)의 문이 보였을 때, 사람들은 마치 높은 담장 앞에 선 듯 숨을 삼켰다. 기와지붕 아래로 늘어선 기둥과 누런 흙벽, 그 위에 얹힌 관청의 문루(門樓). 그곳은 피난민에게 안전(安全)이 아니라 '등록(登錄)'과 '처분(處分)'의 장소였다. 관군의 군관이 앞장서 문지기에게 소리쳤다.

"안찰사(按察使) 영(令)에 따라, 이 행렬은 임시로 장성(長城) 관가에 머문다. 일주(一週) 내에 상황(狀況)을 정리한 뒤 이동한다."

문지기는 눈을 크게 떴다. 안찰사의 영은 이 지역의 관청에도 '법(法)'이었다. 그러나 법이 도착하면, 함께 도착하는 것이 있다. 법을 빌미로 한 이익(利益)이다. 그곳에 감무(監務)가 있었다. 감무(監務)의 이름은 서문탁(徐文卓)이었다. 서문탁은 처음부터 '환대(歡待)'를 입에 달고 나왔다. 길게 늘어진 관복(官服) 소매를 정리하며 웃었고, 얼굴은 둥글게 살이 올라 있었다. 눈가에는 웃음 살이 붙어 있었지만, 그 웃음 살이 사람을 따뜻하게 만들지는 못했다. 그는 사람들의 피로(疲勞)를 한 번 훑더니, 곧 이안사에게 다가와 목소리를 낮췄다.

"대감(大監)께서 이 먼 곳까지… 고생이 크십니다. 장성은 작으나, 관가의 창고(倉庫)는 아직 여유가 있습니다. 죽(粥)과 곡식(穀食), 약재(藥材)까지… 도울 수 있는 만큼 돕겠습니다."

그 말은 선의(善意)처럼 들렸지만, 이안사는 '만큼'이라는 단어를 놓치지 않았다. 관청의 도움에는 늘 조건(條件)이 붙는다. 조건은 서류(書類)로 시작해 사람(人)으로 끝난다.

첫날은 정말로 '보호'처럼 보였다. 관가의 마당 한쪽에 천막을 치게 해 주었고, 관노(官奴)들이 솥을 걸었다. 굶주린 이들에게 죽이 돌아갔다. 아이들은 오랜만에 뜨거운 그릇을 받아 들고 울었다. 노인들은 그릇을 쥔 채 고개를 떨구었다. 그 울음은 감사(感

謝)만으로 이루어진 울음이 아니었다. '이제야'라는 분노(憤怒)와 '이제라도'라는 체념(諦念)이 섞인 울음이었다. 둘째 날부터는, 관의 손길이 달라졌다. 관가의 서리(書吏)들이 나와 명부(名簿)를 만들었다. 이름, 본관(本貫), 나이, 가족 수, 소지품(所持品), 무장 여부. 그들의 붓끝은 사람을 '사람'으로 적지 않았다. 붓은 숫자(數字)를 좋아했다. 서리들은 웃으며 물었지만, 질문은 칼처럼 날아왔다.

"이 칼은 누구의 것인가?"
"저 창은 어디서 가져왔나?"
"여인은 몇 명인가?"
"젊은 여인은… 몇 명인가?"

이안사는 그 질문이 어딘가로 향하고 있음을 느꼈다. 무기(武器)를 걷겠다는 말이 아니라, 사람을 분류(分類)하겠다는 말이었다. 분류가 끝나면, 다음은 배치(配置)다. 배치가 끝나면, 처분(處分)이다. 이안사는 안찰사의 영이 '해체를 신중히'라고 했다는 사실을 떠올렸다. 그러나 신중함은 해체를 늦추는 말일 뿐, 해체를 멈추는 말은 아니었다. 셋째 날, 서문탁 감무(監務)는 이안사를 관아(官衙) 안으로 불렀다. 방 안에는 향(香)이 피워져 있었고, 차(茶)가 올려져 있었다. 감무(監務)는 손가락으로 찻잔을 한 번 두드린 뒤, 마치 친절한 조언(助言)처럼 말했다.

"대감, 솔직히 말씀드리겠습니다. 삼척으로 가는 길은 험합니다. 몽골 잔당(殘黨) 소문도 그렇고, 산적(山賊)도 그렇고… 게다가 이렇게 큰 행렬이 움직이면, 어느 고을이든 부담(負擔)을 느낍니다. 차라리 여기서… 일단 해체(解體)하여 각 촌락(村落)으로 따로 분산(分散)시키는 것이…."

감무(監務)의 말이 끝나기도 전에 방 안의 공기가 먼저 달라졌다. 차(茶)의 향은 여전히 부드러웠지만, 그 향이 오히려 사람의 숨을 조여 왔다. '해체(解體)하여 분산(分散)' 그 말은 겨울 산길처럼 미끄러웠다. 한 번 발을 디디면, 끝까지 쓸려 내려가는 말이었다. 이안사는 찻잔을 들지 않았다. 손을 뻗으면 잔이 흔들릴 것 같았다. 흔들리는 손은 약점(弱點)이다. 약점은 기록(記錄)되고, 기록은 명분(名分)으로 바뀐다. 그는 눈을 들어 감무(監務)의 눈을 똑바로 바라봤다.

"안찰사 영(令)에 '해체는 신중히'라 되어 있소. 나는 그 '신중함'을 지키러 왔소. 사람은 흩어지면 죽습니다. 흩어짐은 곧 죽음이나 마찬가지요. 전주를 떠난 우리는 그곳에서 함께 살아왔듯이 삼척에서도 함께 살기를 원하고 있소. 그건 저들이나 나나 마찬가지 생각이오."

감무(監務) 서문탁(徐文卓)은 잠시 웃음을 거두지 않았다. 그러나 그의 눈동자가 아주 짧게 흔들렸다. 이안사는 그 흔들림을 보았다. 분노가 아니라 계산(計算)이었다. '안찰사 영'이라는 말에 그가 반사적으로 움찔하는 것은 그 이름이 지금 이 방의 권력 서열을 바꾸기 때문이다. 서문탁이 입꼬리를 올리며 웃었다.

"대감, 그 영(令)⋯ 참으로 큰 힘이 있지요."

그는 말끝을 흐리며, 탁자 옆에 놓인 문서함(文書函)을 손가락으로 가볍게 두드렸다. 그 두드림이 우연(偶然)이 아니라는 것을 이안사는 느꼈다. 그 순간, 감무(監務) 뒤쪽에 서 있던 서리(書吏) 하나가 조심스레 상자 뚜껑을 열었다. 안에는 봉투들이 있었다. 봉투의 봉인(封印)이 하나같이 낯익은 문양이었다.

'전라(全羅) 안찰사 김윤식(金允植)'

그 이름이 문장(文章)처럼 반듯한 인장으로 박혀 있었다. 이안사는 속으로 숨을 삼켰다. 여기까지? 이미 삼도(三道)를 지났다. 전라를 떠나 충청(忠淸)을 건넜고, 강원(江原)으로 깊숙이 들어왔다. 그런데도 저 봉투는 전라의 그림자가 아직도 목을 잡고 있다는 증거였다. 서문탁은 마치 친절한 설명을 덧붙이듯 말했다.

"대감께서도 들으셨겠지요. 요즘 관가(官家)라는 게… 길 하나로 끊어지지 않습니다. 사람도, 문서도, 뜻도… 이어져 있지요."

그 말이 완전히 끝나기도 전에, 이안사는 이미 그 '이어짐'의 실체를 떠올렸다. 전라 안찰사 김윤식은 당파(黨派)에서 이름이 날린 자였다. 단지 한 도(道)의 관리가 아니라, 사람을 심고(植), 사람을 뽑고(拔), 길목마다 자기 목소리를 남기는 자. 그 아래로 충청 안찰사와 강원 안찰사는 '같은 줄'이었다. 충청 안찰사 유정학(柳廷鶴), 김윤식과 같은 문벌(門閥)과 학맥(學脈)에 걸려 있다는 소문(所聞)이 파다했다. 강원 안찰사 민경도(閔敬度). 김윤식의 구명(救命)을 받아 벼슬길이 열린 사람이라 했다. 이 두 사람의 이름은 백성의 입에 오르내릴 자격이 없었지만, 관가의 방에서는 늘 조용히 회자(回刺)되는 이름들이었다. 서문탁은 그 사실을 '직접 말하지는' 않았다. 말하면 약점(弱點)이 된다. 대신 그는 아주 작은 웃음으로 '알지 않느냐'고 물었다.

"대감, 충청을 지날 때… 길목이 어찌 그리 매끈했습니까. 여느 때 같으면 통행세(通行稅)니 부역(賦役)이니 하며 길이 막히기 마련인데… 대감의 무리는 큰일 없이 지나왔지요?"

그 말은 의심(疑心)이 아니었다. 확인(確認)이었다.

'우리가 너를 보고 있었다.'

'우리가 너를 지나가게 했다.'

그런 뜻이었다. 이안사는 천천히 말했다.

"길이 매끈했던 것은 은혜가 아니라, 계산이었소?"

서문탁이 날카로운 눈을 했다. 그러나 다시 고쳐 가볍게 웃었다.

"그렇습니다. 계산이지요. 세상은 계산으로 굴러갑니다."

그는 차(茶-다)를 한 모금 마셨다. 마시는 소리가 방 안에서 크게 들렸다. 일부러 크게 들리게 했다. 이안사는 그 소리 속에서, 김윤식의 이름이 가진 무게를 다시 보았다. 전라에서 시작된 말 한 줄이 충청의 길목을 건너 강원의 관가까지 도착한다. 그것이 바로 권력(權力)의 연쇄(連鎖)였다. 이안사는 거기서 한 가지를 더 알아챘다. 서문탁이 그들을 장성(長城)에 붙들어 두려는 이유는 단지 '피난민을 염려'해서가 아니었다. 그는 위에서 내려오는 눈을 의식하고 있었다.

"대감"

서문탁이 목소리를 낮추었다.

"솔직히 말씀드리겠습니다. 대감의 무리는… 이제 '사람들'이 아니라 '사건(事件)'입니다. 사건은 길 위에 오래 있으면 커집니다. 사건이 커지면, 위에서는 묻습니다. 누구 책임(責任)이냐고. 그 책임이… 장성(長城) 관가로 떨어질 수도 있지요."

그 순간, 이안사는 깨달았다. 서문탁은 그들을 '살리려고' 붙잡는 것이 아니라, 자기 영달(榮達)을 위해서였다. 대규모 행렬이 삼척으로 무사히 가면, 서문탁은 공(功)을 놓친다. 그러나 행렬이 길에서 사고를 당하면, 서문탁은 죄(罪)를 뒤집어쓴다. 그래서 그는 최고의 선택을 한다.

'머물게 하자.'

머무는 순간 사건은 움직이지 않는다. 움직이지 않으면 사고도 줄어든다. 그 대신, 사건은 관가의 담장 안에서 '관리'할 수 있게 된다. 관리란 무엇인가. 기록하고, 나누고, 필요하면 떼어내는 것, 바로 해체(解體)다. 이안사는 입술 안쪽을 깨물었다. 피 맛이 아주 조금 번졌다.

"감무(監務) 나리의 환대(歡待)가….''

그는 조용히 말했다.

"결국 우리를 이곳에 묶어 두려는 줄(繩)이라면, 나는 그 줄을 잡을 수 없소."

서문탁은 한순간, 눈빛을 바꾸었다. 그러나 곧 다시 부드러운 표정을 꺼냈다.

"대감, 여기도 사람이 살만한 곳입니다. 몽골에 의해 피해를 보지 않은 것은 아니나 풍습이 좋고 인정(人情)이 온후(溫厚)하지요. 제가 돕겠습니다. 다만, 대감도 협조(協助)를 해 주셔야지요. 무장한 자들은 무기를 내려놓고, 젊은 사내 중 몇은 관군의 통제(統制)에 따르게 하고… 그리고, 여인들은 안전한 곳에 따로 두는 것이 어떻습니까?"

'따로'라는 말이 다시 나타났다. 이안사는 속에서 차가운 것이 올라오는 것을 느꼈다. 그는 알았다. 관은 '따로'라는 말로 사람을 가른다. 갈라놓으면, 서로의 울음이 들리지 않는다. 울음이 들리지 않으면, 거래(去來)가 쉬워진다. 거래는 늘 조용히 이루어진다. 조용해야 오래간다. 이안사는 찻잔이 아닌, 탁자 위의 봉투를 바라보았다. 김윤식(金允植)의 인장(印章). 그 아래로 이어진 유정학(柳廷鶴), 민경도(閔敬度)의 이름. 그 연결 고리 속에서 서문탁은 자기 몫을 챙기려 한다. 그는 시선을 다시 감무(監務)에게 돌렸다.

"감무(監務) 나리, 우리는 삼척(三陟)으로 가오."

서문탁이 즉각 반문했다.

"지금 말입니까? 준비도 안 된 행렬을?"

이안사는 조금도 흔들리지 않았다.

"장성에서 삼척(三陟)까지 사백여 리(里)가 넘습니다. 그러나 이제 열흘이면 도착할 지척(咫尺)을 두고… 우리는 멈출 수 없소."

그 말은 단지 거리의 계산이 아니었다. 멈추는 순간, 권력은 그들의 목에 줄을 건다. 열흘을 걷는 것이 위험해도, 일주일을 더 머무는 것은 더 깊은 위험이었다. 그는 말을 이어갔다.

"우리가 원하는 방향으로 여장(旅裝)을 정리한 뒤 다시 가길 원하오. 관가가 정해주는 방식이 아니라, 우리가 살아남는 방식으로 정리하고 떠나겠소. 짐도, 사람도, 마음도… '따로'가 아니라

‘함께’로.”

서문탁의 미소가 아주 미세하게 굳었다. 그 굳음은 이안사가 읽을 수 있었다. 감무(監務)는 이미 다음 수(手)를 생각하고 있었다. ‘협조(協助)’가 거절(拒絶)되었으니, 다른 방식으로 묶어야 한다. 보호(保護)라는 말은 언제든 통제(統制)로 바뀔 수 있다. 그리고 바로 그 틈에서, 이안사는 또 하나의 사실을 확신했다. 김윤식의 영향력은 단지 문서로만 따라오는 것이 아니었다. 사람, 관원(官員)들의 욕망(慾望)과 생존(生存)을 통로로 삼아, 끝까지 따라온다. 그의 눈이 잠시 창밖으로 향했다. 관가 마당 끝, 지나가는 서리들의 시선이 한 번 스치고 지나갔다. 그 시선이 ‘여인들의 천막’ 쪽으로 흐르는 것을, 이안사는 똑똑히 보았다.

‘따로.’

그 한 단어가, 오늘도 다시 칼날이 된다. 이안사는 마음속으로 결론을 내렸다.

‘떠나야 한다. 더 빨리. 더 단단히’

열흘의 길이 그들을 시험할지라도, 관가의 담장 안에서 시험을 기다리는 것보다는 낫다. 그는 다시 감무(監務)을 향해 고개를 들었다.

“감무(監務) 나리, 환대를 감사히 받겠습니다. 그러나 내일, 우리는 떠날 것입니다.”

이안사는 목소리를 낮춰 조금 더 예를 갖춰 말했다. 서문탁은 웃었다. 그러나 그 웃음은 더 이상 온후(溫厚)한 풍습의 웃음이 아니었다. 그 웃음 속에는 분명히 탐심(貪心)과 계략(計略)이 섞여 있었다.

<h1 style="text-align:center">16
모욕 (侮辱)</h1>

그날 밤, 연화가 천막(天幕) 밖으로 물을 길으러 나갔다가 돌아오지 않았다. 정확히 말하면 사라진 것은 아니었다. 다만, 늦었다. 평소라면 불빛이 남아 있는 동안 다녀왔을 거리였다. 관가(官家) 마당 끝 우물까지는 왕복해도 숨이 차지 않았다. 그런데 시간이 지나도, 불빛이 하나둘 낮아지고 사람들의 말소리가 잠잠해져도 연화는 돌아오지 않았다. 이안사는 점고(點考)하다 말고, 비어 있는 한 자리를 확인했다. 비어 있는 자리는 늘 실제(實際)보다 크게 보인다. 사람 하나의 부재(不在)는, 행렬 전체의 균형(均衡)을 미세하게 흔든다. 잠시 뒤, 연화가 모습을 드러냈다. 아니, 되돌아온 것처럼 보였다. 얼굴은 평소보다 한층 더 하얗게 질려 있었고, 손에는 물동이가 비어 있었다. 물을 길어온 흔적은 없었다. 치마 끝에는 흙이 묻어 있었고, 손가락에는 눈에 띄지 않을 만큼의 떨림이 남아 있었다. 숨을 급히 고른 흔적이었다. 이안사는 그 미세한 어긋남을 놓치지 않았다. 그는 연화를 오래 보아온 사람이었다.

"무슨 일이 있었느냐?"

그의 목소리는 낮았으나 조심스럽지는 않았다. 묻는 말이 아니라, 확인(確認)이었다. 연화는 고개를 숙였다가 다시 들었다. 입술이 한 번 떨렸다. 말이 나오려다 멈췄다. 그 짧은 망설임이, 긴 설명보다 더 많은 것을 말해주었다. 그 침묵(沈默)이 말보다 크게 울렸다. 옆에 있던 문겸이 한 발 앞으로 나섰다. 그는 일부러 칼자루에서 손을 떼고 물었다. 손이 칼에 닿아 있으면, 말은 이미 싸움이 된다.

"누가 해코지하더냐. 그러니 홀로 움직이지 말라 했거늘…."

연화는 급히 고개를 저었다. 그 고갯짓은 부정(否定)이 아니었다.

누구에게도 자신의 이런 모습을 '말하지 말라'는 청원(請願)이었다. 말하면 일이 커진다. 일이 커지면, 관군은 '반란 혐의(嫌疑)'를 붙인다. 그 혐의가 붙는 순간, 보호(保護)는 유기(遺棄—버림)로 바뀐다. 연화는 그것을 알고 있었다. 그래서 더 말하지 않았다. 그러나 말하지 않은 사이, 기억은 그녀 안에서 더욱 선명(鮮明)해지고 있었다.

우물로 가는 길은 어둡지 않았다. 관가의 등불은 아직 꺼지지 않았고, 순라(巡邏)의 발소리도 멀지 않았다. 그래서 연화는 방심했다. 그리고 그 방심(放心)은 서문탁(徐文卓)의 계산(計算)이었다. 우물가에 다다르려는 순간, 관가 쪽에서 낮은 목소리가 들려왔다.

"거기… 잠깐."

연화는 멈칫했다. 부르는 음성은 낮았지만 익숙했다. 낮 동안 여러 차례 들었던, 웃음이 섞인 감무(監務)의 목소리였다. 돌아보지 않으려 했으나, 이미 그림자가 앞을 가로막고 있었다. 서문탁이었다. 그는 혼자가 아니었다. 두 명의 하인이 멀찍이 떨어진 곳에서 등불을 들고 서 있었다. 등불은 길을 비추기 위한 것이 아니라, 도망(逃亡)의 여지(餘地)를 지우기 위한 위치에 놓여 있었다.

"이 밤에 물을 길으러 오다니, 기특(奇特)하구나."

그 말은 칭찬의 형식을 빌렸지만, 연화는 그 말이 부르지 않은 친절(親切)이라는 것을 알아차렸다. 부르지 않은 친절은 늘 값을 요구한다.

"낮에는 관가의 식솔(食率)들이 오가기에, 누가 되지 않으려 밤에 나섰습니다. 놀라셨다면 송구합니다."

연화는 고개를 숙이지 않았다. 고개를 숙이는 순간, 관계(關係)는 이미 정해진다. 서문탁은 그 태도를 흥미롭다는 듯 바라보았다.

"이안사 대감 곁에 있는 여인이군."

그는 끝내 '연화'라는 이름을 부르지 않았다. 이름을 부르지 않는 것은, 사람으로 부르지 않겠다는 뜻이었다.

"대감과는… 어떤 관계인가?"

그 질문은 물음이 아니었다. 쪼개기였다. 연화는 잠시 숨을 고른 뒤, 단정(端正)하게 말했다.

"대감과 저는, 함께 길을 가는 사람입니다."

서문탁의 입꼬리가 아주 미세하게 올라갔다.

"함께 길을 간다… 흥미롭군."

그는 한 걸음 다가섰다.

"그런데 말이다. 남녀가 '함께 길을 간다'라는 말은 참으로 모호(曖昧)하지."

그는 일부러 주위를 둘러보았다. 관가의 담장, 끊기지 않은 순라의 발소리. 사람의 눈이 없는 공간이었다.

"혹시… 대감의 여인인가?"

연화의 눈빛이 잠깐 흔들렸다. 그 흔들림을 서문탁은 놓치지 않았다.

"아니면, 그저 붙어 다니는 사람인가?"

그 말은 관계를 묻는 말이 아니라, 관계를 부정(否定)하기 위한 질문(質問)이었다. 어떤 대답(對答)을 하든, 그는 이미 다음 말을 준비해두고 있었다.

"아니라면,"

그가 낮게 덧붙였다.

"관기(官妓)였다는 소문은… 사실인가?"

그 순간, 연화의 안에서 무언가가 단단히 부서졌다. 그는 알고 있었다. 알아냈다. 그녀의 과거(過去)를. 연화의 얼굴이 굳었다. 그러나 눈은 피하지 않았다. 그녀가 느낀 것은 수치(羞恥)가 아니라 분노(憤

怒)였다. 과거를 들춰냈기 때문이 아니라, 그 과거를 권리(權利)처럼 휘두르기 때문이었다.

"감무(監務) 나리⋯."

연화는 목소리를 낮췄다. 낮은 목소리는 약함이 아니라, 날 선 결단이었다.

"관기였던 신분(身分)이, 지금 이 밤에 붙들려 이런 말을 들어야 할 이유가 있는지요?"

서문탁은 잠시 말을 잃었다. 그러나 곧 태도(態度)를 바꾸었다. 그는 분노를 꺾기보다, 이용(利用)하기로 했다.

"어찌 감히"

그가 갑자기 목소리를 높였다.

"네 신분으로, 나에게 그런 말투를 쓰느냐?"

그 말은 칼이었다. 몸을 베는 칼이 아니라, 자리를 베는 칼이었다. 연화는 그제야 분명이 깨달았다. 그는 자신을 욕보이려는 것이 아니라, 무너뜨리려는 것이었다. 굴욕(屈辱)으로 점령(占領)하려는 것이었다. 몸을 건드리지 않아도 사람을 부술 수 있다는 것을, 그는 너무도 잘 알고 있었다.

"잊지 말거라,"

서문탁은 차갑게 말했다.

"이곳은 관가다. 보호를 받는 자는, 보호의 규칙을 따라야 한다."

그 말속에서 연화는 위기감(危機感)을 느꼈다. 이것은 엄중한 경고였다. 순응(順應)하지 않으면, 보호는 끊긴다. 연화는 더 말하지 않았다. 더 말하면, 그 말은 기록(記錄)이 된다. 기록은 죄(罪)가 된다. 그녀는 고개를 숙였다. 그러나 그것은 굴복(屈服)이 아니었다. 후퇴(後退)였다. 살아남기 위한. 서문탁은 만족하지 못한 눈빛으로 그녀를 바라보다가, 손짓으로 길을 비켰다.

"가 보거라. 다만… 관가의 밤은 길다."

서문탁이 움직이자 저 멀리 있던 하인 둘이 쏜살같이 달려와서 길을 밝혔다.

서문탁이 돌아간 후, 연화는 물동이를 들 힘조차 남아 있지 않았다. 그래서 천막으로 다가왔을 때, 물동이는 비어 있었다. 자리에 털썩 주저앉았다. 물보다 더 무거운 것을 안고 돌아온 것이다. 이안사 앞에서 연화는 고개를 저었다. 그 누구에게도 말하지 말라는 간청(懇請)이었다. 그러나 이안사는 이미 알았다. 연화가 말하지 않은 것이, 어떤 말보다 무겁다는 것을. 그는 조용히 말했다.

"오늘 밤부터, 다시는 혼자 움직이지 마라."

연화는 고개를 끄덕였다. 그 끄덕임에는 두려움만 있지 않았다. 부탁(付託)과 함께 말하지 않는 신뢰(信賴)가 섞여 있었다. 이안사는 그 눈빛을 읽었다. 그리고 마음속으로 결론(結論)을 내렸다. 떠나야 한다. 이곳은 더 이상 머물 수 있는 곳이 아니다. 몸을 욕보이지 않았다고 해서, 안전(安全)한 것도 아니다. 사람을 통속적(通俗的)이고 저열한 말로 낙인찍는 곳은, 곧 사람을 빼앗는 곳이 된다.

서문탁이 이안사와 연화의 관계(關係)를 천박(淺薄)하게 규정(規定)하려 할수록, 연화의 마음은 오히려 더 깊어졌다. 그것은 드러내는 사랑이 아니었다. 말로 증명(證明)할 수도 없는 흠모(欽慕)였다. 그녀는 이안사가 자신을 사람으로 대해왔다는 사실 하나만으로, 충분히 버틸 수 있었다. 그래서 더 말하지 않았다. 그래서 더 곁을 지키려 했다. 그날 밤, 이안사는 잠들지 않았다. 관가의 등불이 하나씩 꺼지는 동안, 그의 마음은 오히려 더 또렷해졌다. 다음 날은, 결단(決斷)의 날이 될 것이다. 더 머물면, 이곳은 은신처(隱身處)가 아니라 덫

(陷穽-함정)이 된다. 그는 이미, 길 위에 서 있었다.

<h1 style="text-align:center">17</h1>
희생 (犧牲)

　그날 밤이 지나고도, 연화의 빈 물동이에는 어떤 것들이 가득 차 있었다. 물이 아니라 상처(傷處)와 아픔이 고여 있었다. 물을 길어야 했던 그 손이, 어떤 말도 건네지 못한 채 돌아왔다는 사실을 이안사는 새벽이 오기 전부터 느끼고 있었다. 사람들은 잠든 듯했으나 실은 모두가 깨어 있었다. 천막 사이로 숨이 들고 났고, 누군가의 기침이 한 번 울리면 다른 누군가가 숨을 삼켰다. 불빛이 줄어들수록, 마음은 더 선명(宣明)해졌다. 두려움은 어둠 속에서도 '사건'을 먹고 자라고 있었다. 이안사는 밤새 맑은 정신(精神)이었다. 그는 몸을 눕혔으나, 잠을 자지 않았다. 정확히는 한 번쯤은 눈꺼풀이 내려앉았다. 사람의 몸은 약하다. 눈이 감기는 것은 의지의 문제가 아니라 살기 위한 몸의 습관(習慣)이다. 그러나 그 순간에도 그의 정신은 깊이 떨어지지 못했다. 마치 물 위에 떠 있는 얇은 나뭇잎처럼 얕은 졸음이 잠깐 몸 위에 내려앉았다가도 금세 떠올랐다. 잠이라는 것은 원래 '내일이 오늘과 같을 때' 오는 것이다. 오늘은 같지 않았다. 이곳 장성(長城)의 관가(官家)는 더 이상 머물 곳이 아니었다. 보호(保護)라는 말이 어느 순간부터 줄(繩-승)이 되었고, 줄은 끊지 않으면 결국 사람부터 끊어낸다. 그런데도 피로(疲勞)는 피로였다. 종아리와 허벅지 깊숙한 근육이 밤새 뻣뻣했고, 어깨는 돌처럼 굳었다. 목덜미 아래에서부터 묵직한 통증(痛症)이 올라왔다. 마치 몸 전체가 '그만하라!'라고 말하는 듯했다. 이안사 스스로 자신을 위한 싸움이라면, 무너져도 이상하지 않았다. 그러나 이안사는 무너지지 못했다. 그 이유를 그는 알고 있었다. 이건 정신력(精神力)만의 문제(問題)가 아니다. 정신력은 '나'를 버티게 하지만, 지금 필요한 것은 '나'가 아니라 '천 명'이었다. 천 명을 끌고 나가는 힘은 정신력이라는 말로는 설명(說明)되지 않는다. 그것은 어느 순간만치 살아남기 위해 몸이 스스로 만들어내는 또 다른 힘이었다. 사람을 이끌어야 하는 자에게만 아주 잠깐 허락되는 어떤 것. 그 힘은 뜨겁지도, 차갑지도 않았다. 다만 단단했다. 그는 눈을 감은 채로도 들었다. 멀리서 순라(巡邏)의 발소리. 관가 담장 너머에서 문이 삐걱거리는 소리. 낮게 억눌린 울음. 그리고 연화가 돌아온 뒤로, 천막 안 공기가 미세하게 바뀐 그 느낌. 무엇인가가 움직인다. 그것은 사람의 감각이 아니라, 지도자(指導者)의 피부(皮膚)가 먼저 알아차리는 기척(棄擲)이었다.

이안사는 잠들려다 말고, 갑자기 눈을 떴다. 그 순간(瞬間)이었다. 몸의 피로가 한꺼번에 빠져나가는 것처럼 느껴졌다. 통증이 사라진 것은 아니었다. 다만 통증이 자리를 옮겼다. 몸 깊은 곳으로 밀려나고, 대신 머릿속이 맑아졌다. 맑아졌다기보다, 칼날처럼 서늘하게 정돈(整頓)되었다. 그가 깨달은 것은 단 하나였다.

'지금이 끝이다. 여기서 하루 더 머무르면, 이 무리는 '피난민(避難民)'이 아니라 '역도(逆徒)'가 될 수 있다. 죄(罪)는 만들기 쉽지 않은가? 역도로서의 모든 조건(條件)이 우리에게 갖춰져 있으니 말이다. 사건(事件)은 문서(文書)가 되고, 문서는 죄가 된다!'

그 순간부터 이안사의 몸은 '피곤한 몸'이 아니었다. 그는 더 이상 누워 있는 사람이 아니라, 길 위에 서 있는 사람이었다. 가만히 누워 있는데도 이미 발바닥이 다음 길을 밟고 있었다. 신기한 일은 그 초인

(超人) 같은 힘이 열광(熱狂)으로 오지 않았다는 점이었다. 뜨겁게 끓어오르는 용기(勇氣) 같은 것이 아니었다. 오히려 숨이 더 고르고, 심장(心腸)이 더 낮게 뛰었다. 그리고 그 낮은 심장 박동(搏動) 속에서, 판단(判斷)은 더 정확(正確)해졌다.

이안사는 몸을 일으켰다. 천막의 천이 아주 미세하게 흔들렸다. 바람 때문이 아니라, 그가 일어섰기 때문이었다. 자신의 막사를 지나자 발걸음은 연화의 천막으로 향했다. 그는 연화의 그림자를 바라보았다. 연화는 요동(搖動)치지 않고 앉아 있었다. 고개를 숙인 그의 모습에서 밤새 무슨 일을 겪었는지 보여주고 있었다. 이안사는 마음속에서 무언가가 꺾이는 소리를 들었다. 그러나 그 꺾임은 주저앉음이 아니라, 결단(決斷)의 형태(形態)로 바뀌었다.

'떠나야 한다!'

연화는 그를 보지 못했다. 그저 쪼그리고 앉아서 옅게 흔들리는 불빛만 바라보고 있을 뿐이다. 이안사는 막사로 돌아와서는 다시 누워 잠들려 하지 않았다. 대신, 눈을 감고 생각의 순서를 세웠다.

'첫째, 오늘은 움직인다.'

'둘째, 움직이되 칼을 먼저 꺼내지 않는다'

'셋째, 칼을 꺼내지 않으려면, 명분(名分)이 필요하다.'

'넷째, 명분은 '안찰사 영(令)'이 아니라, '사람'으로 만들어야 한다.'

'다섯째…. 만일을 대비하여 떠날 사람과 남을 사람을 가른다.'

남는 것은 희생(犧牲)이 아니라 담보(擔保)다. 그 순서(順序)가 세워지자, 피로(疲勞)는 다시 한 발 뒤로 물러섰다. 몸은 여전히 무거웠지만, 무거움은 더 이상 그를 잡아끌지 못했다. 그는 자신도 느꼈다. 인간의 한계(限界)가 분명이 있는데, 어느 순간 그 한계를 넘어서는 듯한 감각. 그것은 '강해졌다.'가 아니라 '달라졌다.'에 가까웠다. 마치 개인의 몸이 아니라 무리의 몸이 되어 버린 것 같았다.

　새벽, 관가의 닭 울음이 울기도 전이었다. 하늘은 아직 검었고, 별빛은 희미(稀微)했다. 그러나 이안사의 눈은 그 어둠 속에서도 또렷했다. 그는 천막 밖으로 나왔다. 차가운 공기가 얼굴을 때렸지만, 오히려 정신을 더 맑게 했다. 숨을 들이마시는 순간, 안쪽에서 뭔가가 타오르는 느낌이 났다. 그러나 그것은 분노가 아니었다. 책임(責任)이었다. 그는 낮은 목소리로 사람들을 깨웠다.
　‘짐을 싸라!’라는 말도, ‘준비하라!’라는 말도 아니었다. 그런 말은 혼란(混亂)을 먼저 부른다. 이안사는 단 한마디만 했다.
　“신속히 그러나 조용히 일어난다! 떠날 준비를 하라!”
　그 말은 ‘잠에서 일어나라’가 아니었다. ‘이 자리에서 일어나라!’라는 뜻이었다. 사람들이 하나둘 눈을 떴다. 누군가 아이를 끌어안고 일어섰고, 누군가는 무릎을 주무르며 몸을 세웠다. 불빛이 다시 켜지지 않았는데도, 행렬(行列)의 공기는 바뀌었다. 마치 긴 밤이 끝나고, 이제는 움직일 수밖에 없다는 것을 모두가 깨달은 듯했다. 이안사는 그들의 눈을 보며 속으로 말했다. 내가 흔들리면, 이들은 무너진다. 내가 또렷하면, 이들은 걷는다. 그는 자신의 피로를 더 이상 ‘나의 피로’로 여기지 않았다. 피로는 사라진 것이 아니었다. 다만 그에게서 떨어져, 뒤쪽으로 밀려났다. 지도자의 몸은 때로 그렇게 작동한다. 위기(危機)가 오면, 몸이 본능적(本能的)으로 ‘잠’보다 ‘길’을 선택한다. 그 선택이 초인(超人) 같아 보이는 것은, 그가 초인이어서가 아니라, 그가 혼자가 아니기 때문이었다. 그 새벽, 이안사는 깨달았다. 자신이 깨어 있는 것은 개인의 의지(意志) 때문이 아니라, 천 명의 생이 그의 눈꺼풀을 들어 올리고 있기 때문이라는 것을. 그리고 그 깨달음은 슬프고도 애달팠으나, 동시에 단단했다. 그는 다시 한 번, 결론을 내렸다.

"오늘, 떠난다!"

그 말이 떨어지는 순간 행렬은 숨을 한번 크게 들이마셨다. 움직이는 것은 살길이었고, 동시에 위험이었다. 관가 안에서 버티는 것은 덫(陷穽-함정)이었고, 밖으로 나서는 것은 칼날이었다. 사람들은 어느 쪽이 더 낫다는 확신을 가진 적이 없었다. 다만, 이안사가 움직인다고 하면 움직였다. 그것이 그들이 지금까지 살아온 생존(生存) 방식(方式)이었다. 한 사람이 길을 정하면, 천 명이 발을 맞추는 것. 그 단단함이 있었기에 전주를 떠나 삼도(三道)를 지나 여기까지 왔다. 그러나 그날 아침, 단단함은 곧바로 부딪혔다. 첫 번째 벽은 관군(官軍)이었다. 군관(軍官)은 전날보다 더 많은 수색병(搜索兵)을 앞세웠다. 본대의 대형(隊形)은 미세하게 조여 있었다. 마치 '움직여 보라!'는 듯이, 사람들이 드나드는 길목의 폭이 좁아졌다. 군관이 목소리를 높였다.

"대감, 출발은 아직 허락되지 않았습니다. 감무(監務) 나리의 협의(協議)가 남아 있지 않습니까?"

이안사는 군관의 말에서 '협의'가 아니라 '구속(拘束)'을 들었다. 그는 고개를 끄덕이며 부드럽게 말했다.

"협의라면, 어제 이미 했소. 안찰사 영(令)에도 일주(一週)라 했고, 우리는 그 일주를 채울 여유가 없소. 계속 쉬고 있으면 목적지(目的地)를 착각(錯覺)할 수 있소!"

군관의 눈가가 일그러졌다. 군관은 명령을 따르지만, 감무(監務)의 눈치도 본다. 감무(監務)는 이곳 관청의 주인이고, 군관은 지나가는 손이다. 지나가는 손이 주인을 거슬러 손목을 세울 수는 없다. 군관은 잠시 망설였다가, 목소리를 낮추었다.

"대감, 솔직히 말씀드리겠습니다. 감무(監務) 나리가… 대감의 행렬을 '안전하게' 관리하겠다는 뜻이 강합니다. 상부(上部)에서도, 큰 무리를 그냥 보내는 것을 좋아하지 않습니다."

'상부.' 그 단어가 나오자 이안사는 확신했다. 어젯밤 연화가 겪은 일은 개인의 탐심(貪心)만이 아니라, 구조(構造)였다. 관청은 서로 연결(連結)되어 있고, 연결은 서로의 약점(弱點)을 쥐는 방식(方式)으로 유지(維持)된다. 이안사는 군관의 눈을 똑바로 바라보았다.

"상부가 누굴 말하오."

군관이 입술을 깨물었다. 그러고는 말을 흐렸다.

"굳이 말하자면… 잘 아시리라 믿소만은 예상한 대로 전라의 김윤식(金允植) 대감과 충청의 유정학(柳廷鶴), 강원의 민경도(閔敬度)… 그 줄이요."

이안사는 속으로 한숨을 삼켰다. 역시. 길은 길로만 이어지지 않는다. 문서(文書)와 이름으로 이어진다. 그리고 이름은 사람의 목을 잡는다. 그때, 관가 쪽에서 종이 울렸다. 감무(監務)의 호출(呼出)이었다. 서문탁(徐文卓)은 끝내 이안사를 부르지 않았다. 대신 군관에게 '당장 멈추게 하라!'는 말만 내려보냈다. 소통(疏通)은 없고, 명령(命令)만 있었다. 그것이 관가의 방식이다. 행렬의 앞쪽에서 웅성거림이 번졌다. 아이들은 무슨 일이 일어나는지 모르고 배고픔에 울었다. 노인들은 '또 멈추는가?'라는 눈빛으로 땅을 보았다. 젊은 사내들 몇이 이를 갈았다. 장무겸이 그들 앞을 막았다.

"지금 칼을 잡으면, 우리는 도적(盜賊)이 된다. 도적이 되면, 보호는 곧 토벌(討伐)이다."

그 말이 옳다는 것을 모두가 알았다. 그러나 알고도 참기 어렵다. 참는다는 것은, 손바닥으로 불을 덮는 일이다. 손바닥은 타고, 불은 남는다. 이안사는 자신이 결단을 내리지 않으면, 결단은 다른 자의 손으로 떨어진다는 것을 느꼈다. 그 손은 감무(監務)의 손일 수도, 군관의 손일 수도, 혹은 김윤식의 손일 수도 있었다. 이안사는 장무겸과 문겸을 불렀다. 그리고 한 사람을 더 불렀다. 그의 '왼팔'이라 불리던 사내, 한도윤(韓道潤)이었다. 그는 전주를 떠나올 때부터 이안사 곁에 있었고, 길목마다 먼저 나서서 길을 살피고 사람들의 불평(不平)을 잠재웠다. 말이 많지 않았지만, 말 한마디가 무거웠다. 이안사는 낮은 목소리로 말했다.

"오늘, 떠나야 한다. 그러나 그냥 떠나면, 그들은 '반란 혐의(嫌疑)'를 붙일 것이다."

문겸이 이를 악물었다.

"대감, 그러니 치고 나가야 합니다. 지금이라도!"

이안사는 고개를 저었다.

"치고 나가면, 우리는 끝이다. 끝이 너무 빨리 온다."

한도윤이 조용히 물었다.

"그러면… 어떤 계책(計策)이 있습니까? 혹시 그 계책이 무엇을 남기는 겁니까?"

'남기다.' 그 단어가 이안사의 마음을 찔렀다. 떠나기 위해 남겨야 하는 것. 살기 위해 잘라내야 하는 것. 그것이 지도자의 숙명(宿命)이다. 그러나 숙명이라 해서 덜 아픈 것은 아니다. 이안사는 한참 말이 없었다. 그때, 뒤쪽에서 누군가가 다가왔다. 이씨 부인(李氏夫人)이었다. 그녀의 이름은 선혜(善慧)였다. 이안사에게 시집을 온 뒤 십여 년을 있는 듯 없는 듯 내조(內助)했지만, 가정의 대소사(大小事)를 선명(宣明)하고 정확(正確)하게 해 내었다. 남편 이안사를 먼 발치에서 보면서 그의 부족함이나 모자람을 묵묵히 채웠다. 앞에서 이끄는 남편을 대신하여 여인들과 아이들을 돌보는 일에 가장 헌신적(獻身的)이었다. 이렇게 많은 무리가 따르는 이유도 이안사의 '덕(德)스러움' 만이 아닌 것을 함께 하는 모든 자들이 안다. 그녀의 얼굴은 피곤했지만, 눈은 맑았다. 굳은 다짐이 눈빛에서 드러났다. 그녀는 남편의 침묵을 한 번 보고는, 마치 이미 답을 알고 있다는 듯 조용히 말했다.

"내가 남겠습니다!"

이안사가 고개를 들었다. 순간, 목구멍이 막혔다. 그는 전쟁터에서도 이렇게 목이 막힌 적이 없었다. 칼이 목을 누를 때는 숨을 쉬면 된다. 그러나 사랑이 목을 누를 때는 숨을 쉬면 더 아프다.

"부인…"

이씨 부인은 고개를 저었다.

"당신은 이 무리를 이끌어야 합니다. 내가 남으면 감무(監務)는 최소한 함부로 못 할 것입니다. 그리고 군관도, 상부도 쉽게 칼을 빼지 못할 것이며, 볼모(抑留-억류)가 있다는 것은… 서로의 목줄을 동시에 잡는 일이 아니겠습니까?"

문겸이 벌컥 일어섰다.

"마님! 그건!"

이씨 부인은 단호했다.

"문겸, 그 말로 나를 막지 마시게. 나는 내가 무엇을 하는지 알고 있습니다."

그녀는 이안사를 똑바로 보았다.

"우리에게 당신은 '대감'이기 전에, 한 집의 사람(家人)입니다. 그러나 지금은… 당신이 우리 집만 살릴 수 있는 사람이 아닙니다. 천 명이 넘는 사람이 당신을 보고 있습니다. 내가 남으면 당신은 움직일 수 있습니다. 당신이 움직인다는 것은 여기 모두가 함께 움직일 수 있다는 것입니다"

이안사는 그 순간, 연화의 침묵과 이씨 부인의 단호함이 같은 뿌리에서 나온다는 것을 깨달았다. 연화는 말하지 않음으로 행렬을 지키려 했고, 이씨 부인은 남음으로 행렬을 지키려 했다. 둘 다 자신을 내

세우지 않는다. 오히려 자신을 뒤로 보내서, 다른 이들이 살길을 얻게 한다. 이안사는 그 사실이 슬펐다. 너무 슬퍼서, 눈이 뜨거워졌다. 그는 눈을 내리깔았다. 눈물을 흘리면 안 된다. 지도자의 눈물은 사람들의 발을 흐트러뜨린다.

"부인… 당신이 남으면, 내가 당신을 버리는 꼴이오."

이씨 부인은 아주 작은 웃음을 지었다.

"버리는 것이 아닙니다. 도리어 살리는 것이니 심려(心慮) 마십시오."

그 말이 너무 조용해서, 오히려 더 크게 들렸다.

18
약속 (約束)

이안사는 결단(決斷)을 내렸다. 그러나 결단은 혼자서 하는 것이 아니었다. 결단은 사람들의 손으로 완성된다. 그는 문겸과 한도윤을 바라보았다.

"너희 중에서도… 남을 사람이 필요하다."

문겸이 즉시 말했다.

"내가 남겠습니다."

이안사는 고개를 저었다.

"너는 칼이다. 칼은 앞에 있어야 한다."

문겸의 눈이 흔들렸다. 흔들림은 두려움이 아니라 분노였다. '왜 남기지 못하게 하는가?'라는 분노. 이안사는 그 분노가 고맙고 아팠다. 그때 한도윤이 말했다.

"내가 남겠습니다. 그리고… 장무겸 남기는 게 좋습니다. 장무겸은 이 무리의 기둥입니다. 기둥 하나가 남아 있어야, 감무(監務)는 함부로 '반란(反亂)'이라 찍지 못합니다."

장무겸이 조용히 고개를 끄덕였다.

"제가 남겠습니다!"

문겸이 참지 못하고 이를 악물었다. 이안사는 고개를 저었다.

"대감, 그러면 내 역할은 무엇입니까."

이안사는 문겸의 어깨를 한 번 짚었다.

"너는 무리를 지켜라. 그리고 앞의 길을 지켜라. 또한… 돌아와서, 남은 이들을 데려가야 한다."

'돌아와서.'

그 말이 문겸의 심장에 못처럼 박혔다. 떠나는 것은 결단(決斷)이지만, 돌아오는 것은 약속(約束)이다. 약속은 지키기 어렵다. 하지만 약속이 없으면, 남는 자는 버려진다. 이안사는 그 약속을 만들었다.

그날 낮, 이안사는 군관을 다시 불렀다. 그리고 감무(監務)에게도 통문(通文)을 보냈다. 내용은 단순했다.

'우리는 떠난다. 그러나 오해를 막기 위해, 우리 중 일부를 남긴다.'

감무(監務)는 그 통문을 받고 곧바로 웃었다. 그 웃음은 온후(溫厚)가 아니었다. '내가 이겼다.'라는 웃음이었다. 서문탁은 이씨 부인이 남는다는 말을 듣자, 잠시 눈빛이 번뜩였다. 탐욕이 스쳤다가 곧 계산으로 덮였다. '부인이 남으면 함부로 건드릴 수 없다.'라는 계산. '그러나 부인이 남으면 대감이 떠나도 도망으로 보이진 않는다.'라는 계산. 서문탁은 손해(損害)와 이득(利得)을 빠르게 저울질했다. 그리고 고개를 끄덕였다. 서문탁은 이안사를 불러들였다. 형식은 공손(恭遜)했으나, 부름의 순서부터가 이미 위계(位階)를 드러내고 있었다.

"통문을 받아보았소. 정 금일(今日) 떠나야겠다면 좋습니다. 대감의 뜻은 일겠사오나, 조건(條件)이 없을 수는 없지요."

그는 천천히 손가락을 접으며 말을 이었다. 말투는 부드러웠으나, 내용은 하나같이 조여 오는 것이었다.

"첫째, 이곳에 남는 분들은 관가의 울타리 안에서 지내셔야 하겠습니다. 둘째, 대감께서는 장성을 떠나신 뒤… 상급 부대에 이곳에서 있었던 일들을 굳이 아뢰지 않으시는 것이 서로에게 편하겠지요. 셋째, 이 무리가 다시 무장하여 반역(反逆)의 무리로 변하지 않음을 문서로 맹서(盟誓)해 주셔야겠습니다."

'굳이', '서로에게 편하다'라는 말속에 협박(狹薄)이 들어 있었다. 이안사는 그 말에서 조건이 아니라 올가미를 들었다. 그러나 지금은 그 올가미를 끊을 칼이 없었다. 그는 올가미를 느슨하게 하는 쪽을 택했다. 숨을 고른 뒤, 차분히 답했다.

"말씀하신바, 문서로 맹세하겠습니다. 다만 한 가지, 이곳에 남는 분들은 죄인으로 간주하여서는 아니 됩니다. 그분들은 다만, 관과 저희 양측의 신의(信誼)를 맡아 지켜주시는 분들이라 여겨 주십시오."

서문탁의 입가에 옅은 미소가 스쳤다. '신의'라는 말이 마음에 들지 않는 표정이었다.

"그리고 제가 삼척(三陟)에 도착하는 대로, 즉시 기별(奇別)을 올리겠습니다. 기별이 닿는 즉시, 이곳에 남은 분들 또한 관의 허락 아래 저희를 따라 합류하도록 해주시면 좋겠습니다."

"삼척이라…."

서문탁은 일부러 고개를 기울였다. 그들이 가고자 하는 곳이 삼척인 것은 알고 있었다. 그러나 탐탁지 않다는 기색을 숨기지 않았다.

"장성에서 삼척까지는 사백여 리가 넘습니다만…."

이안사는 담담하게 말을 이었다.

"열흘이면 충분히 닿을 수 있습니다. 바다와 가까운 길목이어서, 기별이 가장 빠르게 오갈 수 있는 곳이옵니다."

서문탁은 속으로 계산을 마쳤다. 삼척은 장성보다 훨씬 큰 고을이었다. 그곳의 감무(監務)는 자신이 좌우할 수 있는 인물이 아니었다. 그곳에 닿는 순간, 이안사는 더 자유로워진다. 난리 통에 고을마다 주민들이 모두 영락없는 비렁뱅이들인데 여기 전주의 유력 토호가 정착한다면 삼척 감무(監務)는 말릴 이유가 없었다. 아니 대환영일 것이다. 그러면 그는 거기서는 대접받을 것이다. 서문탁은 은근히 질투(嫉妬) 같은 못마땅함이 올라왔다. 이안사의 모든 것이 못마땅했다. 그러나 장무겸과 한도윤, 그리고 이안사의 부인 같은 핵심(核心) 인물들이 남는다면, 그 역시 편안하거나 자유롭지는 않을 것이다. 그는 미소(微笑)를 지었다. 이번에는 조금 더 분명한 미소였다.

"좋습니다. 그럼… 한 달로 하지요. 한 달이 지나도록 기별이 오지 않는다면, 남은 사람들은 관가에서 처분(處分)하겠습니다. 즉, 장성 고을의 주민으로 편입(編入)하는 것입니다. 그 또한 관의 배려(配慮)라 여겨주시기를 바랍니다. 명심(銘心)해 주십시오."

존대의 예는 외피를 쓴 협박(脅迫)이었다. 그러나 이미 예상한 협박이었다. 예상한 칼은 피할 수 있다. 사람을 무너뜨리는 것은 늘 예상하지 못한 찌르기다. 이안사는 잠시 고개를 숙였다가, 천천히 끄덕였다.

"그리해 주십시오."

그날은, 떠나는 자들과 남는 자들이 갈라지는 아침이었다. 천막 사이로 바람이 불었다. 바람은 늘 같았으나, 사람의 마음이 달라지면 바람도 달라진다. 해가 막 산마루를 떠오를 시각의 바람은 밤의 차가움과 다르게 칼처럼 맑았다. 아침은 숨길 것이 없었다. 갈라짐은 언제나 밝을 때 더 분명해진다. 천 명이 넘는 사람 가운데, 남기로 한 이는 오십(五十)이었다. 관군 일부도 '호위'라는 명분(名分)으로 함께 남았다. 그러나 실상은 감시(監視)였다. 남는 오십 명은 희생자가 아니었다. 이안사의 무리가 '반역'으로 규정되지 않도록 하는 방패(防牌)이자, 동시에 이안사가 서문탁에 대해 어떤 말로도 외부에 발설(發說)하지 못하도록 붙들어 두는 사슬이었다. 남기로 한 이들 가운데에는 이안사의 오른팔과 왼팔로 불리던 사람들이 있었다. 장무겸과 한도윤. 그리고 이안사의 부인. 또한 관가와 말이 통하는 노련한 사내들, 몸이 성한 장정들, 그들은 자신들이 '남는다.'라고 말했으나, 마음속으로는 '지킨다.'라고 생각하고 있었다. 아침의 공기 속에서 그 선택은 더욱 무거웠다. 머무름이 아니라 버팀이라는 사실이, 햇빛 아래에서 더 또렷해졌기 때문이다.

같은 아침, 연화는 천막 안쪽에서 조용히 짐을 정리하고 있었다. 떠남은 이미 결정되어 있었고, 길은 곧 열릴 터였다. 말은 없었으나 손은 미세하게 떨렸다. 한때 물동이를 비웠던 그 손이 다시 흔들렸다. 떨림은 두려움이라기보다, 감당(堪當)해야 할 마음의 무게였다. 문겸이 그 모습을 잠시 바라보다가, 낮게 말했다.

"대감 곁에 있어라. 나도 어쩔 수 없이 함께 할 것이다. 모두… 내가 지킬 것이다."

연화는 조용히 고개를 끄덕였다. 그것은 감사가 아니라 각오(覺悟)였다. 이안사가 이씨 부인과 오십여 명의 사람을 이곳에 남겨둔 채 떠난다는 사실이, 살을 떼어내는 것보다 아프다는 것을 연화는 알고 있었다. 그는 강한 사람이었지만, 지금 이 아침만큼은 강함만으로 버틸 수 있는 시간이 아니었다. 그에게도 위로(慰勞)가 필요(必要)했다. 그러나 연화는 자신이 위로의 '주체(主體)'가 되기를 원하지 않았다. 다만 곁에 있어, 아주 작은 온기(溫氣)라도 되어 주고 싶었다. 흔들리지 않도록 붙잡는 손이 아니라, 바람을 막아주는 그림자 같은 것이 되고 싶었다. 그 마음을 떠올리는 순간, 연화는 이씨 부인을 생각했다. 가슴 한쪽이 조용히 죄스러워졌다. 남겨지는 사람 앞에서 떠나는 사람 곁을 택한다는 사실이 가볍게 느껴지지 않았다. 이씨 부인은 단호(斷乎)했고, 용맹(勇猛)스러웠다. 감정을 앞세우지 않았고, 필요하다면 자신을 먼저 희생하는 사람이었다. 연화는 그 결기(決起)를 존경(尊敬)했다. 자신에게 없는 것을 그 여인은 가지고 있었다. 그래서 더 조심스러웠다. 그러나 동시에 연화는 생각했다. 이씨 부인의 성품(性品)이라면 자기 남편(男便)을 위하는 이 마음을 천박(淺薄)하게 보지는 않을 것이라고. 드러내지 않고 요구(要求)하지 않으며, 약점(弱點)이 되지 않는 선(線)이라면, 그 여인이라면 허락(許諾)할 것이라고.

서문탁의 낙인(烙印)은 오히려 연화의 마음을 더 깊게 만들었다. 누군가가 관계를 천박하게 규정할수록, 그녀는 더 단단히 이안사를 마음속에 품었다. 그러나 그 마음은 말로 옮길 수 있는 것이 아니었다. 드러내는 순간, 그것은 약점이 된다. 약점은 곧 거래(去來)가 된다. 연화는 거래를 원하지 않았다. 자신도, 이안사도, 그 누구도. 그래서 연화는 침묵을 택했다. 말하지 않는 자리에서 지키는 것, 드러내지 않는 방식으로 버티는 것. 그것이 지금, 자신에게 허락된 유일한 충성이라고 생각하며, 연화는 이안사의 곁으로 한 발짝 더 다가갔다.

출발을 앞두고, 이안사의 부인은 그와 잠시 단둘이 마주했다. 아침 빛은 두 사람의 얼굴을 숨기지 않았다. 긴말은 필요하지 않았다. 필요한 말은 늘 가장 짧았다.

"기별이 늦더라도, 마음은 늦지 마소서."

이안사는 입술을 깨물었다.

“반드시… 기별(奇別)하겠소.”

부인은 고개를 저었다.

“대감께서는 오시지 마시고, 부르시옵소서. 대감께서 다시 이 길로 돌아오시면, 길이 끊깁니다. 삼척에서 사람을 보내 기별을 주십시오. 우리는 그 기별을 따라 움직이겠습니다.”

이안사는 그 말에서, 부인이 자신보다 더 냉정하게 전체를 보고 있다는 사실을 깨달았다. 지도자(指導者)란 결단하는 자가 아니라 때로는 결단을 참는 자였다. 부인은 그에게 ‘참는 결단’을 요구하고 있었다. 이안사는 마음이 찢어지는 것을 느꼈다. 그러나 지금 그의 역할은 찢어진 마음을 꿰매는 일이었다.

해가 중천(中天)에 뜨자, 관군은 대형을 갖춰 길목을 열었다. 열었다기보다 ‘이만큼만’ 열어 두었다. 허락이 아니라 통과(通過)였다. 그 틈으로 행렬이 흘러나갔다. 천 명에서 오십을 뺀 숫자. 숫자는 줄었으나, 마음은 더 무거워졌다. 떠나는 자들의 발은 가벼워야 했지만, 그날의 발은 무거웠다. 그러나 무거운 발로도 걸어야 했다. 걸어야 살 수 있었다. 행렬이 관가를 벗어날 즈음, 서문탁은 관가 높은 대 위에서 그들을 내려다보았다. 정오의 햇살 속에서 그의 미소(微笑)는 공손(恭遜)해 보였다. 그러나 그 미소는 오래가지 않을 것이다. 이안사는 그 사실을 알고 있었다. 욕망(慾望)은 한 번으로 끝나지 않는다. 욕망은 기회(機會)를 먹고 자란다. 삼척로 향하는 기간, 서문탁은 ‘기별이 늦어지기를’ 바랄 것이다. 그 바람은 이안사의 고통(苦痛)이 될 것이다.

19
대비 (對備)

한낮의 산길은 뜻밖에 순조(順調)로웠다. 장성 관가의 울타리를 벗어나자마자, 공기는 분명히 달라졌다. 숨을 막듯 눌러오던 기운(氣運)이 한 겹 벗겨진 듯했고, 사람들의 어깨에서 보이지 않던 무게가 조금씩 내려앉았다. 숨은 자연스레 깊어졌다. 관군(官軍)의 시선(視線)이 사라진 길은 실제(實際)보다 더 넓어 보였다. 그것은 물리적인 넓음이 아니라, 감시(監視)당하지 않는다는 감각(感覺)에서 오는 착시(錯視)였다. 이안사는 그 차이(差異)를 정확히 느꼈다. 길이 넓어진 것이 아니라, 사람의 마음이 비로소 펴지고 있다는 것을. 길가에는 아직 이른 봄의 기운(起運)이 남아 있었다. 얼었던 흙은 완전히 풀리지 않았고, 계곡(溪谷)물은 겨울의 끝자락을 품은 채 차갑게 흘렀다. 그러나 그 차가움은 위협(威脅)이 아니었다. 살아 있다는 증거(證據)에 가까웠다. 바람에는 더 이상 쇳내가 섞이지 않았다. 대신 흙과 솔잎, 젖은 나무껍질의 냄새가 섞여 들어왔다. 이안사는 그 냄새를 깊이 들이마셨다. 그것은 자유의 냄새라기보다는, 관의 손길이 닿지 않는 영역(營域)으로 들어섰다는 신호였다. 우연일 리 없었다. 그는 늘, 이런 변화를 먼저 느끼는 사람이었다.

행렬은 속도를 냈다. 정오부터 발걸음을 늦추던 노인들도, 아이를 업은 여인들도, 그날만큼은 쉬는 횟수를 줄였다. 누가 재촉하지 않았고, 명령도 없었다. 몸이 먼저 알고 있었다. 지금은 가야 할 때라는 것을. 장성에서 삼척까지 사백여 리. 숫자로만 보면 막막했으나, 이 길은 결코 하나의 직선이 아니었다. 굽이진 산길과 깊은 계곡, 드문드문 나타나는 촌락과 장터의 흔적을 지나야 했다. 길은 늘 선택을 요구

했고, 선택은 책임을 남겼다. 이안사는 수시로 앞과 뒤를 살폈다. 앞을 보는 것은 길을 찾기 위함이었지만, 뒤를 돌아보는 것은 전혀 다른 이유였다. 그것은 약속을 잊지 않기 위해서였다. 남겨진 오십을 데려오겠다는 말은, 상황(狀況)을 달래기 위한 말이 아니었다. 그것은 그의 스스로 한 맹세에 가까웠다. 말로만 남겨둘 수 없는 약속(約束), 지키지 못하면 자신을 부정(否定)하게 되는 약속이었다. 그는 그 약속을 잊지 않으려고 일부러 뒤를 돌아보았다. 눈으로 확인하지 않으면, 마음이 편해질까 두려웠다.

오후로 향할수록 길은 더 너그러워졌다. 장성 부근의 길이 '감시(監視)를 위한 길'이었다면, 이곳의 길은 분명 '왕래(往來)를 위한 길'이었다. 상인들이 남긴 수레 자국이 흙 위에 겹겹이 남아 있었고, 어부들이 바다로 나아가기 전 쉬어 갔을 법한 평탄한 공터가 나타났다. 길은 누군가를 막기 위해 만들어진 것이 아니라, 오가게 하려고 닦여 있었다. 그 사실만으로도 사람들의 얼굴은 조금씩 풀어졌다. 아이들의 울음은 줄었고, 노인들은 지팡이를 내려놓고 서로의 안부를 물었다.
"어디까지 왔소."
"오늘은 여기서 쉬겠지."
그런 말들이 오랜만에 자연스럽게 오갔다. 몇몇은 웃음을 되찾았다. 그러나 이안사는 웃지 않았다. 웃지 못한 것이 아니라, 웃을 자격(資格)이 없다고 느꼈다. 남겨진 사람들에 대한 걱정 때문만은 아니었다. 더 깊은 곳에는, 그들을 함께 데려오지 못한 자신의 연약함이 자리하고 있었다. 오십여 명을 남기고 온 것은 숫자의 문제가 아니었다. 그 오십 뒤에는, 가족이 있었다. 아내를 남긴 사내도 있었고 아들을 두고 온 어미도 있었다. 그들을 남기고 떠난 이들이 이 행렬 안에만 해도 이백 명이 넘었다. 함께함이란 단지 몸을 나란히 하는 것이 아니라, 가슴속에 있는 무거움까지 함께 짊어지는 일이라는 것을 이안사는 잘 알고 있었다. 지금 이 길이 순조(順調)로운 이유는, 그 무거움이 모두의 가슴 안으로 옮겨졌기 때문인지도 몰랐다.

그는 생각했다.

'지금 이 순조로움이 혹여 내가 너무 많은 것을 남겨두고 온 대가가 아닐까?'

사람들은 살기 위해 앞으로 나아가고 있었지만, 그는 그들의 등을 보며 마음속으로 수없이 되뇌었다.

'나는 과연 옳은 선택을 했는가?'

선택은 언제나 결과(結果)로 평가(平價)받는다. 그러나 지도자는 결과가 오기 전까지도 자신을 심문(審問)해야 한다. 그는 그 심문을 멈추지 않았다.

'순조(順調)롭다. 너무도 순조롭다.'

이안사는 바로 그 점이 마음에 걸렸다. 그는 살아오면서 배웠다. 길이 가벼울수록, 마음은 더 무거워야 한다는 것을. 순조로움은 축복(祝福)이 될 수도 있지만, 동시에 '방심(放心)'이라는 이름의 함정(陷穽)이 되기도 한다는 것을. 그래서 그는 일부러 속도(速度)를 더 내지 않았다. 사람들이 알아서 빨라지고 있는 지금, 지도자가 해야 할 일은 재촉이 아니라 균형(均衡)을 지키는 것이었다. 그는 다시 한번 뒤를 돌아보았다. 보이지 않는 장성(長城)의 울타리, 보이지 않는 오십의 얼굴, 그러나 분명히 느껴지는 책임. 이안사는 그 책임을 외면(外面)하지 않기로 했다. 이 길의 끝에 삼척이 있듯이, 이 길의 어딘가에는 반드시 되돌아갈 길도 있어야 한다고 믿었다. 순조로운 길 위에서, 그는 자신에게 가장 무거운 짐을 하나 더 올려놓았다. 반드시 돌아가 데려온다. 그 다짐 하나로, 이안사는 다시 앞을 향해 발걸음을 옮겼다.

같은 시각, 장성에 남은 오십의 하루는 전혀 다른 색을 띠고 있었다. 울타리는 낮에도 열리지 않았다. 밤에만 닫히던 문은 아침부터 잠겼고, 문이 잠긴 시간만큼 사람들의 숨도 막혔다. 처음에는 '보호'라는 말이 앞섰다. 관군은 "밖은 위험하다."라고 말했고, 관가는 "여기서는 안전하다."라고 규정(規定)했다. 그러나 며칠이 지나자 그 말은 서서히 사라졌다. 대신 입에 오르내린 것은 '규칙'과 '질서'였다. 규칙은 늘어났고, 질서는 좁아졌다. 곡식 배급은 이유 없이 줄었다. 처음에는 수송(輸送)이 늦다는 핑계였고, 다음에는 장부(帳簿) 정리(整理)가 필요(必要)하다는 말이 붙었다. 그러나 줄어드는 것은 곡식(穀食)뿐만이 아니었다. 사람들의 인내도 함께 줄어들고 있었다. 장정(壯丁)들은 하루에도 몇 차례씩 불려 나갔다. 관가의 허드렛일, 창고 정리, 길 닦기, 담장 보수…. 일의 내용 자체보다도, 언제 불려 나갈지 모른다는 사실이 더 큰 압박(壓迫)이었다. 불려 나간다는 것은 늘 누군가의 눈앞에 서야 한다는 뜻이었고, 그 눈길은 언제든 의심(疑心)으로 바뀔 수 있었다. 말 한마디, 눈길 하나가 기록되었다. 하급 관리의 붓끝은 사소한 표정까지 적어 내려갔고, 그 기록은 다음 날의 지시(指示)가 되었다. 기록은 사실이 아니라, 의심의 씨앗이었다. 사람들은 점점 말을 아꼈다. 웃음은 줄었고, 불평은 속으로 삼켜졌다. 울타리 안의 공기는 늘 눅눅했고, 햇볕이 들어와도 따뜻하지 않았다. 장무겸과 한도윤은 그 변화(變化)를 누구보다 먼저 느끼고 있었다. 그들은 말을 아꼈다. 서로의 눈빛으로만 상황을 확인했다. 지금은 버티는 시간이었다. 칼을 뽑지 않는 것이 이기는 길이었고, 목소리를 낮추는 것이 무리를 지키는 방법(方法)이었다. 장무겸은 밤마다 울타리 안을 한 바퀴 돌았다. 잠들지 못한 얼굴들을 하나씩 확인했다. 두려움이 퍼지지 않도록, 불만이 말로 번지지 않도록. 그는 일부러 가벼운 말로 사람들을 불러 세웠고, 아무 일 없는 듯 어깨를 두드렸다.

"지금은 참을 때다."

그 말은 명령이 아니라 약속(約束)에 가까웠다. 한도윤의 방식(方式)은 달랐다. 그는 관가의 하급 관리들과 하인들 곁으로 자연스럽게 스며들었다. 처음에는 물동이를 함께 들었고, 다음에는 창고(倉庫)에서 짐을 옮겼다. 말투는 부드러웠고, 질문(質問)은 조심(操心)스러웠다. 그는 캐묻지 않았다. 대신 들어주었다. 하급 관리와 하인들은 처음에는 경계(儆戒)했으나, 시간이 지나자 입을 열기 시작했다. 그들 역시 눌려 있는 사람들이었기 때문이다.

"이곳도 사정(事情)이 좋지는 않소."

누군가 술기운에 중얼거리듯 말했다.

"윗선에서 내려오는 지시가 갈수록 거칠어지고 있소."

한도윤은 고개를 끄덕였을 뿐, 맞장구를 치지 않았다. 그 침묵이 오히려 상대를 안심(安心)시켰다. 하인들 사이에서는 서문탁의 이야기가 조심스레 흘러나왔다. 세금을 제때 내지 못한 사람들을 관가로 불러들여 하인처럼 부린다는 이야기, 부역(負役)의 명목(名目)으로 일을 시키고는 장부에는 '자발적 협조'라고 적어 넣는다는 이야기. 그 유명한 가렴주구(苛斂誅求)가 장성 고을 곳곳에 번지고 있다는 사실도 자연스럽게 드러났다.

"못 내면… 여기로 데려옵니다."

한 하인이 낮게 말했다.

"며칠 일하면 된다고 하죠. 그런데 그 며칠이, 한 달이 되고, 한 철이 됩니다."

그 말은 한도윤의 가슴에 무겁게 내려앉았다. 그는 그제야 깨달았다. 자신들이 이곳에 남겨진 이유가 단지 '담보(擔保)'이기 때문만은 아니라는 것을. 서문탁은 이 무리를 본보기로 삼고 있었다. 말을 듣지 않으면 이렇게 된다는 경고(警告), 동시에 자신의 권력(權力)을 과시(誇示)하는 도구였다. 한도윤은 들은 이야기를 머릿속에 차곡차곡 쌓아두었다. 그는 판단(判斷)을 서두르지 않았다. 지금 필요한 것은 분노가 아니라, 증거와 흐름이었다. 그는 하급 관리 중 몇과 조금씩 친해졌다. 그들에게 좋은 곡주(穀酒)를 사서 건네고, 쓸데없는 질문을 하지 않았다. 대신 그들의 불만(不滿)을 들었다.

"녹봉(祿俸) 밀린다."

"위에서 책임을 떠넘긴다."

"기록은 늘 아랫사람 이름으로 남는다."

그런 말들 속에서, 서문탁의 방식은 점점 선명(宣明)해졌다. 위에는 충성으로 보이고, 아래에는 폭력(暴力)으로 남는 방식. 한도윤은 그 모든 이야기가 언젠가 밖으로 나가야 한다는 것을 알고 있었다.

밤이 되면, 장무겸과 한도윤은 짧게 상황을 공유했다. 긴 대화(對話)는 필요 없었다. 눈빛과 몇 마디로 충분했다.

"조금 더 버틸 수 있다."

"지금은 아니다."

그런 말들이 오갔다. 울타리 밖으로 나간 이안사의 행렬이 어디쯤 갔을지, 삼척에 닿았을지, 기별은 한 달 정도 걸릴지, 그 모든 것이 불확실(不確實)했지만, 한 가지는 분명(分明)했다. 지금 이곳에서 무너지면, 밖의 약속(約束)도 무너진다는 사실이었다. 그래서 그들은 버텼다. 억울함을 삼키고, 분노(忿怒)를 눌렀다. 사람들 앞에서는 흔들리지 않았고, 관가 앞에서는 더더욱 침착(沈着)했다. 울타리는 여전히 닫혀 있었고, 규칙은 여전히 빡빡했지만, 그 안에서 사람들은 서로를 지켜보고 있었다. 버팀은 단순한 인내(忍耐)가 아니었다. 그것은 시간을 벌기 위한 싸움이었고, 언젠가 올 기별을 맞이하기 위한 준비(準備)였다. 그리고 그 기별이 오면, 이 울타리는 더 이상 감옥이 아니라, 서문탁의 발목을 붙잡는 증거가 될 것임을, 한도윤은 이미 알고 있었다.

20
기록 (記錄)

장성의 봄은 느리게 왔다. 산자락에는 아직 겨울의 그림자가 남아 있었고, 관가의 담장은 햇빛을 받아도 따뜻해지지 않았다. 바람은 북쪽에서 내려와 골짜기를 훑고 지나갔다. 바람이 지나갈 때마다 울타리 안의 깃발이 쓸쓸한 소리를 냈다. 그 소리는 보호(保護)의 신호(信號)가 아니라, 감시(監視)의 신호(信號)처럼 들렸다. 이씨 부인은 그 소리를 매일 들었다. 아침마다 관가의 문이 잠기는 소리, 낮에는 하급 관리의 발걸음이 잦아지는 소리, 저녁마다 기록을 묶는 끈이 조여지는 소리. 그녀는 그 소리 들을 하나하나 구분(區分)해 들었다. 소리를 구분한다는 것은, 상황(狀況)을 파악한다는 뜻이었다. 감정(感情)은 그다음이었다. 서문탁은 처음에는 공손(恭遜)했다. 회의 자리에서는 존댓말을 썼고, "부인께서 불편하시겠소."라는 말을 빼놓지 않았다. 그러나 공손함은 늘 시험(試驗)을 동반(同伴)했다. 그는 회의가 끝난 뒤에도 부인을 붙잡아 두었다. 사소한 안건(案件)을 다시 묻고, 이미 합의(合意)된 일을 다시 확인(確認)했다. 그 확인은 사실 질문(質問)이 아니었다. 복종(服從)의 여부(與否)를 재는 눈금이었다.

"부인께서도 아시다시피, 이 고을은 지금 민심(民心)이 흉흉(凶凶)
하오."

그는 그렇게 말을 꺼내곤 했다.

"남겨진 분들이 조금만 협조(協助)해 주신다면, 저도 윗선에 좋게
말씀드릴 수 있지 않겠소."

이씨 부인은 고개를 끄덕였다. 그러나 그 끄덕임은 동의(同意)가
아니라, 기록(記錄)을 요구(要求)하기 위한 예의(禮義)였다. 그녀는
늘 같은 말을 했다.

"그 말씀은 문서(文書)로 남겨 주시지요."

서문탁은 그때마다 눈썹을 아주 미세하게 찌푸렸다. 기록(記錄)
은 그의 방식(方式)에 어울리지 않았다. 그는 말로 다스리는 데 익
숙한 사람이었고, 말은 언제든 지울 수 있었다. 며칠이 지나자, 서문
탁의 태도(態度)는 변했다. 존댓말은 유지되었으나, 말끝에 묘한 힘
이 실렸다.

"부인께서는 잘 아시겠지만…."

"부인의 처지를 생각해서 말씀드리자면…." 같은 말들이 잦아졌다.
그는 부인을 이안사의 대리물(代理物)로 다루기 시작했다. 이안사가
떠난 자리의 빈칸을 그녀에게서 채우려는 듯했다.

어느 날, 이씨 부인은 관가의 부름을 받았다. 명분(名分)은 곡식(穀
食) 배급(配給)이었다. 관아 안 작은 집무실(執務室)에는 아직 아침의
냉기(冷氣)가 남아 있었고, 서문탁은 책상 뒤에 앉아 있었다. 그는 먼
저 말을 꺼냈다. 목소리는 부드러웠으나, 준비된 말투였다.

"이번 주는 사정(事情)이 여의찮소. 남아 계신 분들께서는 조금 양
해(諒解)를 해주셔야겠소."

'사정'이라는 말은 늘 편리(便利)했다. 이유를 설명하지 않아도 되

는 말, 질문을 막는 말. 이씨 부인은 곧장 대꾸하지 않았다. 잠시 침묵했다. 침묵은 계산의 시간이었다. 그리고 고개를 들었다.

"사정이라 하셨는데, 구체적으로 어떤 사정을 말씀하시는지요."

서문탁의 시선이 아주 잠깐 흔들렸다. 그러나 그는 대답하지 않았다. 대신 옆에 두고 있던 장부를 들어 책상 위에 올려놓았다. 두툼한 장부가 나무판 위에 닿으며 둔탁한 소리를 냈다.

"여기에 다 적혀 있소."

그는 장부를 펼치지 않았다. 넘기지도 않았다. 그저 장부라는 때 묻은 흔적이 가득한 '양민 배급(良民配給)'이라는 글이 희미하지만, 선명(宣明)하게 거기에 '존재(存在)'하고 있었다. 표지(表紙)는 오래되었고, 끈은 느슨했다. 안을 보지 않아도 알 수 있었다. 숫자만 있을 것이다. 수치는 있으되, 사유(事由)는 없는 기록. 책임이 빠진 장부였다.

그날 밤, 울타리 안은 평소보다 조용했다. 조용함은 안정(安定)이 아니라, 기력(氣力)이 빠진 결과(結果)였다. 아이들의 밥그릇은 비어 있었고, 몇몇은 밥그릇을 씻지도 못한 채 끌어안고 잠들었다. 노인(老人)들은 말수가 줄었다. 배고픔보다 먼저 오는 것은 지침(疲憊)이었다. 장무겸은 이를 악물었다. 분노(憤怒)가 아니라, 억눌러야 할 힘이었다. 칼을 쥐는 손이 먼저 굳었다가 풀렸다. 한도윤은 조심스럽게 하급(下級) 관리(官吏)에게 다가갔다. 등불이 닿지 않는 그늘에서였다.

"왜 줄었소."

하급(下級) 관리(官吏)는 한숨을 삼켰다. 주변(周邊)을 한 번 더 살핀 뒤, 거의 입술만 움직이듯 말했다.

"윗분의 지시(指示)요. 곡식이 없어서가 아니오. 다만… 이렇게 통제(統制)하려는…. 참, 이유(理由)는 묻지 않는 게 좋소."

그 말에는 체념(諦念)이 묻어 있었다. 명령(命令)을 전하는 사람의 체념(諦念), 책임(責任)이 위로 향해 있다는 것을 아는 사람의 체념(諦

念)이었다. 이씨 부인은 그 이야기를 들었다. 그리고 다음 날 아침, 다시 관가(官家)를 찾았다. 이번에는 혼자가 아니었다. 장무겸과 한도윤이 한 걸음 뒤에 섰다. 그들의 존재(存在)는 위협(威脅)이 아니었다. 증인(證人)이었다. 서문탁은 그들을 보고 미소(微笑)를 지었다. 웃음은 예의(禮儀) 발랐고, 눈에도 여유(餘裕)가 있었다.

"부인께서도 참 성급(性急)하시군요."

그 말에는 은근(隱近)한 결(結)이 섞여 있었다.

'여인으로서'

'처지에 비해'

'지금 상황(狀況)을 모르는 사람처럼' 등 그 모든 어감(語感)이 담긴 말이었다. 이씨 부인은 고개를 숙이지 않았다.

"성급(性急)한 것이 아닙니다."

그녀의 목소리는 낮았다. 그러나 단어(單語) 하나하나가 또렷했다.

"사람이 굶는 일은 미룰 수 없는 일입니다. 어제 배급(配給)이 줄어든 사유(事由)를 정확(正確)히 문서(文書)로 제시(提示)해 주십시오. 곡식의 총량(總量), 배분(配分) 기준(基準), 감축(減縮) 사유(事由). 세 가지만 확인(確認)하면 됩니다."

서문탁은 잠시 말을 잃었다. 예상(豫想)보다 구체적(具體的)인 요구(要求)였다. 그는 웃음으로 시간(時間)을 벌었다.

"부인, 너무 심하다고는 생각지 않으시오? 관아(官衙)도 사정(事情)이 있습니다. 이 고을만 생각할 수는 없지요. 이런 때는 서로 돕는 것이 미덕(美德) 아니겠소."

'미덕(美德)'이라는 말이 나왔다. 책임(責任)을 도덕(道德)으로 바꾸는 순간(瞬間)이었다. 이씨 부인은 그 지점(地點)을 놓치지 않았다.

"돕는 것은 양민(良民)에 대한 인지상정(人之常情)이며…."

그녀는 잠시 말을 끊었다.

“그 또한 나라의 일입니다.”

서문탁의 미소(微笑)가 아주 미세(微細)하게 굳었다.

“남아 있는 분들은 이미 노역(勞役)에 응했고, 규칙(規則)을 어기지 않았습니다. 보호(保護)를 전제로(前提) 머무는 이들에게 최소한(最小限)의 식량(食糧)을 지급(支給)하는 것은 은혜(恩惠)가 아니라 의무(義務)입니다. 관(官)에서 정한 규정(規定)에도 어긋나지 않습니다.”

그녀는 더 이상 감정(感情)을 섞지 않았다. 논리(論理)만 남겼다. 서문탁은 그제야 깨달았다. 이 여인은 설득(說得)의 대상(對象)이 아니었다. 기록(記錄)을 남기는 사람이었다. 잠시 방 안에 정적(靜寂)이 흘렀다. 장부(帳簿)는 여전히 책상 위에 놓여 있었다. 숫자(數字)만 있는 장부(帳簿). 그 숫자(數字)가 진실(眞實)일 수는 없었다. 이유(理由) 없는 숫자(數字). 그 공백(空白)이, 이제는 압박(壓迫)이 되고 있었다. 서문탁은 다시 웃었다. 그러나 이번 웃음은 얇았다.

“문서(文書)를 정리(整理)해 보지요.”

그 말은 양보(讓步)처럼 들렸으나, 사실(事實)은 시간(時間)을 벌겠다는 뜻이었다. 이씨 부인은 고개를 끄덕였다. 그것으로 충분(充分)했다. 오늘은 이겼다고 말하지 않았다. 다만 다음 수(手)를 열어 두었다는 사실(事實)만으로도, 이미 균형(均衡)은 조금 기울어 있었다.

그날 이후, 갈등(葛藤)은 노골화(露骨化)되었다. 서문탁은 울타리 안의 규칙(規則)을 더 세밀(細密)하게 만들었다. 출입(出入) 시간(時間)을 제한(制限)했고, 모이는 인원(人員)을 제한(制限)했다. 모든 제한(制限)은 '질서(秩序)'를 위한 것이었지만, 실제(實際)로는 분열(分裂)을 유도(誘導)하는 장치(裝置)였다. 그는 부인을 흔들기 위해 사람들을 흔들었다. 그러나 이씨 부인은 흔들리지 않았다. 그녀는 매번 같은 방식(方式)으로 대응(對應)했다. 문서(文書)를 요구(要求)했고, 기록(記錄)을 남겼다. 그는 아래 사람들에게도 글을 아는 이 중심(中心)으로 기록(記錄)을 반드시 남기라고 말했다.

"지시(指示)는 지시(指示)대로 따르되, 기록(記錄)은 남기십시오."

그 말은 씨앗처럼 퍼졌다. 기록(記錄)을 남기는 손이 늘어났고, 장부(帳簿)는 두꺼워졌다. 서문탁은 점점 조급(焦急)해졌다. 어느 날, 그는 부인을 따로 불렀다. 이번에는 방 안이었다.

"부인, 솔직(率直)히 말합시다."

그는 목소리를 낮췄다.

"대감(大監)께서 끝내 돌아오지 않으신다면…."

서문탁이 천천히 말을 이었다.

"이곳에 남아 계신 분들의 처지는… 지금보다 훨씬 어려워질 수도 있소."

말은 낮았고, 끝까지 존중(尊重)하는 듯했다. 그러나 그 안에는 선택지(選擇肢)가 없다는 뜻이 분명히 들어 있었다. 돌아오거나, 남은 이들이 대가(代價)를 치르거나. 그는 그것을 조건(條件)처럼 말했지만, 실상(實狀)은 협박(脅迫)이었다. 이씨 부인은 그 말을 피하지 않았다. 눈을 돌리지도, 고개를 숙이지도 않았다. 오히려 한 박자 늦춰 서문탁을 똑바로 바라보았다. 그 시선(視線)에는 감정(感情)이 없었다. 분노(憤怒)도, 두려움도 아닌 판단(判斷)만이 있었다.

"그 말씀도…."

그녀가 조용히 말했다.

"기록(記錄)으로 남겨 주시지요."

그 순간(瞬間), 방 안의 공기(空氣)가 달라졌다. 서문탁의 얼굴이 굳었다. 그는 처음으로 감정(感情)을 숨기지 못했다. 눈썹이 미세(微細)하게 움직였고, 입꼬리에 걸려 있던 공손(恭遜)한 미소(微笑)가 사라졌다.

“부인!”

그의 목소리가 낮아졌다.

“부인! 너무 하시는 거 아닙니까?”

‘너무’라는 말은 경계(警戒)였다. 여기까지는 허용(許容)되지만, 그 너머는 넘지 말라는 신호(信號). 그러나 이씨 부인은 멈추지 않았다. 오히려 그 말이 나왔다는 사실(事實) 자체를 하나의 증거(證據)처럼 받아들였다.

“저희는 약자(弱者)입니다.”

그녀의 말은 설명(說明)이 아니라 선언(宣言)이었다.

“약자(弱者)의 힘은 칼에서 나오지 않습니다. 말싸움에서도 나오지 않습니다. 법(法)에서 나옵니다.”

서문탁의 시선(視線)이 흔들렸다. 그녀는 말을 이었다.

“법(法)을 적용(適用)하려면, 기록(記錄)해야 합니다. 말로만 오간 위협(威脅)은 사라지지만, 기록(記錄)된 말은 남습니다. 저는 그 기록(記錄)을 남기려는 것입니다.”

잠시 숨을 고른 뒤, 그녀는 밖을 응시(凝視)하면서 아이, 노인(老人), 장정(壯丁)들. 울타리 안에서 하루하루를 버티는 사람들을 생각하면서 말을 이었다.

“저는 이 약하고 가련한 사람들을 지켜야 할 책임(責任)을 맡은 사람입니다. 보호(保護)를 조건(條件)으로 이곳에 남은 이들입니다. 보호(保護)가 위협(威脅)으로 바뀌는 순간(瞬間), 저는 그 사실(事實)을 남길 의무(義務)가 있습니다.”

그 말은 요구(要求)가 아니었다. 역할(役割)의 선언(宣言)이었다. 이안사라면, 이 지점(地點)에서 한 걸음 물러섰을지도 모른다. 그는 상황(狀況)을 넓게 보고, 사람을 살리기 위해 때로는 져주는 선택(選擇)을 했다. 말 한마디를 삼키고, 모욕(侮辱) 하나를 넘기며, 더 큰 길을 열어 두는 사람. 이안사의 강함은 완급(緩急)에 있었고, 양보(讓步) 속에 숨어 있었다. 그러나 이씨 부인은 달랐다. 그녀는 물러서지 않았다. 여기서 물러서면, 다음은 아이들의 몫이라는 것을 알고 있었기 때문이다. 한 번 허용(許容)된 위협(威脅)은 곧 규칙(規則)이 된다. 규칙(規則)이 되면, 약자(弱者)는 더 이상 말할 수 없다. 그래서 그녀는 이 자리에서 선(線)을 그었다. 넘어오지 말라는 선(線)이었다. 서문탁은 그제야 깨달았다. 이 여인은 감정(感情)으로 움직이지 않는다. 남편의 이름으로도, 연민(憐憫)으로도, 협상(協商)으로도 흔들리지 않는다. 그녀는 기록(記錄)될 언어(言語)만을 말하고 있었다. 그리고 그 언어(言語)는, 훗날 누군가의 손에 들릴 수 있는 칼이 될 것이다. 그는 더 이상 말을 잇지 않았다. 대신 장부(帳簿)를 다시 끌어당겼다. 숫자(數字)만 적힌 장부(帳簿). 이유(理由) 없는 숫자(數字)들. 그 공백(空白)이, 이제는 위협(威脅)이 아니라 약점(弱點)으로 느껴지기 시작했다. 이씨 부인은 알았다. 오늘 이 자리에서 모든 것을 바꿀 수는 없다. 그러나 적어도, 함부로 넘지 못할 선(線)은 그어졌다. 그리고 그 선(線)은, 남은 이들을 하루 더 버티게 할 것이다. 그녀는 고개를 숙이지 않았다. 이곳에서 숙이는 고개는 곧 사람을 잃는 일이었기 때문이다.

21
감찰 (監察)

한도윤은 처음부터 맞설 생각이 없었다. 이 고을에서 힘이 무엇인지 그는 너무 잘 알고 있었다. 관아(官衙)의 문을 여닫는 열쇠, 군졸(軍卒)을 동원(動員)하는 구호(口號), 형벌(刑罰)을 집행

(執行)하는 도구(道具)들은 모두 서문탁의 손에 있었다. 힘이 없는 쪽이 힘의 언어(言語)를 흉내 내는 순간(瞬間), 그 싸움은 이미 끝난다. 그래서 한도윤은 다른 힘을 택했다. 기록(記錄). 남는 것. 사라지지 않는 것. 그리고 그 기록(記錄)이 자신을 증명(證明)하도록 만드는 방식(方式)이었다. 그 선택(選擇)의 배경(背景)에는 이씨 부인의 판단(判斷)이 있었다. 그녀는 공개적(公開的)으로 지시(指示)하지 않았다. 대신 짧은 문장(文章)으로 원칙(原則)만 남겼다.

"말은 흩어지고, 글은 남습니다."

그 말 이후, 한도윤은 행동(行動)의 순서(順序)를 바꾸었다. 사람을 모으기 전에 종이(紙)를 준비했고, 질문(質問)을 던지기 전에 날짜(日字)를 적었다. 그는 몸에 늘 종이(紙)와 붓, 이동용(移動用) 먹통(墨桶), 작은 벼루를 지녔다. 종이(紙)는 젖지 않게 천으로 감쌌고, 붓은 끝이 상하지 않도록 통에 넣었다. 먹(墨)은 밤이 길어질 것을 대비(對備)해 충분히 챙겼다. 그는 기록(記錄)이 밤에 더 많이 태어난다는 사실(事實)을 알고 있었다. 그는 하급(下級) 관리(官吏)와 종들(從者)을 만났다. 처음에는 관아(官衙)의 바깥, 장터(場터)의 끝, 마구간(馬廐) 뒤편에서였다. 말을 먼저 꺼내지 않았다. 다만 그들의 손과 얼굴을 보았다. 손의 굳은살과 손톱의 때, 눈 아래의 그늘은 이미 많은 것을 말해주었다. 질문(質問)은 짧았고, 대답(對答)은 길어졌다. 그는 중간(中間)에 끼어들지 않았다. 말이 막히면 기다렸다. 기다림은 종종 고백(告白)을 불러왔다. 문이 닫히고 촛불이 낮아지는 밤이 잦아졌다. 하급(下級) 관리(官吏) 몇은 서로 눈치를 보다가, 마치 오래 곪아 있던 상처(傷處)가 터지듯 이야기를 쏟아냈다. 장성(長城) 감무(監務) 서문탁은 세금(稅金)을 내지 못한 백성(百姓)들을 관가(官家)로 끌고 와 형벌(刑罰)이 아닌 '임시 부림'이라 불렀다. 장부(帳簿)에는 잡역(雜役) 면제(免除)의 대가(代價)로 '자발적(自發的) 봉사(奉仕)'라 적혔다. 그러나 실제(實際)는 달랐다. 농민(農民)들은 논밭을 떠나 관아(官衙)의 부엌과 마구간(馬廐), 창고(倉庫)를 오가며 하인(下人)처럼 부려졌다. 곡식(穀食) 대신 몸으로 세금(稅金)을 치르게 한 셈이었다. 농번기(農繁期)에 동원(動員)된 이들은 하루를 잃는 대가(代價)로 한 해를 잃었다. 부역(賦役)의 계절(季節)이 오면 서문탁은 장정(壯丁)들을 불러 모아 왕명(王命)을 받드는 공사(工事)라 선포(宣布)했다. 그러나 그들이 옮긴 것은 성벽(城壁)의 돌이 아니라, 서문탁의 사가(私家)를 둘러쌀 담장(墻)과 누각(樓閣)의 기둥이었다. 돌의 크기와 목재(木材)의 규격(規格)은 성벽(城壁)과 맞지 않았다. 한도윤은 그 차이(差異)를 기록(記錄)했다. 장정(壯丁)들은 새벽부터 밤까지 돌을 나르고 목재(木材)를 다듬었다. 손바닥은 갈라졌고, 어깨에는 멍이 들었다. 쓰러지듯 돌아가면서도 품삯은커녕 죽 한 그릇 제대로 받지 못했다. 장부(帳簿)에는 정갈한 글씨로 같은 문장(文章)이 반복(反復)되었다.

'백성(百姓)들이 자발적(自發的)으로 힘을 보탰다.'

그 문장(文章)은 여러 날, 여러 장소(場所)에서 같은 어휘(語彙)로 등장(登場)했다. 한도윤은 같은 글씨체(體)를 표시(表示)했고, 날짜(日字)와 장소(場所)의 불일치(不一致)를 적어두었다. 뇌물(賂物)은 더 노골적(露骨的)이었다. 상인(商人)들은 관문(關門)을 지날 때마다 은전(銀錢)이나 비단 한 필(匹)을 내밀었다. 내지 않으면 세곡(稅穀)의 무게(重量)를 다시 달았다. 저울추는 바뀌었고, 숫자(數字)는 늘어났다. 고을의 유지(有志)들은 혼례(婚禮)나 제사(祭祀)를 핑계(憑藉)로 술과 말, 노비(奴婢)를 바쳤다. 서문탁은 그것을 사사로운 인정(人情)이라 불렀다. 대신 분쟁(紛爭)이 생기면 '무혐의(無嫌疑)'가 먼저 나왔다. 형벌(刑罰)은 거래(去來)의 대상(對象)이 되었다. 곤장(棍杖) 열 대가 은전(銀錢) 몇 닢으로 줄었고, 중죄(重罪)의 징계(懲戒)도 말 한 필(匹)로 사라졌다. 죄(罪)의 무게(重量)는 법(法)이 아니라, 내미는 손의 두께로 재어졌다.

　한도윤은 단독(單獨) 증언(證言)을 참고(參考)로 남겼다. 둘 이상의 증언(證言)이 겹치는 지점(地點)에 표시(表示)했다. 장부(帳簿)의 문구(文句)와 실제(實際) 행위(行爲)가 어긋나는 지점(地點)을 나란히 배치(配置)했다. 그는 숫자(數字)를 좋아하지 않았지만, 숫자(數字)가 진실(眞實)을 지킬 때가 있다는 것도 알았다. 글씨는 차분(差分)했으나, 먹(墨)은 점점 짙어졌다. 기록(記錄)은 서로를 증명(證明)했다. 그리고 그 중심(中心)에는 이씨 부인이 요구(要求)해 남긴 문서(文書)들이 있었다. 울타리 안의 생활(生活), 동원(動員) 기록(記錄), 배급(配給) 장부(帳簿)의 불일치(不一致)를 드러내는 문서(文書)들이었다. 오십(五十)의 증언(證言)은 그 문서(文書)의 뼈대였다. 전달(傳達)은 더욱 조심스러웠다. 한도윤은 문서(文書)를 한 묶음으로 만들지 않았다. 여러 사본(寫本)을 만들어 서로 다른 경로(經路)로 나누었다. 장성(長城)에서 직접 상부(上部)로 올리는 길은 차단(遮斷)될 수 있었다. 그는 상인(商人) 행렬(行列)과 역참(驛站)을 이용(利用)했다. 요지(要旨)는 짧은 편지(便紙)에, 근거(根據)는 첨부(添附) 문서(文書)에 담았다. 이씨 부인의 이름은 전면(前面)에 나오지 않았다. 그러나 문서(文書)의 논리(論理)는 그녀의 요구(要求)를 중심(中心)으로 정렬(整列)되어 있었다.

　며칠 뒤, 강원도(江原道) 안찰사(按察使) 민경도(閔敬度)의 조사관(調査官)이 도착(到着)했다. 그날 아침, 관가(官家) 앞의 공기(空氣)는 유난히 가벼웠다. 서문탁은 그 가벼움이 오래가지 않으리라는 사실(事實)을 미처 알지 못했다. 말발굽 소리(聲)가 들렸을 때, 그는 아직 웃음을 준비(準備)하고 있었다. 관아(官衙)로 들어

오는 사신(使臣)이나 상급자(上級者)의 방문(訪問)은 늘 그에게 익숙한 절차(節次)였다. 인사(人事), 접대(接待), 술과 음식(飮食), 그리고 적당한 칭찬(稱讚)과 적당한 무마(撫摩). 그 순서(順序)를 어기지 않는 한, 일은 언제나 흘러가듯 지나갔다. 그러나 이번은 달랐다. 관가(官家) 앞에서 말발굽이 멈추자마자, 낯선 깃발이 세워졌다. 깃발의 색(色)과 문양(紋樣)은 과하지 않았으나, 군더더기가 없었다. 장식(裝飾) 없는 깃발은 오히려 권한(權限)을 또렷하게 드러냈다. 서문탁은 그 문양(紋樣)을 보는 순간(瞬間), 속으로 계산(計算)을 시작했다.

'조사(調査)라… 예고(豫告)가 없었는데….'

조사관(調査官)은 말에서 내리자 거추장스러운 인사(人事)를 생략(省略)했다. 간단히 조사(調査)의 내용(內容)만 전달(傳達)하고 서문탁을 지나쳤다. 그것만으로도 이례(異例)였다. 그는 곧장 관가(官家)의 울타리 쪽으로 걸어갔다. 울타리의 높이를 재듯 눈으로 훑고, 걸음을 옮겨 길이를 가늠했다. 이어 창고(倉庫) 쪽으로 방향(方向)을 틀었다. 창고(倉庫)의 위치(位置), 문짝의 두께, 주변(周邊)의 동선(動線). 마구간(馬廐)으로 가서는 말의 수(數)와 사료(飼料)의 양(量)을 눈에 담았다. 그 모든 것이 말없이 이루어졌다. 질문(質問)도, 고개 끄덕임도 없었다. 서문탁은 그제야 웃음의 각도(角度)를 바꾸었다. 너무 과하지 않게, 그러나 매우 공손(恭遜)하게.

"먼 길 오시느라 고생(苦生)이 많으셨습니다."

그는 익숙한 투로 말을 건넸다. 이어 자연스럽게 손짓했다.

"안으로 드시지요. 잠시 쉬시며…."

조사관(調査官)은 손짓을 보지 않은 듯 고개를 돌리지도 않았다. 그는 서문탁을 지나쳐 관아(官衙) 마당으로 들어섰다. 그리고는 낮은 목소리(聲音)로 말했다.

"장부(帳簿)를 가져오시오!"

그 말은 부탁(付託)이 아니었다. 명령(命令)이었다. 서문탁은 잠시 말을 잃었다. 그는 다시 웃으려 했으나, 입꼬리가 뜻대로 올라가지 않았다.

"장부(帳簿)라면… 어떤 장부(帳簿)를 말씀(言及)하시는지요?"

그는 시간(時間)을 벌려 했다.

'어떤 장부(帳簿)를 먼저 내밀 것인가?'

'어디까지 보여 줄 것인가?'를 계산(計算)할 틈이 필요(必要)했다. 조사관(調査官)은 그제야 서문탁을 바라보았다. 눈빛에는 감정(感情)이 없었다. 호기심(好奇心)도, 의심(疑心)도, 분노(憤怒)도 없었다. 다만 이미 알고 있다는 기색(氣色)만이 있었다.

"세곡(稅穀) 장부(帳簿), 부역(賦役) 동원(動員) 기록(記錄), 배급(配給) 대장(臺帳), 그리고 결재문서(決裁文書) 전부(全部)를 가져오시오."

'전부(全部)?'

그 한 단어(單語)가 서문탁의 등골을 스쳤다. 그는 즉시 태도(態度)를 바꾸었다.

"그렇다면 먼저 숨도 돌리고, 따뜻한 차(茶)라도?"

이번에는 말이 끝나기도 전에 끊겼다.

"필요 없소이다!"

조사관(調査官)의 목소리는 낮았으나 단호(斷乎)했다.

"강원도(江原道) 안찰사(按察使) 민경도(閔敬度) 대감의 엄명(嚴命)이오!"

그 이름이 나오자, 관가(官家) 안의 공기(空氣)가 확연히 달라졌다. 민경도(閔敬度). 중앙(中央)에서도 원칙(原則)이 강하기로 이름난 인물(人物)이었다. 사사로운 정(情)을 끼워 넣지 않는 것으로, 그리고 조용히 그러나 끝까지 파헤치는 것으로 알려진 안찰사(按察使)였다. 서문탁은 그제야 깨달았다. 이번 조사(調査)는 형식(形式)이 아니라는 것을. 흘려보낼 수 있는 방문(訪問)이 아니라는 것을. 조사관(調査官)은 말을 이었다.

"조사(調査)만 하되, 어떤 응대(應對)도 받지 말고 오라는 명(命)을 받았소. 술도, 음식(飮食)도, 인사(人事)도 필요 없소이다. 기록(記錄)만 확인(確認)하고, 기록(記錄)만 남길 것이오."

서문탁은 순간적(瞬間的)으로 얼굴의 혈색(血色)을 조절(調節)했다. 그는 웃음을 지웠다. 대신 지나치게 공손(恭遜)한 표정(表情)을 붙였다.

"그렇다면, 절차(節次)에 따라 협조(協助)하겠습니다."

그 말은 순응(順應)처럼 들렸으나, 속에서는 다른 계산(計算)이 빠르게 돌아가고 있었다. 어디까지가 드러났는지, 누구의 입이 열렸는지, 무엇이 이미 올라갔는지. 그는 그 모든 것을 짐작(斟酌)조차 할 수 없었다. 조사관(調査官)은 관아(官衙)의 한 방을 지정(指定)했다.

"이곳이 좋겠소. 모든 서류(書類)를 여기로 가져오시오."

그 방은 화려(華麗)한 곳이 아니었고, 구석진 곳도 아니었다. 평소(平素)에는 잘 쓰지 않는 방. 그러나 장부(帳簿)를 펼치기에는 충분히 밝은 곳이었다. 조사관(調査官)은 자리에 앉자마자 붓을 꺼냈다. 먹(墨)을 갈지도 않았다. 이미 준비(準備)된 먹(墨)이었다. 그것은 우연(偶然)이 아니었다. 모든 것이 준비(準備)된 방문(訪問)이었다. 서문탁은 문 앞에 잠시 서 있었다. 들어가야 할지, 물러나야 할지 판단(判斷)이 서지 않았다. 그때 조사관(調査官)이 말했다.

"감무(監務)께서는 가 계시오. 필요(必要)하면 부르겠소."

그 말은 곧, 지금은 필요(必要) 없다는 뜻이었다. 서문탁은 그 방에서 밀려났다. 그는 관가(官家)의 마루에 서서, 처음으로 자신이 이 공간(空間)의 주인(主人)이 아닐 수도 있다고 생각(生覺)했다. 장부(帳簿)가 펼쳐지는 소리(聲音)가 방 안에서 들려왔다. 종이(紙)가 넘겨지는 소리는 크지 않았으나, 이상(異常)하게도 또렷했다. 그 소리는 곤장(棍杖)보다 무거웠고, 고함(高喊)보다 깊었다.

서문탁은 그제야 알았다. 이번에는 사람에게 당하는 것이 아니라, 기록(記錄)에 당하고 있다는 것을. 그리고 그 기록(記錄)은 이미 관가(官家) 안으로 들어와 있었다. 그날 이후, 관가(官家)의 시간(時間)은 느리게 흘렀다. 조사관(調査官)은 식사(食事) 시간(時間)에도 자리를 뜨지 않았고, 밤이 되어도 불을 꺼달라 하지 않았다. 응대(應對)는 없었고, 대화(對話)는 최소(最少)였다. 질문(質問)은 짧았고, 대답(對答)은 장부(帳簿)로 확인(確認)되었다. 서문탁은 더 이상 웃지 않았다. 웃음이 통하지 않는 자(者) 앞에서, 웃음은 오히려 죄(罪)가 된다는 것을 그는 처음으로 배웠다. 그리고 그는 아직 알지 못했다. 이 조사(調査)가, 이미 되돌릴 수 없는 선(線)을 넘었다는 사실(事實)을.

조사(調査)는 조용했다. 조사관(調査官)과 함께 온 관리(官吏) 몇과 하인(下人)들은 전문적(專門的)인 솜씨를 드러냈다. 장부(帳簿)와 재고(在庫)를 확인(確認)했고, 결국은 서문탁의 사가(私家)와 내밀한 곳과 공사(工事) 현장(現場) 모두를 둘러보았다. 같은 질문(質問)이 다른 날, 다른 사람에게 반복(反復)되었다. 장부(帳簿)의 문구(文句)와 증언(證言)이 어긋나는 지점(地點)마다 붓(筆)이 멈췄다. 그 멈춤은 관가(官家) 안에 보이지 않는 균열(均裂)을 만들었다. 배급(配給) 장부(帳簿), 동원(動員) 기록(記錄), 하급(下級) 관리(官吏)들의 증언(證言)이 하나의 선(線)으로 이어졌다. 그리고 그 선(線)의 중심(中心)에는 이씨 부인의 문서(文書)들이 있었다. 서문탁은 그날 밤, 홀로 장부(帳

簿)를 넘기다 손을 멈췄다. 같은 문구(文句), 같은 결재(決裁), 같은 표현(表現). 그는 그제야 알았다. 자신이 칼이 아니라 붓(筆)에 포위(包圍)당했음을. 그는 중얼거렸다.

"붓(筆)이 나를 묶는구나."

웃음은 사라졌고, 놀람이 남았다. 담장(墻)은 높았지만, 종이(紙)는 얇았다. 그 얇음이 담장(墻)을 넘고 있었다. 결과(結果)는 분명(分明)했다. 서문탁은 월권(越權)과 사적(私的) 압박(壓迫), 가렴주구(苛斂誅求)의 책임(責任)으로 중징계(重懲戒)를 받았다. 감봉(減俸)과 함께 감찰(監察) 대상(對象)이 되었고, 장성(長城) 관아(官衙)의 실권(實權)은 수개월 동안 회수(回收)되었다.

그날, 울타리는 낮에도 열렸다. 이씨 부인은 말하지 않았다. 장무겸과 한도윤을 바라보며 고개를 끄덕였다. 그것으로 충분(充分)했다. 버팀은 끝났고, 이동(移動)의 시간(時間)이 왔다. 그날 저녁, 남겨졌던 오십(五十)은 처음으로 울타리 밖의 하늘을 보았다. 삼척(三陟)에서는 아직 기별(奇別)이 없었다. 그러나 봄은 분명(分明)이 무르익고 있었다. 떠난 지 스무날이 지나자, 장성(長城) 관가(官家)에도 기대(期待)가 번졌다. 개나리(迎春花)는 담장(墻) 아래에서부터 노랗게 터졌고, 진달래(杜鵑花)는 언덕에 번졌다. 관가(官家)의 마당에도 색(色)이 스며들었다. 사람들은 말수(言數)를 줄였고, 하늘을 올려다보았다. 이제 곧 기별(奇別)이 올 것이라는 기대(期待)가, 기록(記錄)처럼 차분이 쌓였다. 이씨 부인은 관가(官家)를 돌아보았다. 담장(墻)은 여전히 높았으나, 그 안의 힘은 이미 꺾여 있었다. 그녀는 생각했다. 버틴다는 것은 맞서는 것이 아니라, 때(時)를 지키는 것이라고. 기록(記錄)이 때(時)를 만나면, 칼보다 깊게 들어간다는 것을. 그리고 그 '때'는 드디어 오고 있었다.

　　삼척(三陟)이 가까워질수록 공기(空氣)는 눈에 띄게 달라졌다. 산을 타고 내려오던 바람은 더 이상 날카롭지 않았고, 대신 엷은 염기(鹽氣)를 머금은 채 옷자락과 머리칼을 부드럽게 스쳤다. 아직 바다는 시야(視野)에 들지 않았으나, 사람들은 이미 그것을 느끼고 있었다. 말린 생선의 냄새 같은 노골적(露骨的)인 신호(信號)가 아니라, 방향(方向)이 열려 있다는 감각(感覺), 막히지 않은 세계(世界)가 앞에 놓여 있다는 확신(確信)이었다. 숨이 깊어졌고, 발걸음은 미세(微細)하게 가벼워졌다. 이안사(李安社)는 그 미묘(微妙)한 변화(變化)를 누구보다 먼저 알아챘다. 길이 끝나 가는 것이 아니라, 하나의 질서(秩序)에서 다른 질서(秩序)로 옮겨가고 있다는 느낌이었다. 산중의 길이 피난(避難)과 계산(計算)의 공간(空間)이었다면, 이제 다가오는 곳은 왕래(往來)와 선택(選擇)의 공간(空間)이었다. 그것은 단순한 지리(地理)의 변화(變化)가 아니라, 삶의 방향(方向)이 바뀌는 전조(前兆)였다.

　　삼척 입구에 이르자, 길은 갑자기 단정(端正)해졌다. 장성에서 보았던 길과는 성격(性格)이 분명이 달랐다. 그곳의 길이 감시(監視)를 전제로(前提) 닦인 통로(通路)였다면, 이곳의 길은 왕래(往來)를 전제로(前提) 유지(維持)된 길이었다. 수레바퀴 자국은 일정(一定)했고, 길 가장자리는 무너진 흔적 없이 다져져 있었다. 배수로(排水路)는 막힘없이 이어졌고, 길옆의 돌무더기는 소박하고 정갈하게 제자리를 지키고 있었다. 이안사는 그것이 단순한 관리(管理)의 차이(差異)가 아니라, 관청(官廳)의 태도(態度)에서 비롯된 차이라는 것을 알았다. 막기 위해 세운 관(官)과 다스리기 위해 세운 관(官)은 길부터 달랐다. 그때, 길 아래쪽에서 말발굽 소리(聲音)가 들려왔다. 두 필(匹)의 말이 일정한 간격(間隔)을 두고 올라오고 있었다. 삼척 관아(官衙)에서 파견(派遣)된 군관(軍官)이었다. 그들은 행렬(行列)의 규모(規模)와 구성(構成)을 멀리서 확인(確認)하자 속도(速度)를 줄였고, 선두(先頭)에 이르러 말에서 내려 예(禮)를 갖추었다.

"삼척 감무(監務) 정여헌(鄭女憲) 대감께서 이안사 어른의 도착(到着) 소식(消息)을 미리 전해 들으셨습니다."

군관(軍官)의 목소리는 낮았으나 분명(分明)했고, 불필요(不必要)한 긴장(緊張)이나 위압(威壓)은 없었다.

"무리의 안전(安全)을 우선(優先)하여 관아(官衙)로 모시라 명하셨습니다."

'정여헌.'

이안사는 그 이름을 알고 있었다. 학문(學問)으로 이름이 났으나 성정(性情)이 급하지 않고, 실무(實務)에 밝다는 평(評)을 들은 인물(人物)이었다. 공명심(功名心)보다 관할(管轄) 백성(百姓)의 안정(安定)을 앞세운다는 소문(所聞)이 있었다. 이안사는 그 소문이 사실(事實)이길. 그리고 이 만남이 우연(偶然)이 아니기를 바랐다.

"수고(受苦)가 많습니다."

그는 군관을 향해 고개를 숙였다.

"이 사람들은 긴 여정(旅程)을 거쳐왔습니다. 부디 보호(保護)를 부탁드립니다."

군관은 고개를 끄덕이며 즉시 호위(護衛)의 형태(形態)를 갖췄다. 앞뒤에 말을 세우고, 행렬(行列)의 가장 약한 지점(地點)을 살폈다. 아이와 노약자(老弱者)가 있는 쪽에 더 가까이 배치(配置)하는 판단(判

斷)은 현장(現場)에서 나온 것이었다.

삼척 관아(官衙)의 문은 이미 열려 있었다. 문 앞에는 임시(臨時)로 마련한 천막(天幕)과 물동이(桶)가 놓여 있었고, 마당에서 한 편에서는 큰 솥에서 김이 오르고 있었다. 불은 과하지 않았고, 준비(準備)는 질서정연(秩序整然)했다. 그것은 즉흥적(卽興的)인 대응(對應)이 아니었다. 사전(事前)에 계산(計算)된 환대(寬待), 행정(行政)의 언어(言語)로 표현(表現)된 배려(配慮)였다. 행렬이 관가(官家) 안으로 들어서자, 사람들은 그제야 발걸음을 멈추었다. 멈추는 순간(瞬間), 걷는 동안 미뤄 두었던 피로(疲勞)가 한꺼번에 밀려왔다. 몇몇은 그대로 주저앉았고, 아이들은 어른의 품에서 깊은 잠에 빠졌다. 울음 대신 잠이 찾아왔다는 사실(事實)이, 이곳이 안전(安全)하다는 증거(證據)처럼 느껴졌다. 정여헌 감무(監務)는 관복(官服)을 갖춘 채 직접 마당으로 나왔다. 그는 말수가 적은 인상(印象)이었으나, 눈빛에는 사람을 재는 냉기(冷氣)가 없었다.

"이안사 대감, 먼 길에 고생(苦生)이 많으셨습니다."

그는 형식적(形式的)인 인사(人事)에 머물지 않았다.

"여기까지 오는 동안, 쉬지 못한 분들이 많을 겁니다. 오늘은 관가(官家)에 머물며 여장(旅裝)을 풀고(解裝), 몸을 씻고 편히 쉬십시오."

그의 지시(指示)에 따라 관아(官衙) 안쪽의 공간(空間)이 빠르게 정리(整理)되었다. 남녀(男女)와 노소(老少)를 나누어 방을 배정(配定)했고, 병든 자와 노약자(老弱者)는 안쪽 온돌방으로 들였다. 물은 넉넉히 데워졌고, 씻을 순서(順序)는 혼란(混亂) 없이 정해졌다. 사람들은 차례(次例)로 씻었다. 먼지와 땀, 산길의 긴장(緊張)과 불안(不安)을 물과 함께 흘려보냈다. 씻고 나와 마당에 앉자, 따뜻한 음식(飮食)이 나왔다. 밥과 국, 나물과 말린 생선. 소박(素朴)했으나 부족

(不足)하지 않았다. 누군가는 그것을 잔치(宴饌)라 불렀고, 누군가는 살아 있음의 증거(證據)라 여겼다. 숟가락이 바닥을 치는 소리(聲音)가 오랜만에 경쾌(輕快)하게 울렸다.

밤이 되자 관아(官衙)에서는 공식적(公式的)으로 자리를 마련(準備)했다. 술은 절제(節制)되었으나 음식(飮食)은 넉넉했다. 웃음소리(聲音)가 오랜만에 마당을 채웠다. 그러나 이안사는 끝까지 경계(警戒)를 풀지 않았다. 잔치가 무르익을 즈음, 그는 정여헌 감무(監務)와 조용한 별실(別室)로 자리를 옮겼다.

"감무님, 이 은혜(恩惠)를 잊지 않겠습니다."

그는 먼저 고마움을 전한 뒤, 곧 본론(本論)으로 들어갔다.

"다만, 저희는 이곳에 오래 머무를 생각은 없습니다."

정여헌은 이미 알고 있다는 듯 고개를 끄덕였다.

"이미 정한 곳이 있으시겠지요."

"예. 노곡리(蘆谷里)입니다."

이안사는 준비(準備)해 온 지도(地圖)를 펼쳤다. 종이(紙)는 여러 번 접혀 있었고, 모서리는 닳아 있었다. 길 위에서 수없이 펼쳤다 접은 흔적(痕跡)이었다.

"노곡리는 물(水)이 풍부(豊富)합니다. 계곡(溪谷)이 완만(緩慢)해 사시사철(四時 使節) 마르지 않고, 샘이 여러 곳에서 솟습니다. 토질(土質)은 사질(沙質)과 점질(粘質)이 섞여 밭을 일구기 좋고, 볕이 드는 시간(時間)이 길어 조와 보리, 콩을 심기에 알맞습니다."

그는 손가락으로 능선(陵線)과 평지(平地)를 짚었다.

"들판이 넓지는 않으나, 나누어 경작(耕作)하기에 무리가 없고, 논을 만들 수 있는 자리도 있습니다. 무엇보다 바람이 막히고, 길에서 한 발 비껴 있어 눈에 띄지 않습니다."

정여헌은 지도를 들여다보며 천천히 말했다.

"삼척부(三陟府) 관할(管轄)이군요."

"그렇습니다. 이곳에서 오십여 리(五十餘里). 빠르면 열여섯 각(刻-15분) 거리입니다."

이안사는 고개를 숙이며 덧붙였다.

"내일 이른 아침 떠날 생각입니다. 다만, 감무님께서 미리 말씀을 전해해 주신다면 정착(定着)에 큰 도움이 될 것입니다."

정여헌은 잠시 생각(思考)에 잠겼다가, 조용히 미소(微笑)를 지었다.

"노곡리 녹사(錄事) 김도겸(金道謙)과는 평소(平素)에도 서신(書信)을 주고받습니다."

그는 분명이 말했다.

"이안사 대감 같은 분이 그곳에 정착(定着)하신다면, 김 녹사에게도 큰 힘이 될 겁니다. 관(官)에서 할 수 있는 범위(範圍) 안에서, 불편(不便)함 없이 자리 잡도록 돕겠습니다."

그 말은 단순한 호의(好意)가 아니었다. 행정적(行政的) 보증(保證)에 가까운 약속(約束)이었다. 이안사는 깊이 고개를 숙였다.

"감사합니다. 다만… 아직 끝난 것이 아닙니다."

그는 잠시 말을 고른 뒤 말했다.

"장성에 남겨둔 오십여 명이 있습니다."

정여헌은 고개를 끄덕였다.

"그분들까지 데려오실 계획(計劃)이시겠지요."

"예. 반드시."

이안사의 말속에는 확신(確信)과 희망(希望)과 함께 알 수 없는 두려움(恐懼)도 함께 묻어 있었다.

그날 밤, 사람들은 관아(官衙)의 방과 마당에서 깊은 잠이 들었다. 산길에서의 긴장(緊張)이 처음으로 완전히 풀린 밤이었다. 바깥에서는 파도 소리(聲音)가 낮게 들려왔다. 그것은 위협(威脅)이 아니라, 넓음의 소리였다. 이안사는 잠들지 못한 채 마당에 앉아 있었다. 하늘에는 별이 드물게 떠 있었고, 바람은 부드러웠다. 봄은 분명이 이곳에 와 있었다. 그리고 그는 알았다. 이 봄은 잠깐의 위로(慰勞)가 아니라, 이어질 계절(季節)의 시작(始作)이라는 것을.

'이제부터가 진짜다.'

삼척은 쉼이었으나, 머무름은 아니었다. 노곡리는 정착(定着)이 될 수 있었고, 그 정착(定着)은 약속(約束)을 지킬 힘을 키워 줄 터였다. 지도자(指導者)는 사람들을 내려놓아야 했고, 내려놓은 뒤에 다시 돌아갈 수 있어야 했다. 그는 그것이 가능(可能)하다고 믿었다. 오늘 밤의 불빛, 이 관가(官家)의 태도(態度), 그리고 내일 아침의 길이 그 믿음을 떠받치고 있었다. 이안사는 천천히 일어섰다. 내일은 다시 길을 나서야 했다. 그러나 오늘 밤만큼은, 이 사람들이 안전(安全)하다는 사실(事實)을 온전히 받아들이기로 했다. 그는 마지막으로 관가(官家)의 불빛을 바라보았다. 그 불빛은 장성의 것과 달랐다. 억누르기 위한 빛이 아니라, 머무르라 허락(許諾)하는 빛이었다. 그 빛 아래에서, 이안사는 마음속으로 새로운 결단(決斷)을 했다. 노곡리에 이들을 내려놓고, 반드시 돌아가 오십을 데려온다. 그러나 이번 결정에는 절망(絶望)이 없었다. 그것은 고난이 아니라, 희망(希望)을 완성(完成)하기 위한 약속(約束)이었다. 그리고 그 약속(約束)은 이제 충분히 지킬 수 있을 만큼의 땅과 사람을 얻고 있었다.

23
절제 (節制)

삼척(三陟) 관아(官衙)의 밤은 깊었고, 바다는 아직 보이지 않았다. 그러나 바다의 기척(氣息)은 분명히 있었다. 염기(鹽氣)를 머금은 바람이 담장 위를 넘을 때마다, 먼 곳에서 물이 넓게 열려 있다는 감각(感覺)이 따라왔다. 연화(蓮花)는 그 바람을 느끼며 관아(官衙) 마당 가장자리에 서 있었다. 낮 동안 사람들을 씻기고 아이들을 재운 뒤, 비로소 남은 시간(時間)이었다. 몸은 피곤(疲困)했으나 마음은 가라앉지 않았다. 어쩌면 이 밤이 그냥 지나가지 않을 것이라는 예감(豫感)이 그녀 안에 자리 잡고 있었다.

이안사(李安社)는 별실(別室)에서 나와 있었다. 등불 아래 책을 덮은 채 마당을 바라보고 있었다. 그는 늘 그랬다. 일이 끝난 뒤에도 자리를 떠나지 않는 사람. 모두가 쉬어야 비로소 자기도 쉬어도 된다고 생각하는 사람. 연화는 그를 여러 번 보았고, 그때마다 같은 생각을 했다. 이 사람은 자신을 살피지 않는다. 그 사실(事實)이 그녀를 오래 붙들어 왔다. 그녀의 발소리에 이안사가 먼저 입을 열었다.

"아직 안 자는구나."

예전과 달리 오랜만에 이안사의 목소리는 차분하고 평온(平穩)했다. 그래도 삼척은 이안사에게 마음으로도 안정을 주는 곳이었다.

"이제야 아이들이 다 잠들어서요."

그녀는 몇 걸음 떨어진 곳에 멈췄다. 너무 가까우면 하지 말아야 할 말을 하게 될 것 같았다.

"삼척은…"

연화가 말했다.

"…생각보다 괜찮은 곳이에요."

이안사는 담장 너머 어둠을 바라본 채 답했다.

"괜찮다는 건, 머물 수 있다는 뜻이지."

연화는 고개를 끄덕였다. 그러나 곧 말했다.

"하지만 우리의 목적지(目的地)는 여기가 아니지요? 그리고 아직 우리는 할 일이 남았잖아요."

그는 잠시 침묵(沈默)했다. 부정(否定)하지 않았다.

"장성(長城)에 남은 사람들 때문이지."

그의 말은 설명(說明)이 아니었다. 사실(事實)의 나열(羅列)이었다. 연화는 그 사실이 이미 그의 안에서 결정(決定)으로 굳어져 있다는 것을 알았다.

"언제 떠나실 생각이십니까."

"노곡리(蘆谷里)에 도착한 후 삼 일 뒤."

그는 아직 가지 않은 곳의 이름을 자연스럽게 말했다. 이미 머릿속에서는 여러 번 다녀온 길처럼.

연화는 잠시 숨을 고른 뒤 말했다.

"그 길에… 저도 가겠습니다."

이안사는 천천히 고개를 돌려 그녀를 보았다.

"안 된다."

단호(斷乎)한 말이었다. 그곳은 이안사와 연화 모두에게 아픔과 불안(不安)을 남긴 곳이었다. 징계(懲戒)가 있었지만, 아직 서문탁이 장성에 남아 있었다.

"거기에도 아이들이 있습니다. 아이들은 제 손길이 가야 합니다."

연화는 물러서지 않았다.

"아픈 사람도요."

"군사(軍士)들이 처리할 수 있다."

"아이를 안고 걷는 건 군사들이 할 수 있는 일이 아닙니다."

그녀의 말은 조용했으나 단단했다.

"백수린(白秀麟)과 함께 가겠습니다. 수린은 약을 알고, 저는 아이들을 돌볼 수 있어요."

이안사는 잠시 말을 잇지 않았다. 그 침묵(沈默) 속에서 그는 다른 이유를 떠올렸다.

'네가 그 길을 가면, 돌아오지 못할 수도 있다.'

그러나 그는 그 말을 하지 않았다. 그 말은 지도자(指導者)의 말이 아니라, 한 사람의 말이기 때문이다.

"위험한 길이다."

"알고 있습니다."

연화는 고개를 들었다. 그의 시선을 피하지 않았다.

"저는 관에 팔려 간 열다섯부터… 안전한 길을 선택(選擇)해 본 적이 없습니다."

그 말은 과거(過去)를 꺼내지 않으면서도, 과거를 드러내는 말이었다. 그녀는 더 말하지 않았다. 그러나 이안사는 알아들었다. 그는 어린 연화를 열다섯의 나이에 관(官)에 빼앗기던 날까지 지켜보았던 사람이다. 그날의 눈물과 상처(傷處)를 그는 여전히 마음속에 품고 있었다. 연민(憐憫)은 연민을 더하여 어린 연화를 가슴 깊은 곳에 상처처럼 새겨 두고 있었다. 그 아픔은 어쩌면 처연(悽然)한 사랑처럼 남아 있었다. 그리고 이제, 연화는 스물세 살의 여인이었다. 어린 시절의 연화가 아니었다. 가까이 서 있는 그녀의 동작(動作) 속에서 마음이 드러났다. 그 마음을 이안사는 알고 싶지 않았지만, 어느새 자신도 모르게 알아 버렸다. 그것은 이쪽의 마음과 저쪽의 마음이 서서히 동화(同化)되어 가는 지점(地點)이었다.

"연화야…."

그는 '분이(粉伊)'가 아닌 '연화(蓮花)'란 이름을 부른 적이 없었다. '연화'란 이름은 기생(妓生)의 칭호(稱號)였으니 말이다. 이안사는 항상 그 이름에 거부감을 느꼈었다. 그러나 오늘은 그 이름을 불렀다. 낮고 짧게.

"그 마음은 네가 지워야 한다."

연화의 손이 미세(微細)하게 떨렸다.

"나를 가슴에 두지 마라."

그는 말을 이었다.

"나 같은 사람은 네 삶에 남아 있으면 안 된다."

그 말은 거절(拒絕)이 아니었다. 더 깊은 종류의 책임(責任)이었다.

"네 안에 다른 사내를 들여라. 네가 웃을 수 있는 자리를 택해라."

그는 끝내 그녀를 오래 바라보지 않았다. 오래 보면 자신이 흔들릴 것을 알고 있었다. 그러나 그는 알고 있었다. 그녀가 이미 그 말을 들으면서도 물러서지 않을 사람이라는 것을.

"그 마음은 제 것입니다."

연화는 조용히 말했다.

"버리든, 지우든… 제가 정하겠습니다."

그리고 덧붙였다.

"하지만 지금은, 아이들과 아픈 사람들을 두고 올 수 없습니다."

그 말이 마지막이었다. 이안사는 길게 숨을 내쉬었다. 그 숨에는 체념(諦念)과 결단(決斷)이 함께 섞여 있었다. 지도자로서가 아니라, 한 사람으로서 내리는 판단(判斷)이었다.

"노곡리(蘆谷里)에 도착하면…"

그는 천천히 말했다.

"…바로 떠난다."

연화는 그 말의 의미(意味)를 알아들었다.

"백수린과 함께 따르거라."

그의 목소리는 낮았으나 분명(分明)했다. 연화는 고개를 숙였다.

"그 길에서도 함께하게 되어 영광(榮光)입니다."

그는 고개를 끄덕였다. 더 말하지 않았다. 말하지 않는 것이, 지금 그가 할 수 있는 최선(最善)이었기 때문이다.

그날 밤, 삼척 관아(官衙)의 등불은 늦게까지 꺼지지 않았다. 연화는 혼자 마당을 나서며 하늘을 올려다보았다. 별은 많지 않았으나, 사라지지도 않았다. 그녀는 마음속으로 이름을 불렀다. 소리 없이, 그러나 분명하게. 이안사는 그 모습을 멀리서 보았다. 그는 그 이름이 끝내 입 밖으로 나오지 않기를 바랐다. 나오지 않는 이름만이 오래 남는다는 것을 알고 있었기 때문이다. 그 밤, 둘은 아무것도 약속(約束)하지 않았다. 그러나 서로가 무엇을 선택(選擇)했고, 무엇을 포기(抛棄)했는지는 분명히 알고 있었다. 그들은 한 걸음도 다가서지 않았지만, 되돌아갈 수 없는 거리만큼은 이미 함께 건너와 있었다.

<h1 style="text-align:center">24</h1>
음모 (陰謀)

서문탁은 징계(懲戒) 문서(文書)가 내려온 날부터 밤을 믿지 못했다. 관아(官衙)의 밤은 원래 그의 것이었다. 해가 지면 사람들의 눈은 풀리고, 술은 말의 끝을 헐게 만들며, 종이(紙) 위의 글자들은 '아전(衙前)들이 실수로 적었다.'라는 말 한마디로 지워질 수 있었다. 그는 그 밤의 습성(習性)을 누구보다 잘 알았다. 그런데 이 번에는 달랐다. 밤이 길어질수록, 그의 손안에서 빠져나간 것들이 더 또렷해졌다. 장부(帳簿)의 모서리, 결재(決裁)의 낙관(落款), 같은 문구(文句)의 반복(反復), 그리고 '전부(全部)'라는 조사관(調査官)의 말. 그 한 단어(單語)가 서문탁의 귀를 떠나지 않았다. 처음엔 분노(憤怒)가 아니었다. 억울함이 먼저였다. 그는 자신을 악인(惡人)이라 여기지 않았다. 이 고을을 '돌려세운' 사람이라는 자부(自負)가 있었다. 군졸(軍卒)의 입에 들어갈 쌀이 모자라면, 누군가의 창고(倉庫)에서 끌어와야 했다. 관아(官衙) 지붕이 새면, 목재(木材)는 어디선가 나와야 했다. 굶주린 백성(百姓)이 몰려오면, 장부(帳簿)의 숫자(數字)는 '조정(朝廷)'을 속여야 했다. 조정(朝廷)은 늘 멀었고, 고을의 배고픔은 늘 가까웠다. 그는 그 틈을 '요령'이라 불렀다. 그런데 그 요령을 죄(罪)로 바꾸어 버린 것이 '기록(記錄)'이었다. '말은 흩어지고, 글은 남는다' 그 문장이 이제는 서문탁의 목을 죄는 밧줄처럼 느껴졌다.

서문탁은 관아(官衙)의 마루에 앉아 한참을 움직이지 않았다. 바람이 마루 밑을 핥고 지나갔다. 겨울이 물러간 자리엔 흙냄새가 남았고, 담장(墻) 아래의 개나리(迎春花)는 더 노랗게 번졌다. 봄이 오면 원래 사람들은 마음이 풀려야 했다. 그런데 서문탁의 마음은 오히려 굳었다. 그가 굳은 이유(理由)는 하나였다. 이대로 끝낼 수 없다는 것. 그는 자신에게 남은 길을 계산(計算)했다. 안찰사(按察使) 민경도(閔敬度)는 원칙(原則)이 강하고, 조사관(調査官)의 방식은 이미 '응대(應對)하지 말라!'라는 명령(命令)을 수행(遂行)한 흔적(痕跡)이 역력(歷歷)했다. 뇌물(賂物)로는 막을 수 없다. 회유(懷柔)로도 안 된다. 그렇다면 남는 것은 권력(權力)의 방향을 꺾는 일뿐이었다. 기록(記錄)이 칼보다 깊다면, 그 기록의 칼자루를 누가 쥐게 할 것인가. 서문탁은 그 답을 알고 있었다. 고을의 권력이 아닌, 도(道)의 군권(軍權). 더 위의, 더 빠른 손. 그가 떠올린 이름은 하나였다.

'도병마사(都兵馬使) 모윤겸(牟允謙).'

모윤겸(牟允謙)은 무신(武臣) 출신으로, 북방(北方)의 야인(野人) 토벌(討伐)과 해안(海岸) 방비(防備)를 이유로 군공(軍功)을 쌓아 올라온 인물(人物)이었다. 사람들은 그를 '쇠처럼 무겁고 칼처럼 빠르다'라고 말했다. 무엇보다 모윤겸의 장점(長點)이면서 혹은 위험(危險)은 정무(政務)의 사정을 섬세(纖細)하게 따지지 않는다는 데 있었다. 또한 그는 무인(武人) 출신(出身)이 가지는 한계(限界)가 있었다. 무신정변(武臣政變) 이후 더욱 개경(開京)에서는 무인들을 경계(儆戒)하고 있었다. 문인(文人)이 아니어서 중앙권력(中央權力)으로 올라가지 못하는 한계, 그 한계를 이용(利用)하면 된다. 또한 그는 '반역(叛逆)'이라는 말이 들어가면, 그 앞의 절차(節次)는 종종 생략(省略)되었다. 서문탁은 그 성질(性質)을 정확히 알고 있었다.

그날 밤, 서문탁은 관아(官衙)의 가장 안쪽, 평소 장부(帳簿)를 숨기던 방이 아니라 전령(傳令)을 드나들게 하는 바깥사랑채 쪽에서 서찰(書札)을 썼다. 글씨는 일부러 삐뚤게 했다. 평소의 정갈한 글씨는 '장부의 같은 문장'과 연결(連結)될 위험(危險)이 있었다. 그는 붓을 잡은 손에 힘을 뺐다. 대신 문장(文章)에는 힘을 실었다.

'도병마사(都兵馬使) 대감께 삼가 아뢰옵니다. 장성(長城) 고을에 근일(近日) 괴이(怪異)한 무리(無理)가 모여들었사온데, 겉으로는 피난(避難)과 보호(保護)를 말하나 실상(實狀)은 인심(人心)을 선동(煽動)하고, 관아(官衙)의 질서(秩序)를 무너뜨리며, 장정(壯丁)을 거느릴 기색(氣色)이 있사옵니다. 그 중심(中心)에 이씨(李氏) 성(姓) 부인이 있사오며, 이 무리는 전주 토호(土豪) 이안사(李安社)와 은밀(隱密)히 통하며 반역(叛逆)의 씨앗을 심는 듯하옵니다…'

서문탁은 '이안사(李安社)'라는 이름을 붓끝에서 천천히 밀어 넣었다. 그 이름은 이미 도내(道內)에 떠도는 소문(所聞)과 연결될 수 있는 좋은 매개(媒介)였다. 토호(土豪), 무리(無理), 장정(壯丁), 울타리, 그리고 기록(記錄). 이 모든 것이 '반역(叛逆)'이라는 한 단어로 묶이는 순간, 서문탁의 징계(懲戒)는 '모함(謀陷)'이 될 수 있었다. 그는 이어서, 조사(調査) 자체를 부정(否定)하지 않았다. 대신 조사 결과(結果)가 왜곡(歪曲)되었다고 말했다.

'하급(下級) 관리(官吏)들이 협박(脅迫)에 굴복(屈服)하여 허위(虛僞) 진술(陳述)을 했다.'

'장부(帳簿)의 문구(文句)는 관아(官衙) 관례(慣例)상 통용(通用)되는 표현(表現)인데, 고의(故意)로 같은 문장(文章)만 뽑아 반역(叛逆)의 증거(證據)처럼 꾸몄다.'

'백성(百姓) 동원(動員)의 기록(記錄)은 공사(公事)로 진행된 것인데, 사가(私家) 공사(工事)로 몰렸다.'

같은 식이었다. 모든 문장은 모호(模糊)하게, 그러나 결정적(決定的)인 느낌을 주도록. 모윤겸 같은 사람은 세밀함보다 방향(方向)에 반응(反應)한다. 서문탁은 그 방향을 '국가(國家)의 권위(權威)를 흔드는 무리'로 맞췄다. 서찰(書札)의 마지막에는 한 줄을 더했다.

'대감의 군권(軍權)으로 잠시만 살피시면, 그들의 숨은 모양이 드러날 것이옵니다. 소인(小人)은 다만 나라의 근심(憂)을 미리 아뢰는 자일 뿐이옵니다.'

그는 '나라'라는 말을 가장 크게 써 버렸다. 나라를 입에 올리는 순간, 개인(個人)의 억울함은 공적(公的) 명분(名分)으로 포장(包

裝)된다. 서문탁이 진짜로 원하는 것은 명분(名分)이 아니라 복권(復權)이었지만, 명분이 없으면 복권도 없다. 서찰(書札)을 접는 손이 떨렸다. 그 떨림은 두려움이기도 했고, 흥분(興奮)이기도 했다. 그는 이미 선(線)을 넘고 있었다. 그러나 돌아갈 길이 없었다. 징계(懲戒) 받은 감무(監務)가 다시 힘을 가지려면, 누군가의 칼이 필요했다. 그리고 그 칼이 움직이는 이유는 '반역(叛逆)'이어야 했다.

서문탁은 전령(傳令)을 불렀다. 관아(官衙) 소속 역리(驛吏) 중 가장 말이 없는 자를 골랐다. 이름은 '칠복(七福).' 평소 술을 마시지 않고, 눈을 마주치지 않는 자였다. 사람들은 그런 자가 비밀(秘密)을 잘 지킨다고 믿는다. 그러나 서문탁은 더 정확히 알고 있었다. 그런 자는 비밀을 지키는 것이 아니라, 비밀을 노출(露出)할 힘이 없는 자였다.

"이걸…"

서문탁이 봉함(封緘)한 서찰(書札)을 내밀었다.

"도(道) 병영(兵營)으로. 도병마사(都兵馬使) 대감께 직접. 중간에 누구 손도 타지 않게 하라."

칠복이 고개를 끄덕였다. 서문탁은 덧붙였다.

"길에서 누가 묻거든, 군량(軍糧) 관련 관문(關文—고려시대 공문서)이라 하라."

군량(軍糧)이라는 말은 누구도 함부로 열어 보지 못한다. 그 자체가 권한(權限)이었다. 전령(傳令)이 사라지고 나자, 서문탁은 비로소 숨을 길게 내쉬었다. 그 숨은 안도(安堵)였고, 동시에 또 다른 계산(計算)의 시작이었다. 모윤겸이 움직이면, 관아(官衙)의 시간(時間)은 다시 빨라진다. 군졸(軍卒)이 움직이면, 백성(百姓)은 먼저 무너진다. 기록(記錄)이 아니라, 공포(恐怖)가 증거(證據)를 만들어 낸다. 서문탁은 그 공포(恐怖)가 '자신의 죄(罪)'가 아니라 '그들의 반역(叛逆)'을 증명하도록 판을 깔 생각이었다.

그가 다음으로 한 일은 관아(官衙) 안의 사람들을 흔드는 일이었다. 징계(懲戒)로 실권(實權)이 회수(回收)되었다 해도, 관아에는 아직 그가 심어 놓은 아전(衙前)과 향리(鄕吏)가 있었다. 그는 그들을 따로 불러 조용히 말했다.

"조사가 끝난 게 아니다. 위에서는 늘 두 번 묻는다. 한 번은 기록(記錄)으로, 한 번은 사람으로."

그 말은 곧, 사람의 입을 관리(管理)하겠다는 뜻이었다. 어떤 아전은 불안(不安)한 눈빛으로 물었다.

"대감, 이미 조사관(調査官)이…"

서문탁은 웃지 않았다. 대신 웃음보다 더 무서운 표정(表情)으로 말했다.

"입은 닫으면 된다. 그러나 문서는? 그건 불온(不穩)한 것이다. 없애야 한다."

그는 관아 곳곳의 폐문서(廢文書) 더미를 뒤졌다. 이미 조사가 훑고 간 뒤였으니, 중요한 장부(帳簿)는 건드리지 못한다. 대신 그는 다른 것을 찾았다. '울타리 안의 배급(配給) 장부(帳簿) 사본(寫本)', '동원(動員) 기록(記錄)의 초고(草稿)', '하급(下級) 관리(官吏)가 적어 둔 별지(別紙) 메모'. 그런 것들이 남아 있다면, 그것은 곧 이씨 부인의 힘이 아니라 '반역(叛逆) 모의(謀議)'의 증거(證據)가 될 수 있다. 서문탁은 필요한 만큼은 태우고, 필요한 만큼은 남기기로 했다. 태운다는 것은 삭제(削除)가 아니라 선택(選擇)이었다. 남겨야 할 때도 있다. 모윤겸이 왔을 때, 그는 '발각(發覺)된 증거(證據)'가 있어야 한다. 너무 깨끗하면 의심(疑心)을 부른다. 적당히 더럽혀진 흔적(痕跡)이 음모(陰謀)의 서사(敍事)를 완성(完成)한다.

　그 사이, 장성(長城) 관가(官家)의 울타리 안의 이씨 부인과 한도윤, 장무겸이 버티는 그 공간(空間)에서는 다른 봄이 오고 있었다. 사람들은 담장(墻) 아래에서부터 올라오는 노란 빛을 보며, '이제 곧 떠난다'라는 말을 마음속으로 연습(演習)했다. 울타리가 낮에도 열린 날, 그들은 처음으로 바깥 공기(空氣)의 무게를 알았다. 힘이 꺾인 공간은 공기가 다르다. 그들은 그 변화를 피부로 느꼈다. 그러나 이씨 부인은 말수가 더 줄었다. 기쁨이 있어서가 아니라, 기쁨이 가장 위험한 때가 있다는 것을 알기 때문이었다. 힘은 반드시 되돌아오는 습성(習性)이 있다. 꺾인 힘은 굴욕(屈辱)을 기억하고, 굴욕은 복수(復讐)를 낳는다. 그녀는 그 습성을 서문탁에게서 이미 보았다. 그리고 한도윤이 만들어 올린 기록(記錄)이 너무 정직(正直)하게 서문탁을 찔렀다는 것도 알았다. 정직한 칼은 상대를 쓰러뜨릴 수 있지만, 살아남은 상대는 더 큰 칼을 찾아온다. 이씨 부인은 한도윤을 불렀다. 울타리 안의 작은 방, 종이 냄새가 나는 곳이었다. 한도윤은 붓을 씻고 있었다.

　"한 행수(行首―일반적 단체(團體)의 우두머리(頭目))"

　"예, 마님."

　그녀는 물었다.

　"그 기록(記錄), 어느 길로 보냈지요?"

　한도윤이 대답(對答)했다.

　"상인(商人) 행렬(行列)과 역참(驛站)으로 나누어 보냈습니다. 한 묶음으로 가지 않게 했습니다."

　이씨 부인은 고개를 끄덕였다.

　"네… 한 묶음은 칼로 끊기지만, 여러 갈래는 바람처럼 새지요."

　그녀는 잠시 침묵(沈默)하다가, 아주 낮게 한마디를 더했다.

　"서문탁은 억울함을 못 참는 사람입니다. 억울함이란 말은 대개 칼을 부르지요."

그 말이 끝나자, 바깥에서 말 울음소리가 멀리서 한 번 들렸다. 평소와 다른 울음이었다. 울타리 안의 사람들 몇이 동시에 고개를 들었다. 장무겸은 손에 들고 있던 나무토막을 내려놓고 귀를 기울였다. 소리는 아직 멀었다. 하지만 멀수록 더 위험했다. 큰일은 늘 멀리서 시작된다.

그날 밤, 서문탁의 서찰(書札)은 역참(驛站)을 넘어 병영(兵營)으로 들어갔다. 봉함(封緘)의 밀랍(蜜蠟)이 깨지기 전에, 이미 몇 사람의 손을 스쳤다. 역리(驛吏) 하나는 '도병마사(都兵馬使)'라는 글자만 보고도 심장(心臟)이 빨라졌다. 이런 서찰(書札)은 대개 피를 부른다. 그는 알면서도 모른 척했다. 모른 척하는 자가 오래 산다.

이틀 뒤, 도병마사(都兵馬使) 모윤겸(牟允謙)은 서찰(書札)을 펼쳤다. 병영(兵營)의 방은 단정(端正)했다. 무기(武器)와 장부(帳簿)가 같은 선반에 있었다. 그는 글을 다 읽기 전에 결론(結論)을 냈다. 결론이 먼저이고, 근거(根據)는 나중인 사람의 방식(方式)이었다. '토호(土豪) 이안사(李安社)', '무리(無理)', '장정(壯丁)', '울타리', '선동(煽動)'. 그 단어들은 하나의 그림을 만들었다. 그림의 제목은 '반역(叛逆)의 싹'이었다.

모윤겸은 부장(副將)을 불렀다.

"장성(長城) 쪽에 소란(騷亂)이 있다. 관아(官衙)가 흔들리면 도(道)가 흔들린다."

부장이 물었다.

"안찰사(按察使) 쪽 조사(調査)로 이미 정리(整理)된 일 아닙니까?"

모윤겸은 눈썹 하나 까딱하지 않았다.

"안찰사는 글로 본다. 나는 칼로 본다. 글이 칼을 막지 못할 때가 있다.”

그는 군졸(軍卒)을 뽑았다. 숫자는 많지 않게. 너무 많으면 소문(所聞)이 먼저 난다. 그러나 부족(不足)하면 위압(威壓)이 안 된다. 그는 '순시(巡視)'라는 명목(名目)을 붙였다. 순시(巡視)는 합법(合法)의 얼굴을 가진 군사(軍事) 움직임이다. 그리고 모윤겸의 다른 욕망(欲望)이 꿈틀거렸다.

'반역(叛逆)이라면… 이 시국(時局)에 반역을 제압(制壓)한 장수(將帥)라면…'

모윤겸의 욕망(欲望)과 서문탁의 욕구(慾求)가 함께 춤을 추는 그런 시간이 다가오고 있었다. 모윤겸의 얼굴 뒤에서, 서문탁이 원하는 일이 가능(可能)해진다.

“이안사(李安社)라는 자, 이름이 자주 보인다. 살아 있는지, 죽었는지 확인(確認)하라. 살아 있다면, 누구와 통하는지부터 밝히라.”

방향(方向)은 정확(正確)했다. 서문탁의 음모(陰謀)는 이제 바람을 얻었다. 외부(外部) 권력(權力)이 움직이기 시작하면, 진실(眞實)은 가장 먼저 방어(防禦) 자세를 취해야 한다. 기록(記錄)이 칼보다 깊다고 해도, 칼이 먼저 목에 닿으면 사람은 흔들린다. 흔들리면 말이 흐트러지고, 흐트러진 말은 다시 기록(記錄)을 더럽힌다. 서문탁은 그 효과(效果)를 노리고 있었다.

그날 새벽, 장성(長城) 관가(官家)의 담장(墻) 아래에서 개나리는 더 노랗게 터졌다. 봄은 아무것도 모르고 제 일을 했다. 그러나 봄빛이 밝아질수록, 사람의 그림자는 길어졌다. 울타리 안의 오십은 아직 몰랐다. 이 봄이 '희망(希望)의 봄'이 아니라, '절망(絶望)의 봄'이 될 수도 있다는 것을. 그리고 서문탁은 관아(官衙)의 어두운 마루 끝에 서서, 아주 작은 소리로 혼잣말했다.

"기록(記錄)이 나를 묶었다면… 칼이 그 기록(記錄)을 자르겠지."

하지만 그것이 또한 서문탁의 한계이다. 즉, 욕망을 가진 자의 시야(視野)는 자기 안에서 머물 수밖에 없다. 칼은 종이를 자를 수 있어도, 종이가 이미 바람을 타고 여러 갈래로 퍼진 뒤라면 칼은 어디를 베어야 할지 먼저 길을 잃는다. 이씨 부인은 그 점을 알고 있었다. 그래서 그녀는 더 조용해졌다. 조용함은 두려움이 아니라 준비(準備)였다. 그리고 준비(準備)는 늘, 두 번째 폭풍(暴風)을 기다리는 법이었다.

25
포위 (包圍)

모윤겸은 서찰(書札)을 다 읽고도 한참을 접지 않았다. 병영(兵營)의 방은 바람이 드는 쪽으로 창(窓)을 내어 두었고, 그 바람은 늘 쇳내를 실어 왔다. 쇠는 무기(武器)에서만 나는 냄새가 아니었다. 사람의 마음에서도 난다. 결심(決心)이 굳어질 때, 사람은 쇠처럼 차가워진다. 모윤겸은 서찰(書札)의 글줄을 다시 훑었다. '울타리', '장정(壯丁)', '선동(煽動)', '이안사(李安社)', '반역(叛逆)'. 단어(單語)들이 모여 하나의 윤곽(輪廓)을 만들었다. 윤곽(輪廓)이 생기면 다음은 칼이다. 칼은 윤곽을 사실(事實)로 만들고, 사실은 다시 기록(記錄)된다. 그는 그 순서(順序)를 너무 익숙하게 알고 있었다. 모윤겸은 자리에서 일어나 병영(兵營)의 별장(別將—고려(高麗)시대 정7품(正七品) 무관(武官))을 불렀다. 별장은 문서(文書)와 군령(軍令)을 정리(整理)하는 사람이었다. 무신(武臣)이 칼이라면, 별장은 그 칼집이었다.

"장성(長城) 감무(監務) 서문탁의 관문(關文)을 요청하는 공문

(公文))이다."

모윤겸이 말했다.

"안찰사(按察使) 민경도(閔敬度) 대감의 조사(調査)와 겹치는 듯하나, 이번에는 방향(方向)이 다르다."

별장이 조심스레 물었다.

"대감, 이미 감무(監務)가 징계(懲戒)받았다 하지 않습니까. 그렇다면 이 관문(關文)은 자기변명(自己辯明)일 수도⋯."

모윤겸은 고개를 저었다.

"변명(辯明)이라도 좋다. 변명은 대개 한 번은 맞는다. 사람은 제 살길을 찾아 거짓(虛僞)을 말하지만, 거짓도 길(道)을 낸다. 그리고 사실(査實)을 확인(確因)하는 것은 위에서도 좋아할 일이다. 모든 사건은 여러 방향(方向)으로 봐야 한다. 특히 '반역(叛逆)'이란 이름이 있다면. 또한 길이 나면 군(軍)은 움직인다."

그는 탁자(卓子) 위에 손가락을 톡, 두 번 두드렸다. 그 두드림이 곧 결재(決裁)였다. 별장은 붓을 들었다.

"명령(命令)을 내리겠다."

모윤겸이 말했다.

"장성 관아(官衙)의 울타리 안에 모여 있는 무리(無理), 즉 이씨 부인과 그를 따르는 자들을 '역도(逆徒) 무리'로 의심(疑心)한다. 우선은 붙잡지 말고⋯ 숨이 어디로 새는지 본다. 다만, 울타리 밖으로 나가려 한다면 그 즉시 제압(制壓)한다."

별장이 한 번 더 물었다.

"죄목(罪目)은 무엇으로⋯."

모윤겸은 한 단어를 꺼냈다.

"모반(謀反)."

그 단어(單語)는 병영(兵營)의 공기(空氣)를 바꾸었다. 그 방 안의 모든 글자가 갑자기 무거워졌다. 별장의 붓끝이 잠깐 떨렸다. 모윤겸은 이어서 덧붙였다.

"그리고 이안사(李安社). 삼척(三陟)으로 갔다고 했지?"

별장이 서찰(書札)을 살피더니 대답(對答)했다.

"예, 대감. 이씨 부인과 소통(疏通)하고 있다고 적혀 있습니다."

"소통(疏通)한다면,"

모윤겸이 말했다.

"통한 자를 끊어야 한다. 삼척(三陟)은 동해(東海)로 열려 있어 빠져나가기 쉽다. 바다 쪽으로 새면 다시 잡기 어렵다."

그는 잠시 멈췄다가, 마치 칼을 뽑는 손놀림으로 결론(結論)을 꺼냈다.

"삼척(三陟)으로 간 이안사(李安社)와 그 무리, 모두 잡아들이라."

별장이 다시 확인(確認)했다.

"대감, '잡아들이라.'라면, 영(令)을…."

모윤겸은 고개를 끄덕였다.

"군령(軍令)으로. '순시(巡視)' 명목(名目)을 '토벌(討伐)'로 바꾸지는 않되, 실상(實狀)은 포박(捕縛)이다. 명분(名分)은 '도(道)의 치안(治安)'이다. 역도(逆徒)는 명분(名分)만 있으면 된다."

그날 밤, 병영(兵營)의 등불(燈火)은 늦게까지 꺼지지 않았다. 병졸(兵卒)들은 갑옷 끈을 조였고, 말먹이를 미리 챙겼다. 말(馬)은 사람보다 먼저 불안(不安)을 맡는다. 말들의 콧김이 이상하게 거칠어졌다. 출정(出征)이라는 말이 아직 입 밖으로 나오지 않았는데도, 병영(兵營)은 이미 출정(出征)의 냄새로 가득했다.

장성 관가(官家)의 아침은 맑았다. 울타리 밖의 하늘은 더 푸르렀고, 담장(墻) 아래의 개나리는 더 노랗게 번졌다. 사람들은 봄을 믿고 싶어 했다. 울타리가 낮에도 열리는 날이 늘었고, 하급(下級) 관리(官吏)들의 눈빛도 전보다 순해 보였다. 그러나 한도윤은 그 순함을 믿지 않았다. 순해지는 눈빛은 두 가지일 수 있다. 진짜로 힘이 꺾였거나, 더 큰 힘이 다가오고 있거나.

그날, 한도윤은 종이(紙)를 다시 나누어 묶고 있었다. 사본(寫本)은 이미 여러 갈래로 흩어졌지만, 남은 문서(文書)들이 있었다.
'울타리 안 배급(配給) 장부(帳簿)의 불일치(不一致)'
'부역(賦役) 동원(動員) 기록(記錄)의 같은 문구(文句)'
'증언(證言)이 겹치는 지점(地點)'.
그는 그것들을 한 묶음으로 만들지 않았다. 한 묶음은 불(火)에 약하다. 대신 그는 얇은 끈으로 세 갈래로 나누어 묶고, 각각 다른 사람에게 맡길 준비(準備)를 했다.
장무겸이 물었다.
"한 행수(行首), 아직도 불안한가?"
한도윤은 대답 대신, 붓을 씻던 물을 한 번 더 갈았다. 먹물(墨物)이 묽어지면 글이 옅어진다. 옅은 글은 때로 쉽게 지워진다. 그는 말을 짧게 했다.
"봄이 너무 빨리 오고 있지 않은가?"
"봄이 빨리 오면 좋은 것 아니냐."
한도윤은 고개를 저었다.
"봄이 빨리 오면, 사람도 빨리 방심(放心)한다. 방심(放心)하면…무너진다."
한도윤과 장무겸은 서너 살 차이가 있지만 동고동락(同苦同樂)의 대가로 벗(友)이 되었다. 그들은 늘 그렇게 옥신각신하면서 붕우(朋

友)의 정(情을) 다진 사이였다. 그 말이 끝나자 울타리 밖에서 누군가의 고함(高喊)이 들렸다. 평소의 관아(官衙) 고함과 달랐다. 관아의 고함은 늘 '명령(命令)'의 톤이었다. 그러나 이번 고함은 '통제(統制)'의 톤이었다. 사람을 움직이게 하는 소리, 사람을 멈추게 하는 소리. 이씨 부인은 그 소리를 듣고도 자리에서 일어나지 않았다. 다만, 손에 들고 있던 천(布)을 천천히 접었다. 천을 접는 속도(速度)가 느릴수록 마음은 빠르게 움직인다. 그녀는 조용히 말했다.

"오고야 말았군요. 늘 불길함은 조용하게 찾아옵니다."

장무겸이 문밖으로 나가려 하자, 그녀가 낮게 막았다.

"나가지 마세요."

"마님, 무슨…."

"나가면,"

이씨 부인이 말했다.

"그들이 '선동(煽動)'이라 부를 말을 당신 입에서 꺼내게 합니다. 그들이 원하는 건 진실(眞實)이 아니라, 말의 모양(模樣)입니다."

한도윤은 그제야 울타리 밖의 소리 사이로 말발굽 소리를 들었다. 말발굽은 항상 사실(事實)을 가지고 온다. 소문(所聞)은 걸어오지만, 명령(命令)은 말 타고 온다.

관가(官家) 앞 길목(路目)에 군졸(軍卒)들이 나타난 것은 정오(正午)가 조금 지나서였다. 수(數)가 많지 않았다. 그러나 많은 것보다 더 무서운 수였다. '적당한' 수. 적당한 수는 자신감(自信感)이다. 그들은 도(道) 병영(兵營)의 깃발을 달고 있었다. 깃발은 과하지 않았으나 군더더기가 없었다. 장성관이(官衙) 앞에서 예전에 보았던 조사관(調査官)의 깃발과 비슷했다. 장식(裝飾) 없는 깃발은 권한(權限)을 또렷하게 드러낸다. 이번에는 기록(記錄)의 권한이 아니라, 칼의 권한이었다. 앞장선 자는 군관(軍官)이었다. 그는 관아(官衙)의 아전(衙

前)에게 문서(文書)를 내밀었다. 아전(衙前)은 그 문서를 받자마자 얼굴이 창백(蒼白)해졌다. 종이(紙)가 얇아도, 거기 적힌 글자는 돌처럼 무겁다. 그 아전이 떨리는 손으로 관아 안쪽을 가리켰다. 군관은 고개를 끄덕이며 말했다.

"울타리 안으로 들어간다. 문을 열어라."

관아 문을 지키던 군졸(軍卒)이 주춤하자 군관이 다시 말했다.

"도병마사(都兵馬使) 모윤겸(牟允謙) 대감의 군령(軍令)이다. 지체(遲滯)하면 너희도 동조(同調)로 본다."

그 말에 문지기가 움직였다. 움직임은 두려움에서 나왔다. 두려움은 가장 빠른 행정(行政)이다. 울타리 안의 사람들은 숨을 죽였다. 오십(五十)의 눈빛이 한곳으로 모였다. 그 눈빛은 질문(質問)이었다. '이제 끝인가?'라는 질문. 그러나 이씨 부인은 여전히 말이 없었다. 그녀는 한도윤에게 시선을 보냈다. 시선은 명령(命令)보다 빠르다. 한도윤은 고개를 끄덕였다. 이미 준비해 둔 작은 꾸러미가 있었다. 종이 몇 장, 붓 하나, 먹통(墨桶) 하나. 그 꾸러미는 곧 '증거(證據)'이자 '목숨줄'이었다.

군관과 군졸(軍卒)들이 울타리 안으로 들어왔다. 군관은 먼저 주변을 훑었다. 울타리의 높이, 창고(倉庫)의 위치(位置), 사람들의 동선(動線). 그리고는 낮은 목소리로 읽었다.

"군령(軍令)이다. 장성관아(官衙), 울타리 안에 모여 있는 자들, 역도(逆徒) 무리로 의심(疑心)됨. 인심(人心)을 선동(煽動)하고, 장정(壯丁)을 모아 관아 질서(秩序)를 무너뜨리며, 전주(全州) 토호(土豪) 이안사(李安社)와 은밀(隱密)히 통하여 모반(謀反)을 꾀한 혐의(嫌疑)가 있으니…."

'혐의(嫌疑).'

그 한 단어가 이씨 부인의 가슴을 스쳤다. 혐의(嫌疑)는 칼을 정당화(正當化)하는 말이다. 확정(確定)이 아니라서 더 무섭다. 확정(確定)은 근거(根據)가 필요하지만, 혐의(嫌疑)는 분위기(雰圍氣)로도 사람을 묶는다. 군관은 읽기를 멈추지 않았다.

"지금 즉시, 이씨 부인과 그 무리, 그리고 장무겸, 한도윤을 비롯한 관련자(關聯者) 전원을 포박(捕縛)하여 도(道) 병영(兵營)으로 압송(押送)한다. 압송 전에 당분간 장성관아, 옥(獄)에 감금(監禁)한다!"

오십(五十) 중 누군가가 숨을 삼키는 소리를 냈다. 그 소리는 울타리 안의 공기(空氣)를 얇게 찢었다. 군관이 그 소리를 놓치지 않았다. 그는 즉시 손을 들었다.

"포박(捕縛)하라."

군졸(軍卒)들이 움직였다. 손이 뒤로 꺾이고, 밧줄이 손목에 감겼다. 밧줄은 살보다 먼저 의지(意志)를 묶는다. 어떤 이는 울었다. 어떤 이는 이를 악물었다. 그러나 모두 같은 표정을 하고 있었다. '억울함'의 표정. 억울함은 말이 많아지게 만든다. 말이 많아지면, 그 말은 곧 '선동(煽動)'이 된다.

장무겸이 한 걸음 앞으로 나서려 하자, 군관이 칼자루를 잡았다. 칼은 뽑지 않아도 칼이다.

"움직이면 도주(逃走)로 본다."

장무겸이 이를 악물었다.

"우린 죄가 없소이다!"

군관은 눈썹 하나 까딱하지 않았다.

"죄(罪)는 병영(兵營)에서 가른다. 지금은 군령(軍令)이다."

이씨 부인은 그 순간, 처음으로 입을 열었다. 목소리는 크지 않았지만, 울타리 안의 모든 소리를 잠재울 만큼 단단했다.

"군관 나리."

군관이 그녀를 바라보았다.

"우리가 죄(罪)가 있다면, 그 죄(罪)를 기록(記錄)으로 보여주십시오!"

군관이 코웃음을 쳤다.

"기록(記錄)? 기록은 지금 네 편이 아니다."

이씨 부인은 고개를 천천히 들었다.

"기록은 누구의 편도 아닙니다. 다만 진실(眞實)의 편이지요."

그 말이 끝나기도 전에, 군관은 더 이상 듣지 않겠다는 듯 손을 내저었다.

"입을 막아라."

천 조각이 이씨 부인의 입에 감겼다. 말이 막히는 순간, 울타리 안의 사람들은 비로소 깨달았다. 기록(記錄)이 아무리 깊어도, 입이 막히면 기록은 먼 곳에 있는 물처럼 된다. 닿기까지 시간이 걸린다. 그 시간 동안 사람은 상처(傷處) 입는다.

그날 저녁, 병영(兵營)의 군졸(軍卒)들은 울타리 안 사람들을 관아(官衙) 바깥으로 끌어냈다. 담장(墻) 밖의 하늘은 여전히 푸른 밤에 별을 준비하고 있지만, 그 별은 이제 위로가 아니었다. 달과 별이 밝은 하늘은 침묵했다. 오십(五十)의 발이 땅에 끌렸고, 발목의 밧줄이 돌부리에 걸렸다. 누군가 넘어졌다. 군졸이 잡아끌었다. 넘어지는 몸은 죄(罪)가 아니라, '연약함'이었다. 그러나 연약함은 권력(權力) 앞에서 죄(罪)처럼 취급(取扱)된다.

장성 관아(官衙)의 마루 끝, 서문탁은 모습을 드러내지 않았다. 그는 직접 나타나지 않았다. 나타나면 감정(感情)이 드러난다. 감정(感情)은 기록(記錄)에 남지 않지만, 소문(所聞)에 남는다. 그는 창문 틈으로만 그들을 보았다. 그들의 포박된 손, 흙 묻은 치맛자락, 말라버

린 입술. 그 모습을 보는 순간, 서문탁의 억울함은 이상하게도 조금
풀렸다. 사람을 묶으면 마음이 풀리는 자가 있다. 그는 그 부류였다.
그는 속으로 중얼거렸다.

 '이제야 균형(均衡)이 맞는다.'
    기록(記錄)이 그를 묶었다면, 칼은 그들의 손목을 묶는다. 균형
(均衡). 그는 그것을 정의(正義)라고 착각(錯覺)했다.

    그날 밤, 장성 역참(驛站)에는 또 다른 서찰(書札)이 도착(到着)했
다. 이번에는 모윤겸의 명령서(命令書)였다. 수신처(受信處)는 삼척
(三陟) 관아(官衙). 내용은 짧고 단호(斷乎)했다.
    '삼척(三陟)으로 간 이안사(李安社) 및 그 무리, 역도(逆徒) 혐의(嫌
疑)로 즉시 포박(捕縛)하여 장성(長城)으로 압송(押送)하라. 숨기거나
지체(遲滯)하는 자, 동조(同調)로 처벌(處罰)한다!'
    서찰(書札)의 봉함(封緘)이 풀리는 소리가 삼척(三陟) 관아(官衙)의
방 안에서 났다. 종이(紙)가 펼쳐지는 소리는 작았다. 그러나 그 소리
는 멀리 있는 사람의 목을 미리 조였다. 삼척(三陟)으로 떠나 숨을 돌
릴 수 있으리라 믿었던 이안사와 그의 사람들에게, 바다는 이제 도망
길이 아니라 포위망(包圍網)이 되었다. 울타리 안에서 시작된 봄은,
그렇게 칼의 봄으로 바뀌었다. 이씨 부인은 입이 막힌 채로 하늘을 보
았다. 담장(墻)은 낮았지만, 하늘은 멀었다. 그녀는 눈으로 한도윤을
찾았다. 한도윤은 포박(捕縛)된 손을 조금 비틀어, 옷 속 어딘가에 숨
겨 둔 얇은 종이를 지키고 있었다. 종이(紙)는 아직 살아 있었다. 살아
있다는 것은, 아직 끝나지 않았다는 뜻이다. 하지만 위기(危機)는 분
명(分明)이 찾아왔다. 역도(逆徒)라는 누명(陋名)은 사람을 단숨에 '사
람 아닌 것'으로 만든다. 그리고 사람 아닌 것에는 절차(節次)가 필요
없다. 그날 밤, 장성의 옥(獄)으로 끌려가는 행렬(行列)의 발소리 위

로, 멀리서 바람이 불어왔다. 바람 속에는 개나리의 향(香)이 섞여 있
었다. 봄은 여전히 제 일을 했다. 그러나 그 봄의 향은 이제 누군가에
겐 마지막 향처럼 느껴졌다.

26
안식 (安息)

　삼척(三陟) 관아(官衙)의 첫 밤이 지난 다음 날은, 전날 밤의 숨결
을 그대로 품고 있었다. 등불(燈火)이 늦게까지 꺼지지 않았던 방에
는 아직도 먹(墨) 냄새가 남아 있었고, 마당의 흙에는 밤새 드나든 발
자국이 희미하게 겹쳐 있었다. 그러나 아침 햇살은 그 흔적을 따지지
않았다. 햇살은 늘 그렇듯, 누구의 사정(事情)도 묻지 않고 담장(墻)
위로 넘어왔다. 연화(蓮花)는 그 빛을 맞으며 물동이를 들었다. 어제
의 말, 어제의 침묵, 어제의 결단(決斷)이 아직 몸 안에서 가라앉지
않았는데도, 손은 익숙하게 움직였다. 사람을 씻기고 아이를 달래고,
남은 죽을 나누어 주는 일은 마음의 폭풍과 무관(無關)하게 진행되었
다. 살아 있는 사람은 살아야 했다.

　이안사(李安社)는 관아(官衙)의 객실(客室)에서 새벽부터 일어
나 있었다. 그는 밤새 잠을 제대로 이루지 못했으나, 얼굴은 오히
려 더 단단해 보였다. 잠을 못 잔 얼굴이 아니라, 잠을 포기한 얼
굴이었다. 그가 방을 나서자, 삼척 감무(監務)의 하급(下級) 관리
(官吏)가 달려와 예(禮)를 갖추었다. 삼척 관아(官衙)는 장성(長城) 관
아(官衙)와 달랐다. 장성은 움켜쥔 손의 기색이 먼저 드러나는 곳이었

고, 삼척은 겉으로는 예(禮)를 앞세우며 사람을 다루는 곳이었다. 관리(官吏)의 말투는 부드러웠고, 인사는 정교(精巧)했다.

"대감(大監), 감무(監務)께서 아침상을 올리라 하셨습니다. 먼 길 떠나시기 전, 몸을 든든히 하시라 하옵니다."

이안사는 잠깐 고개를 끄덕였다. 거절(拒絕)할 이유가 없었다. 무엇보다, 여기서 거절은 '비협조(非協助)'가 될 수 있었다. 기록(記錄)만큼이나 예(禮)도 때로는 목줄이 된다. 그는 한 번 더 생각을 접었다. 지금은 떠나는 것이 우선이었다. 관아(官衙)의 아침상은 과했다. 밥에는 흰쌀이 섞여 있었고, 국에는 조개와 다시마가 들어갔다. 구운 생선은 살이 두툼했고, 젓갈과 마른 김이 작은 접시에 올려져 있었다. 땅의 음식이 아니라 바다의 음식이었다. 장성(長城)에서부터 이어진 굶주림의 기억이 있는 이들에게 그 상은 단순한 대접(待接)이 아니었다. 그들은 누군가가 자신들을 '사람'으로 대우(待遇)한다는 감각을 오랜만에 맛보았다. 아이들은 처음엔 눈치만 보다가, 이내 생선 살을 손가락으로 집어 입에 넣었다. 씹는 순간, 눈이 커졌다. 바다 맛은 살고 싶은 마음을 자극(刺戟)했다. 연화(蓮花)는 사람들에게 먼저 먹게 하고, 뒤늦게 자기 몫을 집었다. 국물을 떠넣는 순간, 어딘가 뜨거운 것이 목을 타고 내려갔다. 눈물은 아니었지만, 눈물이 될 것 같은 무엇이었다. 그녀는 서둘러 고개를 숙였다. 울음은 쉽게 번진다. 울음이 번지면, 그 울음이 누군가에게는 '선동(煽動)'처럼 들릴 수도 있다. 그녀는 여전히 세상이 그렇게 저열한 방식으로 오해(誤解)를 만들어 낸다는 것을 알고 있었다.

아침 식사가 끝나자, 삼척 감무(監務)는 마당에 직접 나와 작별(作別)을 고했다. 그의 옷은 정갈했고, 말투도 예(禮)를 벗어나지 않았다. 그 눈빛마저도 온화(溫和)했다. 온화함은 친절(親切)이 습관(習慣)이 된 몸의 흔적(痕迹)이었다.

"노곡리(蘆谷里)로 가신다고 하니, 길은 내가 미리 일러두었소. 사흘이면 닿을 길이나, 아이들과 노약자(老弱者)가 있다고 하였으니 넉넉히 나흘을 잡는 것이 좋겠소. 길이 순탄(順坦)하길 바라오."

그는 '바라오'라고 말했지만, 그 말에는 '무사(無事)히 가라'와 '순전(純全)히 가라'가 함께 들어 있었다. 이안사는 답례(答禮)로 예(禮)를 갖추었다.

"은혜(恩惠)를 잊지 않겠습니다."

감무(監務)는 고개를 끄덕이며 뒤쪽을 돌아보았다. 미리 준비된 짐과 마차가 있었다. 짐을 실을 짐꾼들도 몇 명 붙었다. 그리고 무엇보다, 관아(官衙)에서 보내는 호위(護衛) 병졸(兵卒)이 열 명 남짓 따라붙었다. 숫자는 많지 않았지만, 충분히 눈에 띄는 숫자였다. 보호(保護)라는 이름의 위로. 이안사는 그것을 모르는 척하지 않았다. 아는 척도 하지 않았다. 알고도 모르는 척하는 것이 가장 오래가는 방식이었다.

첫째 날은 길이 넓었다. 삼척(三陟)에서 내륙(內陸)으로 들어가는 길목은 사람과 물자(物資)가 오가는 통로(通路)였고, 봄의 기운(起運)이 먼저 스며든 자리였다. 산길이 시작되기 전, 길가에는 작은 주막(酒幕)이 있었고, 물을 길어 올리는 우물도 있었다. 아이들은 처음엔 겁이 났지만, 곧 서로를 따라 웃었다. 웃음은 배고픔이 조금 물러난 뒤에만 나온다. 그리고 그날의 웃음은 오랜만에 나온 웃음이었다. 연화(蓮花)는 걷는 내내 아이들의 손을 잡아 주었다. 넘어질 듯하면 받쳐 주고, 숨이 차면 잠깐 쉬게 했다. 그녀의 눈은 늘 앞을 보면서도, 늘 뒤를 살폈다. 뒤쪽에서 따라오는 호위(護衛) 병졸(兵卒)의 발소리는 일정(一定)했다. 일정한 발소리는 간혹 마음을 불편하게 한다. 변하면 위험(危險)하지만, 변하지 않는 것도 위험하다. 관군(官軍)에 대한 고통스러운 기억이 문득 몸을 움찔하게 했다. 지금도 마찬가지였다. 이안사(李安社)는 앞쪽에서 사람들의 줄을 정리(整理)했다. 문겸은 주변을 경계(警戒)하며 속도를 맞췄고, 백수린(白秀麟)은 약초(藥草)를 확인하며 사람들의 상태(狀態)를 살폈다. 그는 걸으면서도 길가의 풀을 손으로 쓸었다. 눈으로만 보는 약초는 반쪽이다. 손끝으로 냄새를 확인해야 한다. 수린은 그런 사람이었다.

둘째 날부터 길은 산으로 들어갔다. 길은 좁아졌지만, 대신 물이 많아졌다. 작은 계곡(溪谷)이 나타났고, 그 계곡 위로 다리를 건너야 했다. 물은 겨울의 차가움을 아직 남기고 있었으나, 흐름은 맑았다. 아이들이 물을 보며 손을 담그려 하자 연화(蓮花)가 막았다.

"차가워. 감기 들겠다."

아이들은 투정(鬪訂)을 부리다가도, 그녀가 웃지 않는 얼굴로 말하면 곧 손을 뗐다. 그녀의 단호함은 이씨 부인에게서 배운 것이기도 했다. 사람을 살리는 단호(斷乎)함. 단호함에서 나오는 따스한 기운, 그것이 연화(蓮花)의 몸에 가득했다.

셋째 날은 가장 순탄(順坦)했다. 길이 '순탄(順坦)'하다는 것은, 산이 낮아졌다는 뜻이 아니라 마음이 조금 익숙해졌다는 뜻이었다. 사람은 적응(適應)한다. 힘든 것도, 괜찮은 것도. 그 적응(適應)이 때로는 생존(生存)이다. 그날 오후, 멀리서 노곡리(蘆谷里)로 들어가는 산줄기의 윤곽(輪廓)이 어렴풋이 보이기 시작했다. 누군가가 말했다.

"저기… 저기인가?"

그 말은 바람처럼 퍼졌다. 아직 도착(到着)하지 않았는데도, 사람들의 걸음이 빨라졌다. 마음이 먼저 도착(到着)하는 순간, 몸은 자꾸 속도(速度)를 올린다. 그러나 몸은 마음을 따라가지 못한다. 노약자(老弱者)가 숨을 헐떡였고, 아이가 울었다. 그때 이안사(李安社)가 손을 들어 멈추게 했다.

"서두르지 마라. 도착(到着)한 자리에서 쓰러지면, 그곳은 우리를 살리지 못한다."

그 말은 차갑지 않았다. 오히려 따뜻했다. 그는 늘 그렇게 사람들의 욕심을 눌러, 살아남을 속도로 조정(調整)했다. 지도자(指導者)는 그 속도(速度)를 정하는 사람이다.

넷째 날 아침, 공기가 달랐다. 바람이 조금 짰다. 염기(鹽氣)가 더 가까워진 냄새였다. 아직 바다는 보이지 않았지만, 바다가 가까운 곳의 바람은 다른 냄새를 가지고 있다. 나무 냄새만이 아니라, 물이 넓게 열려 있다는 냄새. 연화(蓮花)는 그 냄새를 맡는 순간, 이상하게 가슴이 조금 풀렸다. 바다는 도망길이기도 하지만 동시에 삶의 길이기도 하다. 먹을거리가 있다는 뜻이니까. 길이 마지막 굽이를 돌자, 갑자기 땅이 열렸다. 산의 품이 한 번 크게 벌어지면서, 그 안에 숨겨져 있던 안온한 산과 들이 모습을 드러냈다.

'아…. 노곡리(蘆谷里).'

먼저 보인 것은 물이었다. 큰 강은 아니었지만, 계곡(溪谷)이 넓어지며 마을을 감싸듯 흐르고 있었다. 물은 투명(透明)했고, 바닥의 자갈이 햇빛을 받으며 반짝였다. 물가에는 갈대(蘆)가 연하게 돋아 있었다. 아직 키가 크지 않았지만, 바람이 지나가면 그 연한 잎들이 동시에 흔들렸다. 마치 마을이 숨을 쉬는 것 같았다. '노(蘆)'라는 글자가 왜 붙었는지 알 것 같았다. 산은 높지 않았다. 높지 않아서 좋았다. 너무 높은 산은 사람을 가두고, 너무 낮은 산은 사람을 지키지 못한다. 노곡리(蘆谷里)의 산은 마을을 품되 억누르지 않는 높이였다. 산등성

이에는 소나무와 참나무가 섞여 있었고, 봄볕을 받은 가지 사이로 연
둣빛이 번져 있었다. 그 사이사이에는 이미 나물(山菜)의 기운이 자
라고 있었다. 연화(蓮花)는 눈으로도 알 수 있었다. 냉이와 달래, 쑥,
그리고 더 안쪽엔 고사리의 기색. 백수린(白秀麟)은 더 빨랐다. 그는
길가의 풀을 한번 보고 말했다.

"여기선 먹고 살겠네!"

그 말은 단순한 감탄(感嘆)이 아니었다. 살아본 사람의 판단(判斷)
이었다. 약초(藥草)도, 나물(山菜)도, 버섯도, 이 산이면 충분히 나올
산이었다. 가을이면 송이와 능이가 날 것이고, 비가 많으면 표고도
붙을 것이다. 봄의 산은 약속을 품은 얼굴이었다. 마을의 농토(農土)
는 더 놀라웠다. 산이 감싸고 물이 흐르니, 흙이 살아 있었다. 밟을 때
발이 너무 푹 빠지지 않으면서도, 부드럽게 탄력(彈力)이 있었다. 좋
은 흙은 손에 쥐면 뭉치되, 손을 펴면 부서진다. 그 흙은 그런 흙이었
다. 누군가가 무릎을 꿇고 흙을 만졌다. 손바닥에 흙이 묻자, 그 사람
은 갑자기 울음을 터뜨렸다.

"이 흙… 이 흙이면….”

말은 끝까지 이어지지 않았다. 이어지지 않는 말이 진짜다. 그 울
음은 슬픔의 울음이 아니었다. 너무 기뻐서 나오는 울음이었다. 살
아남을 수 있다는 감각(感覺)은 사람을 울린다. 그 울음은 곧 다른 울
음들을 불러왔다. 수십(數十) 명의 사람 중 누군가는 아이를 안은 채
로 울었다. 아이는 왜 우는지 몰라 눈만 깜빡였지만, 어른의 울음은
아이의 숨까지 흔들어 놓았다. 울음은 마을의 공기(空氣) 속으로 퍼
져, 마치 노곡리(蘆谷里)의 물결처럼 잔잔하게 번졌다. 그리고 그때,
누군가가 말했다.

"바다도… 가깝다!"

마을 사람 하나가 손가락으로 남쪽을 가리켰다. 산이 끝나는 쪽,

숲이 낮아지는 방향. 그쪽으로는 바다가 있었다. 노곡리(蘆谷里)에서 바다까지 삼 리(三里)가 채 되지 않았다. 걸어서 한, 두 각(刻) 조금 넘는 거리. 숨이 찰 만큼 멀지 않고, 게으르면 놓칠 만큼 가깝지도 않은 거리. 그 거리는 삶에 딱 맞는 거리였다. 바다가 가깝다는 말이 나오자, 사람들의 표정(表情)이 한 번 더 달라졌다. 바다는 곧 수산물(水産物)이다. 굶주림에 시달린 이들에게 바다는 단순한 풍경(風景)이 아니라 '식량(食糧)의 다른 얼굴'이었다. 조개를 캐고, 미역과 다시마를 뜯고, 물때를 알아 작은 그물을 던질 수 있다면 고기 몇 마리가 사람의 하루를 살린다. 그리고 바다의 소금은 곡식보다 더 오래간다. 삶은 저장(貯藏)할 수 있어야 하고, 저장(貯藏)은 미래(未來)를 만든다.

이안사(李安社)는 마을 어귀에서 멈춰 섰다. 그는 한 번도 '좋다!'라는 말을 쉽게 하지 않는 사람이었다. 그런데 그날은, 눈빛이 조금 느슨해졌다. 느슨해진 눈빛은 방심(放心)이 아니라, 안도(安堵)였다. 그는 뒤를 돌아 사람들을 바라보았다. 사람들은 울고 있었다. 울면서 웃고 있었다. 그 모습은 이상(異相)했다. 그러나 이상하지 않았다. 사람은 가장 절박(切迫)한 곳에서 가장 기묘하게 살아난다. 연화(蓮花)는 그 광경을 보며 가슴이 저렸다. 그녀는 울지 않으려 했다. 울면, 그 울음이 또 다른 울음을 불러올 것 같았다. 그러나 아이 하나가 그녀의 옷자락을 잡았다. 작은 손이, 마치 뿌리처럼 그녀를 붙잡았다.

"누나… 여기서 우리 살아?"

그 질문은 너무 작고, 너무 큰 질문이었다. 연화(蓮花)는 잠시 말을 잃었다. 그녀는 아이의 머리를 쓰다듬으며 말했다.

"살아. 여기서는… 살아."

그 말을 하는 순간, 그녀는 결국 눈물을 흘렸다. 눈물이 볼을 타고 내려갔지만 닦지 않았다. 닦는 순간, 자신이 약해질 것 같았다. 그러나 그녀는 깨달았다. 이 눈물은 약함이 아니라, 살아남은 힘의 증거(證據)라는 것을. 백수린(白秀麟)은 벌써 물가로 내려가 물을 떠 왔다. 그는 손으로 물을 떠 입에 대었다. 물은 차갑고 달았다. 그는 고개를 끄덕였다.

"이 물이면… 아이들 배앓이도 줄겠어."

문겸 수하(手下)의 사병(私兵) 하나는 주변을 둘러보며 숨을 내쉬었다. 그는 방어(防禦)할 곳, 숨을 곳, 나무를 벨 곳, 사람을 모을 곳을 눈으로 계산(計算)했다. 그런 계산(計算)이 끝나자, 그의 어깨가 조금 내려갔다. 칼을 든 사람은, 칼을 내려놓을 수 있는 곳에서만 진짜 숨을 쉰다.

그날, 노곡리(蘆谷里)의 첫 아침은 아직 오지 않았는데도, 노곡리(蘆谷里)는 이미 그들을 품었다. 산과 물과 바다와 흙이 동시에 '괜찮다.'라고 말하는 곳은 드물다. 그곳은 드물게도, 그들에게 '살아도 된다'라고 허락(許諾)하는 자리였다. 사람들은 마을의 빈터에 앉아 서로의 얼굴을 바라보았다. 오래전부터 알던 얼굴인데도, 오늘은 처음 보는 얼굴처럼 낯설었다. 낯설다는 것은, 살아남았다는 뜻이다. 죽을 것 같던 얼굴이 다시 사람의 얼굴이 되었기 때문이다.

이안사(李安社)는 연화(蓮花)의 옆을 지나가다 잠깐 멈췄다. 그는 그녀에게 따로 말을 하지 않았다. 대신, 아주 작은 동작으로 고개를 끄덕였다. 그 고개 끄덕임은 '잘 왔다.'라는 말이었고, '이제부터 더 어렵다.'라는 말이기도 했다. 좋은 땅은 사람을 살리지만, 좋은 땅은 또한 사람을 부른다. 부르는 곳에는 늘 탐하는 손이 따라온다. 연화(蓮花)는 그 의미를 알아차렸다. 그래서 기쁨 속에서도 마음 한구석이 긴장(緊張)되었다. 그러나 오늘은, 오늘만큼은 사람들이 울어도 괜찮은 날이었다. 사람은 울어야 다시 웃을 수 있다. 그 울음이 땅에 스며

들어, 마치 씨앗처럼 남아 주길 바랐다. 노곡리(蘆谷里)의 바람이 불었다. 갈댓잎이 흔들리고, 산의 나뭇잎이 서로 부딪히며 작은 소리를 냈다. 그 소리는 마치 말 같았다. 말은 흩어질지 몰라도, 오늘의 눈물은 흩어지지 않았다. 그것은 몸에 남았고, 기억(記憶)에 남았고, 앞으로 버팀에 남을 것이었다.

그리고 그날, 사람들은 처음으로 '내일'을 입에 올렸다.

"내일은 바다에 가 보자."

"내일은 밭을 좀 살펴보자."

"내일은 아이들 옷을 말리자."

내일을 말하는 사람은 이미 오늘을 이긴 사람이다.

27
구환 (救還)

노곡리(蘆谷里)의 첫날이 지나고, 그곳은 '피난처(避難處)'에서 '삶터'로 모양을 바꾸기 시작했다. 처음에는 모두가 땅을 밟는 것만으로도 벅찼다. 그러나 사람은 곧 익숙해진다. 익숙해지는 순간부터는 살아내는 기술(技術)이 필요했다. 흙을 고르고 물길을 정리(整理)하고, 비어 있는 움막을 손보며, 서로의 몫을 나누는 일이 이어졌다. 바다는 가까웠고 산은 너그러웠다. 바다는 해가 뜨는 방향으로 은빛을 흘렸고, 산은 해가 지는 방향에서 짙은 초록으로 숨을 쉬었다. 사람들은 낮에는 일하고 밤에는 잠들었다. 꿈속에서조차 배고픔이 덜 찾아오는 밤이, 노곡리(蘆谷里)에는 있었다. 그러나 이안사(李安社)의 마음에는 언제나 '남은 사람들'이 걸렸다. 좋은 땅이 그를 안도(安堵)하게는 했으나, 안도(安堵)는 곧 죄책감(罪責感)으로 돌아왔다. 장성(長城) 관아(官衙) 울타리 안에 남겨진 오십여 명. 그들은 아직도 담장(垣牆) 안에서 시간을 견디고 있을 것이다. 그들의 발목에는 밧줄이 없더라도, 담장(垣牆)은 이미 밧줄이었다. 이안사(李安社)는 그 담장(垣牆)을 떠올릴 때마다 속이 서늘해졌다. 지도자(指導者)란, 자신이 살 곳을 찾았다고 해서 끝나는 사람이 아니다. 남겨진 사람의 밤까지 자기 밤으로 끌어안는 사람이다.

노곡리(蘆谷里)의 정착(定着)은 빠르게 자리를 잡았다. 움막 몇 채는 집처럼 단단해졌고, 바닷가로 내려가는 길에는 사람들이 오가며 발자국이 길이 되었다. 산 쪽에는 나물(山菜) 캐는 길이 생겼고, 물가에는 빨래하는 자리와 물을 길어오는 자리가 정해졌다. 사람들은 서로의 일을 분담(分擔)했다. 힘센 자는 나무를 베고, 손이 야무진 자는 엮었으며, 아이를 돌볼 수 있는 자는 아이들을 모아 글을 가르치기도 했다. 이씨 부인(李氏夫人)의 부재(不在)로 인해 흔들릴까 했던 질서(秩序)가, 오히려 사람들의 절박(切迫)함으로 더 단단해졌다. 그들은 이제 '누가 시켜서'가 아니라 '살기 위해' 움직였다. 그렇다고 마음이 완전히 풀린 것은 아니었다. 노곡리(蘆谷里)의 밤은 평온(平穩)했지만, 평온(平穩)은 늘 짧았다. 어떤 날은 바람이 짜게 불어오면, 사람들은 본능(本能)적으로 어깨를 움츠렸다. 바다 냄새는 생명(生命)의 냄새이면서도, 동시에 소문(噂聞)의 냄새였다. 바다는 말을 실어 나른다. 좋은 말도, 나쁜 말도. 그리고 소문(噂聞)은 늘 칼끝처럼 늦게 온다. 늦게 와서 더 깊게 찌른다.

정착(定着)한 지 보름쯤 지났을 때, 이안사(李安社)는 더는 미룰 수 없다고 판단(判斷)했다. 그날 아침, 그는 노곡리(蘆谷里) 마을 한가운데, 사람들이 모이는 자리에서 짧게 말했다. 길게 말하면 마음이 흔들린다. 길게 말하면 설득(說得)이 되고, 설득(說得)은 때로 변명(辯明)이 된다. 그는 변명(辯明)하지 않기로 했다.

"장성(長城)에 남은 이들을 데리러 가겠습니다."

그 말이 떨어지자, 마치 산등성이의 새들이 동시에 날아오르듯 사람들이 한꺼번에 소리를 냈다. 누군가는 "지금?"이라고 물었고, 누군가는 "아직 위험(危險)합니다!"라고 말했고, 누군가는 말을 잇지 못한 채 입술을 깨물었다. 그러나 그들 모두가 공통(共通)으로 가진 감정(感情)은 하나였다. 반가움과 두려움이 동시에 솟구치는 감정(感情). 반가움은 '데려와야 한다.'라는 가능성(可能性)에서, 두려움은 '데려오지 못하면….'이라는 기억(記憶)에서 나왔다.

백윤철(白允澈)이 먼저 앞으로 나섰다. 그는 몸을 움직이는 것에 익숙한 사람답게 망설임이 짧았다. 백윤철(白允澈)은 장무겸의 수하(手下) 가운데서 가장 발이 빠른 군사(軍士)였다. 산길과 숲을 오가며 자란 덕에 지형(地形)을 읽는 눈이 밝았고, 풀잎의 눌림이나 흙의 흐트러짐만으로도 누가, 어느 방향으로 지나갔는지를 가늠해 냈다. 체구(體軀)는 크지 않았지만, 하체(下體)가 단단해 장거리(長距離) 이동(移動)에도 숨이 흐트러지지 않았고, 밤길에서도 발소리를 거의 남기지 않았다. 장무겸은 행군(行軍)에 앞서 늘 그를 먼저 내보냈는데, 백윤철(白允澈)은 명령(命令)이 끝나기 전에 이미 수색(搜索)의 방향(方向)을 정하고 움직이는 인물(人物)이었다.

"제가 앞장서겠습니다."

이안사(李安社)는 고개를 끄덕였으나, 곧 손을 들어 그 말을 조금 꺾었다.

"많이 데려가지 않는다. 적게, 빠르게, 조용히."

그때, 문겸(文兼)이 나서려다가 이안사의 눈짓을 알고는 남아서 자리를 지키기로 했다. 노곡리가 안전(安全)하다고 해도 그래도 방어(防禦)와 전략(戰略)에 능한 사람이 있어야 하기 때문이다. 문겸은 뒤로 물러서면서 섭섭한 내색은 하지 않았다. 그는 자기가 무엇을 해야 하는지 알고 있는 군사(軍師)이기 때문이다. 이안사의 말하는 방식(方式)은 늘 같았다. 큰 소리로 이기는 싸움(鬪爭)을 하지 않는다. 조용히 버티고, 조용히 빼내는 방식(方式). 칼로 적을 베는 것이 아니라, 사람을 살려내는 방식(方式)이다. 백수린(白秀麟)은 사람들 사이에서 조용히 손을 들었다.

"약(藥)은 제가 챙기겠습니다. 길에서 열이 나거나 상처(傷處)가 덧나면, 도착(到着) 전에 사람을 잃습니다. 잃지 않으려면 준비(準備)가 먼저입니다."

연화(蓮花)는 그 말을 듣고도 한동안 말이 없었다. 그녀는 이미 마음속으로 '함께 한다'라고 결심(決心)해 놓았지만, 말은 늘 마지막에 나왔다. 말이 먼저 나가면, 마음이 흔들릴 때 돌아올 길이 없다. 그러나 이안사(李安社)는 그녀를 보며 알았다. 그녀는 이미 떠날 채비(差備)를 하고 있었다는 것을. 그 눈빛은 '갈 수 있겠느냐?'가 아니라 '준비(準備)가 되었느냐?'였다. 이안사(李安社)는 결국 연화(蓮花)를 향해 짧게 말했다.

"연화, 넌 남아라."

그 말에 연화는 놀랐다. 분명이 며칠 전 삼척 관아에서 '함께 가도 된다'라고 말했는데, 그것을 잊었는가? 아니면 다른 이유가 있는가? 연화는 눈동자가 흔들렸다. 왜냐면 그의 말투가 명령(命令)이었기 때문이다. 그러나 명령(命令)은 마음을 막지 못한다. 연화(蓮花)는 한 걸음 앞으로 나서며 조용히 말했다. 연화는 사람들 앞에서 개인적(個人的)으로 이안사와 했던 삼척 관아에서의 일을 모른 척하며 다시 말했다.

"대감(大監), 남은 사람들 가운데 아이 몇과 심약(心弱)한 노약자(老弱者)들도 있습니다. 저는 그들을 데려오는 길에 꼭 필요합니다."

"거기에 장무겸이 있다."

"장 행수는 칼이 있고, 저는 손이 있습니다."

그녀의 말은 부드러웠으나 단단했다. 손(手)은 아이를 안는다. 손(手)은 열을 짚는다. 손(手)은 눈물을 닦는다. 어쩌면 그 손(手)이 없으면, 오십여 명의 귀환(歸還)은 '반가움'이 아니라 '슬픔'이 될 수 있었다. 이안사(李安社)는 잠시 침묵(沈默)했다. 침묵(沈默)은 그의 고민(苦悶)이었다. 그리고 며칠 전 삼척 관아에서의 마음이 변치 않은 것을 확인(確認)했다는 듯이 그는 결국 고개를 끄덕였다. 그러나 조건(條件)을 붙였다.

"백수린과 같이 움직여라. 그리고 무리를 벗어나지 마라!"

연화(蓮花)는 고개를 숙였다. 그 고개 숙임 속에는 승낙(承諾)의 기쁨보다, 책임(責任)의 무게가 먼저 있었다.

그날부터 노곡리(蘆谷里)의 공기는 바쁘게 움직였다. 사람들은 떠나는 이들을 위해 더 열심히 일했다. 남는 이들이 떠나는 이들을 지키고, 떠나는 이들이 남는 이들을 지키는 방식(方式)이었다. 준비(準備)는 곧 서로를 향한 약속(約束)이었다. 먼저 식량(食糧)이 정해졌다. 바다에서 잡아 말려 둔 생선 몇 꾸러미, 조개를 삶아 말린 것, 미역과 다시마를 묶은 것, 산에서 말려 둔 나물(山菜)과 버섯. 그리고 밭에서 얻은 곡식(穀食)은 아직 많지 않았기에, 귀한 곡식(穀食)은 길에 들지 않았다. 대신 볶아 말린 보리와 조(粟)를 조금 섞어 휴대(携帶)하기 좋게 했다. 음식은 무게보다 '보존(保存)'이 중요(重要)했다. 상하지 않는 것이 길에서 사람을 살린다. 다음은 물이었다. 길에 물이 있다고 해도, 물이 늘 '마실 수 있는 물'

은 아니었다. 백수린(白秀麟)은 물을 끓일 작은 솥과 말린 약재(藥材)를 챙겼다. 열이 날 때 먹일 생강, 배앓이에 쓸 쑥, 상처(傷處)에 붙일 마른 풀과 소금. 그리고 약을 담을 작은 주머니. 그는 주머니에 약재(藥材)를 넣을 때마다, 손가락으로 한 번씩 눌러 확인(確認)했다. 부족(不足)하면 사람을 잃는다. 약을 아는 사람은 늘 '부족함'부터 계산(計算)한다.

백윤철(白允澈)은 길의 위험(危險)을 점검(點檢)했다. 그는 노곡리(蘆谷里) 주변 산길을 이미 여러 번 다녀왔고, 바다 쪽 길도 익혔다. 그는 가장 눈에 띄지 않는 길, 가장 발자국이 적은 길을 선택(選擇)했다. 그리고 선택(選擇)한 길은 종종 가장 힘든 길이었다. 쉬운 길은 군졸(軍卒)들이 지키고, 어려운 길은 사람만 지나간다. 그는 사람만 지나가는 길을 택했다. 짐은 최소(最少)로 했다. 너무 많은 짐은 사람을 늦추고, 늦어지면 또 다른 문제를 안아야 한다. 떠나는 이들의 짐은 대부분 '사람을 위한 것'이었다. 밧줄, 담요, 작은 옷감, 아이들이 먹을 죽, 그리고 추울 때 덮을 얇은 이불 몇 장. 연화(蓮花)는 그 이불을 접으며 오래 손을 멈추었다. 그 이불은 단순(單純)한 천이 아니었다. 돌아오는 길에 누군가의 열을 감싸줄 것이고, 누군가의 울음을 덮어줄 것이며, 누군가의 떨림을 막아 줄 것이다. 이불은 때로 사람의 몸보다 먼저 사람을 살린다. 노곡리(蘆谷里)의 사람들은 떠나는 이들에게 기도(祈禱)처럼 말을 건넸다.

"조심하세요."

"꼭 데려오세요."

"돌아오셔야 합니다."

그런 말들은 사실 의미(意味)가 없었다. 조심(操心)한다고 조심해지지 않고, 바란다고 돌아오지 않는 것이 길이다. 그런데도 말하는 이유는 하나였다. 말이라도 해 두어야 마음이 버틴다. 남는 사람들이 버텨야 떠나는 사람들이 돌아올 곳이 있다. 이안사(李安社)는 떠날 사람을 엄격(嚴格)하게 골랐다. 백윤철(白允澈), 백수린(白秀麟), 연화(蓮花), 그리고 길을 아는 사내 둘과 사병(私兵) 셋. 총 아홉 명. 많지 않았다. 그러나 아홉은 매우 견고했다. 아홉이 움직이면, 아홉의 숨소리로도 밤이 깨어날 수 있다. 그들은 자신의 숨을 줄이는 법을 알아야 했다.

떠나는 전날 밤, 노곡리(蘆谷里)의 불은 평소보다 더 일찍 꺼졌다. 누군가 불을 늦게 끄면, 그것은 떠나는 이들의 마음을 흔든다. 마음이 흔들리면 길이 흔들린다. 이안사(李安社)는 마을 끝, 바다로 내려가는 길목에 잠깐 섰다. 바다는 어둠 속에서 소리만 들려왔다. 소리는 멀었지만 분명(分明)했다. 바다는 늘 그랬다. 보이지 않아도 존재(存在)를 증명(證明)하는 것. 기록(記錄)처럼. 연화(蓮花)는 그 옆에 서 있었다. 그녀는 말을 하지 않았다. 그러나 그 침묵(沈默)은 어제의 침묵(沈默)과 달랐다. 어제는 마음을 숨기는 침묵(沈默)이었다면, 오늘은 마음을 다잡는 침묵(沈默)이었다. 이안사(李安社)가 낮게 말했다.
"돌아오면… 우리는 더 오래 버틸 수 있다."
연화(蓮花)가 답했다.
"돌아오면, 우리는 사람을 아프게 잃지 않아도 됩니다."
이안사(李安社)는 고개를 끄덕였다. 그 말이 가장 정확(正確)했다. 버티는 것은 땅이 아니라 사람이다. 사람을 잃으면 땅도 잃는다.

새벽, 아직 해가 뜨기 전, 그들은 떠났다. 노곡리(蘆谷里)의 공기는 차가웠다. 산의 그늘이 아직 물러가지 않았고, 바다의 염기(鹽氣) 섞인 바람이 옷깃 사이로 들어왔다. 떠나는 사람들은 말이 없었다. 말은 발자국보다 멀리 나간다. 멀리 나간 말은 누군가의 귀에 걸린다. 걸리면 끝이다. 노곡리(蘆谷里)의 사람들은 마을 어귀까지 나와 배웅(拜送)했다. 누구도 울지 않았다. 울음은 돌아올 때 터뜨릴 울음이었다. 대신, 한 노인(老人)이 이안사(李安社)의 손을 잡았다. 손은 거칠고 따뜻했다. 그 손은 오랜 노동(勞動)의 손이었다. 그 손이 흔들리며 말했다.

"대감(大監), 우리… 여기서 기다리겠습니다."

그 한 문장이, 노곡리(蘆谷里)의 모든 마음을 대신(代身)했다. 기다리는 사람이 있다는 것은, 돌아올 이유(理由)가 있다는 뜻이다. 이안사(李安社)는 그 손을 놓지 않고 잠깐 더 잡았다. 그는 말 대신 고개를 숙였다. 이안사(李安社)에게 고개 숙임은 약함이 아니라, 책임(責任)의 표식(標識)이었다. 백윤철(白允澈)이 앞서 길을 열었다. 백수린(白秀麟)은 중간에서 사람들의 상태(狀態)를 살폈고, 연화(蓮花)는 뒤쪽에서 짐과 사람을 챙겼다. 이안사(李安社)는 가운데에서 전체(全體)를 조용히 조정(調整)했다. 그들의 행렬(行列)은 빠르지 않았다. 그러나 멈추지 않았다. 멈추지 않는 속도가 가장 위험(危險)을 줄인다. 노곡리(蘆谷里)의 산길이 그들을 삼키기 시작했다. 나뭇잎 사이로 새벽빛이 흘러들었고, 물소리가 멀리서 따라왔다. 바다는 뒤로 사라졌지만, 바다의 냄새는 한동안 그들의 옷에 남았다. 그것은 돌아올 길의 표식(標識)처럼 느껴졌다. 그리고 그들이 산의 굽이를 넘어 완전히 보이지 않게 되었을 때, 노곡리(蘆谷里)의 사람들은 그제야 숨을 내쉬었다. 숨은 기다림(期待)의 시작이었다. 기다림(期待)은 가장 긴 전투(戰鬪)다. 노곡리(蘆谷里)는 다시 조용해졌고, 그 조용함 속에서 하나의 마음이 천천히 자라기 시작했다.

'반드시 데려오리라.'

그 다짐은 말로 남지 않았다. 말은 흩어질 수 있으니까. 대신, 그 다짐은 손에 남았다. 오늘도 나물을 캐고, 오늘도 바다에 내려가고, 오늘도 아이를 재우는 손(手). 그 손(手)들이 기다림(期待)을 버티게 했다. 그리고 이안사(李安社) 일행(一行)의 발자국은, 다시 장성(長城)을 향해 깊어졌다. 그들이 가는 길은 단순한 이동(移動)이 아니었다. 노곡리(蘆谷里)의 삶을 지키기 위한, 사람을 되찾기 위한 길이었다. 그 길의 끝에는 담장(垣牆)이 있고, 그 담장(垣牆) 안에는 아직도 누군가가 '기록(記錄)처럼' 버티고 있을 것이다. 이안사(李安社)는 그 사실을 생각하며, 더 말없이 걸었다. 침묵의 여정(旅程)으로 묵묵히, 그리고 끝까지 걸을 것이다.

28
인고 (忍苦)

장성(長城) 관아(官衙)의 문은 모두 닫혔다. 문이 닫혔다는 사실보다 더 심각(深刻)한 것은 닫히는 소리가 없었다는 점이었다. 문은 소리를 내지 않고 닫힐 때 폐쇄(閉鎖)의 의미(意味)가 확연(確然)하다. 그날 이후, 장성(長城)에 남아 있던 사람은 정확(正確)히 쉰셋(五十 三)이었다. 수는 적지 않았다. 그러나 숫자는 늘 상대적(相對的)이다. 관아(官衙)의 기록대장(記錄臺帳)에 적히는 숫자와 구금(拘禁)된 사람의 몸으로 느껴지는 숫자는 다르다. 기록(記錄) 속의 쉰셋(五十 三)은 한 줄이었지만, 관아(官衙) 안의 쉰셋은 숨과 체온(體溫)과 떨림을 가진 쉰세 개의 두려움이다. 구금(拘禁)은 질서(秩序) 있게 진행(進行)되었다. 질서(秩序)는 언제나 폭력(暴力)의 가장 단장(丹粧)한 얼굴이다. 남자와 여자를 나누었고, 젊은 자와 늙은 자를 나누었으며, 말이 많은 자와 말이 없는 자를 나누었다. 그리고 마지막으로 의심(疑心)이 되는 자와 본보기(見本)로 쓸 자를 나누었다. 이씨 부인(李氏夫人), 한도윤(韓道潤), 장무겸(張武謙)은 맨 안쪽 칸으로 옮겨졌다. 그곳은 창(窓)이 없었다. 창(窓)이 없다는 것은 낮과 밤의 구분(區分)이 없다는 뜻이고, 구분(區分)이 없다는 것은 시간이 사람 편이 아니라는 뜻이었다. 고문(拷問)은 급하지 않았다. 급할수록 말이 헛나온다. 병영(兵營)은 그 사실을 알고 있었다. 처음에는 묻는 말이 없었다. 물을 주지 않았고, 잠을 허락하지 않았다. 몸이 먼저 말을 하도록 만들었다. 한도윤(韓道潤)은 몇 번이나 고개를 들었다가 다시 숙였다. 고개를 들면 천장(天障)의 나뭇결이 보였다. 나뭇결은 늘 같은 방향으로 나 있었고, 그 방향은 출구(出口)가 아니었다. 장무겸(張武謙)은 이를 악물었다. 그는 군인(軍人)이었고 고통(苦痛)의 방식(方式)에 익숙(熟)한 사람이었다. 그러나 익숙함은 오래가지 않는다. 고통(苦痛)은 늘 새로운 얼굴로 온다. 이씨 부인(李氏 夫人)은 묶인 채로 앉아 있었다. 그녀에게는 손을 대지 않았다. 손을 대지 않아도 되는 사람에게 손을 대는 것은 서툰 폭력(暴力)이다. 그녀에게는 말이 필요했다. 말이 나와야 했고, 그 말은 특정(特定)한 모양이어야 했다.

‘역도(逆徒).’

그 한 단어가 그녀의 입에서 나와야 했다. 그 단어가 나오면, 나머지는 기록(記錄)이 알아서 완성(完成)한다.

“말씀하시오!”

관아(官衙)의 관리(官吏)가 말했다.

“누가 선동(煽動)했는지.”

이씨 부인(李氏 夫人)은 대답(對答)하지 않았다.

“누가 장정(壯丁)을 모았는지.”

침묵(沈默).

"누가 이안사(李安社)와 통모(通謀)했는지."

그녀는 고개를 들었다.

"부부간(夫婦間)의 말도 역도(役徒)의 통모(通謀)로 보는 것이오? 그러한 통모(通謀)의 근거(根據)가 어디 기록(記錄)에 있는지 보이시오."

그 말에 방 안의 공기(空氣)가 한 번 흔들렸다. 기록(記錄)이라는 말은 여전히 무기(武器)였다. 한도윤(韓道潤)이 그날 처음으로 입을 열었다.

"근거(根據)가 있을 리가 만무(萬無)지요. 당신들은 우리를 무고(無故)한 것이오. 안 그렇소!"

그 말은 도발(挑發)이 아니었다. 사실(事實)이었다. 사실(事實)은 때로 도발(挑發)처럼 들린다. 그날 이후, 고문(拷問)은 방향(方向)을 바꾸었다. 말을 끌어내는 고문(拷問)에서, 입을 열지 못하게 하는 고문(拷問)으로.

사흘째 밤, 관아(官衙)의 관리(官吏)들은 결론(結論)에 도달(到達)했다. 셋에게서 원하는 말이 나오지 않는다면, 다른 길을 내야 했다. 길은 언제나 사람을 통해 난다. 그들이 고른 사람은 가장 연약(軟弱)한 자였다. 몸이 작았고, 허리가 굽어 있었으며, 밤마다 기침했다. 그는 눈을 제대로 마주치지 못했고, 질문(質問)을 받으면 대답(對答)보다 먼저 고개를 끄덕였다. 그의 이름은 그날 밤, 기록(記錄)에서 지워졌다. 이름이 지워진 사람은 무엇이든 될 수 있다. 그 연약한 노인(老人)은 끌려 나왔다. 끌려 나온다는 표현(表現)은 정확(正確)하지 않았다. 그는 거의 안겨 나왔다.

"우린 네게 오래 묻지 않을 것이다."

관리(官吏)의 목소리는 부드러웠다.

"사실대로 말하면 된다."

사실(事實)이라는 말은, 그날 밤 가장 거짓된 말이었다. 그는 처음에는 아무 말도 하지 않았다. 고통(苦痛)은 이미 충분(充分)했다. 그러나 고통(苦痛)이 충분(充分)하다는 것은, 더 견딜 힘이 없다는 뜻이기도 하다.

"전주(全州)에서…"

그의 입에서 말이 흘러나왔다. 흘러나온 말은 다시 주워 담을 수 없다.

"전주(全州)에서… 모여… 반역(反逆)을…"

그 말이 끝나기도 전에, 관리(官吏)의 손이 멈췄다. 멈춘 손은 승인(承認)이다.

"누가?"

그는 숨을 골랐다. 숨을 고른다는 것은, 살고 싶다는 뜻이다.

"이안사(李安社)와… 이씨 부인(李氏夫人)과… 한도윤(韓道潤), 장무겸(張武謙)이…"

그의 말은 조각조각이었지만, 조각은 이미 맞춰진 틀(框) 안으로 들어갔다.

"도망(逃亡) 중이라고…"

그 말이 떨어지자, 방 안의 공기(空氣)는 더 이상 그의 것이 아니었다. 그 고백(告白)은 즉시 기록(記錄)되었다. 이름은 없었지만, 고백(告白)은 충분(充分)히 실명적(實名的)이었다. 그 고백(告白)은 다음 날 새벽, 관아(官衙)의 결재(決裁)를 통과(通過)했다. 결재(決裁)는 빠르게 이루어졌다. 이미 결론(結論)은 정해져 있었기 때문이다.

그날 아침, 파발(擺撥)이 떠났다. 말은 쉬지 않고 달렸다. 종이는 가벼웠지만, 내용(內容)은 무거웠다. 수신처(受信處)는 삼척(三陟) 감무(監務) 정여헌(鄭女憲).

'전주(全州) 토호(土豪) 이안사(李安社), 역도(逆徒) 혐의(嫌疑) 확정(確定). 즉시 포박(捕縛) 요망(要望).'

그 문장은 짧았다. 짧은 문장이 가장 오래간다. 추포군(追捕軍)은 이백(二百)이었다. 정예(精銳)였다. 숫자는 상징(象徵)이었다. 너무 많지도, 적지도 않았다. 바다로 빠져나갈 수 있다는 가능성(可能性)을 남겨두지 않기 위한 수였다. 그들은 삼척(三陟)으로 향했다. 길 위에서 그들은 말을 아꼈다. 말이 많을수록 명분(名分)은 옅어진다.

그 사이, 관아(官衙) 감옥(監獄)의 공기(空氣)는 더 눅눅해졌다. 통로(通路)는 길었고, 횃불의 불빛은 나무 기둥의 결을 더 또렷하게 드러냈다. 이씨 부인(李氏夫人)은 걸음을 늦추지 않았다. 멈추지 않는 것이 약속(約束)처럼 보였다. 그녀의 손에는 얇은 나무판자(板子)가 쥐어져 있었다. 거칠게 쪼갠 흔적이 남은 판자(板子) 위에는 먹(墨)이 아닌 피(血)가 스며들어 있었다. 이미 반쯤 말라 검붉게 변한 글씨였다. 옥(獄) 앞을 지날 때였다. 쇳내와 눅눅한 숨결이 한꺼번에 밀려왔다. 그 안쪽, 가장 어두운 칸에 장무겸(張武謙)이 앉아 있었다. 손목에는 아직 굳지 않은 상처(傷處)가 남아 있었고, 피(血)의 냄새에 그는 본능(本能)처럼 고개를 들었다. 이씨 부인(李氏夫人)은 고개를 돌리지 않았다. 다만 옥살이의 틈새를 스치듯 지나며 손을 내렸다. 나무판자(板子)가 철창(鐵窓) 사이로 조용히 밀려 들어왔다. 소리는 거의 나지 않았다. 판자(板子)는 바닥에 떨어지지 않고, 장무겸(張武謙)의 발목 앞에서 멈췄다. 장무겸(張武謙)은 잠시 망설였다. 그 짧은 망설임이 이곳에서 허락된 유일한 사치(奢侈)처럼 느껴졌다. 그는 발을 움직여 판자(板子)를 끌어당기지 않았다. 대신 몸을 앞으로 숙여 손으로 직접 받아들였다. 마치 누군가의 체온(體溫)을 받듯, 조심스러웠다. 그제야 글자가 또렷해졌다.

'지금은 보여주지 마세요! 지금은 때가 아닙니다! 기록(記錄)은 때(時)를 알아야 살아남습니다.

지금은 사람이 먼저 버텨야 할 때입니다!'

피(血)로 쓴 글씨는 곧았고, 떨림이 없었다. 오히려 너무 단정(端正)해서, 이곳과 어울리지 않았다. 장무겸(張武謙)은 이를 악물었다. 굳은 의지(意志)였다. 이씨 부인(李氏 夫人)이 무엇을 의미(意味)하는지 알았다. 가장 극적(劇的)일 때 글은 힘을 발휘(發揮)한다. 엉성하게 드러날 때 그것은 한갓 종이쪽지에 불과하다. 장무겸(張武謙)의 손에 힘이 들어갔다. 판자(板子)가 잠시 떨렸으나, 그는 곧 힘을 풀었다. 그리고 판자(板子)를 가슴 쪽으로 끌어안았다. 숨을 삼키듯, 기록(記錄)을 삼키듯. 기록(記錄)은 아직 드러나지 않았지만, 이미 사람의 손을 거쳐 살아남고 있었다.

장성(長城) 감무(監務) 서문탁(徐文卓)은 직접 모습을 드러내지 않았다. 직접 나서는 것은 늘 위험(危險)하다. 그는 밤을 택했다. 밤은 모든 것이 느리다. 사람도 기록(記錄)도 의지(意志)도. 그는 병영(兵營)의 뒷문(後門)으로 들어왔다. 경비(警備)는 이미 풀려 있었다. 풀린 경비(警備)는 우연(偶然)이 아니라, 거래(去來)의 흔적(痕迹)이었다. 서문탁(徐文卓)은 두 사람 앞에 섰다.

"기록(記錄)이 아직 있겠지?"

그는 묻는 척했지만, 이미 알고 있었다.

"내가 도와줄 수 있다,"

도움(傍助)이라는 말은 언제나 조건(條件)을 숨긴다.

"지금 이 상황(狀況)에서 기록(記錄)은 위험(危險)하지. 나에게 넘기면 이 고생 안 해도 되지. 이안사(李安社)도 이제 죽은 목숨인데 어디에 의지(依支)하는가? 의리(義理)? 곧 죽을 목숨이야!"

그는 말을 고르며 웃었다.

"아니면… 이 모든 게 너희들 책임(責任)으로 돌아가면 살아남지 못하는 것은 뻔한 것이다."

한도윤(韓道潤)은 대답(對答)하지 않았다. 대답(對答)은 곧 선택(選擇)이 된다. 장무겸(張武謙)이 대신 말했다.

"그 기록(記錄)이 있는지 없는지 우리는 모릅니다. 기록이 있건, 없건 당신의 당당(堂堂)하면 무슨 상관입니까?"

서문탁(徐文卓)의 웃음이 잠깐 멈췄다.

"사람은 언제나 약점(弱點)이 있기 마련이지!"

"기록(記錄)이 있다면 그것은 약점(弱點)이 아닙니다."

한도윤(韓道潤)이 말했다.

"기록(記錄)이 어쩌면 당신들을 위협(威脅)하고 있는 것은 아닙니까?"

서문탁(徐文卓)은 더 말하지 않았다. 그는 물러났다. 물러나는 것도 계산(計算)이었다. 그는 확신(確信)했다. 기록(記錄)은 아직 어딘가에 있다. 그 어딘가를 찾는 데에는 시간(時間)이 필요했다. 시간(時間)은 늘 권력(權力) 편이다.

그날 밤, 삼척(三陟)으로 향한 말발굽 소리는 바다의 파도 소리와 섞였다. 바다는 열려 있었지만, 동시에 닫혀 가고 있었다. 봄은 계속(繼續)되고 있었지만, 그 봄은 더 이상 같은 봄이 아니었다. 장성(長城)에서 시작된 누명(累名)은 그렇게 길을 얻었고, 길을 얻은 누명(累名)은 칼(刀)을 불렀다. 그러나 한도윤(韓道潤)의 옷 속 어딘가에서 얇은 판자는 여전히 접힌 채 숨 쉬고 있었다. 장무겸이 이씨 부인을 통해 받은 것을 만일을 대비(對備)해서 또 다른 얇은 나무판을 옥사 이리저리 끌려다닐 때 구하여 다시 적었다. 그의 발가락 사이에 나오는 피를 이용했다. 장무겸과 한도윤은 굵은 통나무 벽을 두고 갇혀 있기에 서로 주고받기가 용이(用易)했다. 나무판은 움직이지 않았지만, 기다리고 있었다. 기다림은 기록(記錄)의 또 다른 이름이다. 기록(記錄)은 사라지지 않는다. 다만, 때(時)를 고를 뿐이다.

29
폭정 (暴政)

장무겸은 나무판자를 가슴(胸) 쪽으로 끌어안은 채 한참을 움직이지 못했다. 피(血)로 쓴 글씨는 이미 마른 피의 냄새를 풍기고 있었고, 그 냄새는 쇠창살(鐵窓)의 녹(鏽) 냄새와 뒤섞여 이상한 감각을 만들어 냈다. 피는 원래 뜨거워야 했다. 몸 밖으로 빠져나온 피는 차갑게 굳어야 했다. 그런데도 그 글씨는 뜨거웠다. 누군가의 살(肉)이, 누군가의 결심(決心)이 단정한 문장으로 이곳까지 기어들어 온 듯했다. 한도윤에게 복사본(複寫本)을 하나 더 전하면서도 자신도 모르게 북받치는 눈물을 이미 흘린 터라, 그 감정에 휩싸이지 않으려고 글씨를 다시 읽지 않았다. 읽는 순간, 또다시 마음이 움직일 것 같았다. 마음(心)이 움직이면 몸(身)이 먼저 움직일 것 같았다. 움직이면 들키고, 들키면 끝이었다. 그래서 그는 얇은 판자를 읽는 대신, 판자 자체를 기억하려 했다. 결의(決意)가 새겨진 나무의 결(結), 글씨가 파고든 자리, 피가 말라붙은 색. 기록(記錄)은 종이 위에서만 살아남는 것이 아니라는 사실을 그는 그때 처음 알았다. 기록은 사람의 손바닥

(掌) 안에서도 살고, 가슴(胸) 안에서도 숨 쉬며, 때로는 침묵(沈默) 속에서 더 선명(宣明)해진다. 철창 밖 통로(通路)에서는 발소리가 오가고 있었다. 서두르는 듯하면서도 괜히 천천히, 일부러 천천히 걷는 발소리였다. 관아(官衙)의 질서(秩序)가 그런 소리를 낸다. 군졸들이 바쁘게 뛰어다니면, 누군가의 죄(罪)가 확정(確定)된 것처럼 보인다. 그래서 관아는 늘 걷는다. 심지어 죽음(死)이 결정(決定)되는 날에도, 관아는 걷는다. 걷는 속도는 관아의 체면(體面)이고, 체면은 폭력(暴力)의 가장 단정한 외피(外皮)였다. 장무겸은 작은 판자를 소매 안쪽으로 숨겼다. 판자가 들어갈 만한 틈은 없었다. 그러나 사람은 절박(切迫)할 때, 없는 틈을 만든다. 땀과 먼지와 상처 사이로 나무가 들어갈 만한 자리 하나쯤은 만들어진다. 그는 숨을 고른 뒤, 그제야 가느다란 숨으로 말을 삼켰다.

"지금은… 때(時)가 아니다."

그 말은 누군가에게 들려주기 위한 것이 아니었다. 그 자신에게 들려주기 위한 말이었다. 부서지기 쉬운 마음을 붙들기 위해 그는 더 단단한 문장(文章)을 꺼내 자기 안에 세워두었다.

그 시각 관아의 안쪽 방에서는 다른 숨이 오가고 있었다. 책상 위에는 장부(帳簿)가 펼쳐져 있었고, 그 위에 서문탁의 도장(圖章)이 올라가 있었다. 그는 늘 도장을 올리는 방식으로 세상을 정리했다. 도장은 글보다 빠르고, 말보다 안전하다. 무엇보다 도장은 책임(責任)을 나누는 듯 보인다. '이건 개인의 판단(判斷)이 아니라 관(官)의 판단이다.'라는 착각(錯覺)을 만들어내기 때문이다. 서문탁은 상석(上席)에 앉아 있었다. 그의 앞에는 향리(鄕吏), 장리(長吏), 외리(外吏−향리, 정리, 외리는 고려시대 지방관의 아전들), 군관(軍官), 그리고 관노(官奴)를 부리는 자가 차례로 서 있었다. 그들의 얼굴에는 비슷한 기색이 있었다. 불안(不安)이 아니라, 불안을 가장(假裝)하는 표정. 결정(決定)이 내려지기 직전에 사람들은 대개 그렇게 굴었다. 결정을 이미 알고 있으면서도, 자기 손에 피가 묻지 않기를 바라며, "저는 몰랐습니다!"라는 얼굴을 연습(演習)한다.

"이것들이…"

서문탁이 낮게 말했다.

"기록(記錄)을 무기(武器)로 삼는다지."

향리가 조심스럽게 맞장구쳤다.

"예, 대감. 글을 남기고, 증언(證言)을 모으고… 마치 나라의 법(法)이 자신들 편인 양 굴고 있습니다."

"법이 누구의 편인지는"

서문탁이 웃으며 말을 이었다.

"법을 집행(執行)하는 자가 정한다."

그 말이 방 안을 한 바퀴 돌았다. 웃음이 아닌 웃음이었고, 농담(弄談)이 아닌 농담이었다. 그의 말은 늘 그렇게, 장난처럼 던져지지만, 그 결과(結果)는 늘 피였다.

"이씨 부인!"

군관이 말을 붙였다.

"저 여인이… 조용히 사람을 모읍니다. 말로 모으는 것이 아니라, 눈빛으로. 그게 더 위험합니다. 백성들이 '저 여인은 다르다'라고 믿기 시작하면…."

서문탁은 잠시 생각하는 듯 손가락으로 상 위를 두드렸다. 탁, 탁. 그 소리는 마치 마음을 두드리는 것이 아니라, 사람의 목(頸)을 두드리는 것 같았다.

"'다르다'라는 말을 못 하게 하면 된다."

"어떻게…."

“차이(差異)를 범죄(犯罪)로 만들면 된다.”

서문탁은 똑바로 아전들을 보았다.

“이씨 부인과 한도윤, 장무겸. 셋은 서로를 지탱(支撐)한다. 셋이 서로의 증인(證人)이 된다. 셋이 서로의 이야기를 완성(完成)한다. 그러면 기록은 자란다.”

그는 한숨처럼 웃었다.

“기록이 자라기 전에, 사람을 잘라야 한다!”

군관의 목이 꿀꺽 움직였다. 여기서 ‘잘라야 한다’라는 말은 은유(隱喩)가 아니었다. 관아의 말은 언제나 명확(明確)한 폭력의 언어였다. 장리(長吏)가 조심스럽게 물었다.

“그럼… 처결(處決)을….”

서문탁은 대답하지 않고, 방 한쪽의 문을 바라보았다. 그 문 뒤에는 관아가 아니라, 관아를 움직이는 다른 손이 있었다. 관아 안에서도 권력(權力)은 층(層)이 있었고, 가장 높은 층은 늘 보이지 않았다. 잠시 후 문이 열리고, 낯선 비단(緋緞) 옷자락이 스쳐 들어왔다. 중앙(中央)에서 내려온 감사(監司)의 측근인지 아니면 강원 안찰사(按察使)의 연락을 맡은 자인지, 그 정체는 굳이 말로 확인하지 않아도 알 수 있었다. 그들은 대개 이름이 아니라, ‘그쪽’이었다.

“대감…”

그가 낮게 말했다.

“이 일은 이미 안찰사(按察使)의 귀에도 닿았습니다. 뒷말이 길면 곤란(困難)합니다.”

서문탁은 천천히 고개를 끄덕였다. 곤란하다는 말은, 빨리 정리(整理)하라는 뜻이었다. 정리한다는 말은 사람을 ‘지워라(抹殺)’라는 뜻이었다.

“좋다!”

그는 마침내 결정을 입 밖으로 꺼냈다.

"참형(斬刑)으로 한다!"

방 안의 공기가 순간 얼어붙었다. 참형이라는 말은 '죽인다'와 달랐다. 참형은 죽음의 방식이 아니라, 죽음을 보이게 하는 방식 (方式)이었다. 사람들에게 보여주기 위해, 그리고 사람들의 마음을 눌러버리기 위해. 법의 이름으로 사람을 끊어내는 일. 폭력은 언제나 '본보기'를 추앙(推仰)했다. 서문탁은 군관에게 말했다.

"문서(文書)로 남겨라. 죄목(罪目)은… 반란(叛亂)을 꾀한 혐의(嫌疑), 백성을 선동(煽動)한 혐의, 관아의 질서를 어지럽힌 혐의. 셋 다, 각자에게 하나씩만 붙이지 말고, 서로 엮어라. 엮을수록 무겁다."

군관은 손이 떨렸지만, 붓을 들었다. 흔들린 붓끝이 먹을 번지게 했고, 번진 먹이 마치 피처럼 보였다. 서문탁은 다시 덧붙였다.

"그리고 파발(擺撥)을 띄워라. 강원 안찰사 민경도(閔敬道) 대감께 보고(報告)하라. '난동(亂動)이 수습(收拾)되었고, 본보기로 처결할 예정'이라고. 단, 처결 날짜(日期)는 당장 쓰지 마라. 답신(答信)을 받아야 한다."

그 말은 조심스러웠다. 스스로 결정했으나, 그 결정이 위에서 승인(承認)된 것처럼 보이게 해야 했다. 관아의 폭력은 늘 그랬다. 책임은 위로 올리고, 피는 아래로 흘렸다. 파발을 띄우는 일은 번개(電光)처럼 진행되었다. 관아 뜰에는 미리 길든 말이 끌려 나왔다. 말은 땅을 굴렀고, 마구간의 냄새가 차가운 새벽 공기와 섞였다. 파발꾼은 옷깃을 여미며 봉서(封書)를 받았다. 봉서에는 관인(官印)의 붉은 도장이 찍혀 있었다. 붉은 도장은 잉크의 색이었지만, 사람들은 본능(本能)적으로 그 붉음을 피로 읽었다. 파발꾼은 봉서를 가슴 안쪽에 넣었다. 봉서는 따뜻해졌고, 따뜻해진 종이는 이상하게 무거워졌다. 그는 말 위에 올라탔다.

"길을 비켜라!"

외침이 관아 바깥으로 흘러나갔다. 사람들은 길을 비켰고, 그 틈 사이로 말이 달렸다. 말발굽 소리가 새벽의 정적(靜寂)을 깨뜨렸고, 그 소리는 마치 '결정이 내려졌다!'라는 선언(宣言)처럼 고을(古邑-고읍) 전체에 울렸다.

관아 안쪽, 옥방(獄房)의 어둠은 그 소리를 들었다. 소리는 벽을 타고 들어오고, 쇠창살을 타고 흔들리며, 사람의 심장(心臟)까지 도달한다. 장무겸은 그 소리를 듣는 순간, 판자에 적힌 문장을 떠올렸다. '지금은 때가 아니다!' 그 문장이 그의 안에서 단단히 박혔다. 지금은 사람이 버텨야 한다. 가장 확실하고 견고(堅固)한 때를 기다리면서. 버틴다는 말은 살기 위해서만이 아니었다. 기록이 살아남도록 버티는 것이었다. 그러나 '버틴다'라는 말이 입안에서 굴러가는 사이 그는 동시에 깨달았다. 버티게 하는 자는 밖이 아니라 안이다. 밖에서 누군가가 문을 부수고 들어와도 안에서 마음이 무너지면 사람은 이미 죽은 것이다. 관아의 폭력은 몸보다 먼저 마음을 겨냥했다. 사람을 '사람 아닌 것'(非人) 으로 만드는 일. 그게 가장 정확한 참형이었다. 장무겸은 눈을 감았다 떴다. 눈꺼풀 안쪽으로는 차갑게 젖은 어둠이 있었고, 그 어둠 안에 피 글씨가 떠 있었다. 그때 철창 너머에서 군졸의 목소리가 섞인 웃음이 들렸다. 한 번, 두 번. 웃음은 작았지만, 그 작은 웃음이 이곳에서는 칼날처럼 날카로웠다.

"오늘은 조용하네."

"조용할 때가 제일 좋지. 조용하면… 잘린다."

말끝이 일부러 흐려졌다. 흐려진 말이 오히려 더 또렷했다. 장무겸은 이를 악물었다. 그는 소매 속의 나무판자를 더 깊이 눌렀다. 판자가 살을 누르는 감각이, 그를 현실(現實)로 붙들었다. 아프다는 것은 아직 살아 있다는 증거였다.

30
구출 (救出)

그때, 관아 바깥쪽 어둠에서도 다른 움직임이 시작되고 있었다. 장성(長城) 관아의 바깥은 밤이었다. 그러나 단지 밤이 아니라, 밤을 닮은 계산(計算)이 깔린 어둠이었다. 이안사의 무리는 며칠 전부터 이미 흩어져 있었다. 흩어져 있다는 사실 자체가 그들의 결심(決心)이었다. 그들은 '데리러 온다'라는 말을 입에 올리지 않았다. 데리러 온다는 말은 말이 되는 순간 칼이 된다. 대신 그들은 '바람을 본다.'라고 말했다. '길을 본다.'라고 말했다. 말은 돌려 말할수록 안전(安全)해진다. 하지만 마음(心)은 돌릴 수 없었다. 마음은 이미 관아의 담장 안쪽으로 가 있었다.

추포군(追捕軍)이 움직인다는 소식은 바람보다 먼저 닿았다. 바람은 산등성이를 돌아들어 오지만, 소문(所聞)은 사람의 입을 타고 직선(直線)으로 들어온다. 그 소식은 한밤의 찬 공기처럼 이안사의 목구멍을 훑고 지나갔다. 감시(監視)에서 체포(逮捕)로, 체포에서 공개(公開)로, 공개에서 죽음으로. 그리고 마지막에는 본보기로. '본보기'는 관아가 백성(百姓)에게 보내는 가장 단정한 협박(脅迫)이었다. 이안사는 그 소식을 듣고도 잠시 아무 말이 없었다. 말이 없다는 것은 무감각(無感覺)이 아니라 마음이 너무 많은 길을 동시에 달리고 있다는 뜻이었다. 그의 안에서는 생각들이 서로를 밀치며 달렸다.

'어떻게 이렇게 빠르게 상황(狀況)이 급변(急變)하는가?'

'내가 너무 안일(安逸)했는가?'

'서문탁을 우습게 본 것인가?'

‘그의 잔인함을 관아의 체면이 덮어줄 거라 착각했는가?’

고민(苦悶)은 무수(無數)했지만, 그것들을 하나씩 풀어낼 시간은 없었다. 여기서 오래 생각하는 자는, 곧 남의 결정에 끌려간다. 결정(決定)은 곧 생명(生命)이었다. 그는 자신을 다그쳤다.

‘내가 지금 해야 하는 건 후회가 아니라, 선택(選擇)이다.’

그러나 그날만큼은 선택의 칼날이 자기 목덜미를 스치는 느낌이 들었다. 목덜미가 먼저 차가워졌다. 사람은 목이 차가워지면, 살고 싶은 마음이 더 정확해진다. 그의 머릿속에는 세 얼굴이 겹쳤다. 이씨 부인의 단호(斷乎)한 눈빛, 한도윤의 굳은 입술, 그리고 장무겸의 이를 악문 얼굴. 그 얼굴들은 한 문장으로 합쳐져 이안사의 가슴 안에서 울렸다.

‘우릴 사람 아닌 것으로 만들 셈이지!’

그 문장은 단지 분노(忿怒)를 부추기는 문장이 아니었다. 그것은 관아가 사용하는 폭력의 본질(本質)을 정확히 찌르는 문장이었다. 사람을 죽이는 일보다 더 쉬운 일이 있다. 사람을 사람으로 대하지 않는 일. 그걸 시작하면 죽음은 그다음 절차(節次)일 뿐이다. 하지만 이안사의 눈앞에는 그 문장만 있는 것이 아니었다. 숫자(數字)가 있었다. 무게(重量) 같은 숫자였다. 장성관이 안에 갇힌 쉰세 명(五十三). 그리고 노곡리(蘆谷里)에 모여 있는 천여 명(千餘名). 둘은 한 덩어리가 아니었다. 둘은 분리(分離)되어 있었다. 분리되어 있다는 것은 곧, 관아가 선택한 전략(戰略)이었다. ‘한쪽을 찍어 눌러, 다른 한쪽을 무너뜨린다.’ 폭력은 언제나 분리와 고립(孤立)으로 시작한다. 이안사는 그 숫자들을 머릿속에서 가만히 세웠다. 그리고 세운 숫자들 사이에 ‘가능’과 ‘불가능’을 갈랐다. 천여 명을 구하기엔 힘이 역부족(力不及)이었다. 단지 숫자 때문만이 아니었다. 천여 명은 당장 포박(捕縛)할 수 없는 무리였다. 오히려 너무 많아서, 관아가 지금 당장 손을 대기 어렵다. 큰 무리는 움직임이 느리지만, 그 느림이 방패(防牌)가 될 때가 있다. 게다가 노곡리에는 사병(私兵) 백여 명(百餘名)이 있었다. 그들이 있다면, 관군(官軍)이 함부로 들이닥치지 못한다. 저항(抵抗)이 생기고, 저항(抵抗)이 생기면 관아(官衙)는 '명분(名分)'을 만든다. 명분(名分)을 만들면, 그 뒤의 학살(虐殺)은 더 쉬워진다. 이안사(李安社)는 그다음 순서(順序)까지 생각하고 있었다. 그러나 바로 그래서, 노곡리(蘆谷里)의 천여 명은 지금 당장 '건드릴 수 없는 무게'가 된다. 관아(官衙)가 손을 대기 어려운 무게. 이 말은 냉정(冷靜)하게 들릴지 모르나, 이안사(李安社)는 그 냉정(冷靜)을 통해 사람을 살리는 법(法)을 배워온 사람이었다. 그는 아팠다. 아팠지만, 아픈 마음을 계산(計算) 속에 숨겼다. 계산(計算)은 잔인(殘忍)하지만, 때로는 잔인(殘忍)한 계산(計算)만이 사람을 살린다. 그리고 쉰세 명은 달랐다. 쉰세 명은 '쉽게' 잘릴 수 있는 숫자(數字)였다. 고립(孤立)된 숫자(數字)였다. 관아(官衙)가 마음만 먹으면, 오늘 밤에라도, 내일 새벽에라도 '본보기'로 삼아 끊어낼 수 있는 숫자(數字)였다. 이안사(李安社)는 오십여 명을 떠올릴 때마다, 그들 중 누구의 이름보다 먼저 '철창(鐵窓)의 냄새'를 떠올렸다. 그리고 이씨 부인(李氏 夫人)을 떠올렸다. 이안사(李安社)는 마침내 입을 열었다. 목소리(聲)는 낮았으나, 낮다고 해서 약한 것은 아니었다. 낮은 목소리(聲)는 오히려 결심(決心)이 단단하다는 신호(信號)였다.

"노곡리(蘆谷里)는… 당장 건드리기 어렵다."

무리(群) 중 누군가의 눈이 흔들렸다. 그 흔들림은 '버린다'라는 두려움(恐懼)이었다. 이안사(李安社)는 그 눈을 똑바로 마주 보았다.

"누구도 버리지 않는다! 살릴 수 있는 길(道)을 택(擇)한다는 말이다. 천여 명은… 크다. 크면 당장 묶기 어렵다. 게다가 우리의 훈련(訓練)된 병사(兵士)들이 있다. 그들을 함부로 어쩌지 못할 것이다. 저항

(抵抗)이 생기면 관군(官軍)이 쉽게 들어오지 못한다. 오늘 밤은… 그들을 믿는다! 잘 해낼 것이다!”

그는 잠시 숨을 골랐다. 말끝을 고르는 사이, 그의 속에서는 기도(祈禱)가 올라왔다. 기도(祈禱)는 말이 아니라, 심장(心臟)이 내뱉는 소리(聲)다. 그러나 그는 기도(祈禱)를 밖으로 꺼내지 않았다. 기도(祈禱)는 밖으로 나오면 약해질 수 있다. 그는 기도(祈禱)를 가슴(胸) 안에 묻었다.

“우리는… 우리의 가족(家族), 쉰세 명을 구출(救出)한다!”

누군가가 즉시 물었다.

“몇 명으로?”

이안사는 대답하기 전에 어둠을 한 번 훑었다. 어둠 속에는 이미 숨어 있는 눈들이 있었다. 관아의 경비(警備)만이 아니라, 이안사 무리 안에서도 흔들리는 마음들이 있었다. 숫자는 늘 사람을 시험(試驗)한다. 많은 사람을 데리고 가면 든든하지만, 많이 데리고 가면 소리도 커진다. 소리가 커지면, 관아는 미리 ‘기다린다’라는 자세를 취한다. 기다림은 가장 잔인한 매복(埋伏)이 된다.

“전부”

그가 말했다.

“아홉 명이면 충분하다!”

그 말이 떨어지는 순간, 공기가 달라졌다. 아홉은 너무 적었다. 그 중 군사훈련을 받은 것은 사내 셋과 이안사, 백윤철. 다섯 명이다! 연화와 백수린, 길잡이 둘은 구출(救出) 작전(作戰)에서 큰 역할(役割)을 할 수 없다. 수신호나 망을 보는 것뿐일 것이다. 사실상 다섯 명! 너무 적다. 그래서 오히려 가능(可能)할 수도 있다. 적다는 것은 곧 빠르다는 뜻이었다. 빠르다는 것은 곧 살아남을 확률이 높아진다는 뜻이었다.

"대감, 아홉이면….“

이안사는 말을 끊듯 손을 들었다.

"아홉이면 된다. 아니, 아홉이어야 한다. 우린 싸우러 가는 게 아니다. 빼내러 간다. 관아를 이길 수는 없다. 그러나 관아의 틈을 이길 수는 있다."

그는 무리의 얼굴을 하나씩 보았다. 그리고 그중에서, 가장 조용하고, 가장 민첩(敏捷)하며, 가장 흔들리지 않는 눈을 가진 백윤철을 선두에 세웠다. 길잡이 둘은 조용히 움직이며 앞길을 인도하다가 뒤로 빠져서 망을 보라고 했다. 또한 연화와 백수린은 만일을 대비(對備)해서 옥문을 열 방법을 연구하느라 이미 사라졌다. 그들은 이안사에게 결국 옥문(獄門)을 열어야 사람을 구한다고 하면서 자신들이 '잘 알아서 할 것이다'라고만 하고 떠났다. 일을 마치고 돌아와서 구출(救出)되는 사람들을 돌보거나 망을 보면서 혹시 있을 환자 치료하겠다고 했다. 그리고 이안사와 발 빠르고 훈련된 사병 셋이 직접 장성관아, 안으로 침투(浸透)하기로 했다. 구출 작전은 시작되었다. 아홉의 마음 안에서도 각자의 전쟁(戰爭)이 시작되었다.

'내가 가면, 나는 돌아올 수 있을까?'

'내가 가면, 누군가가 대신 죽지 않을까?'

'내가 남으면, 나는 사람을 버린 자가 되지 않을까?'

사람은 선택 앞에서 늘 흔들린다. 흔들리지 않는 사람은 없고, 흔들림을 숨기는 사람이 있을 뿐이다. 이안사는 다시 기도했다. '하늘(天)이 돕지 않으면, 우리는 틈을 못 찾는다.' 하늘이 돕는다는 말은, 운(運)이 좋다는 말이 아니었다. 하늘이 돕는다는 말은 사람의 마음이 무너지지 않게 해 달라는 말이었다. 무너지지 않으면, 작은 틈도 길이 된다. 무너지면, 넓은 길도 무덤이 된다.

그들은 은밀(隱密)하게 움직였다. '유격'(游擊)은 정면전(正面戰)이 아니라, 틈을 치는 전술(戰術)이다. 관아의 문을 부수지 않는다. 관아의 눈을 속인다. 관아의 귀를 빗나가게 한다. 어둠이 가장 깊은 곳으로 들어가, 어둠이 가장 깊은 곳에서 빠져나온다. 이안사는 다섯을 둘로 갈랐다. 셋과 둘. 셋은 바깥에서 교란(攪亂)한다. 둘은 안쪽으로 들어간다. 교란은 싸움이 아니었다. 교란은 '시선(視線)을 뺏는 일'이었다. 관아는 늘 한 곳을 본다. 그 한 곳을 잠시 다른 곳으로 돌리면 그 사이에 사람 하나가 빠져나갈 수 있다.

"소리를 내지 마라."

이안사가 속삭였다.

"소리를 내면, 그 소리는 우리의 '목'을 위협한다."

그들은 담장 밑의 그늘을 타고 움직였다. 담장에 붙은 이끼(苔)는 물기를 머금고 있었고, 그 물기는 손바닥에 차가운 흔적(痕迹)을 남겼다. 그 차가움이 오히려 좋았다. 차가운 손은 떨림을 줄인다. 바깥 길잡이 둘은 마구간 쪽으로 향했다. 말이 있는 곳은 늘 냄새가 많다. 냄새는 시선을 흐린다. 그들은 마구간 뒤편에 미리 준비해 둔 짚 더미(稻草)를 살짝 움직였다. 짚 더미 안쪽에 숨겨둔 작은 기름병(油瓶)을 꺼내, 마구간 바닥에 아주 조금 흘렸다. 불을 붙이지는 않았다. 불을 붙이면 큰 소동(騷動)이 된다. 그들이 원하는 것은 큰 소동이 아니라, 작은 불안이었다.

"말이 이상해졌습니다!"

길잡이 중 목청이 큰 자가 일부러 소리를 냈다. 관아의 군졸은 말(馬)에 약하다. 말이 달아나면 파발(擺撥)도, 명령(命令)도, 체면(體面)도 흔들린다. 군졸 둘이 뛰어왔다. 뛰는 순간, 관아의 질서가 깨진다. 걷는 질서가 잠깐 무너진다. 그 틈이 그들의 길이었다. 안쪽 이안사, 백윤철 조는 그 틈을 타고 옥방 쪽으로 파고들었다. 그들은 숨을 줄였다. 숨을 줄인다는 것은 자신의 존재를 줄이는 일이다. 존재를 줄여야, 철창의 그림자로 들어갈 수 있다. 옥방 가까이에서 이안사는 잠깐 멈췄다. 그는 귀를 기울였다. 발소리의 흐름, 경비 교대의 간격, 군졸의 하품 소리, 누군가가 침을 뱉는 소리. 그 모든 소리는 '지금, 이 순간, 관아가 어디를 보고 있는가'를 알려주는 지도(地圖)였다. 그는 속으로 숫자를 다시 세었다. 쉰세 명! 그들을 모두 한 번에 꺼낼 수는 없다. 그건 무리다. 그러나 그중 핵심(核心)을 꺼내면, 나머지는 버틸 수 있다. 핵심은 누구인가. 이씨 부인, 한도윤, 장무겸. 그 셋은 뼈대(骨臺)였다. 뼈대가 빠져나가면, 남은 살은 다시 붙을 수 있다. 뼈대가 잘리면 남은 살도 결국 썩는다.

'셋만이라도….'

이안사의 목구멍이 마른다. 그러나 그는 그 생각을 바로 지웠다. '셋만'이라는 생각이 시작되면, '나머지는 어쩔 수 없다'라는 생각도 따라온다. 그는 그 생각을 용납(容納)하지 않았다. 대신 그는 목표를 더 현실적으로 바꿨다.

'우선 셋을 빼내고, 그다음에 가능한 만큼 더.'

구출하는 자는 욕심을 부리지 않는다. 욕심을 부리는 순간, 유격대는 군대가 되고, 군대가 되는 순간, 그들은 이미 패배(敗北)한다. 그들의 힘은 '작음'에 있었다. 이안사는 옥방의 어둠 속에서 눈을 찾았다. 장무겸의 눈. 그는 아직 살아 있는 눈이었다. 이를 악물고, 마음을 세워둔 눈이었다. 이안사는 그 눈을 보는 순간, 가슴속에서 무언가가 내려앉았다. 안도(安堵)와 절망(絕望)이 동시에 내려앉는 느낌. '살아 있다'라는 안도와 '그들이 지옥(地獄)에서 살고 있었다'라는 가슴 아픈 고통. 그는 철창 가까이 붙어 아주 낮게, 거의 바람처럼 말했다.

"장무겸."

이름을 부르는 것만으로도 위험(危險)이었다. 그러나 이름을 부르는 것은 동시에 '너를 사람으로 부른다'라는 뜻이었다. 관아가 사람을 비인(非人)으로 만들려 할 때, 가장 강한 저항은 이름을 부르는 것이다. 장무겸이 눈을 깜빡였다. 그것이 대답이었다.

"지금 나온다."

장무겸의 눈이 흔들렸다. 그 흔들림은 '나머지는?'였다. 이안사는 그 눈빛을 읽었다. 그는 아주 짧게, 단단히 말했다.

"걱정마! 전부(全部) 구출한다!"

그 말에는 약속(約束)과 거짓말 사이의 슬픔이 있었다. 약속은 하고 싶지만, 약속할 수 없는 자리. 그 자리가 전쟁이다. 바깥에서 갑자기 소리가 커졌다. 말이 울어댔고, 군졸이 욕을 했다. 바깥 길잡이가 잘하고 있는 듯하다. 그들이 적절히 시선을 끌고 있었다. 워낙 발도 빠르고 변장도 능한 사내들이었다. 이안사는 손짓했다. 준비된 자가 철창의 자물쇠(自物鎖) 쪽으로 다가갔다. 자물쇠는 단단했지만, 세상에 단단한 것은 언제나 사람의 돈과 사람의 탐욕(貪欲) 앞에서 약해진다. 그들은 이미 관노 하나를 매수(買收)해 두었다. 초저녁 관아 바깥에서 출퇴근하는 하인을 연화와 백수린이 어떻게 했는지 매수했다. 두 여인의 임무(任務)가 무엇인지 그제야 이안사는 알고는 자기도 모르게 미소(微小)를 지었다. 그들의 미모만큼이나 완벽한 꼬임이었다. 그것이 미인계인지 탐욕을 노리는 금붙이인지는 모른다. 매수된 자는 자신이 매수되었다는 사실을 '잊고 싶어' 한다. 그래서 더 빨리, 더 조용히 움직인다. 쇠가 아주 작은 소리를 냈다. "끼익!" 그 소리는 작았지만, 이안사의 심장(心腸)은 크게 뛰었다. 심장은 늘 소리를 낸다. 소리를 내지 않는 건 오직 돌뿐이다. 문이 열렸다. 장무겸이 첫발을 내딛는 순간, 그는 철창의 냄새가 뒤로 멀어지는 걸 느꼈다. 그러나 동시에 '밖의 냄새'가 얼마나 위험한지 알았다. 밖은 자유가 아니라, 또 다른 칼날이다. 자유는 늘 칼날 위에 있다.

"서두르지 마라."

이안사가 낮게 말했다.

"서두르면 소리가 난다."

그들은 그림자처럼 이동했다. 한 걸음, 두 걸음. 그 사이에 군졸의 등불이 한 번 흔들렸다. 등불이 흔들릴 때, 사람의 운명도 흔들린다. 이안사는 순간 숨을 멈췄다. 숨을 멈추면, 세상이 잠시 멈춘다. 그 정지(停止)의 순간에, 그는 하늘을 향해 속으로 외쳤다.

'도와주십시오.'

그 외침은 종교(宗敎)의 말이기 전에, 인간(人間)의 말이었다. 인간은 위기 때 스스럼없이 토해낸다.

'제발….'

그들은 성공(成功)했다. 적어도 첫 번째 성공. 장무겸을 빼냈다.

<h1 style="text-align:center">31</h1>

사수 (死守)

장무겸을 빼냈다. 천군만마(千軍萬馬)를 얻은 것 같다. 그것으로 큰 위로(慰勞)가 되었다. 자신감(自信感)도 생겼다. 그러나 이안사는 이 순간, 조심해야 한다고 생각했다. 이 자신감이 얼마나 빨리 '덫(陷穽)'으로 바뀌는지 알고 있었다. 사람을 하나 빼내는 데에 성공하면, 성급한 마음에 다음 사람을 빼내고 싶어진다. 다음 사람을 빼내고 싶어지는 순간, 마음은 커지고, 커진 마음은 소리를 만든다. 그리고 소

리는 관아(官衙)의 귀(耳)를 깨운다. 이안사는 장무겸의 팔을 붙잡아
어둠 속으로 밀었다. 밀었다는 말은 거칠지만 그건 폭력이 아니라 생
존(生存)의 방식이었다. 살아남는 순간엔 부드러운 손길조차 위험(危
險)할 때가 있다. 손길이 길어지면, 머무르게 되기 때문이다.

"숨."

그가 아주 짧게 말했다.

"숨부터 고쳐 쉬어."

장무겸은 고개를 끄덕였으나, 숨이 고쳐지지 않았다. 숨은 몸이 아
니라 마음이 쉬는 것이다. 마음이 아직 옥방(獄房) 안에 남아 있었다.
그의 눈은 계속 안쪽을 향했다. 이씨 부인과 한도윤, 그리고 옥방 어
딘가에 모여 있을 아이들, 여자들, 노인들. 그들의 얼굴이 장무겸의
눈꺼풀 안쪽에 줄지어 서 있었다. 줄은 길었고, 그 줄의 끝은 어둠 속
에서 끊겼다. 이안사는 장무겸의 시선(視線)을 읽었다. 읽는다는 말
은 그 시선을 막아야 한다는 뜻이었다. 그러나 막을 수 없는 것이 있
다. 사람의 마음이 사람을 향하는 일. 그건 막는 것이 아니라, 다치지
않게 방향을 바꿔야 했다.

"지금은…."

이안사가 말끝을 삼키려 할 때, 장무겸이 먼저 말했다.

"대감. 전부(全部)라 했지요?"

그 말은 원망(怨望)이 아니었다. 확인(確認)이었다. 약속(約束)의
가장 위험한 형태는 들키는 약속이 아니라 지키지 못할 약속이다. 이
안사는 잠깐 눈을 감았다 뜨며 속에서 올라오는 기도를 다시 눌렀다.
기도(祈禱)는 한 번 밖으로 나오면 사람을 약하게 만들 수 있다. 그러
나 기도가 없으면, 사람은 너무 빨리 짐승(禽獸)이 된다. 이안사는 그
경계(境界)를 알고 있었다.

"전부."

그는 다시 말했다.

"전부를 향해 간다. 하지만 순서(順序)가 있다."

그리고 그는 손가락 두 개를 들어 어둠 속에 가는 선(線)을 그었다. 마치 보이지 않는 지도(地圖)를 그리듯.

"첫째, 부인과 한도윤. 둘째, 아이들. 셋째, 움직일 수 있는 자부터 구출한다. 움직일 수 없는 자는….."

말이 멈추었다. 그 말끝에는 칼이 있었다. '움직일 수 없는 자'라는 말은 '두고 갈 자'라는 뜻으로 들릴 수 있었다. 이안사는 그 오해(誤解)가 생기기 전에, 단호(斷乎)하게 말을 이었다.

"움직일 수 없는 자, 그들까지도 함께 간다!"

그 말은 무모(無謀)해 보일 만큼 뜨거웠다. 그러나 뜨거운 말이 아니라, 뜨거운 책임(責任)이었다. 백윤철이 앞에 섰다. 그는 말이 없었다. 말 대신 눈이 있었다. 그 눈은 '가능'과 '불가능'을 셈하는 눈이 아니라, '지금 해야 하는 것'을 고르는 눈이었다. 그가 손등으로 가볍게 신호(信號)를 보냈다. 바깥의 길잡이 둘에게 전달되는 수신호(手信號).

'교란을 한 번 더. 더 멀리. 더 크게. 그러나 불은 붙이지 마라.'

바깥에서 다시 말이 울었다. 군졸의 욕설(辱說)이 날카롭게 튀었다. 욕설은 소리지만, 그 소리는 오히려 그들의 발자국을 덮어주는 천(幟) 같은 역할을 했다. 큰 소리 아래에서 작은 소리는 숨는다. 이안사와 백윤철, 그리고 훈련된 사병 둘은 다시 옥사(獄舍) 쪽으로 미끄러지듯 들어갔다. 어둠 속에서 사람은 발을 '디디는' 것이 아니라 '놓는' 법을 배운다. 디디면 소리가 나고, 놓으면 그림자만 남는다. 옥사의 통로는 차가웠다. 차가운 것은 돌바닥뿐이 아니었다. 공기(空氣) 자체가 차가웠다. 공기가 차갑다는 것은, 누군가의 숨이 여기서 자주 끊겼다는 뜻이다. 이안사는 그 사실(査實)을 알았기에 숨을 더 줄였

다. 숨을 줄이는 건 두려움 때문이 아니라, 사람의 흔적을 줄이는 일
이었다. 그들은 두 번째 문(門) 앞에서 멈췄다. 그 문은 첫 번째보다
더 단단해 보였다. 단단해 보이는 것은 늘 '지켜야 할 것이 있다.'라는
뜻이다. 이안사는 손으로 문틈을 더듬었다. 문틈의 먼지, 옥을 지탱
하는 통나무의 온도, 자물쇠의 모양. 몸이 기억(記憶)해낸다. 머리로
생각할 시간이 없을 때, 몸이 대신 판단(判斷)한다. 백윤철이 낮게 숨
을 내쉬었다. 그 숨은 말 같았다. 된다! 혹은 된다면 지금이다. 그때
안쪽에서 아주 미세한 소리가 들렸다. 종이의 사각임도 아니고, 쇠의
끌림도 아닌, 사람의 숨이 눌리는 소리. 누군가 울음을 삼키는 소리
였다. 울음이 삼켜지면 더 위험해진다. 울음은 억눌릴수록 어느 순간
폭발(爆發)한다. 이안사는 문을 향해 속삭였다.

"부인!"

대답은 곧바로 오지 않았다. 대신 아주 낮은, 그러나 흔들리지 않
는 숨이 돌아왔다.

"아… 대감….."

이씨 부인의 목소리였다. 그 목소리는 옥사의 어둠 속에서도 이상
하게 맑았다. 맑다는 것은 힘이 있다는 뜻이 아니다. 맑다는 것은 결
심(決心)이 무너지지 않았다는 뜻이다.

"지금입니다."

이안사가 말했다.

"네… 나갑니다!"

문을 따는 소리가 또 한 번 '끼익—' 하고 났다. 이번에는 더 작았다.
관노(官奴)의 손이 익숙해졌기 때문이다. 익숙함은 죄(罪)의 한 형태
다. 죄는 한 번 하면 두 번째는 쉬워지고, 쉬워지면 사람은 죄를 죄로
느끼지 못한다. 관아는 그런 익숙함으로 운영(運營)된다. 문이 열렸
다. 이씨 부인은 먼저 나오지 않았다. 그녀는 안쪽을 돌아보고 안쪽

사람들의 눈을 확인한 뒤에야 몸을 빼냈다. 그 순간 이안사는 깨달았다. 이 여인은 자신을 구하려는 것이 아니라 남은 자를 먼저 구하려는 방식(方式)으로 살아온 사람이다. 그래서 그녀의 한 걸음은 늘 느리고, 그 느림은 늘 단단했다. 다음 옥사에서 한도윤도 빼냈다. 한도윤은 손에 무엇인가를 쥐고 있었다. 종이(紙)가 아니었다. 종이는 이미 빼앗겼다. 그는 작은 나무 조각을 쥐고 있었다. 나무 조각에는 먹(墨)이 아니라 핏자국(血痕)이 옅게 스며 있었다. 그는 그 얇은 나무 조각을 가슴에 넣으며, 이안사에게 아주 짧게 말했다.

"대감, 오시느라 고생 많으셨습니다. 녹록지 않은 길을… 그리고 기록이 있습니다."

그 말은 위로(慰勞)도 아니고 격려(激勵)도 아니었다. 보고(報告)였다. 살아 있다는 말은 아직 싸움이 끝나지 않았다는 뜻이었다. 이안사는 고개를 끄덕였다.

그 순간, 옥방 그 어디선가 더 깊은 울음이 들렸다. 아이들의 숨이었다. 아이들의 숨은 짧고, 그 짧음이 더 위험(危險)했다. 아이는 숨을 숨기지 못한다. 숨기려 할수록 더 크게 들린다.

"아이들…."

이씨 부인이 입술을 깨물며 말했다.

"저쪽, 안쪽 칸입니다. 여자들과 함께…."

그녀의 말끝이 떨렸다. 그러나 떨린 것은 목소리가 아니라, 마음이 흔들려서가 아니라, 억눌러온 슬픔이 순간적(瞬間的)으로 뼈를 때려서였다. 이안사는 손짓했다.

"가자."

그들은 통로(通路) 끝으로 더 들어갔다. 문이 하나 더 있었다. 이번 문은 안에서 걸쇠가 걸려 있었다. 걸쇠는 '안에서 잠근다'라는 뜻이 아니라, '안에서 못 나오게 한다'라는 뜻이었다. 이안사가 걸쇠를 풀려는 순간, 안쪽에서 작은 손이 문을 두드리는 소리가 났다.

"톡. 톡."

두 번. 그 두 번이, 이안사의 심장을 세 번 뛰게 했다. '톡. 톡.' 그리고 그다음에 오지 말아야 할 것이 왔다.

"엄마….."

아이의 목소리. 아주 작지만, 그 작음이 오히려 칼처럼 날카로웠다. 아이는 모르기 때문이다. 관아의 어둠이 얼마나 귀가 밝은지, 밤이 얼마나 소리를 길게 끌고 가는지. 아이에게서 '엄마'라는 말은 생명(生命)의 말이지만, 그 말이 이 밤에는 사람을 죽일 수도 있다는 걸 몰랐다. 이씨 부인이 순간 숨을 들이켰다. 그 숨이 너무 컸다. 너무 컸기 때문에 더 조심(操心)해야 했다. 이안사는 손을 들어 그녀의 입가를 막듯 스치며 막은 것이 아니라, '숨을 낮추라!'는 신호였다.

"지금…"

이안사가 속삭였다.

"지금 열면, 아이가 뛰어나온다. 뛰어나오면…."

말끝이 절벽(絶壁)처럼 끊겼다. 그다음은 말이 아니라 죽음의 소리였기 때문이다. 그러나 이씨 부인은 고개를 저었다. 아주 작은 고개 젓기였지만, 그 안에는 그 누구도 꺾을 수 없는 단호(斷乎)함이 들어 있었다.

"그 아이는…."

그녀가 말했다.

"그 아이는 그 문 안에서 이미 포로(俘虜)입니다. 포로는… 꺼내야 합니다. 이 아이는 그 안을 나와야 삽니다!"

이안사는 그 단호함을 알았다. 이씨 부인은 때(時)를 아는 사람이다. 그러나 동시에, '때를 만든다'라는 결심(決心)도 가진 사람이다.

지금은 때가 아니라고 말했던 그녀가, 지금은 때라고 말하고 있었다. 그 변화는 모순(矛盾)이 아니었다. 때란, 누군가가 만들어내는 것이기도 하다. 이안사는 걸쇠를 풀었다. 아주 천천히. 걸쇠가 움직이는 소리가 나지 않도록. 그러나 소리는 나지 않아도, 아이의 마음이 먼저 움직였다. 문이 열리자마자 아이 하나가 뛰어나왔다. 발이 바닥을 탁, 탁, 탁! 하고 찍었다. 그 소리는 아주 작았지만, 관아는 그런 소리를 '본능(本能)'으로 듣는다. 본능은 설명(說明)이 필요 없다. 본능은 즉시 움직인다. 아이의 얼굴은 어둠 속에서도 하얬다. 눈이 너무 컸다. 큰 눈은 세상을 다 담는다. 아이는 이씨 부인의 얼굴을 보자마자 숨이 터졌다.

"마님…!"

그 말이 통로에서 공명을 내며 찢어지는 소리를 냈다. 찢어진 소리는 곧바로 달려 나갔다. 벽을 타고, 문틈을 타고, 마구간의 냄새를 넘어, 경비 교대의 틈을 넘어. 소리는 빠르다. 칼보다 빠르다. 이안사의 등골이 차가워졌다. '됐다.'라는 생각과 '끝났다.'라는 생각이 동시에 들었다. 인간은 위기(危機)에서 두 생각을 동시에 품는다. 그래서 위기는 사람을 미치게 만든다.

"쉿!"

이안사가 아이의 입을 막으려 했으나, 이미 늦었다. 아이는 울기 시작했고, 울음은 더 큰 신호(信號)가 된다. 울음은 숨의 무기화(武器化)다. 울음은 관아의 귀에 '여기'라고 말한다.

바로 그때, 복도 저편에서 군졸의 목소리가 날아왔다.

"누구냐!"

발소리가 뛰기 시작했다. 뛰는 발소리. 관아가 걷던 질서(秩序)가 깨졌다. 질서가 깨졌다는 것은, 관아가 이제 '체면'보다 '피'를 택했다는 뜻이다. 체면(體面)을 지키려 걷던 자들이, 피를 내기 위해 뛴다.

이안사는 손짓했다.

"뒤로!"

백윤철이 먼저 아이 둘을 들어 올렸다. 아이는 가볍지만, 가벼움이 위험하다. 가벼운 몸은 소리를 쉽게 낸다. 아이들은 움직일 때마다 숨이 터지고, 숨이 터질 때마다 울음이 터진다. 백윤철은 아이들을 가슴에 꼭 눌러 숨을 묶었다. 그 모습은 잔인(殘忍)해 보일 수 있으나, 그건 살리는 방식이었다. 여자들이 우르르 나오려 했다. 그때 이씨 부인이 두 팔을 벌려 그들을 막았다.

"조용히!"

그녀가 속삭였다.

"한 줄로. 아이들부터. 아이들부터!"

그 말은 질서(秩序)였다. 이씨 부인은 관아의 질서와 다른 질서를 가지고 있었다. 관아의 질서는 폭력의 질서이고, 이씨 부인의 질서는 '생명의 질서'였다. 그러나 살기 위한 질서는, 폭력의 질서 앞에서 늘 시간이 부족했다. 군졸들이 뛰어왔다. 등불이 흔들리고, 등불의 불빛이 복도를 쓸었다. 불빛이 닿는 순간, 어둠이 갈라졌다. 어둠이 갈라지는 순간, 사람의 얼굴이 드러났다. 얼굴이 드러나면, 관아는 그 얼굴을 죄로 만든다.

"탈옥(脫獄)이다!"

군졸 하나가 외쳤다. 그 외침은 곧 종(鐘)이었다. 종은 소식(消息)을 퍼뜨린다. 관아의 종은 사람을 모으는 것이 아니라, 칼을 모으는 종이다. 이안사는 한순간에 결단했다.

"뚫는다!"

그는 말이 아니라 움직임으로 명령했다. 백윤철과 사병 하나가 아이들과 여인들이 있는 쪽으로 몸을 던져 앞을 막았고, 이안사와 나머지 사병은 자연스럽게 뒤로 물러서 후미를 닫았다. 그사이에 길은 잠간 생겼고, 그 짧은 틈으로 사람들의 숨이 몰려 움직였다. 명령은 소리가 되지 않았으나, 모두가 알아들었다. 지금은 버텨야 할 순간이라는 것을. 장무겸은 이미 앞쪽으로 나가 있었다. 그는 갇혀 있는 동안, 옥방과 옥사(獄舍)의 벽과 문, 기둥과 그늘, 군졸들의 발걸음과 교대의 간격까지 눈으로 훔쳐 두었다. 갇힌 자의 시선은 늘 예민(銳敏)해진다. 탈출(脫出)을 꿈꾸지 않아도, 살아남기 위해 공간(空間)을 읽게된다. 그래서 그는 누구보다 먼저, 누구보다 정확하게 그 자리에 설수 있었다. 그때 아이의 울음이 완전히 터졌다. 숨죽인 울음이 아니었다. 공포(恐怖)가 더는 안으로 갇히지 못해 튀어나온 울음이었다. 울음은 칼(刀)보다 먼저 군졸들의 고개를 돌렸다. 그 순간 장무겸은 멈췄다가, 돌아섰다. 돌아섰다는 것은 보통, 살겠다는 방향(方向)을 버렸다는 뜻이다. 그러나 장무겸에게 그것은 죽음(死亡)을 택한 선택이 아니었다. 그것은 마지막까지 사람으로 남겠다는 선택이었다. 그는 알고 있었다. 아이가 울고 있는 쪽으로 관군(官軍)이 달려들면, 그뒤에 있는 모든 사람이 무너진다는 것을. 그래서 그는 울음과 관군사이에 자기 몸(身) 하나를 세웠다. 이를 악물었다. 이 악물림은 공포(恐怖)를 누르기 위한 것이 아니었다. 망설임(躊躇)을 잘라내기 위한 것이었다. 그는 제일 앞에 두려운 눈을 한 군졸 하나에게 다가서자 그가 칼을 올렸다. 그 순간, 재빨리 달려들어 날카로운 손놀림으로 그의 손목을 쳐 칼을 뺏었다. 그는 칼을 놓치자 도망갔다. 다른 군졸들도 주춤했다. 장무겸은 칼을 들어 칼집에서 뽑았다. 칼이 공기(空氣)를 가르며 울었다. 그 소리는 크지 않았지만, 분명했다. 여기서 멈추라는 경고(警告)의 소리였다.

"뒤로 물러서라!"

그가 낮게 말했다. 군졸들이 두려워하면서도 억지로 웃었다. 웃음에는 늘 방심(放心)이 섞인다. 그 방심이 칼끝에 닿는 데에는 한 걸음이면 충분했다. 장무겸은 다시 앞으로 나선 군졸의 손목을 쳤다. 칼이 떨어지는 소리, 쇠(鐵)가 돌(石)에 부딪히는 소리가 났다. 다음 군졸이 창(槍)을 들이밀었고, 그는 창대를 옆으로 밀어내며 몸을 파고들었다. 가까워진 거리(距離)는 숫자(數字)를 무력하게 만든다. 장무겸은 숫자를 상대하지 않았다. 그는 시간(時間)과 싸우는 중이었다. 뒤에서 누군가 넘어지는 소리가 났다. 아이를 안은 여인(女人)이 비틀거렸고, 백윤철(白允哲)이 몸을 던져 받았다. 장무겸은 그 장면(場面)을 보았다. 보고도 고개를 돌리지 않았다. 돌리는 순간, 그의 몸이 밀린다. 밀리면 끝이다. 관군의 외침(叫喊)이 커졌다. 추포군(追捕軍)의 발소리가 합류하는 소리도 들렸다. 수(數)가 불어나고 있었다. 그는 알고 있었다. 이 싸움은 이길 수 없는 싸움이라는 것을. 그러나 이 싸움의 목적은 승리(勝利)가 아니었다. 몇 숨(息)을 더 벌어 주는 것, 그것뿐이었다. 칼이 그의 팔을 스쳤다. 피가 튀었다. 그는 아픔(痛)을 생각하지 않았다. 아픔은 나중의 감정(感情)이다. 지금은 계산(計算)만 남아 있었다. 몇 걸음, 몇 호흡, 몇 사람. 그는 몸(身)으로 숫자를 셌다. 한 사람을 막으면 두 사람이 뒤로 간다. 두 사람이 뒤로 가면 아이 하나가 산다. 그는 마지막으로 한 번 더 앞으로 나섰다. 이제 더는 물러설 자리(位置)가 없었다. 뒤는 이미 사람들로 채워졌고, 앞은 쇠(鐵)와 살(肉)과 숨(息)으로 막혀 있었다. 그는 다시 이를 악물었다. 이번에는 풀지 않기 위해서였다. 그의 등 뒤에서 누군가가 외쳤다. 이안사의 다급한 목소리였다.

"장무겸!!"

그는 끝내 대답(對答)하지 않았다. 이름은 붙잡는 말이었고 그는 붙잡히지 않기로 이미 선택(選擇)한 사람이었다. 대답하는 순간 마음(心)이 흔들리고, 마음이 흔들리면 칼끝이 늦어진다. 늦어진 칼은 사람을 지키지 못한다. 그래서 그는 아무 말도 하지 않았다. 말 대신 숨

(息)을 골랐다. 숨은 짧았고, 그 짧은 숨 하나에 남은 생(生)이 전부 담겨 있었다. 그의 시야(視野)에는 더 이상 얼굴이 없었다. 창끝과 칼날만이 있었다. 쇠의 번뜩임, 가까워졌다 멀어지는 거리, 발을 옮길 자리가 어디까지 허락(許諾)되는지. 그는 그것들만을 보았다. 사람을 보면 마음이 열린다. 마음이 열리면 몸이 물러선다. 그는 물러서지 않기 위해, 끝내 사람을 보지 않았다.

그때 아이의 울음이 다시 들렸다. 아주 잠깐, 그러나 분명했다. 그리고 그 울음은 점점 멀어졌다. 울음이 멀어진다는 것은 아이가 떠나고 있다는 뜻이었다. 아이가 떠난다는 것은 길(路)이 살아 있다는 뜻이었다. 장무겸은 그 소리를 들으며 아주 짧게 눈(目)을 감았다. 감았다 뜨는 사이, 그의 안에서 무언가가 내려놓아졌다. 더 지켜볼 것이 없다는 안도(安堵), 더 남아 있을 이유가 없다는 체념(諦念). 두 감정은 다르지만, 그 순간에는 같은 무게(重量)였다. 그는 다시 눈을 떴다. 그리고 칼을 고쳐 잡았다. 움직이지 않았다. 뒤로 물러서지도, 앞으로 달려들지도 않았다. 그는 그 자리에 섰다. 서 있다는 것은 버팀(支撐)이라는 뜻이었고, 버틴다는 것은 시간을 만든다는 뜻이었다. 시간은 사람을 살리는 유일한 무기(武器)였다. 그는 마지막으로 자기 몸을 시간(時間)으로 바꾸었다. 몸은 점점 무거워졌다. 팔에 힘이 빠졌고, 숨은 가슴에서 걸렸다. 그러나 그는 끝까지 자리를 내주지 않았다. 한 걸음도. 창끝이 그의 몸에 닿았고, 칼날이 살을 스쳤다. 통증(痛症)은 뒤늦게 왔다. 통증은 그가 이미 해야 할 일을 끝낸 뒤에야 찾아왔다. 그는 칼을 떨어뜨리지 않았다. 떨어뜨리는 순간, 벽(壁)은 무너진다. 그는 그걸 알았다. 그래서 손에서 힘이 빠질 때까지 칼을 쥐고 있었다. 쥐고 있는 손이 더 이상 명령(命令)을 듣지 않을 때까지. 마침내, 그의 무릎(膝)이 아주 천천히 꺾였다. 쓰러진 것이 아니라, 내려앉은 것이었다. 내려앉으면서도 그는 끝까지 앞을 향하고 있었다. 마지막까지 등(背)은 보이지 않았다. 그는 도망(逃亡)치지 않았고, 돌아서지 않았다. 그 자리에서, 그 방향 그대로였다.

그날 밤, 그는 길을 만들지 않았다. 대신 길이 무너지지 않도록 몸으로 받쳤다. 사람들은 그 사실을 오래 뒤에야 알게 될 것이다. 그의 이름이 기록(記錄)에 남을 때가 아니라, 아이들이 어른이 되어 삶을 생각하고 살아있는 이유(理由)를 물을 때. 누군가 그 밤을 떠올리며 그 외로운 이름을 기억할 것이다. 그 질문의 바닥에 조용히 놓여 있을 이름.
'장무겸(張武謙).'
그는 말하지 않았고, 물러서지 않았고, 남았다. 그리고 남은 그 자리에서 그의 몸은 조용히 무너졌다.

<h2 style="text-align:center">32
잔화 (殘火)</h2>

장무겸의 뜨거운 피가 아직 식지 않은 땅에, 북소리 같은 발소리가 덮쳐왔다. 하나가 아니었다. 둘도 아니었다. 수십 개의 발소리가 겹치며 하나의 파도가 되었다. 그 파도는 군졸의 움직임이 아니라, 추포군의 보폭이었다.
"추포군(追捕軍)이다!"
누군가의 외침이 복도를 갈랐다. 그 말이 끝나기도 전에, 이안사의 머릿속에서는 숫자가 번쩍였다. 이백(二百). 추포군 이백여 명(二

百餘名). 그 숫자가 도착했다는 것은 단순한 증원(增援)이 아니었다. 이미 파발(擺撥)이나 급보(急報)가 움직였다는 뜻이고, 관아는 이 사태를 미리 준비하고 있었다는 뜻이다. 그들은 우연히 몰려온 것이 아니었다. 이 틈을 기다리고 있었다. 기다림은 매복(埋伏)이고, 매복은 살육(殺戮)의 가장 정돈된 형식이다. 그때, 옥사의 통로 끝에서 철문이 떨어졌다.

"꽝!!"

쇳소리가 공간을 찢었다. 그것은 단순(單純)한 소음(騷音)이 아니라 선언(宣言)이었다. 탈출로(脫出路)가 닫혔다는 두려움의 소리. 이안사는 그 소리를 들으며 속으로 저주했다. 그러나 그 저주(咀呪)는 오래가지 않았다. 저주는 곧 기도(祈禱)로 바뀌었다. 그는 스스로가 변하고 있다는 걸 느꼈다. 계산으로 버티던 사람이, 계산이 끝나는 지점에서 기도에 매달리고 있었다. 사람은 극한(極限)에 몰리면, 자기의 가장 깊은 얼굴을 마주한다.

"대감…"

백윤철이 숨이 찬 채 말했다.

"길이…"

"알고 있다."

이안사가 말을 잘랐다.

"알아. 그러니…"

그의 시선이 아이들 쪽으로 옮겨갔다. 아이들은 떨고 있었다. 떨림은 소리보다 위험했다. 떨리는 몸은 옷깃을 흔들고, 옷깃은 철에 스치고, 철은 소리를 만든다. 소리는 곧 죽음이다. 이씨 부인이 아이 하나를 품에 끌어안았다. 아이는 울음을 터뜨리려다, 그녀의 가슴에 얼굴을 묻고 잠시 멈췄다. 품은 그런 힘이 있었다. 세상의 폭력보다 먼저, 아이의 숨을 붙잡아 두는 힘. 그때 군졸(軍卒) 하나가 외쳤다.

"저 여인부터 잡아라!"

관아의 본능(本能)이었다. 이안사에게는 증험(證驗)이 없다. 기록의 증거를 이씨 부인이 가지고 있다고 저들끼리 소통(疏通)한 것이다. 그 뼈대부터 잘라야 한다. 그 증거부터 없애야 한다. 그것이 이들의 목표(目標)였다. 뼈대가 잘리면, 살은 스스로 무너진다.

그 순간 한도윤이 앞으로 몸을 던졌다. 던졌다는 말은 과장(誇張)이 아니었다. 그는 계산하지 않았다. 본능이었다. 창끝이 그의 옆구리를 스쳤다. 뜨거운 것이 들어왔다 빠져나갔다. 그는 그것을 통증(痛症)으로 느끼기 전에, 시간(時間)으로 느꼈다.

'지금 쓰러지면 죽는다. 지금 버티면, 그래 버텨야 한다….'

그 한 발은 생(生)과 사(死)의 거리였다.

"움직이십시오!"

한도윤이 이안사를 향해 외쳤다.

"대감, 빨리 가십시오!"

이안사의 얼굴이 일그러졌다. 그것은 공포(恐怖)의 얼굴이 아니었다. 분노(憤怒)와 슬픔과 책임이 동시에 목을 죄는 표정이었다.

"아, 조용히 …."

그는 이를 악물고 외쳤다. 소리가 되지 않도록 외쳤다. 그러나 이미 세상은 소리로 가득 차 있었다. 아이들의 울음, 군졸의 고함, 추포군의 발소리, 갑옷이 부딪히는 소리. 추포군이 들이닥쳤다. 그들의 갑옷은 무거웠다. 그 무거움은 쇳덩이의 무게가 아니라, 국가(國家)라는 이름의 무게였다. 그들은 사람이 아니었다. 제도(制度)였다. 제도는 사람을 죄인으로 만들고, 죄인을 본보기로 만든다. 이안사는 깨달았다.

'이 싸움은 이길 수 없다.'

그는 칼을 쥐고 있었지만, 그 칼이 이렇게 무력(無力)한 적은 없었다. 칼은 칼과 부딪혔다. 쇳소리가 났다. 불꽃이 튀었다. 그러나 그 충돌(衝突)은 아무것도 바꾸지 못했다. 칼은 칼을 이기지 못한다. 숫자를 이기지 못한다. 제도(制度)를 베지 못한다. 그때 한도윤의 몸이 흔들렸다. 등 뒤에서 창끝이 깊숙이 박혔다. 이번에는 정확(正確)했다. 정확한 폭력은 사람을 천천히 죽인다.

"헉…."

숨이 새어 나왔다. 말이 아니라 생명(生命)이 빠져나가는 소리였다. 그러나 그는 아이를 놓지 않았다. 놓는 순간 아이는 다시 바닥으로 떨어진다. 바닥은 차갑고, 차가운 바닥은 아이를 얼린다.

"아이를…."

그가 겨우 말했다.

"아이를…."

그 말끝을 이안사가 받았다.

"안다. 그래…. 이제는… 이제 쉬거라…."

이안사의 목이 잠겼다. 울고 싶었으나 울지 않았다. 울면 눈이 흐려지고, 흐려진 눈은 길을 놓친다. 길을 놓치면 더 많은 사람이 죽는다. 한도윤의 손에서 힘이 빠졌다. 아이는 백윤철에게 넘어갔다. 그리고 한도윤은 그대로 무너졌다. 다시 일어나지 않았다. 그의 눈은 열린 채였다. 마지막까지 아이가 있는 방향(方向)을 보고 있었다.

그때, 이씨 부인이 앞으로 걸어 나왔다. 아주 조용히. 아주 단정하게. 싸우려는 걸음도 아니었고, 항복(降伏)도 아니었다. 선택(選擇)이었다. 추포군관(追捕軍官)이 앞으로 나왔다. 그는 그녀를 내려다보며 말했다.

"네가 그 기록이나 끌어모으던 여인이냐? 역도(逆徒)들을 이끌고…."

하대(下待)였다. 사람을 부르지 않는 말투였다. '사람으로 생각하지 않겠다'라는 것이다. 이씨 부인은 고개를 들어 그를 바라보았다. 눈은 흔들리지 않았다.

"그렇습니다. 군관 나리."

그녀는 존대(尊對)를 잃지 않았다. 어떤 경우에도 중심(中心)을 잃지 않으려고 하는 말투였다.

"허나 여기에는 아녀자와 아이와 노인들뿐이옵니다. 어찌 이토록 많은 군사(軍士)를 동원(動員)하셨습니까?"

추포군관이 비웃듯 웃었다.

"역도는 남녀노소 가리지 않는다. 국법(國法)은 감정(感情) 따위로 흔들리지 않아!"

그녀는 잠시 숨을 고른 뒤, 다시 말했다.

"국법이 백성(百姓)을 위해 존재(存在)한다면, 이들이 어찌 역도로 보이겠습니까."

그 말에 잠시 침묵(沈默)이 흘렀다. 추포군관의 입이 멈췄다. 그는 대답(對答)하지 못했다. 대답하는 순간, 자기 말이 무너진다는 걸 알았기 때문이다. 그래서 그는 방향을 바꿨다.

"기록(記錄)은 어디 있느냐."

질문이 아니라 집착(執着)이었다.

"그 기록만 내놓으면, 아이들과 노인들은 살려주마."

그 순간 이안사는 깨달았다. 칼은 졌다. 그러나 말(語)은 아직 싸우고 있었다는 것을.

이씨 부인은 고개를 숙이지 않았다.

"기록(記錄)은 사람을 죽이기 위해 있는 것이 아니라, 사람을 살리기 위해 있는 것입니다."

그 말이 떨어지는 순간, 추포군관은 이를 갈았다.

"묶어라!"

포위(包圍)는 이미 오래전에 완성(完成)되어 있었다. 사람들이 그 것을 깨달았을 때는 몸보다 먼저 마음(心)이 묶인 뒤였다. 그들은 더 이상 달아나지 않았다. 달아날 수 없어서가 아니라, '달아난다'라는 선택(選擇) 자체가 사라졌기 때문이다. 그렇게 사람들은 포로(俘虜) 가 되었다. 포로가 된다는 것은 손목에 줄이 묶이는 일이 아니라, 자 기 이름(姓名)이 더 이상 불리지 않는 상태(狀態)가 되는 일이었다.

그 밤, 그들의 칼은 졌다. 칼은 칼과 부딪혀 부서졌고, 숫자(數字) 앞에서 힘을 잃었다. 사람은 죽었다. 피(血)는 땅으로 스며들었고, 숨 은 하나씩 끊어졌다. 그러나 말(言)은 쓰러지지 않았다. 말은 피를 흘 리지 않았고, 그래서 더 오래 남았다. 말은 묶이지 않았고, 그래서 더 멀리 갔다. 사람들이 고개를 숙인 채 끌려가는 동안에도, 그 말은 그 들 사이를 떠나지 않았다. 입에서 나오지 않았을 뿐, 가슴(胸)에서 사 라지지 않았다. 그 말은 누군가의 등에 기대어 이동했고, 누군가의 침 묵(沈黙) 속에 숨어 다음 날을 기다렸다. 관아(官衙)는 사람을 잡았지 만, 그 밤의 말까지는 잡지 못했다. 그렇게 남은 말 하나가 그 밤의 유 일한 탈출로(脫出路)였다. 패배(敗北)는 영원한 무너짐이 아니고, 칼 의 승리(勝利)는 영원한 승리가 아니다. 그날은 끝(終)이 아니라, 방 향(方向)이 정해진 밤이었다. 그 말은 씨앗(種子)이 되었다. 땅속으로 묻혔고, 아무도 보지 못했으며, 당장 싹을 틔우지도 않았다. 그러나 씨앗은 스스로 때(時)를 안다. 가장 깊은 밤(夜)이 지나간 뒤에야, 조 용히 뿌리(根)를 내린다는 것을. 그리고 그 씨앗은 자라고(成長) 있다. 그 씨앗은 기록으로 남은 진실(眞實)이다.

33
의연 (毅然)

이안사(李安社)와 그의 부인(夫人) 모두 포박(捕縛)되었다. 그들 중에 자유(自由)로운 사람은 이제 아무도 없다. 부부(夫婦)가 이렇게 가까이서 본 적이 없었다. 손이 묶인 상태(狀態)에서 그들은 서로에 대해 매우 가까이 눈여겨보고 있다. 이안사는 자신의 못난 형국(形局)으로 인해 그 아내(妻)가 고생(苦生)한다고 생각했다. 그때 이씨 부인(李氏 夫人)이, 아주 낮게 말했다. 이씨 부인은 누구에게 들리기 위한 말이 아니라 하늘(天)에게 들리기 위한 말이었다.

"대감(大監)."

그녀가 이안사를 불렀다. 묶인 손으로도 그녀는 무언가 사명(使命)을 가진 눈동자였다. 포기(抛棄)가 없는 사람처럼. 이안사가 그녀를 바라보았다. 눈빛이 흔들렸다. 흔들리는 눈빛은 울음(啼泣)이었다.

"부인(夫人)…."

이씨 부인은 아주 짧게 미소(微笑)를 지었다. 그 미소는 기쁨(喜悅)이 아니라, '당신이 여기까지 왔다는 것'에 대한 감사(感謝)였다. 그리고 그녀는 말했다. 마지막 말, 유언(遺言)처럼.

"기록(記錄)은…."

그녀가 숨을 한 번 삼켰다. 숨은 목구멍(咽喉)에서 걸렸다. 그러나 그녀는 끝내 말을 이어갔다.

"기록(記錄)은… 종이(紙)에만 있지 않습니다. 사람(人)의 가슴(胸)에도… 있습니다."

그녀의 눈이 아이들을 향했다.

"아이들…."

말끝이 떨렸다. 그 떨림은 두려움(恐懼)이 아니었다. 사랑(愛)이었다. 사랑은 떨린다. 사랑은 흔들리지 않으려 할수록 떨린다.

"아이들을… 잘, 정말 잘 보살펴 주세요. 그리고 아이들에게 답(答)이 있어요…."

그 말이 끝나는 순간(瞬間), 군졸(軍卒) 하나가 그녀의 등을 거칠게 밀쳤다. '조용히 하라'라는 무언의 신호였다. 그때, 그녀의 몸이 휘청했다. 그 휘청임에 그녀의 몸에 가득 고인 피(血)가 쏟아져 나왔다. 끝까지 숨을 고르고 있었다. 언제 죽어야 할지 아는 것처럼. 그녀의 옆구리와 가슴 아래쪽에서 피가 계속 흘렀다. 언제 창(槍)을 몸으로 받아 냈는지, 언제 칼(刀)을 그의 품에 끌어들였는지, 그녀의 몸은 겉보기와 다르게 난도질(亂刀質)당했다. 아이들, 노인(老人)들, 여인(女人)들을 구하기 위해 온몸으로 그 무시무시한 것을 품은 것이다. 이안사는 그의 몸에 난 핏자국(血痕)들을 보면서 놀랐다. 그 난리(亂離)에서도 사람들을 구하기 위해 자기 몸을 앞세운 부인 앞에 부끄럽게도 묶인 이안사는 할 수 있는 게 없었다. 눈빛으로 그녀를 바라보았다. 그리고 가장 슬픈 인사(人事)를 눈물(淚)로 대신했다. 그녀의 숨은 끊어지고 있었다. 아니, 숨이 끊기기 직전(直前)의 시간을 스스로 붙들어 늘이고 있는 듯했다. 한 번 더 들이마시려는 공기가 폐(肺) 깊은 곳에서 걸려 있었다. 피(血)가 목 안을 적셨고, 숨은 마치 젖은 천을 통과하듯 무겁게 흘렀다. 그녀의 가슴은 아주 작게, 그러나 끝까지 오르내리고 있었다. 그 움직임은 생(生)이 아니라, 사랑(愛)이 남겨둔 마지막 습관(習慣) 같았다. 살아야 할 이유가 아직 남아 있는 사람의 몸짓처럼. 이안사는 그 미세한 숨의 떨림을 눈으로 세고 있었다. 손이 묶여 있어도, 그는 그 숨을 놓치지 않으려는 사람처럼 그녀를 바라보았다. 그 눈빛에는 만류(挽留)와 후회(後悔)와 기도(祈禱)가 뒤엉켜 있었다. 그녀는 그 눈빛을 느낀 듯했다. 그 순간(瞬間), 그녀는 천천히 고개를 들었다. 무거운 돌을 들어 올리듯, 마지막 힘을 모아. 하늘 (天)을 보려는 것인지, 아니면 그 하늘 아래 남겨질 사람들을 눈에 담으려는 것인지 분간할 수 없었다. 밤은 여전히 차가웠다. 그러나 그녀의 눈에는 이미 다른 빛이 스며들고 있었다. 멀어지는 빛. 그러나 사라지지 않으려는 빛. 입술이 아주 조금 열렸다. 피가 말라붙은 입술이었다. 그 입술이 떨렸다. 떨림은 두려움(恐懼)이 아니었다. 떠나야 하는 사람의 아쉬움, 남겨질 사람들에 대한 그리움이었다. 숨이 한 번 더, 어렵게 스며 나왔다. 그 숨은 말이 되기에도 부족(不足)했다. 그러나 그녀는 끝내 말을 만들었다. 속삭임. 바람보다 낮고, 눈물보다 가늘고, 그러나 칼(刀)보다 깊은 소리였다. 그녀의 목소리는 이미 이 세상의 소리가 아니었다. 살아 있는 자를 향한 부탁이자, 떠나는 자의 기도(祈禱)였다. 그 한마디를 남기기 위해 그녀는 죽음을 잠시 늦춘 사람처럼 보였다. 그리고 말이 끝났을 때, 숨도 함께 놓였다. 마치 오래 붙들고 있던 실을 조용히 풀어 놓듯이. 그녀의 눈은 아직 완전히 감기지 않았다. 하늘(天)을 향한 채로, 그리움이 남은 채로. 이안사는 그 눈을 보았다. 그리고 처음으로, 소리 없는 울음이 그의 얼굴을 타고 흘렀다. 그는 알았다. 이 순간은 사라지지 않는다. 이 순간은 기록(記錄)이 아니라, 그리움이 된다. 그리고 그리움은 오래 남는다.

"아이들, 그리고 때(時)를… 잊지 마십시오. 아이들에게… 아이들에게 답(答)이 있습니다…."

그 말이 떨어지자, 그녀의 몸이 천천히 기울었다. 급히 꺾이는 쓰러짐이 아니었다. 오래 세워두었던 기둥(柱)이 더 이상 자신을 지탱(支撑)하지 못하고, 소리 없이 아래로 내려앉는 모양이었다. 마지막까지 버티던 힘이 풀리는 순간이었다. 밤(夜)은 변한 것이 없었으나, 그 자리의 공기만은 무거워졌다. 누군가 숨을 들이켰고, 누군가는 울음(啼哭)을 터뜨리려다 삼켰다. 그러나 울음은 오래 이어지지 못했다. 군졸(軍卒)의 발이 거칠게 바닥을 울렸고, 낮은 위협(威脅)이 울음을 잘라냈다. 관아(官衙)는 울음도 허락(許諾)하지 않는다. 울음은 사람을 사람으로 되돌려 놓기 때문이다. 이안사(李安社)는 그 광경(光景)을 보았다. 아니, 본다기보다 견디고 있었다. 그의 시야(視野)는 흐려져 있었지만, 이상하게도 그녀의 마지막 고개 듦만은 또렷했다. 그 고개 듦은 하늘(天)을 향한 것이었는지, 아니면 남겨질 사람들을 향한 것이었는지 알 수 없었다. 다만 분명한 것은, 그것이 마지막이라는 사실이었다. 그의 입술(口脣)이 아주 조금 움직였다. 이름을 부르려 했는지, 붙잡으려 했는지 알 수 없었다. 그러나 소리(聲音)는 나오지 않았다. 소리를 잃은 것이 아니라, 끝까지 소리를 아끼는 사람처럼 보였다. 울음으로 그녀의 죽음을 더럽히지 않겠다는 결심(決心)처럼. 묶인 손이 천천히 앞으로 나아갔다. 포승(捕繩)이 살을 파고들었지만, 그는 멈추지 않았다. 아이를 향해 마지막으로 손을 뻗었다. 손끝이 아이의 옷자락에 닿았다. 아주 잠깐. 그 짧은 스침은 인사(人事)도 아니고, 위로도 아니었다. 다만 남겨진 자와 떠난 자 사이에 놓인 마지막 연결(連結)이었다. 그리고 그 연결이 끊겼다. 밤은 다시 고요해졌고, 관아(官衙)의 등불은 흔들림 없이 타고 있었다. 그러나 그 안에서 무너진 것은 한 사람의 몸만이 아니었다. 오래 버티던 어떤 믿음도 조용히 내려앉고 있었다.

이안사는 한 곳에서 셋을 잃었다. 장무겸, 한도윤…. 그리고 그의 부인 이씨(李氏)…. 그는 알고 있었다. 소리가 없어도 이 죽음은 기록(記錄)으로 남는다. 사람의 가슴에 남는다. 모든 것은 끝났다. 아니, 끝난 것이 아니라 '무너졌다!'. '무너졌다.'라는 것은 곧 관아의 언어로 옮겨진다는 뜻이다. 관아의 언어는 '사람'을 '죄목(罪目)'으로 바꾸는 언어다. 그들은 포승(捕繩)에 묶여 장성관아, 마당으로 끌려 나왔다.

새벽이 가까웠다. 새벽의 공기는 차가웠고, 차가운 공기는 피의 냄새를 더 선명(宣明)하게 만들었다. 마당에는 이미 등불이 줄지어 있었다. 등불은 빛이 아니라 눈이었다. 관아의 눈은 밤에도, 새벽에도, 사람을 내려다본다.

감무(監務) 서문탁(徐文卓)은 대청마루 위에 앉아 있었다. 그의 옷자락은 정갈(整潔)했고, 얼굴은 피곤한 듯하면서도 어딘가 욕망(欲望)의 미소(微笑)가 띠었다. 그 저열한 웃음은 늘 남의 고통 위에서 자란다. 그의 옆에는 도병마사(都兵馬使) 모윤겸(毛允謙)이 있었다. 군사들을 먼저 보낸 자가 언제 와 있었는지 그 모습은 의기양양(意氣揚揚)했다. 충신(忠臣)의 사명(使命)처럼 눈빛 또한 자랑스럽게 번뜩였다. 모윤겸은 칼을 든 자의 얼굴이었다. 서문탁이 '말'로 사람을 자르는 자라면, 모윤겸은 '칼'로 사람을 베는 자였다. 둘은 서로를 필요(必要)로 했다. 말이 칼의 명분(名分)이고, 칼이 말의 완성(完成)이었으니까. 서문탁이 천천히 고개를 기울였다. 그의 시선이 포승에 묶인 무리를 훑었다. 그 시선은 사람을 보지 않았다. 죄목을 보았다. 숫자를 보았다. 본보기를 보았다.

"이안사(李安社)!"

그가 이름을 불렀다. 관(官)에서 그의 이름을 부르는 순간, 이름은 곧 죄(罪)가 된다.

"너는… 관아를 습격(襲擊)하고 죄인들을 탈취(奪取)하려 했다."

이안사는 고개를 들었다. 그의 얼굴에는 피가 묻어 있었고, 먼지가 붙어 있었다. 그러나 그의 눈은 살아 있었다. 살아 있는 눈은 늘 말이 많다. 말이 많지만, 소리로 말하지 않는다. 눈빛이 그 말을 대신하고 있다.

"습격이 아니라 구출(救出)입니다."

이안사가 말했다. 그 말이 마당에 막혔다. '구출'이라는 말은 관아의 언어가 아니다. 관아는 '구출'이라는 말을 두려워한다. 그 말은 죄인을 사람으로 되돌리는 말이기 때문이다. 서문탁이 입꼬리를 올렸다.

"구출이라."

그가 느릿하게 말했다.

"여기서 구출한다는 것인 여기가 적지냐? 여기가 불법(不法)한 자들이냐? 그대들을 억지로 구금(拘禁)했다는 게냐…. 법(法)을 어기는 자들이, 법을 말하는구나."

백윤철(白允澈) 앞으로 나가려 했다. 묶인 채였다. 그의 눈에서는 핏빛 눈시울이 맺혀 있었다. 군졸이 그의 어깨를 눌렀다. 백윤철은 쓰러지지 않았다. 눌린 상태로도 그는 입을 열었다.

"법(法)을 어긴 건…."

그의 목소리는 떨렸지만, 그 떨림은 공포(恐怖)가 아니었다. 분노(憤怒)였다. 그리고 슬픔(悲哀)이었다. 모윤겸이 한 발 나섰다.

"법(法)을 어긴 자가 법을 말하는가? 관아의 구금은 명령(命令)이요, 명령은 질서(秩序)다."

이안사는 고개를 돌리지 않았다.

"질서라 하셨습니까. 장정(壯丁)을 부역으로 끌고 가 장부에는 '자발(自發)'이라 적고, 세금을 못 낸 아이의 아비를 죄인으로 묶어 노역(勞役)에 쓰는 것이 질서입니까?"

모윤겸의 눈썹이 미세하게 흔들렸다.

"관아의 절차(節次)는…."

"절차는 명분이고,"

이안사가 끊었다.

"명분은 사람을 살리기 위해 있는 것입니다. 사람을 부수기 위해 쓰인 명분은 이미 법이 아닙니다."

마당이 잠시 조용해졌다. 칼의 논리로는 이길 수 없는 순간이었다.

그때, 서문탁이 기침을 한 번 했다. 아주 작게. 그러나 그 소리는 모윤겸의 귀에 정확히 닿았다.

"도병마사 나리!"

그가 고개를 기울이며 말했다.

"이 자들… 단순한 동정(同情)의 무리가 아닙니다."

모윤겸이 그를 보았다.

"이안사와 그의 부인 이씨…."

이씨 부인의 죽음을 염두에 뒀는지 서문탁은 낮고 점잖은 목소리로 말을 이었다.

"이미 여러 차례 관아를 음해(陰害)했고, 사람들을 선동(煽動)하여 질서(秩序)를 무너뜨릴 계획(計畫)을 세워 왔습니다."

그는 잠시 말을 멈췄다가 덧붙였다.

"저 역시… 그 사실을 제대로 밝히지 못한 책임으로 상부(上府)에 고변(告變)되어 징계(懲戒)받았습니다."

그 말은 자신을 낮추는 말이었으나, 실상은 칼날을 이안사에게 돌리는 말이었다. 모윤겸의 얼굴이 굳어졌다. 논리가 아니라, 체계(體系)가 움직이는 순간이었다. 서문탁은 미소 지었다. 그 미소(媚笑)는 이미 결론(結論)을 알고 있는 자의 미소(微笑)였다. 말은 끝났고, 칼은 다시 제자리를 찾았다.

서문탁은 잠시 도병마사(都兵馬使) 모윤겸을 관아의 집무실(執務室) 안으로 불렀다. 문이 닫히는 소리는 크지 않았다. 그러나 그 소리는 관아 마당에 무덤처럼 남아 있던 일명(一名), 죄수(罪囚)들의 등골을 서늘하게 했다. 두 사람이 안에 머문 시간은 길었다. 그 시간 동안 마당에서는 아무 일도 일어나지 않았다. 그러나 아무 일도 일어나지 않는 시간이야말로, 관아가 가장 바쁘게 사람을 무너트리는 시간이었다. 그들의 모의(謀議)는 '재판(裁判)'이라는 형식(形式)을 갖추고 싶어 했다. 형식(形式)은 체면(體面)이고, 체면은 폭력(暴力)의 외피(外皮)다. 외피가 단정하면 사람들은 폭력을 법(法)으로 착각(錯覺)한다. 한참 만에 문이 열렸다. 서문탁이 먼저 나왔다. 모윤겸은 반걸음 뒤에 서 있었다. 칼을 든 자가 늘 그렇듯, 그림자처럼 움직였다.

"재판(裁判)은 한다."

서문탁이 말했다.

"우리는 법대로 한다."

그가 '법대로'라는 말을 할 때, 마당의 공기가 미세(微細)하게 떨렸다. 법(法)대로 한다는 말은 곧 죄인(罪人)들에게 가해질 형(刑)의 명분(名分)을 세우기로 한다.'라는 뜻이었다. 명분은 언제나 가장 약한 곳에 찍힌다. 서문탁은 향리(鄕吏)에게 손짓했다. 향리는 장부(帳簿)를 펼쳤다. 장부의 먹줄은 곧았다. 너무 곧아서, 사람의 목줄처럼 보였다.

"죄목(罪目) 낭독(朗讀)하라."

향리가 읽기 시작했다.

"역도(逆徒)의 우두머리 이안사는 관아 습격(官衙襲擊), 포로 탈취

(俘虜奪取), 백성 선동(百姓煽動), 반란 모의(叛亂謀議)…."

　말이 이어질수록 죄는 불어났다. 죄가 불어날수록 사람의 목숨은 줄어들 것이다. 관아는 늘 그렇게 사람을 '줄여' 왔다. 향리는 숨을 고르며 계속 읽었다. 이안사와 그 무리를 처단(處斷)해야 할 명분(名分)을 하나라도 더 얹기 위해서였다. 명분은 많을수록 좋았다. 명분이 많아지면, 죽음은 가벼워진다. 마당에는 새벽 공기(空氣)가 내려앉아 있었다. 돌바닥은 차가웠고, 이슬은 핏자국과 섞여 검붉게 굳어 있었다. 등불(燈火)은 아직 꺼지지 않았다. 새벽의 등불은 낮의 햇빛보다 더 잔인(殘忍)하다. 그림자를 지우지 않고, 오히려 더 또렷하게 드러내고 있다.

　이안사는 고개를 들고 서 있었다. 포승(捕繩)에 묶인 손목은 이미 감각(感覺)을 잃어 가고 있었고, 저린 통증(痛症)은 어느 순간부터 통증조차 아닌 무감(無感)으로 변해 있었지만, 그는 몸을 조금도 움직이지 않았다. 움직이지 않는다는 것은 포기(抛棄)가 아니라 버팀이었다. 다만 눈만이 살아 있었다. 그의 시선(視線)은 마당을 천천히, 그러나 집요(執拗)하게 훑고 있었다. 무의식(無意識)처럼 보였으나 결코 무의식이 아니었다. 계산과 기다림이 섞인 눈이었다. 연화(蓮花)가 보이지 않았다. 백수린(白秀潾)도 보이지 않았다. 처음에는 혼란(混亂) 속에서 놓쳤으리라 여겼다. 피 냄새와 울음, 병사들의 발걸음과 명령 소리 속에서 시야가 가려졌으리라 생각했다. 그러나 다시 한번, 그리고 또 한 번 고개를 아주 미세(微細)하게 돌려 확인(確認)했을 때도, 그 두 사람은 어디에도 없었다. 그 순간, 그의 가슴 안으로 서늘한 기운(氣運)이 스며들었다. 사라졌다는 사실보다, 어떻게 사라졌는지 알 수 없다는 사실이 더 두려웠다. 이는 우연(偶然)이 아니라, 누군가의 선택(選擇)일 수 있었다. 혹은 누군가의 희생(犧牲)일 수도 있었다.

'도망쳤는가?'

'숨었는가?'

'아니면….'

그는 생각을 끊어냈다. 생각(思)이 끝까지 밀려가면, 마음이 먼저 무너질 것을 알았기 때문이다. 그는 감정(感情)의 여운(餘韻)이 연화를 생각하자 밀려왔다. 그리고 감정은 그리움을 연상(聯想)하여서 고통스럽고 아프게 이씨 부인이 떠올랐다. 살아서 만날 줄 알았다. 아니 살아서 만났다. 그러나 '자신의 미숙(未熟)함으로 아내를 죽였다.'라고 이안사는 자책(自責)했다. 가슴 저 아래서 결국 터졌다. 슬픔은 가슴에서 눈으로 이어졌다. 뜨거운 것이 흘러내렸다. 묶인 손이라 닦아 낼 수도 없었다. 주체할 수 없이 흘러내렸다. 모든 것이 뿌옇게 보였다. 눈물은 한동안 멈추지 않았다. 관청 위, 심판자(審判者)들의 소리조차 웅성거림으로 들렸다. 눈물이 멈추자 언제 그랬냐는 듯이 감정(感情)이 진정(鎭靜)되고 어떤 소리가 들리는 듯했다. 이씨 부인의 마지막 말. 유언 같은 말이 생각났다. 아주 낮게, 그러나 분명(分明)하게 남겨졌던 말. 이씨 부인(李氏 夫人)의 음성은 결코 허투루 흘러간 적이 없었다.

'아이들에게 답(答)이 있다.'

그 말은 단순한 위로(慰勞)가 아니었다. 신호(信號)였거나, 혹은 마지막 장치였을 것이다.

'아이들이 진실(眞實)을 말한다는 뜻인가?'

'아이들이 증거(證據)라는 뜻인가?'

'아니면, 아이들이 살아남아 이 억울함을 푼다는 말인가?'

이안사는 천천히 숨을 들이마셨다. 차가운 새벽 공기가 폐(肺)를 깊숙이 파고들며 정신을 또렷하게 만들었다. 지금은 두려움에 잠길 때가 아니라, 말과 눈빛을 아껴야 할 시간이었다. 마당 위쪽, 관아(官衙) 누각에 서 있던 서문탁은 그 모든 광경(光景)을 내려다보고 있었다. 이른 봄의 새벽은 맑았고, 멀리 성곽(城郭) 너머로는 붉고 노란 꽃망울이 막 터지려 하고 있었다. 그러나 관아 마당 안쪽만큼은 여전히 겨울이었다. 공기는 얼어 있었고, 사람들의 숨은 짧았으며, 법(法)이라는 이름 아래 이미 결론(結論)이 준비되어 있었다.

서문탁은 계산(計算)하고 있었다. 이번 재판(裁判)은 단순한 처벌(處罰)이 아니었다. 상부(上府)에서는 이미 그에게 소홀(疏忽)과 방조(幫助)의 책임(責任)을 묻고 있었다. 그 책임을 지는 순간, 그의 자리는 흔들린다. 흔들린 자리는 곧 교체(交替)된다. 그가 살길은 하나였다. 더 큰 죄(罪)를 만들어 내는 것. 이안사와 그 무리를 반역(反逆)의 중심으로 묶어 세운다면, 그동안의 허술한 통치는 '은밀한 음모(陰謀)를 추적하는 과정'으로 바뀐다. 무능(無能)은 통찰(洞察)로, 방치는 잠복(潛伏) 수사로 변한다. 정치란 언제나 명분(名分)을 먼저 세우고, 사실(事實)은 그 뒤를 따른다. 그의 시선이 모윤겸을 스쳤다. 모윤겸 역시 계산하고 있었다. 그는 이 사건을 단순히 '정리(整理)'한 자로 남고 싶지 않았다. '밝혀낸' 자가 되고 싶었다. 반란(叛亂)의 싹을 뿌리째 잘라낸 도병마사(都兵馬使). 관아를 바로 세운 무관(武官). 그 공(功)은 곧 진급(進級)이고, 진급은 곧 권력(權力)이다. 그는 그렇게 해서라도 개경(開京)으로 올라가고 싶었다. 그는 더 강한 죄목(罪目)을 원했다. 더 피비린내 나는 판결(判決)을 원했다. 상부는 온건(穩健)함을 기억(記憶)하지 않는다. 강경(强硬)함만을 기억한다.

"이안사!"

모윤겸의 목소리가 마당을 갈랐다.

"그대는 사람들을 규합(糾合)했다. 그 자체가 죄다."

이안사는 고개를 들었다. 칼을 든 자의 눈은 차가웠으나, 그 속에 번뜩이는 것은 법이 아니라 욕망(欲望)이었다.

"규합이 아니라…"

그는 낮게 말했다.

"살아남기 위한 선택이었습니다."

그 한마디가 마당의 공기를 갈랐다.

"살아남기?"

모윤겸의 입가가 비틀렸다.

"관아를 적(敵)으로 돌리고도, 살아남겠다는 것이냐?"

"적은 관아가 아니었습니다."

이안사의 목소리는 흔들리지 않았다.

"사람을 사람으로 보지 않는 체계(體系)였습니다."

그 말에 서문탁의 얼굴이 굳었다. 체계(體系)라는 말은 곧 권위(權威)를 겨냥한 말이었다. 개인을 향한 반항(反抗)은 죄가 될 수 있으나, 체계를 향한 비판은 곧 국가(國家)를 향한 도전(挑戰)으로 해석된다.

"듣기 좋군."

서문탁이 끼어들었다.

"그러나 관아는 대(大) 고려국(高麗國)의 체계다. 고려국의 체계에 도전하는 자는, 반역자(反逆者)다."

그 순간, 재판(裁判)의 방향(方向)은 완전히 굳어졌다. 법은 이미 결론을 알고 있었고, 낭독(朗讀)은 형식일 뿐이었다.

이안사는 다시 마당을 훑었다. 포승(捕繩)에 묶인 손은 이미 감각(感覺)을 잃어 가고 있었으나, 눈만은 더욱 또렷해지고 있었다. 그때, 아이들이 보였다. 난리(亂離) 속에서도 가마니 위에 쓰러지듯 누워 있었다. 울다 지쳤는지, 서로의 팔을 베고 잠들어 있었다. 얼굴에는 눈물 자국이 하얗게 말라붙어 있었고, 콧물은 먼지와 엉켜 굳어 있었다. 그렇게 아이들을 아프고 쓰린 연민(憐憫)의 눈으로 살펴볼 때, 그때! 아이들의 옷단 아래가 유난히 붉은 것들이 드러났다. 특히 모여서 세상 모르게 자는 세 아이의 옷단 아래가 유독 붉어 있었다. 옷단(衣端) 밑으로 번져 나온 붉은 자국이 눈에 들어왔다. 처음에는 피(血)라 생각했다. 너무 많은 피를 본 새벽이었다. 아이들까지 다쳤다고 생각하는 순간, 가슴이 덜컥 내려앉았다. 하지만 아니었다. 그 붉음은 흐른 자국이 아니었다. 번져 나간 모양이 일정(一定)했다. 붓끝이 스친 흔적(痕迹)이었다.

'핏빛으로 번진 글(文).'

이안사의 눈동자가 미세(微細)하게 떨렸다. 글자는 거칠었으나 분명(分明)했다. 어린 손으로 쓴 것이 아니었다. 누군가, 급박한 와중에도 의도를 가지고 남긴 자취였다. 그 순간, 이씨 부인(李氏夫人)의 마지막 음성이 다시 살아났다.

'아이들에게 답(答)이 있다.'

그 말은 숨겨진 장소(場所)를 뜻한 것이 아니었다. 아이들이 품고 있는 '것'을 뜻한 것이었다.

그는 더 가까이 보려 했다. 몸을 움직일 수는 없었으나, 시선을 한 점에 고정했다. 붉은 글씨가 아침 빛을 받아 또렷하게 떠올랐다. 그것은 이름이었다. 그리고 날짜였다. 이안사는 부인의 글씨체임을 알아봤다. 매끈한 종이가 아니어서 서툴지만, 분명 부인의 글씨였다. 그녀는 죽기 전에 이미 모든 것을 알고 있었다. 아이들의 옷 안쪽에, 가장 약하고 가장 의심받지 않을 자리(位置)에 진실(眞實)을 새겼다. 아이들은 증거(證據)였다. 아이들은 유언(遺言)이었다.

아이들은 체계(體系)를 뒤집을 마지막 불씨였다. 이안사의 가슴 깊은 곳에서 무언가 뜨겁게 치솟았다. 방금까지 그를 짓누르던 두려움이, 전혀 다른 힘으로 바뀌었다.

'그렇구나….'

그의 입술이 아주 미세하게 움직였다.

'저게 증험(證驗)이구나.'

증험은 기적이 아니었다. 사람이 남긴 기록(記錄)이었다. 권력(權力)이 지우지 못한 흔적이었다. 새벽빛이 점점 밝아지며 붉은 글씨를 더 선명(宣明)하게 드러냈다. 관아의 겨울 같은 공기 속에서, 그 글씨만이 봄처럼 살아 있었다. 이안사는 더 이상 고개를 숙이지 않았다. 그는 이제 안다. 이 재판은 끝난 것이 아니라, 이제 시작이라는 것을. 체계는 그를 묶었으나, 진실은 이미 밖으로 나갈 준비를 마쳤다는 것을. 이씨 부인의 말이 조각(雕刻)처럼 맞물렸다. 이안사는 다시 한번 고개를 끄덕이면서 이씨 부인의 죽어가면서 아이들과 어른들, 그리고 이 불쌍한 사람들을 살리고 있었다는 것에 감탄(感歎)했다. 그리고 자신도 모르게 미소(微笑)가 지어졌다. 이씨 부인에 대한 연모(戀慕)와 존경(尊敬)의 표식(表式)이었다. 그가 고개를 아주 미세하게 끄덕이자, 서문탁이 그 움직임을 포착했다.

"인정(認定)하는 것이오!"

그러나 이안사는 대답하지 않았다. 지금은 말로 싸울 때가 아니라, 때(時)를 기다릴 때였다. 연화와 백수린, 그리고 보이지 않는 길잡이들. 모두가 사라진 것이 아니라, 어딘가에서 움직이고 있을지도 모른다. 관아 우물 옆, 햇살을 받은 진달래가 유난히 붉게 타오르고 있었다. 마치 아이들 옷 아래 숨겨진 붉은 글씨처럼. 체계(體系)는 아직 겨울이었지만. 봄은 이미 시작되고 있었다. 그 순간, 장성 관아(長城官衙)의 하늘이 밝아졌다. 봄은 이미 성문(城門) 밖이 아니라, 마당 한가운데서 피어나고 있었다.

<h1 style="text-align:center">35</h1>
유예 (猶豫)

　　장성(長城) 관아의 아침은 피가 마르는 소리로 밝아왔다. 밤새 등불이 태운 것은 심지만이 아니었다. 사람의 이름, 사람의 사연, 사람을 사람으로 붙들던 마지막 끈 같은 것들이었다. 마당 한가운데에는 포승(捕繩)에 묶인 무리가 엎드려 있었고, 그중 몇은 쓰러진 채로 다시 일어나지 못했다. 누군가는 피를 토했고, 누군가는 울음을 삼켰다. 울음을 삼키는 법을 너무 빨리 배운 아이들이, 어른들보다 먼저 입술을 깨물었다. 서문탁(徐文卓)은 마루 위에 앉아 있었다. 밤새 잠을 자지 않은 얼굴이었지만, 눈은 또렷했다. 그는 잠을 안 잔 사람이 아니라, 잠을 '없앤' 사람 같았다. 관아(官衙)의 권력은 늘 그렇다. 잠은 사치(奢侈)이고, 사치는 죄(罪)가 될 수 있다. 대신 그는 계산(計算)으로 버틴다. 계산은 피곤을 지우고, 피곤이 지워지면 죄책감(罪責感)도 지워진다. 모윤겸(毛允謙)은 마루 아래에 서 있었다. 도병마사(都兵馬使)로서의 위세가 그의 갑옷(甲冑)에 붙어 있었다. 갑옷은 몸을 보호하는 도구(道具)지만, 동시에 '법(法) 위에 있다.'라는 착각(錯覺)을 주는 껍질이었다. 그는 밤새 추포군(追捕軍)을 몰아 포위(包圍)를 완성했고, 그 공(功)을 잃고 싶지 않았다. 공이 사라지면, 그는 다시 칼의 사람으로 돌아가야 한다. 칼의 사람은 늘 버려지기 쉽다. 그래서 그는 말의 사람, 즉 서문탁의 옆에 서고 싶었다. 그러나 바로 그 '옆'이, 그의 목덜미를 서늘하게 했다. 말의 옆은 곧 책임(責任)의 옆이기도 하니까. 서문탁이 손가락으로 상(床)을 두드렸다. 탁, 탁. 그 소리는 어젯밤의 시작과 같았다. 결정(決定)이 내려지기 직전의 소리. 사람의 목을 두드리는 소리.

　"도병마사 대감!"

서문탁이 모윤겸을 불렀다. 부른다는 건 '함께'란 이름으로 '묶는다' 라는 뜻이었다. 이름을 부르면, 상대는 '내 편'이거나 '내가 통제(統制)할 대상'이 된다. 직급(職級)과는 관계가 없다. 칼이 득세한 시대도 있었지만, 아무래도 글(文)을 따라갈 수 없는 것. 모윤겸은 스스로 서문탁의 말을 따르기로 한 것처럼 순응적(順應的)이다.

"지금이요? 아, 네…. 그렇게 하시죠! 대감이 좋으실 대로!"

아마도 그들의 모의(謀議)는 말미(末尾)를 주지 않고 바로 형(刑)을 결정하고 집행(執行)할 모양이었다. 모윤겸이 즉시 답했다. 너무 빠른 답은 충성(忠誠)처럼 보이지만, 사실은 조바심이다. 또한 '대감이 좋으실 대로'라는 말로 슬쩍 피하기도 했다. 그 무거운 책임에서. 서문탁이 천천히 말했다.

"이안사(李安社)! 백윤철(白允澈)! 유병무(劉炳武)! 정필도(鄭㢱道)! 오세도(吳世度)! 참형(斬刑)! 그 외 무리는 더 조사(調査) 후에 처결(處決)한다!"

이안사만 잠잠(潛潛)했다. 예상했던 대로이다. 나열한 죄목(罪目)이 참형을 가리키고 있다는 것을 그는 이미 알고 있었다. 함께 했던 백윤철과 세 명의 군사(軍士)는 눈을 감고 있었다. 예상했지만 형(刑)이 선고(言渡)되자, '살기 위해 떠난 길이 죽음의 길 된 것'이다. 그것이 고통스러운 것이다. 무리 여기저기서 훌쩍거리기 시작했고, 자다 깬 아이들이 소리 내어 울기 시작했다. 관아의 하급(下級) 관리들이 제지(制止)하려고 했으나 서문탁은 그냥 두라는 손짓했다. 이 고통스러운 장면을 즐기려는 것인지, 슬픔과 이별(離別)의 시간을 주려는 것인지는 알 수 없다. 다만 관아는 늘 '허락하는 척'하며 사람을 더 깊이 묶는다. 울음까지 허락한 뒤에, 그 울음을 '죄'로 적어 넣을 수 있으니까. 서문탁에게 모윤겸이 낮게 물었다.

"안찰사(按察使)께는요?"

서문탁이 웃었다. 웃음이 아니라, 이빨이 드러나는 계산이었다.

"보고(報告)는 이미 올라갔습니다. 답신(答申)이 오기 전에 일을 마치면, 답신은 '사후 승인(事後 承認)'이 됩니다. 세상은 늘 그런 거지요… 허허허."

모윤겸은 그 말을 듣고도 목뒤가 서늘해졌다. 서문탁의 말은 늘 매끄럽고, 매끄러울수록 위험(危險)하다. 매끄러운 말은 피와 관계없는 척한다. 그렇게 피 흘림을 원치 않는 것 같지만, 사실 살육(殺戮)의 감정(感情)은 피와 관계없는 척 위선(僞善)의 가면(假面)을 쓴다. 손에 피를 덜 묻히려고 해도 이번엔 다르다. 백성(百姓)의 눈이 달라졌다. 도망(逃亡)과 구출(救出)이 뒤섞였고, 아이들의 울음이 한밤의 담장을 넘어 퍼졌다. 본보기(本보기)의 공포는 때로 공포를 넘어서 분노(憤怒)를 만든다. 분노는 관아를 이빨로 문다.

"너무 빠르게 처결(處決)하면… 뒷말이…."

모윤겸이 조심스럽게 말을 꺼내자, 서문탁의 눈이 가늘어졌다.

"뒷말이요?"

서문탁이 되물었다.

"뒷말이 길어지는 건, 우리가 망설이기 때문이오. 망설이면 백성은 틈을 봅니다. 틈을 보면, 기록(記錄)이 드러날 수 있지요."

그는 '기록(記錄)'이라는 말을 뱉을 때, 혀끝에 모래가 씹히는 듯했다. 기록은 행위(行爲)를 구체화(具體化)하고 행위가 구체적이면 신빙성(信憑性)이 커지고 그러면 자신의 행위가 만천하(滿天下)에 드러날 것이기 때문이다. 그래서 기록은 서문탁이 가장 싫어하는 행동이었다. 칼보다 오래 살아남는 것. 불보다 늦게 꺼지는 것. 그래서 그는 기록(記錄)을 만들 수 있는 입부터 잘라야 한다고 믿는다.

모윤겸은 고개를 돌려 마당을 한 번 더 보았다. 포승에 묶인 자들의 어깨가 들썩였다. 들썩임은 울음이고, 울음은 곧 이야기가 된다. 이야기는 사람의 발을 움직이고, 발은 소문(所聞)을 만들고, 소문은 권력의 귀(耳)로 올라간다. 모윤겸은 그 귀가 누구의 귀인지 알고 있었다. 왕(王)의 귀까지 닿지 않더라도, 중추원(中樞院—왕명 출납)의 귀만 닿아도, 칼은 종종 주인에게 버려진다. 그는 칼로 흥한 자였다. 그러나 칼을 믿고 살기에는 세상이 바뀌고 있었다. 문(文)이 칼을 감싸고, 글이 칼의 길을 정한다. 그리고 모윤겸에게는 뒷배가 없었다. 그 사실이 그를 늘 불안(不安)하게 했다. 불안(不安)은 갑옷 안에서 먼저 자란다. 갑옷은 칼을 막아주지만, 불안을 막아주지 못한다. 모윤겸은 이 일을 맡고부터 수하(手下)들을 풀어 여기저기 알아보게 했다. 관아 바깥의 주막(酒幕), 역참(驛站), 창고(倉庫), 그리고 장성의 성문(城門) 드나드는 사람들 틈. 권력(權力)의 냄새는 늘 소문(所聞)으로 먼저 온다. 공식(公式)은 느리고, 소문은 빠르다. 특히 중앙(中央)의 소문은 '명령(命令)'보다 먼저 사람의 목을 조인다.

그때였다. 마당 끝, 관아 뒤편 좁은 회랑(回廊)에서 한 군관(軍官)이 조심스레 걸어 나왔다. 향리(鄕吏)처럼 분주하지도 않았고, 중앙 사신(使臣)처럼 화려하지도 않았다. 그저 '있는 자리에서 살아남는 법'을 아는 자의 걸음이었다. 모윤겸의 수하(手下)였다. 그는 가까이 오자 무릎을 굽혔다. 너무 크게 절하지도 않았다. 큰 절은 눈에 띄고, 눈에 띄는 자는 기록에 남는다.

"도병마사 대감(大監)."

그의 목소리는 낮았다. 낮은 목소리는 소문이 아니다. 낮은 목소리는 보고(報告)다.

"알아본 바(所聞) 있어, 아룁니다."

　서문탁이 곧바로 끼어들려 했으나, 모윤겸이 손바닥을 펴들었다. 그 작은 손짓은 '잠깐'이라는 뜻이면서 동시에 '내가 지금 당신보다 더 중요한 일을 하고 있다.'라는 뜻이다. 서문탁의 얼굴이 굳었다. 그러나 그는 웃는 척했다. 웃음은 늘 위로 올라가는 자의 가면이다. 수하가 말을 이었다.

　"어젯밤, 역참(驛站) 쪽에서 오간 말이 있습니다. 공식 문서(公文書)는 아니나, 장계(狀啓)가 올라갔다는 말이 퍼져 있었습니다. 그리고… 누군가가 지신사를 찾았고, 지신사는 그로 인해 서둘러 왕을 뵈었다는 소문(所聞)도 있습니다."

　그가 숨을 삼켰다. 숨은 목구멍에서 걸렸다. 걸리는 숨은 '겁(怯)'이 아니라 '조심(操心)'이었다.

　"중추원(中樞院)에서도… 이 일(事)을 인지(認知)하고 있다는 소문이 돕니다."

　'중추원'이라는 말이 공기 속에 떨어졌다. 그 한 단어가 마당의 차가운 돌바닥 위에 쇳소리처럼 굴렀다. 서문탁의 눈썹이 아주 미세(微細)하게 움직였다. 움직임은 놀람이 아니라 계산의 전환(轉換)이었다. 그는 '지금'이냐 '조금 뒤'냐를 다시 저울질했다. 피를 빨리 흘리면 손에 덜 묻지만, 피가 너무 빨리 흐르면 냄새가 멀리 간다. 냄새가 멀리 가면, 중앙의 코(鼻)가 그것을 맡는다. 모윤겸은 목뒤가 더 서늘해졌다. 그가 두려워한 것은 명령(命令)이 아니었다. 명령은 따르면 된다. 그러나 '주목(注目)'은 다르다. 주목은 곧 '감시(監視)'가 되고, 감시는 '책임'이 된다. 책임은 칼을 버리는 가장 빠른 손이다.

　그는 서문탁을 향해 고개를 돌렸다. 서문탁의 눈은 이미 '아무 일도 아닌 척'하고 있었지만, 그 '척' 속에서 작은 균열(龜裂)을 보였다. 서문탁은 징계(懲戒)를 벗어야 했다. 이번 사건을 '내가 단정히 수습

했다.'라는 문장으로 바꿔야 했다. 그 문장을 만들려면 참형(斬刑)은 빠를수록 좋다. 빠른 피는 빠른 결론(結論)을 만든다. 그러나 모윤겸은 달랐다. 그는 공(功)을 원했지만, 공은 살아 있는 사람에게만 붙는다. 죽은 사람에게 공이 붙지 않는다. 중추원이 인지했다면, 이제는 '살아남는 공'이 필요했다.

'내가 신중했다.'라는 공,

'내가 절차(節次)를 지켰다.'라는 공,

'내가 상부(上府)의 뜻을 헤아렸다.'라는 공.

모윤겸이 낮게 말했다.

"감무(監務) 대감."

서문탁이 고개를 기울였다.

"왜 그러시오, 도병마사 대감."

모윤겸은 말끝을 더 낮추었다. 낮추는 것은 굴복(屈伏)이 아니라, 칼끝을 숨기는 방식이었다.

"지금은… 참형(斬刑)을 서두를 때가 아닙니다."

서문탁의 입가가 잠깐 굳었다.

"무슨 소리요. 방금 내가…."

"상부(上府)가 '알고 있다'라는 게 아니라…."

모윤겸이 말을 끊었다. 끊는 방식(方式)이 조심(操心)스러웠다. 조심스럽게 끊는 말은 무언가 확신(確信)하고 있다는 뜻이다.

"이미 '눈'이 이쪽을 향한다는 말입니다. 중추원(中樞院) 쪽의 기척(棄擲)이 보입니다."

서문탁의 시선이 모윤겸의 수하에게 잠깐 닿았다. 수하는 고개를 숙이고 있었다. 그는 고개를 숙임으로 서문탁을 외면(外面)하고 자신은 진실(眞實)만을 말했다는 의도(意圖)가 있었다. 서문탁이 숨을 한 번 내쉬었다. 그 숨은 한숨이 아니었다. 계산이 바뀌는 소리였다.

"그러면….."

그가 느리게 말했다.

"더 확실하게 하지요. 절차(節次)를 갖추어, 한 번 더 재판(裁判)의 꼴을 만들고, 죄(罪)를 확실히 박아 넣고… 그 뒤에."

그 말속에서 '뒤에'라는 단어가 길게 늘어졌다. 뒤에는 곧 '미룸(延期)'이었다. 미룸은 살려 주는 것이 아니라, 죽음을 더 정확(正確)히 만들기 위한 시간이다. 그러나 그 시간은 또한 뜻밖의 길을 열기도 한다. 세상은 늘 그 틈에서 바뀐다. 모윤겸은 고개를 끄덕였다. 그 끄덕임 속에는 안도(安堵)와 욕심(欲心)이 함께 있었다. 신중(愼重)해졌다는 모습은 상부에 좋은 인상(印象)을 남긴다. 그리고 나중에 일이 커지면, 그는 말할 수 있다.

'내가 말렸다.'

그 말은 칼로 흥한 자가 글의 시대에 살아남는 방식이었다. 서문탁은 마당을 내려다보며 다시 목소리를 높였다.

"참형(斬刑)은…."

그는 잠깐 멈췄다. 멈춤은 연민(憐憫)이 아니었다. 소문이 확실해진 뒤의 계산이었다.

"당장 집행하지 않는다. 죄목(罪目)을 다시 다져, 국법(國法)에 어긋남이 없도록 밝힌 뒤에 처결(處決)한다."

마당이 웅성거렸다. 사람들은 그 말을 '살아난다'로 들었지만, 사실은 '더 확실히 죽인다.'라는 것이었다. 그러나 확실함이든 성급(性急)함이든, 피가 늦춰졌다는 사실 하나만으로도 숨은 조금 길어졌다. 숨이 길어지면, 마음도 길어진다. 마음이 길어지면, 생각이 생긴다. 생각은 탈출(脫出)의 씨앗이다. 이안사는 그 말을 들으며, 고개를 아주 조금 들었다. 그의 눈이 다시 마당을 훑었다. 연화(蓮花)와 백수린(白秀潾)은 여전히 보이지 않았다. 부재(不在)는 이제 우연(偶然)이 아니라 의도(意圖)처럼 느껴졌다. 그는 속으로 되뇌었다.

'아이들에게 답이 있다….'

답(答)은 말일까, 길(道)일까. 아이들은 어른처럼 도망치지 못한다. 그래서 어른들이 아이를 위해 움직인다. 그렇다면 답은 아이들이 '있는 곳'에 있다. 아이들이 있는 곳, 아이들이 살아남는 길, 그리고 아이들의 옷. 이안사의 심장(心臟)이 한 번 크게 뛰었다.

36
질주 (疾走)

그날, 이안사와 함께 쉰세 명을 구출(救出)하려는 무모한 계획을 세웠을 때, 연화와 백수린은 혹시나 있을 환자(患者)들을 위해 약초(藥草)를 준비(準備)하며 망(望)을 보고 있었다. 길잡이 둘은 어느새 사라졌는지 흔적(痕迹)도 찾아볼 수 없었다. 일이 틀어진 것을 그들은 미리 알고 있었던 것 같았다. 연화와 백수린은 언덕의 그늘에 몸을 숨긴 채, 처음부터 끝까지 말이 없었다. 말은 필요 없었다. 망을 본다는 것은, 이미 최악(最惡)을 예상하고 그 자리에 서 있는 일이었고, 그래서 눈은 더 예민(銳敏)해졌고 귀는 쓸데없이 많은 소리를 받아들였다. 풀잎이 서로 부딪히는 소리, 멀리서 울다 끊기는 새의 울음, 바람이 골짜기 안으로 꺾여 들어오는 소리까지도 모두 의미(意味)가 있는 듯 들렸다. 처음에는 예정(豫定)된 시간이었다. 이안사와 구출팀이 들어가기로 한 시간. 그 시간은 이미 지났고, 그보다 더 많은 시간이 흘렀다. 연화는 해의 위치로 시간(時間)을 가늠했다. 해는 움직였고, 그림자는 분명(分明)이 길어졌는데, 사람은 나오지 않았다. 나오지 않는다는 것은 아직 나오지 않았다는 뜻이기도 했고, 다시는 나오지 못할 수도 있다는 뜻이기도 했다. 백수린이 먼저 알아챘다. 그녀는 아무 말도 하지 않고 다만 손가락으로 먼 쪽을 가리켰다. 연화가 그 방향(方向)을 보았을 때, 연화 역시 알았다. 계획에는 없던 움직임. 계획에는 없던 사람 수. 계획에는 없던 속도. 무엇보다도, 계획에는 없던 소리가 있었다. 쇠가 부딪히는 소리, 짧고 날카로운 외침(外侵), 그리고 그 뒤를 잇는 정적(靜寂). 정적은 언제나 가장 늦게 오고, 가장 먼저 의미를 드러낸다.

"잘못됐어."

백수린의 말은 낮았고, 그래서 더 확실(確實)했다. 그 말은 질문이 아니었다. 확인이었다. 둘은 더 보지 않았다. 더 보면 늦어진다. 더 보면 판단(判斷)이 흐려진다. 망을 본다는 일은, 어느 순간 눈을 떼는 용기(勇氣)도 포함하는 일이다. 연화는 몸을 낮추었다. 숨을 줄였고, 발을 옮길 때마다 땅이 소리를 내지 않도록 신경(神經)을 곤두세웠다. 도망치는 길은 이미 머릿속에 그려져 있었고, 그 길은 오로지 살아남기 위한 길이었다. 그러나 그 길의 끝에 이안사는 없었다.

숲을 벗어나자마자 연화는 더 이상 걸을 수 없었다. 다리가 아니라 마음이 먼저 멈췄다. 숨은 가쁘게 올라왔고, 가슴 안쪽이 눌린 듯 아팠다. 몸을 숨겼다는 안도감(安堵感)보다 먼저 찾아온 것은 버려두고 왔다는 감각(感覺)이었다. 그것은 죄책감(罪責感)이라기보다 끊어진 감각에 가까웠다. 손에서 놓아버린 줄이 아직 손바닥에 남아 있는 느낌, 당겨도 아무것도 돌아오지 않는 허망(虛妄)함 같은 것.

"우리가… 할 수 있는 게 없어."

백수린이 말했지만, 그 말은 절망적(絶望的) 사실(査實)에 가까웠다. 연약한 여자 둘. 무기 없음. 병력 없음. 정보도 거의 없음. 계산은 명확(明確)했다. 돌아가면 죽는다. 돌아가도 구할 수 없다. 연화는 고개를 숙였다. 땅을 보고 싶지 않았지만, 하늘을 볼 힘도 없었다. 생각은 계속 같은 자리를 맴돌았다.

'왜 나는 여기 있는가? 왜 망을 보는 쪽이었는가? 왜 들어가지 않았는가?'

그러나 그 질문(質問)들은 이미 늦은 질문들이었다. 질문은 언제나, 돌이킬 수 없을 때 가장 많이 생긴다. 연화는 독백(獨白) 같은 질문을 계속했다. 백수린도 눈을 감고 무언가를 생각하는 듯했다.

'여기서 끝인가? 그리고 선한 사람이 이렇게 무참히 무너져도 되는가?'

'선한 사람? 아, 선한 사람…. 우리는 선한 사람인가?'

'나는 그리고 우리는 벌 받을 짓을 하지 않았는가?'

선한 사람이란 말이 어쩐지 익숙했다. 그때였다! 연화의 마음 속에서, 아주 오래 묻혀 있던 기억(記憶) 하나가 갑자기 떠올랐다. 그것은 이 상황(狀況)과 전혀 닮지 않은 장면(場面)이었다. 전쟁(戰爭)도 없었고, 도망(逃亡)도 없었고, 피 냄새도 없던 시절의 기억(記憶)이었다. 어릴 적, 마을에 병(病)이 돌았던 때였다. 아이들이 하나둘 쓰러졌고 어른들은 겁에 질려 집 문을 걸어 잠갔다. 그때 연화의 어머니는 말했다.

"선한 사람에게는, 반드시 피할 길을 하늘이 준다."

그 말은 기도(祈禱)가 아니었고, 주문(呪文)도 아니었다. 다만 선(善)함이란 언제나 길을 만든다는 믿음에 가까웠다. 그날 어머니는 병든 집들을 돌아다녔다. 아무도 나서지 않던 일을 했다. 사람들은 어리석다고 했고, 무모(無謀)하다고 했다. 그러나 어머니는 돌아왔다. 상처도 있었고, 열도 있었지만, 살아서 돌아왔다. 그리고 마을은 완전히 무너지지 않았다. 누군가는 살았고, 누군가는 이어졌다. 연화는 그 기억(記憶)을 붙잡았다.

'선한 사람은 피할 길을 하늘이 준다.'

그 말은 도망치라는 뜻이 아니었다. 그 말은 정면(正面)이 아니라 다른 길이 있다는 뜻이었다. 힘으로 이길 수 없다면, 힘이 닿지 않는 곳으로 들어가야 한다는 뜻이었다. 연화는 고개를 들었다. 절망(切望)은 사라지지 않았다. 그러나 절망의 모양이 바뀌었다. 주저앉게 하는 절망에서, 생각하게 만드는 절망으로. 도리어 절망이 다시 길을 만들고, 힘을 주고 있었다.

"수린아…"

연화의 목소리는 떨렸지만, 무너지지는 않았다.

"정면(正面)은 안 돼. 그런데… 정면만 있는 건 아니야."

백수린이 연화를 바라보았다. '무슨 말을 하는지 모르겠다.'라는 표정이었다. 그 눈빛에는 여전히 두려움이 있었지만, 동시에 질문(質問)이 있었다. 연화는 그 질문을 외면(外面)하지 않았다.

"우리가 할 수 있는 일은 싸우는 게 아니야. 들키지 않는 거야. 묻히는 거야. 사람들이 무시하는 길로 들어가는 거야."

연화의 머릿속에서는 이미 길이 하나 그려지고 있었다. 오래전에 보았던 길, 사람들이 잘 쓰지 않던 길, 그러나 분명이 이어져 있던 길. 그 길은 칼을 들고 들어갈 수 있는 길이 아니라, 몸을 낮춰야만 들어갈 수 있는 길이었다. 연화는 여전히 두려웠다. 실패(失敗)하면 끝이라는 것도 알고 있었다. 그러나 그녀는 이제 알고 있었다. 아무것도 하지 않는 선택(選擇) 역시 선택이며, 그 선택은 가장 확실한 포기(抛棄)라는 것을. 연화는 숨을 고르고, 다시 한번 숲의 방향을 바라보았다. 그 안에는 여전히 위험(危險)이 있었고, 여전히 이안사가 있었다. 그리고 이제, 그녀가 들어갈 길도 있었다.

연화는 어릴 적을 떠올렸다. 이미 이 땅에 없는 엄마를 생각하듯, 어린 시절을 떠올리며 기억(記憶)으로 희망(希望)을 부여잡았다. 그리고 엄마의 말처럼, '선한 사람이라면 우리는 살 수 있다'라고 생각했다. 기억이 물처럼 생각 속에서 흘러내렸다. 마치 참고 있었던 것처럼. 이안사의 집에 처음 들어가던 날, 두려움보다 먼저 따뜻한 밥 냄새가 기억났다. 겨울이면 마루 끝에 햇볕이 길게 들었고, 부엌에서는 늘 김이 올랐다. 손은 바빴지만, 마음은 덜 쓸쓸했다. 그곳에서는 팔려 갈 걱정을 하지 않아도 되었고, 가족이 흩어질 두려움도 잠시 잊을 수 있었다. 연화는 그 시간을 조용히 행복(幸福)이라고 불렀다. 그래서 기억(記憶)했다. 기억은 누구도 빼앗지 못하는, 그녀에게 남은 가장 따뜻한 재산(財産)이었다. 그 기억 속에서 오래 묻혀 있던 이름 하나가 갑자기 떠올랐다. 이안사의 아버지, 이양무(李陽茂) 대감. 연화는 그가 한때 의주(義州) 감무(監務)였다는 것을 떠올렸다. 그리고 더 깊은 기억, 어느 날, 집안 사랑채에 모(毛) 씨 성을 가진 사내가 찾아왔던 장면이 떠올랐다. 그는 관복(官服)을 입지 않았지만, 관복의 냄새를 가진 사람이었다. 이양무 대감 앞에서 무릎을 꿇고 울먹이며 말했다.

"대감의 은덕(恩德)을 잊지 않겠습니다."

이양무 대감은 손을 내저으며 조용히 말했다.

"사람 사는 일이란, 내일(來日)이 오늘을 돕고 오늘이 내일을 돕는 것일세."

그 곁에서 연화는 차(茶)를 올리며 그 말을 들었다. 그리고 그 모 씨 사내가 떠나기 직전, 문간에서 다시 몸을 숙이며 말했던 한 줄이 연화의 귀에 박혀 있었다.

"혹시…. 어려운 일이 생기면… 언제든 사람을 보내 주십시오. 제가 반드시 은혜(恩惠)를 갚겠습니다."

그 이름이 무엇이었는지, 연화는 한참 헤맸다. 기억은 종종 얼굴을 보여주면서 이름을 숨긴다. 그러나 절박(切迫)하면, 숨겨진 이름이 드러난다. 연화의 입술이 아주 작게 움직였다.

"모덕진!"

백수린이 눈을 크게 떴다.

"뭐?"

연화가 고개를 끄덕였다. 모덕진(毛德進). 그 이름은 이양무 아래서 은덕을 입고, 개경(開京)으로 올라가겠다고 했던 사람이다. 연화는 그다음을 떠올렸다. 소문처럼 들었던 말. 모덕진은 이양무 대감의 은덕(恩德)인지 자신의 제주인지 모르나 고려 조정(朝庭)의 중앙(中央)에 진출(進出)했다는 말이 들렸었다. 그리고 충선왕(忠宣王)을 가까운(至近) 거리(距離)에서 모시는 자리, 중추원(中樞院)의 지신사(知申事)라는 말. 연화는 그 뜻을 정확히 알지 못했으나, 그 말이 가진 무게는 알았다. '왕의 귀'에 닿는 자리. 그 자리라면 죽음의 칼날을 멈출 수 있다. 아니, 최소한 '잠깐' 멈추게 할 수 있다. 잠깐이면 된다. 잠깐이면 기록이 살아남을 수 있다. 연화가 백수린의 손을 잡았다. 이번에는 연화가 잡았다. 잡는다는 건 '희망으로 끌고 간다'라는 뜻이다.

"개경(開京)으로 가야 해!"

백수린의 얼굴이 하얘졌다.

"미쳤어? 지금? 이 밤에? 우린…."

연화가 낮게 말했다.

"여기 있으면, 언제 죽을지 몰라!"

백수린의 입술이 떨렸다. 떨림이 눈물이 되기 직전, 연화가 다시 말했다.

"기록을 살릴 틈이 있어. 이양무 대감의 그 사람… 지신사라면… 그리고 800리 길이야. 걸어서는 못가! 어떻게든 말(馬)을 타야 해. 말을… 800리 길을 왕복하면 보름이야. 아… 말을 구해야 하는데…"

숲은 깊어지면 소리를 품는다. 그리고 그 소리는, 듣는 자가 있을 때만 의미가 된다. 연화와 백수린이 숨을 죽인 채 대화(對話)를 나누고 있을 때, 그들의 말은 바람보다 먼저 다른 귀에 닿고 있었다. 언덕 아래, 마른 풀 사이에 몸을 낮춘 두 그림자. 도망갔던 길잡이 둘이었다. 그들은 장성(長成)을 떠나지 않았다. 떠난 것처럼 보였을 뿐이었다. 관아의 눈이 미치지 않는 밤을 골라, 잠깐씩 움직이며 상황(狀況)을 살피고 있었다. 도망이 아니었다. 그들의 말대로라면, 변명(辨明)일 수도 있지만, 염탐(覘探)이라고 했다.

"개경(開京)으로 가야 해."

연화의 말이 들렸을 때, 두 사내는 동시에 숨을 멈췄다.

"팔백 리(八百里)야. 걸어서는 못 가. 말이 아니면…."

그 말이 끝나기도 전에, 한 사내가 이를 악물었다.

"저 여인… 미친 게 아니야?"

다른 사내가 낮게 받았다.

"아니지. 미칠 만큼 절박(切迫)한 거지."

그들은 더 들었다. 죽음, 지신사(知申事), 닷새. 말 위에서만 가능한 계산(計算). 말 한 필이 생명 몇십을 가르는 이야기. 그 모든 말을 듣고서야, 두 사내는 몸을 일으켰다. 더 엿들을 필요가 없었다. 그들은 모습을 드러냈다. 연화와 백수린은 동시에 몸을 굳혔다. 백수린의 손이 반사적으로 연화의 소매를 잡았다. 그러나 두 사내는 칼을 들지 않았다. 오히려 고개를 숙였다.

"도망친 게 아닙니다."

먼저 입을 연 쪽이 말했다.

"이안사 대감의 은덕(恩德)으로 숨 붙여 사는 사람들이… 어찌 도망합니까."

연화가 그들을 똑바로 보았다. 어둠 속에서도 얼굴이 읽혔다. 지친 얼굴, 그러나 도망자의 얼굴은 아니었다.

"우린… 기회(機會)를 보고 있었습니다."

다른 사내가 말을 이었다.

"어떻게든 도움이 될 틈이 있을 거라고."

잠시 침묵(沈默)이 흘렀다. 그 침묵은 의심(疑心)이 아니라, 서로의 무게를 재는 시간이었다.

"말이 필요하다고 했죠."

첫 번째 사내가 말했다.

"어쩌면… 구할 수 있을지도 모릅니다."

백수린이 숨을 들이켰다.

"말을? 어떻게?"

사내는 장성 쪽을 힐끗 보았다.

"역마(驛馬)가 있습니다. 여기서 반나절 거리. 우린 그곳을 압니다."

연화의 눈이 흔들렸다.

"왜 당신들이…?"

사내는 잠시 머뭇거리다가 말했다.

"병영(兵營)에 있을 때, 말 다루는 일을 했습니다. 짐 나르고, 교대(交代)하고, 다친 말은 치료하고… 그게 제가 하는 일이었고, 여기 이 친구는 소나 다른 짐승들을 잘 다루죠. 짐승을 관리하는 게 우리 몫이었죠."

그 말은 허풍(虛風)이 아니었다. 말(馬) 냄새를 아는 사람의 말(言)이었다.

"그래서 더 잘 됐습니다."

그는 덧붙였다.

"말을… 훔칩시다!"

그 말에 공기가 달라졌다.

"미쳤어요?"

백수린이 먼저 반응했다.

"나라의 말이에요. 국물(國物)이에요. 들키면 참형이에요."

그 말은 틀리지 않았다. 역마의 말은 왕(王)의 발이었다. 그것을 훔치는 것은 단순한 절도(竊盜)가 아니라 반역(反逆)에 가까운 죄였다. 그러나 사내는 물러서지 않았다.

"이안사 어른의 목숨을 살리는 일입니다."

그의 목소리는 낮았지만 단단했다.

"그분이 없으면… 우린 이미 죽은 목숨 아닙니까."

그 말에 다른 사내가 고개를 끄덕였다.

"해볼 수 있는 건 다 해봐야 합니다. 이건 도망이 아니라, 다 같이 살기 위한 길입니다."

은덕(恩德)을 갚는 일. 고려(高麗)에서 그것은 법보다 오래된 이치(理致)였다. 연화는 잠시 눈을 감았다. 계산은 이미 끝나고 있었다. 이제 남은 것은 결단(決斷)이었다.

"같이 갑시다."

그 말로 모든 것이 정해졌다.

역마는 밤에도 숨을 쉬고 있었다. 말의 콧김이 하얗게 피어올랐고, 마구간에는 짚 냄새와 땀 냄새가 섞여 있었다. 순라(巡邏)는 있었으나 민감하지 않았다. 밤은 늘 경계(警戒)를 느슨하게 만든다. 우여곡절(迂餘曲折)이 있었다. 말이 놀라 울음을 터뜨릴 뻔했고, 한 번은 등불이 가까이 다가왔다가 멀어졌다. 그러나 결국, 두 필의 말이 어둠 속

으로 빠져나왔다. 준마(駿馬)였다. 그들은 능숙하게 말을 다루고 능
숙하게 빼내었다. 한 사내는 자연스럽게 말 위에 올랐다. 허리를 낮
추고, 숨을 맞췄다. 말은 곧 사람을 이해(利害)했다. 다른 사내는 달랐
다. 몇 번이나 떨어졌다. 흙바닥을 굴렀고, 이를 악물고 다시 올랐다.

"괜찮아요?"

백수린이 물었다.

사내가 웃듯 말했다.

"소를 몰아봤습니다. 말이나 소나… 같은 짐승입니다. 허허허"

그 말은 농담(弄談)이 아니었다. 짐승을 다뤄본 사람의 확신이었
다. 얼마 지나지 않아, 그의 자세(姿勢)도 안정(安定)되었다. 말은 결
국, 두려워하지 않는 사람을 따른다.

"간다."

짧은소리와 함께, 말(馬)들이 움직였다. 개경으로 향하는 길. 밤을
찢으며 달리는 네 사람의 숨이 하나로 엮였다. 발굽 소리는 점점 멀어
졌고, 장성은 어둠 속으로 잠겼다. 그들이 달리는 것은 길이 아니라
시간(時間)이었다. 그리고 그 시간의 끝에는, 아직 꺼지지 않은 생명
(生命)들이 기다리고 있었다.

37
전령 (傳令)

말(馬)은 처음에는 어둠을 찢듯 달렸다. 발굽 소리가 밤의 살갗을
긁으며 흩어졌고, 숨은 차가운 공기(空氣)를 밀어내듯 터져 나왔다.
연화의 몸은 말 위에서 단단히 굽혀졌고, 그녀의 시선은 앞을 향해 고

정(固定)되어 있었다. 뒤를 돌아볼 틈은 없었다. 지금 그녀가 달리고 있는 것은 길(路)이 아니라 시간(時間)이었다. 그러나 시간은 언제나 공평(公平)하지 않다. 산길이 길어질수록, 말의 숨은 눈에 띄게 달라졌다. 처음에는 단지 거칠어졌을 뿐이던 호흡이 어느 순간부터는 불규칙(不規則)해졌다. 말은 사람보다 먼저 자신의 한계(限界)를 안다. 함께 말을 타다 보니 안 이름이지만, 연화와 함께 한 길잡이는 정씨(鄭氏)로, 백수린과 함께 탄 길잡이를 구씨(丘氏)로 불렸다. 백수린과 길잡이 구씨(丘氏)가 탄 말이 작은 돌부리에 발굽을 헛디뎠을 때, 모두 직감(直感)했다. 끝까지 동행(同行)할 수 없다는 것을.

"잠깐."

앞서 달리던 길잡이 정씨(鄭氏)가 말의 속도(速度)를 늦추며 말했다. 연화는 고개를 돌렸다. 어둠 속에서 백수린의 모습이 희미하게 보였다. 그녀는 말의 목덜미를 끌어안듯 붙잡고 있었고, 말은 숨을 몰아쉬며 고개를 낮추고 있었다. 준마(駿馬)가 아니었다. 잘 달렸으나, 오래 달릴 말은 아니었다.

"여기서 갈라서야 합니다."

연화와 함께했던 길잡이 정씨가 말을 했다. 그는 재빠른 판단(判斷)을 했다. 말을 관리(管理)해본 사람의 경험(經驗) 있는 선택(選擇)이었다.

"우리가 먼저 가야 합니다. 시간이 없으므로 지금 함께 가는 것은 노출(露出)도 쉽고 구씨가 타고 있는 말은 이미 많이 지쳤습니다. 쉬면서 천천히 오라고 해야 합니다."

그의 판단이 얼마나 정확한지는 그의 말에 대한 구체적 소견(所見)으로 알 수 있었다. 그가 병영(兵營)에서 말을 관리하던 사람이라는 것도 그들이 수긍하기에 한몫했다. 그리고 모두 그를 따르기로 했다. 백수린이 긴장(緊張)과 땀이 범벅인 얼굴로 고개를 들었다.

"가!"

그녀의 목소리는 생각보다 단단했다.

"너라도 가야 해. 지금 이 계산(計算), 틀리면… 전부 끝이야. 지금 이렇게 말할 시간도 우리에게 없어! 어서 가! 정씨 말이 맞아! 우린 천천히 따라갈게…."

연화는 고개를 저었다. 그러나 말은 나오지 않았다. 설득(說得)은 이미 늦었다. 백수린은 다시 말했다.

"우리는 여기서 멈추지 않아. 천천히라도 갈 거야. 그러니까 넌… 도착(到着)해야 해."

그 말은 부탁이 아니었다. 간청(懇請)에 가까웠다. 살아남겠다는 선언이자, 보내는 사람의 결단이었다. 말을 제대로 타지 못해 여러 번 떨어졌던 구씨가 숨을 고르면서 앉아 있다가 다시 일어서서 백수린의 옆에 있는 말(馬) 옆으로 다가왔다. 그는 고삐를 조금 더 짧게 잡고, 말의 옆구리를 살폈다.

"숨(呼吸)을 고르게 하겠습니다. 말도 사람도… 숨이 먼저입니다."

구씨는 소(牛)를 길러본 사람이었다. 짐승의 호흡(呼吸)이 언제 꺾이는지, 언제 되살아나는지 몸으로 아는 사람이었다. 연화는 마지막으로 백수린을 바라보았다. 어둠 속에서도 두 사람의 눈은 분명이 마주쳤다. 말없이 고개를 끄덕였다. 그 끄덕임은 이별이 아니라 약속(約束)이었다. 연화는 다시 몸을 숙였다. 말의 귀 옆에서 바람 소리가 달라졌다. 속도(速度)가 바뀌면, 세계의 소리도 바뀐다. 몇 날을 그렇게 달리고 또 달렸다. 오직 말의 쉼만 중요(重要)했다. 역마를 거칠 수 없었다. 역마(驛馬)를 거치는 순간 도난당한 말인 걸 알기에 숲이나 개울가에서 잠시 말이 쉴 때 눈을 붙였다. 그렇게 닷새 반을 달렸다. 연화와 정씨는 주막에 들러서 비싼 대가를 치르고 주먹밥과 호리병에 물을 얻어서 먹고 마셨다. 주막에 가려면 말을 끌고 가야 했기에 그 또한 사람들에게 이상하게 보일 터였다. 그렇게 달렸다. 그들은 간절히 기도(祈禱)했다. 제발, 시간이 그들의 편이 되길.

개경(開京)의 성곽(城郭)은 밤에도 숨을 쉬고 있었다. 돌과 돌 사이에 밴 한 기(寒氣)가 성벽을 타고 흘렀고, 등불은 질서(秩序) 있게 걸려 있었다. 순라군(巡邏軍)의 발소리가 일정한 간격(間隔)으로 성문 앞을 지나갔다. 밤은 깊었으나, 도성은 완전히 잠들지 않았다. 잠들지 않는 곳에는 늘 의심(疑心)이 먼저 깨어 있다. 말이 성문 가까이 다가가자, 정씨와 연화가 탄 말이 속도를 늦추었다. 말의 걸음새는 분명 역마(驛馬)의 것이었다. 목덜미의 근육(筋肉)이 단단했고, 숨을 고르는 방식도 훈련(訓鍊)된 말의 것이었다. 순라군 하나가 그 점을 놓치지 않았다.

"멈춰라!"

창끝이 번쩍이며 길을 막았다.

"이 밤중에 어디서 왔느냐?"

연화는 말에서 내리며 다리가 잠시 풀렸다. 말 위에서는 버텼던 피로가 땅을 밟는 순간(瞬間) 한꺼번에 쏟아졌다. 몸이 앞으로 기울자, 정씨가 재빨리 그녀의 팔을 붙잡아 세웠다. 그 동작 역시 눈에 띄었다. 너무 익숙했고, 너무 급했다.

"사람을 살리러 왔습니다!"

연화의 말에 순라군의 눈썹이 꿈틀했다. 그는 말보다 먼저 사람을 훑었다. 헐떡이는 숨, 흙과 땀에 젖은 옷, 그리고 남녀가 함께 말을 타고 왔다는 사실. 흔치 않은 몰골이었다.

"무슨 소리야? 미친 자인가, 아니면…."

그의 시선이 말의 굽과 안장으로 내려갔다가 다시 올라왔다.

"도둑(盜賊)인가?"

그 말은 틀리지 않았다. 이 말은 국가의 재산(財産)이었다. 역마용 말은 일반인이 탈 수 있는 것이 아니었다. 더구나 한밤중에, 성문(城門)으로. 연화는 입술을 깨물었다. 진실(眞實)을 전부 말하면 여기서 끝이다. 그러나 아무 말도 하지 않으면, 역시 끝이다. 그녀는 알고 있었다. 지금 필요한 것은 설명(說明)이 아니라 문(門)을 여는 이름이라는 것을.

"모덕진(毛德進) 지신사(知申事)를 뵈러 왔습니다."

순라군의 표정(表情)이 즉각 달라졌다. 그러나 그 변화는 호의가 아니라 경계(儆戒)였다. 지신사는 왕명(王命)이 오가는 자리였다. 그런 이름을 평범(平凡)한 여인이, 그것도 이런 몰골로 입에 올린다는 것 자체가 의심(疑心)이었다.

"지신사?"

다른 순라군이 한 발 앞으로 나섰다.

"네가 그 이름을 안다고?"

그는 연화보다 정씨를 먼저 보았다. 남자 쪽이 말의 고삐를 쥔 방식, 말에서 내린 뒤의 자세가 군영(軍營) 출신(出身)처럼 보였기 때문이다.

"너희, 정체(停滯)가 뭐냐. 남녀가 함께 밤길을 달려와, 역마용 말을 타고, 지신사를 찾는다?"

순라군의 목소리가 낮아졌다. 낮아진 목소리는 위협(威脅)이었다.

"말해라. 아니면 묶는다."

정씨의 손이 잠시 움찔했다. 그러나 연화는 그보다 먼저 고개를 들었다. 흔들리면 의심(疑心)은 커진다. 지금 필요한 것은 침착(沈着)이었다.

"강원도(江原道) 장성(長成) 관아에 아주 급한 일이 있습니다! 제발 모덕진 지신사 대감을 만나게 해 주세요! 장성(長城)에서 형(刑)이 집행되기 직전(直前)입니다. 그 일의 자초지정(自招之情)을… 지신사에게, 아니 대왕(大王)님께 올려야 합니다."

순라군들은 서로를 보았다. 이쯤 되자, 이 일은 더 이상 그들의 손에서 처리할 수 있는 문제가 아니었다. 한 순라군이 고개를 끄덕였다.

"이건 우리가 해결할 수 없을 것 같은데… 진장(鎭將–고려시대 개경 관문을 책임지는 무관)께 보고(報告)해야 할 사항(事項)이야!"

그 말과 함께, 연화와 정씨는 성문(城門) 안쪽으로 인도되었다. 인도(引導)라기보다는 호송(護送)에 가까웠다. 앞뒤로 순라군이 붙었고, 말은 따로 끌려갔다. 말과 사람을 분리(分離)하는 것은 의심(疑心)한다는 뜻이다. 진장(鎭將)의 처소(處所)는 성문(城門) 안쪽, 그러나 관아(官衙) 깊숙한 곳은 아니었다. 진장(鎭將)은 문을 지키는 무관(武官)이었다. 판단(判斷)은 빠르되, 책임(責任)은 무거운 자리. 함부로 사람을 넘길 수 없고, 함부로 돌려보낼 수도 없었다. 진장(鎭將)은 등불 아래에서 연화와 정씨를 내려다보았다. 갑옷을 벗지 않은 채였다. 밤의 근무(勤務)가 길어질 것임을 이미 알고 있는 얼굴이었다.

"무슨 일이냐? 말해 보거라!"

짧은 말이었다. 무인(武人)의 말이 늘 그렇듯이 말이다. 연화는 숨을 고르고, 처음(最初)부터 끝까지를 말했다. 장성(長城)에서의 일, 이안사 대감, 억울한 누명(冤罪), 서문탁과 모윤겸의 죽음(死亡), 그리고…. 이씨 부인의 아리고 고통(苦痛)스러운 죽음(死亡)까지도. 또한 곧 죽음(死亡)이 예정(豫定)된 사람들, 그리고 그 안에 이안사 대감이 있다는 것. 이안사 대감은 이양무 대감의 아들이고, 이양무 대감의 은덕(恩德)을 입은 모덕진 대감까지. 또한 변명(辨明) 아닌 변명(辨明)으로는 왜 말을 훔칠 수밖에 없었는지, 왜 개경(開京)으로 달려올 수밖에 없었는지를. 말은 길었으나, 군더더기는 없었다. 급한 사람의 말에는 장식(裝飾)이 없다. 정씨는 중간에 긴말로는 한 번도 끼어들지 않았다. 다만 말이 필요(必要)할 때, 짧게 보탰다. 자신들이 병영(兵營)에서 말을 다뤘던 일, 그래서 이 말이 준마(駿馬)임을 알아본 순간(瞬間)의 절박(切迫)함. 나라의 물건을 훔치는 것이 어떤 죄(罪)인 줄 알면서도, 그 죄(罪)를 감당(堪當)할 각오(覺悟)로 달려왔다는 사실(事實)을. 진장(鎭將)은 말없이 들었다. 그의 눈은 흔들리지 않았으나, 턱 근육이 미세(微細)하게 굳어 있었다. 그것은 마음이 움직이고 있다는 신호(信號)였다.

"그래서 지신사(知申事)를 찾는다?"

그가 물었다. 연화는 고개를 들었다.

"지신사(知申事)는 대왕님(大王님)의 눈(目)과 귀(耳)입니다. 형(刑)을 멈출 권한(權限)은 현장(現場)에 없고, 장성(長城)에도 없습니다. 오직 왕명(王命)으로만… 멈출 수 있습니다."

진장(鎭將)은 잠시 생각(生覺)했다. 생각(生覺)은 짧았으나, 침묵(沈默)의 시간(時間)은 길었다. 의심(疑心)할 수도 없는 것이 이들의 허위(虛僞)로 말(馬)까지 훔쳐서 목숨을 걸 이유가 없고, 행색과 말하는 투를 보니 사실(查實)에 가깝다. 만약 진실을 묵과(默過)한다면 자신이 책임져야 할 무게를 자신이 감당할 수 없을 것이다. 드디어 진장은 낮았지만 확실한 어투로 말을 했다.

"네 말이 거짓(虛實)이면, 너희는 죽음을 각오해야 할 것이다."

연화는 고개를 끄덕였다.

"알고 있습니다."

"그러나 말이 사실(事實)이라면…."

진장(鎭將)은 자리에서 일어섰다. 그리고는 안채로 들어가서 급한 대로 글을 써서 밀봉(密封)했다. 그리고 그것을 처음(最初)에는 전령(傳令)에게 주려다가, 연화에게 건넸다. 연화는 그것을 고귀(高貴)한 보석(寶石)이라도 되는 양, 품에 넣었다.

"지체(遲滯)할 수 없다!"

그는 부하(部下)에게 명령(命令)했다.

"이들을 모덕진 지신사(知申事) 댁(宅)으로 안내(案內)해라. 직접(直接) 데려가라. 중간(中間)에 놓치지 말고."

그 말은 허락(許諾)이자, 책임(責任)의 이전(移轉)이었다. 이제 이 일은 성문(城門)을 넘었다.

연화는 그제야 아주 작게 숨을 내쉬었다. 아직 끝난 것은 아니었지만, 문(門) 하나는 열렸다. 밤의 개경(開京)은 여전히 차가웠고, 등불은 흔들리고 있었다. 그러나 그 흔들림 속에서, 연화는 처음(最初)으로 방향(方向)을 느꼈다. 이제 남은 것은, 모덕진의 판단(判斷), 그리고 그 판단(判斷)이 대왕님(大王님)의 하명(下命)이 되기까지의 시간(時間)이었다.

38
암투 (暗鬪)

형(刑)은 아직 확정(確定)되지 않았다. 서문탁과 모윤겸의 다른 욕망(欲望)의 결과(結果)였다. 그렇게 시간(時間)은 초조한 서문탁의 마음과 달리 그들 안에서 낭비(浪費)되고 있었다. 관아 마당에서 다시 옥(獄)으로 시신(屍身)들은 그대로 방치(放置)되었다. 아직 겨울이 여전히 남아 있어 시신의 부패(腐敗)는 보이지 않았다. 옥에서 그들은 최소한(最小限)의 공급(功級)으로 그렇게 열흘을 보냈다. 그 열흘간, 서문탁과 모윤겸은 장성읍의 모든 술집은 다 순회(巡廻)했다. 자신들의 욕심대로 모든 것이 이루어질 것이라는 희망(希望)적 믿음으로 만

찬(晚餐)의 시간을 즐겼다. 그러한 만찬이 질렸을 즈음, 다시 이안사의 무리를 관정 마당으로 끌어냈다. 서문탁과 모윤겸이 무언가 결단(決斷)한 것만은 사실이다. 그 사실(事實)은 마당에 있는 모든 사람이 알고 있었고 그래서 더 위험(危險)했다. 확정(確定)되지 않은 형(刑)은 언제든 방향(方向)을 바꿀 수 있지만, 동시에 누군가의 손에 의해 먼저 실행(實行)될 수도 있는 칼이었다. 서문탁은 그 칼을 쥔 사람이 자신이어야 한다고 믿었다.

"아직이다."

그는 그렇게 말했지만, 말의 결은 달랐다. '아직'은 멈춤이 아니라 준비(準備)였다. 준비(準備)는 언제나 실행(實行)을 전제(前提)로 한다. 관아(官衙)의 마당 한쪽에서 칼이 준비되었을 때, 그것은 공식(公式)적인 집행(執行)은 아니었다. 그러나 사람들은 그 장면(場面)을 형(刑)이 시작(始作)되었다고 받아들였다. 칼이 더 내려오지 않았다는 사실(事實)은 아무 의미(意味)가 없었다. 공포(恐怖)는 늘 한 박자 빠르다. 공포(恐怖)는 결과(結果)를 기다리지 않는다. 공포(恐怖)는 전제(前提)가 되는 순간(瞬間) 완성(完成)된다. 죽음(死亡)은 아직 도착(到着)하지 않았지만, 죽음이 기다리고 있다는 사실(事實)만으로도 사람들은 이미 죽음 속에 들어와 있었다. 마당의 공기(空氣)는 멎어 있었다. 바람이 없었고, 소리도 줄어들었다. 정적(靜的)은 평온(平穩)이 아니라, 숨을 쉴 수 없게 만드는 밀도(密度)였다. 아무도 말을 하지 않았지만, 모든 생각(生覺)은 동시에 한 방향(方向)으로 흘렀다. 이제 차례(次例)만 남았다. 두려움은 처음(最初)에는 머리에서 시작(始作)되었다. 생각(生覺)이 흐려졌다. 다음은 가슴이었다. 심장(心臟)이 제 박자를 잃었다. 뛰는지 멎는지 불규칙(不規則)한 박자(拍子)가 가슴 안에서 부딪혔다. 그리고 마침내 두려움은 몸으로 내려왔다. 몸은 생각(生覺)보다 먼저 진실(眞實)을 안다. 누군가는 다리에 힘이 풀렸다. 무릎이 접히는 순간(瞬間), 그는 비로소 자신이 서 있었다는 사실(事實)을 깨달았다. 서 있다는 것은 아직 살아 있다는 증거(證據)였고, 그 증거(證據)가 그를 더 불안(不安)하게 만들었다. 살아 있다는 감각(感覺)은 곧 죽음(死亡)을 기다리는 감각(感覺)으로 바뀌었다. 오줌을 지리는 사람들이 있었다. 그것은 부끄러움이 아니었다. 몸이 더 이상 '사회적(社會的) 인간(人間)'으로 남아 있지 않다는 신호(信號)였다. 인간(人間)은 공포(恐怖) 앞에서 먼저 동물(動物)로 돌아간다. 동물(動物)은 살기 위해 기능(機能)을 버린다. 체면(體面), 자존(自尊), 품위(品位) 같은 것들은 이곳까지 따라오지 못한다. 침을 흘리는 사람(人間)도 있었다. 입을 다물고 있었지만, 혀와 턱이 말을 듣지 않았다. 침은 통제(統制)되지 않는 생존(生存)의 잔여물(殘餘物)이었다. 몸이 '살아남을 수 없다.'라는 결론(結論)에 도달(到達)했을 때, 불필요(不必要)한 기능(機能)부터 흘려보낸다. 울음 없는 눈물을 흘리는 이들도 있었다. 눈물은 감정(感情)의 표현(表現)이 아니라, 압력(壓力)의 배출(排出)이었다. 울지 않으려고 이를 악물수록, 눈물은 더 조용히 흘렀다. 울음은 소리가 필요(必要)하지만, 이곳에서는 소리가 위험(危險)했다. 소리를 내면, 존재(存在)가 확인(確認)된다. 존재(存在)가 확인(確認)되면, 죽음(死亡)의 순서(順序)가 당겨질 수 있다. 아이들은 어른들을 보았다. 어른들은 아이들을 보지 않았다. 어른들의 눈은 이미 멀리 가 있었다. 아이들이 있는 현재(現在)가 아니라, 곧 올 미래(未來)에 고정(固定)되어 있었다. 아이들은 그것을 알아챘다. 아이들은 설명(說明)을 듣지 않아도 상황(狀況)을 이해(理解)한다. 어른의 눈이 비어 있을 때, 아이는 먼저 세상(世上)이 끝났음을 안다. 어떤 아이는 입술을 깨물었다. 너무 세게 깨물어 피(血)가 났다. 그러나 아프지 않았다. 아픔은 공포(恐怖) 앞에서 기능(機能)을 잃는다. 공포

(恐怖)는 통증(痛症)을 삼킨다. 통증(痛症)이 사라지면, 사람은 비명(悲鳴)을 지를 이유(理由)도 잃는다. 사람(人間)들은 서로를 바라보았다. 그 시선(視線)은 위로(慰勞)가 아니었다. '너도 느끼고 있지?'라는 확인(確認)이었다. 공포(恐怖)는 나누면 줄어들지 않는다. 공포(恐怖)는 나누면 증식(增殖)한다. 서로의 눈에서 같은 두려움을 읽는 순간(瞬間), 그 두려움은 개인(個人)의 것이 아니라 집단(集團)의 것이 된다. 집단(集團)의 공포(恐怖)는 개인(個人)이 감당(堪當)할 수 없다. 누군가는 마음속으로 이름을 불렀다. 어머니의 이름, 아이의 이름, 이미 죽은 아버지의 이름. 이름을 부르는 행위(行爲)는 마지막 방어(防禦)였다. 이름은 기억(記憶)이고, 기억(記憶)은 인간(人間)을 인간(人間)으로 붙잡는 마지막 끈이다. 그러나 그 끈도 점점 얇아지고 있었다. 정적(靜的)은 계속(繼續)되었다. 그 정적(靜的) 속에서 사람(人間)들은 깨달았다. 아직 죽지 않았다는 사실(事實)이, 이미 죽어 있다는 느낌(感覺)보다 더 무섭다. 죽음(死亡)은 끝이지만, 기다림은 형벌(刑罰)이다. 기다림은 상상(想像)을 허락(許諾)하고, 상상(想像)은 현실(現實)보다 잔인(殘忍)하다. 사람(人間)들은 각자 다른 방식(方式)으로 죽음(死亡)을 그렸다. 칼의 각도(角度), 고통(苦痛)의 길이, 피(血)의 온도(溫度). 그 상상(想像)은 서로에게 전염(傳染)되듯 번졌다. 서로가 서로에게 더 이상 사람(人間)이 아니었다. 서로는 이제 거울(鏡)이었다. 자신의 두려움을 반사(反射)하는 거울(鏡). 그래서 사람(人間)들은 눈을 피하고 싶었지만, 피할 수 없었다. 시선(視線)을 떼는 순간(瞬間), 혼자가 된다. 혼자가 되면, 공포(恐怖)는 더 크게 들린다. 마당의 한복판에서, 시간(時間)은 늘어졌다. 늘어진 시간(時間)은 사람(人間)을 잡아당겼다. 발목을 잡고, 가슴을 누르고, 숨을 조였다. 숨을 쉬면 들킬 것 같았고, 숨을 멈추면 죽을 것 같았다. 그래서 사람(人間)들은 반쯤 숨 쉬는 법을 배웠다. 숨

을 들이마시되 깊이 들이마시지 않고, 내쉬되 소리가 나지 않게. 그 모습은 기도(祈禱) 같았고, 동시에 짐승 같았다. 그 순간(瞬間), 이 마당에는 법(法)도, 명령(命令)도 없었다. 있던 것은 오직 하나. 아직 처리(處理)되지 않은 세 구(具)의 주검들…. 저들은 몇 시간(時間) 전만 해도 함께 살아서 이야기하고 온기(溫氣)를 나누었던 사람(人間)들. 이씨 부인, 장무겸, 한도윤…, 그리고…. '다음은 나일지도 모른다'라는 생각(生覺). 그 생각(生覺)이 사람(人間)들을 하나로 묶었다. 그러나 그 결속(結束)은 연대(連帶)가 아니라, 공포(恐怖)의 응집(凝集)이었다. 그 응집(凝集)은 언젠가 터질 것이고, 터질 때는 반드시 다른 방향(方向)으로 폭발(爆發)한다. 그들은 아직 그것을 몰랐다. 그러나 공포(恐怖)는 이미, 그들의 안에서 조용히 형태(形態)를 갖추고 있었다.

칼은 정확(正確)했다. 망설임이 없었다. 망설이지 않는다는 것은 '죄책감(罪責感)이 없다'라는 뜻보다는 절차(節次)가 끝났다고 생각하는 믿음이었다. 피는 돌바닥을 타고 흘렀고, 흘러간 피는 곧 마르기 시작(始作)했다. 피가 마른다는 것은 사건(事件)이 기록(記錄)으로 넘어간다는 뜻이었다. 살아 있는 사람은 소리로 삶을 증명하지만, 죽은 사람은 기록이 된다. 서문탁은 그 점을 누구보다 잘 알고 있었다. 그러나 그는 '충분(充分)히' 죽이지 않았다. 그는 더 확실(確實)하게 죽이기 위해 남겨두었다. 모윤겸은 그 장면(場面)을 아래에서 지켜보고 있었다. 도병마사(都兵馬使)로서의 갑옷(甲冑)은 여전히 반듯했지만, 그 안에서 숨이 고르지 않았다. 그는 전장(戰場)의 사람(人間)이다. 칼이 내려오는 순간(瞬間)을 모르는 자가 아니다. 그러나 지금의 칼은 전장(戰場)의 칼이 아니었다. 이 칼은 정치(政治)의 칼이었다.

‘서두른다.’

그는 속으로 그렇게 판단(判斷)했다. 서문탁은 너무 빨랐다. 빨리 죽이면 증거(證據)가 사라진다. 증거(證據)가 사라지면, 책임(責任)도 사라진다. 그것이 서문탁의 계산(計算)이었다. 그러나 모윤겸의 계산(計算)은 달랐다.

‘이건 내 공(功)이 되어야 한다. 기왕 모험(冒險)을 걸었으니!’

공(功)은 죽은 자에게 붙지 않는다. 공(功)은 중앙(中央)이 인정(認定)해야 공(功)이다. 장성(長城)에서 아무리 피를 흘려도, 개경(開京)의 눈에 닿지 않으면 그것은 소문(所聞)일 뿐이다. 모윤겸은 소문(所聞)으로 살지 않는다. 그는 기록(記錄)으로 올라가고 싶었다. 서문탁이 모윤겸을 불렀다.

“도병마사 대감.”

다시 모윤겸의 직책을 정중히 부른다는 것은 주도권(主導權)을 잡겠다는 도발(挑發)이었다. 모윤겸은 한 발 앞으로 나섰다.

“지금이 어떤 때인지 아시오?”

서문탁의 목소리는 낮았으나 단정(端正)했다. 단정(端正)한 목소리는 반박(反駁)을 허락(許諾)하지 않는 법(法)이다.

“지금 이안사(李安社)라도 참형(斬刑)시켜야 하오.”

그 말에 모윤겸의 눈이 미세(微細)하게 흔들렸다.

“이안사까지요?”

“그렇소.”

서문탁은 고개를 끄덕였다.

“그자가 살아 있는 한, 입은 열릴 수 있소. 입이 열리면 기록(記錄)이 남고, 기록(記錄)이 남으면… 그게 우리에게는 유리(有利)하지 않을 것이오!”

그는 ‘유리(有利)’라는 말을 혀끝에서 굴렸다. 그 말에는 경멸(輕蔑)

과 두려움이 동시에 섞여 있었다.

"이안사는 알고 있을 것이오. 혹시…. 그 어딘가에 기록(記錄)의 흔적(痕迹)이 있다는 것을. 저들은 기록(記錄)을 자신들에게 유리(有利)하게 적었을 것이오. 그것이 도리어 우리에게 덫이 될 수도 있소!"

서문탁의 눈이 가늘어졌다.

"증거(證據)는 언제나 허술하고 약한 곳에 숨겨 놓지 않았겠소. 약한 곳은 늘 보호(保護)받지 못하지만 동시(同時)에 주시(注視)하지도 않으니까 말이오."

모윤겸은 그 말을 듣고 가슴 안쪽이 서늘해졌다. 서문탁은 이미 이안사가 무엇을 했는지 어렴풋이 알고 있었다. 그래서 더 서두르는 것이다.

"그러나 대감."

모윤겸이 입을 열었다. 그는 신중(愼重)하게 말을 골랐다. 신중(愼重)함은 약함이 아니라, 방향(方向)을 바꾸는 힘이다.

"이안사는… 함부로 죽일 인물(人物)이 아닙니다. 확실(確實)한 근거(根據)가 있어야 합니다. 확실(確實)히…."

서문탁의 시선(視線)이 그에게 꽂혔다.

"왜 그렇소?"

"그의 집안(家門)을 생각(生覺)하셔야 합니다."

모윤겸은 말을 이었다.

"과거(過去) 그의 조상(祖上) 중, 중앙(中央)에 진출(進出)했던 인물(人物)들이 있습니다. 비록 지금은 몰락(沒落)했다 하나, 그 인맥(人脈)은 완전히 끊기지 않았을 겁니다."

그 말은 사실(事實)이었다. 고려(高麗)의 권력(權力)은 한 번 이어진 줄이 완전히 끊어지지 않는다. 이름은 사라져도, 기억(記憶)은 남는다. 기억(記憶)은 때로 기록(記錄)보다 오래 산다.

"그런 줄이 있다면 더더욱 빨리 끊어야지!"

서문탁이 차갑게 말했다.

"대감은 아직도 착각(錯覺)하고 계시오. 이건 공(功)을 세울 일이 아니라, 살아남을 일이오."

그는 손가락으로 마당을 가리켰다.

"이미 피는 흘렀소. 인제 와서 멈추면, 그 피는 의미(意味)를 잃고 냄새만 남습니다. 냄새는 멀리 갑니다. 중앙(中央)의 코(鼻)가 그 냄새를 맡으면, 우린 모두 끝이오."

모윤겸은 이를 악물었다. 그는 서문탁의 논리(論理)를 이해(理解)했다. 그러나 이해(理解)와 동의(同意)는 다르다.

"대감!"

그는 한 발 더 다가섰다. 갑옷(甲冑)이 미세(微細)하게 부딪히는 소리가 났다.

"대감, 제가 여기까지 대감이 원하는 자리로 온 것은…. 저에게도 뭔가 있어야 하지 않습니까. 모험(冒險)했으니 득(得)이 있어야 할 것 아닙니까. 작은 공(功)이라도…."

서문탁의 눈썹이 아주 조금 올라갔다.

"공(功)이라. 도병마사가 순순(順順)히 여기 온 이유가 바로 그거였군요. 허허…."

"사실(事實), 그렇습니다!"

서문탁이 쓰린 미소(微笑)를 지으며 떨리는 목소리로 목청이 커졌다.

"도병마사가 사태(事態)를 수습(收拾)했다. 무리(無理)한 처결(處決)을 막고, 상부(上府)의 뜻을 기다렸다. 뭐, 이런 기록(記錄)으로."

순간(瞬間), 모윤겸의 얼굴이 일그러졌다. 그리고는 자기 갑옷(甲冑)을 다시 여미며 차분(差分)하게 말을 했다.

"이안사를 당장 참형(斬刑)시키면, 사건(事件)은 여기서 끝납니다. 그리고 그것을 위에서 의심(疑心)스럽게 생각(生覺)하면…. 그때는 어떻게 합니까. 살려 두고, 확실(確實)히 조사(調査)를 붙이고, 중앙(中央)의 명(命)을 받아 처결(處決)하면…."

그는 말을 멈췄다. 멈춤은 계산(計算)의 여백(餘白)이었다. 서문탁은 잠시 말을 잇지 않았다. 그는 모윤겸을 다시 보았다. 칼의 사람(人間)이라 여겼던 자가, 이제 글의 길을 이야기하고 있었다. 확실(確實)히 겁(怯)을 먹은 것이다. 그의 마음이 시간(時間)이 가면서 변(變)하고 있다는 증거(證據)였다.

"그럼 나는. 나는 어떻소. 내가 받았던 징계(懲戒)는. 그대로 받으란 말이오. 그럼 나는 끝이오. 이 징계(懲戒)를 벗어야 하오. 저들이 나에게 누명(陋名)을 씌운 그것들."

서문탁이 물었다.

모윤겸은 숨을 고르고 말했다.

"감무 대감은… 억울함에도 법(法)을 잘 지켜서 처리(處理)한 현명(賢明)한 감무로…"

서문탁의 입가가 굳었다. 법(法)을 지키는 것. 법(法)을 잘 지키면 자신이 원하는 대로 이루어질 수가 없는 것을 그는 잘 알고 있다. 가장 피하고 싶은 장면(場面)을 모윤겸은 원하고 있다.

"대감."

서문탁이 천천히 말했다.

"이안사는 위험(危險)한 자요. 그자를 살려 두면, 기록(記錄)이 진실(眞實)이 됩니다. 이 장성(長城)은 통제(統制)를 잃습니다."

"그러나 지금 그를 죽이면"

모윤겸이 맞받았다.

"그 죽음이 중앙(中央)의 눈에 띕니다. 이안사는 적어도 명문가

(名門家)의 이름입니다. 이름이 죽으면, 질문(質問)이 시작(始作)됩니다.”

'질문(質問)?'

그 말 앞에서 서문탁의 얼굴이 굳었다. 질문(質問)은 곧 감찰(監察)이다. 감찰(監察)은 서문탁이 과거(過去)에 가장 싫어했던 기억(記憶)을 불러왔다. 자신을 징계(懲戒)했던 중앙(中央)의 눈. 그는 잠시 고개를 돌렸다. 마당을 보았다. 아이들, 여자들, 포승에 묶인 사람(人間)들. 그들 모두가 입이었다. 입은 닫을 수 있지만, 너무 많으면 새어 나온다. 서문탁은 결국 한숨처럼 말했다.

“좋소.”

그 한마디에 공기(空氣)가 바뀌었다.

“이안사는… 당장(當場)은 참형(斬刑)을 미룬다.”

모윤겸의 가슴이 미세(微細)하게 내려앉았다.

“그러나.”

서문탁이 말을 이었다.

“확실(確實)하게 죽일 준비(準備)는 계속(繼續)한다. 죄목(罪目)을 더 다지고, 기록(記錄)을 정리(整理)하고, 사람(人間)들을 흩뜨려 놓는다.”

그는 모윤겸을 똑바로 보았다.

“이 일은 이렇게 성사(成事)되는 것이 가장 좋을 것이오. 당신에겐 공(功)을 이루는 것이 되고, 나에게는 징계(懲戒)를 벗어 버리는 것이오. 잘 아시겠소.”

그 말은 협박(脅迫) 같은 선언(宣言)이었다. 모윤겸은 고개를 숙였다. 굴복(屈伏)이라기보다는 시간(時間)을 벌기 위한 자세(姿勢)였다. 지금의 균형(均衡)은 잠시(暫時)다. 그러나 잠시(暫時)는 충분(充分)하다. 중앙(中央)의 명령(命令)이 있어야 한다. 이 싸움은 칼의 싸움이 아니라, 기록(記錄)의 싸움이 될 것이다. 마당의 공기(空氣)는 다시 무거워졌다. 형(刑)은 확정(確定)되지 않았고, 그러나 죽음(死亡)은 이미 시작(始作)되었다.

39
결렬 (決裂)

"좋소. 형(刑)을 당장(當場)은 미룬다!"

서문탁의 말이 떨어진 뒤, 마당의 공기(空氣)는 잠시 풀리는 듯했다. 풀리는 듯했다는 말은, 사실(事實) 더 조여지는 순간(瞬間)이 곧 온다는 뜻이다. 사람(人間)이 숨을 참다가 한 번 들이마시는 순간(瞬間), 폐는 더 크게 아프다. 마당의 백성(百姓)들도 그랬다. 미룬다는 말이 '산다'로 들렸고, 그 착각(錯覺)이 잠깐 그들을 살렸다. 그러나 착각(錯覺)은 곧바로 죄(罪)가 된다. 착각(錯覺)은 사람(人間)을 움직이게 하고, 움직임은 기록(記錄)을 남긴다. 서문탁은 그 원리(原理)를 너무 잘 알고 있었다. 그는 모윤겸을 똑바로 보았다. 보았다는 건, 마음속의 칼끝을 겨눴다는 뜻이다.

"도병마사 대감!"

"예."

"지금부터는 내가 말한 대로 움직이시오. 죄목(罪目)을 더 다지고, 조사(調査)라는 꼴을 만들고, 군영(軍營)으로 몇을 옮기고…"

그 말이 길어지는 동안, 모윤겸의 얼굴은 점점 굳었다. 굳는 얼굴은 분노(憤怒)보다 먼저 온다. 분노(憤怒)는 표정(表情)이지만, 굳음은 결심(決心)이다.

"감무(監務) 대감."

모윤겸이 입을 열었다. 낮은 목소리였으나, 낮아서 더 위험(危險)했다. 낮은 목소리는 '말다툼'이 아니라 '파국(破局)'으로 이어지기 쉽다.

"내가 왜 여기 있습니까?"

서문탁의 눈이 가늘어졌다.

"대감의 군(軍)이 필요(必要)해서지."

"군(軍)이 필요(必要)하다면, 군(軍)을 존중(尊重)하십시오."

그 말에 서문탁의 입가가 아주 미세(微細)하게 비틀렸다. 존중(尊重)이라는 말은 그에게 모욕(侮辱)이었다. 그는 존중(尊重)받기 위해 글을 쓴 사람이 아니라, 존중(尊重)을 강제(强制)하기 위해 글을 쓰는 사람(人間)이었다.

"존중(尊重)?"

서문탁이 되물었다.

"도병마사 대감은 무엇을 믿고 살았소? 칼이오? 글이오? 칼이 더 가깝지 않소. 그러나 칼은 이내 무너지는 것을 보지 않았소. 그리고 이제는 시대(時代)가 바뀌고 있소. 이 시대(時代)는 글(文)의 시대(時代)요. 글(文)이 칼의 손잡이를 쥐고 있소. 그걸 모르시오?"

모윤겸의 눈이 번뜩였다. 번뜩임은 갑옷(甲冑) 안에서부터 시작(始作)되어 눈으로 올라온다. 그는 전장(戰場)의 법(法)을 믿는다. 전장(戰場)의 법(法)은 간단(簡單)하다. 살아남으면 옳고, 죽으면 틀린다. 그러나 정치(政治)의 법(法)은 다르다. 정치(政治)의 법(法)은 '옳고 그름'이 아니라 '누가 붓을 잡고 있느냐'의 문제(問題)다. 즉, 명분(名分)을 만들어내는 것이다.

"그래서 대감이 나를 부른 거요?"

모윤겸이 물었다.

"대감의 징계(懲戒)를 덮을 피막(皮膜)으로."

서문탁의 표정(表情)이 한순간(瞬間) 굳었다. 누군가가 '정답(正答)'을 입 밖으로 내는 순간(瞬間), 관계(關係)는 더 이상 돌아오지 않는다. 정답(正答)은 칼보다 날카롭다. 칼은 몸을 가르지만, 정답(正答)은 의도(意圖)를 가른다.

"말조심하시오!"

서문탁의 목소리가 차가워졌다.

"말조심을 따질 때가 아닙니다."

모윤겸은 한 발 더 다가섰다. 갑옷(甲冑)의 쇳소리가 작게 울렸다. 쇳소리는 군(軍)이 움직일 때 나는 소리다. 군(軍)은 말로 싸우지 않는다. 군(軍)은 소리로 싸운다.

"대감의 방식(方式)대로 하면, 이 일은 '빨리 끝난 일'이 됩니다. 빨리 끝난 일은 기록(記錄)이 얇습니다. 얇은 기록(記錄)은 중앙(中央)이 의심(疑心)합니다. 의심(疑心)이 생기면 감찰(監察)이 옵니다. 감찰(監察)이 오면, 대감은 징계(懲戒)를 벗기는커녕 더 깊이 빠집니다."

서문탁의 눈동자가 흔들렸다. 흔들림은 순간(瞬間)이었다. 그는 곧바로 흔들림을 지웠다. 흔들림을 지우는 방법(方法)은 간단(簡單)하다. 상대(相對)의 약점(弱點)을 파고들면 된다.

"그러니 대감은…."

서문탁이 천천히 말했다.

"나를 도우러 온 것이 아니라, 나를 이용(利用)하려는 것이었군."

"서로 이용(利用)하는 겁니다."

모윤겸이 똑바로 말했다.

"대감은 징계(懲戒)를 벗고 싶고, 나는 공(功)을 얻고 싶습니다.

다만, 방법(方法)이 다를 뿐입니다."

그 말은 거래(去來)의 언어(言語)였다. 거래(去來)는 평등(平等)을 요구(要求)한다. 그러나 서문탁은 평등(平等)을 모른다. 정치(政治)의 글(文)은 평등(平等)을 말하지만, 글(文)을 쥔 자는 평등(平等)을 믿지 않는다.

"방법(方法)이 다르다?"

서문탁이 웃었다. 이 웃음은 기쁨이 아니라 경멸(輕蔑)이었다.

"대감의 방법(方法)은 느리고, 느리면 틈(隙)이 생깁니다. 틈(隙)이 생기면, 이안사가 살길을 찾지요. 살길을 찾으면, 그놈은 증거(證據)를 남깁니다. 증거(證據)가 남으면, 아니, 이안사의 조작(造作)된 증거(證據)는 우리에게 불리(不利)할 수 있습니다."

그는 '우리에게 불리(不利)'라는 말을 아주 작게 눌러 말했다. 눌러 말하는 건 진심(眞心)이기 때문이다. 그는 이미 벼랑 끝에 서 있었다. 징계(懲戒)는 끈이다. 끈이 목에 감기면, 그 끈은 언젠가 당겨진다. 모윤겸은 그 진심(眞心)을 읽고도 물러서지 않았다. 오히려 더 냉정(冷靜)해졌다.

"그러니까 더더욱 절차(節次)가 필요(必要)합니다."

"절차(節次)는 핑계요."

"핑계라도 있어야 합니다."

모윤겸은 숨을 고르고 말했다.

"개경(開京)의 눈이 이쪽을 향할지 모릅니다. 이안사 집안의 줄(脈)이 완전히 끊기지 않았다는 소문(所聞)도 있습니다. 그가 죽으면, 질문(質問)이 시작(始作)됩니다. 질문(質問)이 시작(始作)되면, 누가 칼을 들었는지보다 누가 글(文)을 썼는지가 더 중요(重要)해집니다. 그때 대감의 글(文)이 남아 있으면…."

그 말이 끝나기도 전에, 서문탁이 상(床)을 탁, 하고 쳤다.

"그만!"

그 소리에 마당의 사람(人間)들도 움찔했다. 움찔함은 공포(恐怖)의 반사(反射)다. 권력자(權力者)는 공포(恐怖)를 이렇게 만든다. 자신의 손짓 하나로 수십(數十) 개의 심장(心臟)이 동시에 움찔하게 하는 것. 그 움찔함이 권력(權力)의 감각(感覺)이다.

"도병마사 대감!"

서문탁의 목소리는 낮아졌고, 낮아진 만큼 더 날카로웠다.

"여기는 장성(長城)이오. 내 관아(官衙)요. 내 마당이오. 당신이 여기서 나를 가르치려 들면, 당신도 내 기록(記錄)에 들어갈 거요."

모윤겸의 눈이 가늘어졌다.

"기록(記錄)?"

"그렇소!"

서문탁은 미소(微笑)를 지었다. 미소(微笑)는 칼집이다. 칼집이 예쁘면 칼이 더 무섭다.

"도병마사가 절차(節次)를 이유(理由)로 집행(執行)을 지연(遲延)시켰다. 그 사이 죄인(罪人)들이 탈주(脫走)를 도모(圖謀)했다. 이렇게 기록하면 당신은 책임(責任)을 면(免)할 수 있겠소?"

모윤겸은 순간(瞬間) 숨이 멎었다. '기록(記錄)'으로 위협(威脅)하는 것은, 칼로 위협(威脅)하는 것보다 더 잔인(殘忍)하다. 칼은 한 번에 끝나지만, 기록(記錄)은 평생(平生)을 찌른다. 모윤겸의 손이 본능(本能)적으로 허리 쪽으로 내려갔다. 칼자루가 있는 자리. 그러나 그는 칼을 잡지 않았다. 여기서 칼을 잡는 순간(瞬間), 그는 끝이다. 끝이지만, 끝을 피하려고 여기까지 온 것이기도 했다.

"대감."

모윤겸은 목소리를 낮추어 말했다.

"지금 내게 협박(脅迫)하는 겁니까?"

"협박(脅迫)이 아니라 사실(事實)이오."

서문탁의 말은 매끄러웠다. 매끄러운 말은 피를 잘 미끄러뜨린다. 모윤겸은 그 매끄러움 속에서 확신(確信)했다. 이 사람(人間)과 함께 있으면, 내 공(功)은커녕 내 목이 먼저 날아간다.

"좋습니다!"

모윤겸이 고개를 끄덕였다. 끄덕임은 수긍(首肯)이 아니라 단절(斷絕)이었다.

"대감의 뜻대로 하십시오."

서문탁의 입가가 다시 올라갔다.

"그래. 그렇게 하면 되지."

그러나 모윤겸은 말을 이었다.

"다만, 내 군(軍)은 내 뜻대로 움직입니다. 내 본부(本部)로 복귀(復歸)하겠습니다."

서문탁의 눈이 번쩍 뜨였다.

"뭐라고?"

"내가 여기 더 머물 이유(理由)가 없습니다."

모윤겸이 돌아섰다. 돌아섬은 칼날이다. 서문탁은 급히 한 발 내디뎠다.

"도병마사 대감! 지금 이 상황(狀況)에서 군(軍)을 빼면…."

"대감!"

모윤겸이 돌아보지도 않고 말했다.

"대감은 내 군(軍)을 수족(手足)처럼 쓰려고 했습니다. 그러나 군(軍)은 칼이고, 칼은 자기 손을 베지 않으려 합니다."

그 말이 끝나자, 모윤겸은 수하(手下)들에게 손짓했다. 손짓 하나에 군관(軍官)들이 움직였다. 움직임은 빠르고 질서(秩序) 있었다. 군(軍)의 질서(秩序)는 늘 폭력(暴力)의 가장 단정(端正)한 얼굴이다.

군사(軍士)들이 마당을 지나가자, 백성(百姓)들의 눈이 흔들렸다. 군(軍)의 발소리가 멀어지는 것은 곧 마지막 완충(緩衝)이 사라지는 소리였다. 모윤겸의 군(軍)이 있어도 부담이었지만, 그 군(軍)이 빠지면 서문탁의 자리는 더 위태(危殆)롭다. 사람(人間)들은 본능(本能)적으로 모윤겸의 뒷모습을 바라보았다. 그 뒷모습이 어떤 의미(意味)인지 모르면서도, 그것이 '일어날 일'을 예고(豫告)한다는 것은 알았다. 모윤겸은 관아(官衙) 밖으로 나가며 마지막(最後)으로 말했다.

"훗날 중앙(中央)에서 물으면, 나는 '절차(節次)를 주장(主張)했으나 감무(監務)가 듣지 않았다'라고 말하겠습니다!"

서문탁의 얼굴이 굳었다. 굳음은 공포(恐怖)였다. 서문탁이 가장 싫어하는 것은 칼이 아니라, 말(言)이다. 말(言)이 위로 올라가면, 글(文)이 된다. 글(文)이 되면, 그는 끝이다. 모윤겸의 군(軍)이 완전히 빠져나간 뒤, 관아(官衙) 마당은 더 고요해졌다. 그 고요함은 평온(平穩)이 아니라, 들끓는 불안(不安)의 표면(表面)이었다.

서문탁은 한참 동안 움직이지 않았다. 마루 위에 앉아 있는 것은 그의 몸이었지만, 멈춰 선 것은 몸이 아니라 권력(權力) 자체(自體)처럼 보였다. 마당은 고요(寂靜)했으나, 그 고요는 평온(平穩)이 아니라 응결(凝結)이었다. 그가 숨을 내쉬었다. 그 숨은 피로(疲勞)가 아니라 계산(計算)의 재정렬(再整列)이었다. 군(軍)이 빠졌다. 균형(均衡)이 무너졌다. 이제 자신이 직접 칼이 되어야 한다. 직접 책임(責任)을 쥐어야 한다. 그는 천천히 일어섰다. 일어나는 동작(動作)이 느릴수록, 그의 내면(內面)은 더 빠르게 요동(搖動)하고 있었다. 손끝이 아주 미세하게 떨렸다. 그는 그 떨림을 소매 안으로 감추었다. 떨림은 두려움(恐怖)의 징표(徵表)다. 두려움이 드러나는 순간, 권력(權力)은 균열(龜裂)을 가진다. 마당을 내려다보았다. 포승(捕繩)에 묶인 사람(人間)들의 어깨가 들썩였다. 울음은 말라 있었고, 소리는 없었다. 그러나 들썩임은 분명했다. 그것은 절망(絕望)이 아니라 본능(本能)이었다. 살고 싶다는 가장 원초적(原初的)인 움직임. 그 본능(本能)이 서문탁의 신경(神經)을 긁었다. 본능은 예측(豫測)되지 않는다. 예측되지 않는 것은 통제(統制)할 수 없다.

그는 시선을 옮겼다. 이안사(李安社). 이안사는 고개를 들고 있었다. 고개를 든다는 것은 도전(挑戰)처럼 보일 수 있었다. 그러나 그의 눈빛에는 격정(激情)이 없었다. 항변(抗辯)도, 저주(詛呪)도 없었다. 그저 고요(高謠)였다. 그 고요가 서문탁을 더 불안(不安)하게 만들었다. 소리 지르는 자는 다루기 쉽다. 울부짖는 자는 죄인(罪人)처럼 보인다. 그러나 잠잠(潛潛)한 자는 판단(判斷)을 흔든다. 이안사의 눈은 말하고 있지 않았지만, 묻고 있었다.
'당신은 확신(確信)하는가?'
서문탁은 그 시선을 견디지 못하고 잠시 눈을 피했다. 그 피함이 스스로에게는 분명(分明)하게 느껴졌다.
'이놈이 살아 있으면, 나는 견딜 수 없다.'
'마음이 흔들리면 나는 실수(失手)한다.'
'실수(失手)하면, 기록(記錄)이 남는다.'
기록(記錄). 그 단어가 머릿속에서 칼날처럼 번뜩였다. 그는 이미 한 번 기록(記錄)에 베인 사람이다. 징계(懲戒)의 기억(記憶)은 아직 마르지 않았다. 다시 기록(記錄)에 이름이 오르는 순간, 그는 끝이다. 이안사는 여전히 잠잠했다. 그의 어깨는 떨리지 않았고, 눈은 흔들리지 않았다. 잠잠함은 두려움이 없어서가 아니라, 이미 두려움을 건너왔다는 표정이었다. 그 눈에는 분노(憤怒)도, 비굴(卑屈)도 없었다.

오히려 연민(憐憫)에 가까운 무언(無言)이 있었다. 그 연민(憐憫)이 서문탁의 가슴을 찔렀다. 권력자(權力者)는 미움은 견딘다. 그러나 연민은 견디지 못한다. 그는 결론(結論)을 내렸다.

'죽인다.'

그 말은 입 밖으로 나오지 않았다. 그러나 결심(決心)은 이미 손끝으로 내려와 있었다. 손가락이 아주 작게 움직였다. 그가 하급(下級) 관리(官吏)를 향해 손짓했을 때, 마당의 공기(空氣)가 달라졌다. 권력자(權力者)의 지시(指示)는 말보다 먼저 공기(空氣)를 바꾼다. 공기(空氣)가 바뀌면, 사람(人間)의 심장(心臟)이 먼저 알아챈다.

"모두 밖으로."

목소리는 낮았으나, 날카로웠다.

"관청(官廳) 밖 큰 마당으로 죄인(罪人)들을 이동(移動)시켜라."

하급(下級) 관리(官吏)가 주저했다.

"대감, 아직… 형(刑)이 확정(確定)되지…"

서문탁의 눈이 번뜩였다. 그 눈에는 초조(焦躁)가 서려 있었다. 그러나 그 초조(焦躁)는 분노(憤怒)로 포장(包裝)되었다.

"시키는 대로 하라!"

짧은 외침. 그 외침은 확신(確信)이 아니라, 흔들림을 덮기 위한 힘이었다. 관리(官吏)의 목이 저절로 굽혀졌다. 굽혀지는 목은 권력(權力)의 증거(證據)다. 포승(捕繩)을 당기는 소리가 거칠게 울렸다. 사람(人間)들의 몸이 끌려갔다. 누군가 넘어졌다. 군졸(軍卒)의 발이 등 위로 올라갔다. 이안사는 넘어지지 않았다. 그는 여전히 고개를 들고 있었다. 끌려가면서도, 눈은 서문탁을 놓지 않았다. 그 눈은 원망(怨望)도, 공포(恐怖)도 아닌, 기다림(期待)에 가까웠다.

'당신은 결국 두려움에 지는구나.'

말하지 않았지만, 그렇게 들렸다. 서문탁의 가슴이 순간(瞬間) 철령 내려앉았다. 그러나 그는 고개를 돌렸다. 돌려진 시선은 패배(敗北)를 인정하지 않는 마지막 몸짓이었다.

"안 돼!"

누군가 외쳤다. 그러나 그 외침은 곧 막혔다. 마당은 다시 고요(高謠)해졌다. 그러나 그 고요는 이안사의 것이었다. 서문탁의 것이 아니었다. 서문탁의 고요는 겉모습(外貌)이었고, 이안사의 고요는 중심(中心)이었다. 그리고 그 차이(差異)가 곧 닥칠 파국(破局)의 예고(豫告)처럼 마당 위에 떠 있었다.

40
왕명 (王命)

모덕진(毛德進) 지신사(知申事)의 집은 도성(都城)의 중심에서 한 칸을 비켜난 자리에 있었다. 번화(繁華)에서 멀어지되 외면(外面)하지는 않는 거리, 권력(權力)의 한복판을 향하되 굳이 드러나지 않는 방향이었다. 집은 크지 않았고, 담장은 높지 않았다. 붉은 단청(丹靑)도, 번듯한 문패(門牌)도 없었다. 그러나 문 앞의 정돈(整頓)된 돌계단과 조금도 흐트러지지 않은 문살의 각이 이 집이 감당하는 일의 성질(性質)을 말해주고 있었다. 이곳에서는 화려함보다 질서(秩序)가 앞섰고, 환대(歡待)보다 규칙(規則)이 먼저였다. 집의 주변(周邊)을 지키는 군졸(軍卒)들도 보이지 않았다. 그렇다고 비어 있는 집도 아니었다. 밤의 기척이 그 집 앞에 이르러서는 스스로 속도를 줄였다. 말(言)소리는 낮아졌고, 발걸음은 이유 없이 조심스러워졌다. 누군가를 제지하는 손이 없는 대신, 스스로 멈추게 만드는 공기가 있었다. 이 집의 경계는 사람보다 분위기로 서 있었다. 진장(鎭將)의 전령(傳令)이 문 앞에 섰을 때도 마찬가지였다. 그는 문을 두드리기 전, 한 박자 숨을 고른 뒤 인장(印章)이 찍힌 패(牌)를 다시 확인(確認)했다. 세 번. 규정(規定)대로였다. 두 번은 경솔(輕率)하였고, 네 번은 무례(無禮)했다. 세 번째 두드림이 끝나자 안쪽에서 등불 하나가 천천히 움직였다. 급하지 않았다. 서두르지도 않았다. 그 느린 움직임이 오히려 더 긴장을 키웠다. 문은 한 번에 열리지 않았다. 빗장이 풀리는 소리, 안쪽 문이 한 치 열리는 소리, 다시 멈추는 소리. 그 사이에 중년의 하인이 얼굴을 내밀었다. 그는 전령보다 먼저 연화를 보았다. 땀에 젖은 옷자락, 길 위의 먼지, 숨을 다잡은 채 고개를 곧게 든 얼굴. 잠시 그의 눈이 커졌으나, 놀람은 오래 가지 않았다. 이 집에서는 놀람보다 확인(確認)이 먼저였다.

"이름?"

짧은 물음이었다. 연화가 이름을 대자, 하인은 다시 전령(傳令)과 정씨(鄭氏)를 보았다.

"패?"

전령이 인장(印章)을 내밀었다. 하인은 패를 받지 않았다. 문 안쪽으로 손만 뻗어 그림자 속에 잠시 들였다. 안에서 또 다른 시선(視線)이 그 패를 확인하고 있음을 연화는 느낄 수 있었다. 그제야 하인은 고개를 끄덕였다.

"동행들은?"

"기록(記錄)을 전달할 자와 함께 수행(隨行)한 자입니다."

"증거는?"

연화는 말없이 품에서 봉한 문서(文書)를 꺼냈다. 진장이 급한 대로 써 준 문서였다. 봉인은 아직 훼손되지 않았다. 하인은 그것을 받아 들고 다시 안쪽으로 사라졌다. 문은 여전히 반쯤 열린 채였다. 완전히 들이지도, 돌려보내지도 않은 상태. 그 애매한 틈에서 연화는 숨을 고르고 있었다. 이 문이 더 열리느냐, 아니면 지금 이 자리에서 닫히느냐에 따라 장성의 시간이 달라질 수 있었다. 잠시 후 문이 조금 더 열렸다. 하인은 비켜섰다.

"따르시오. 확인은 안채에서."

안으로 들어선 길은 짧았다. 그러나 그 짧음이 오히려 숨을 막히게 했다. 화려한 조경도, 번다한 장식(裝飾)도 없었다. 마당은 쓸모만 남긴 듯 비어 있었고, 돌 하나, 나무 하나가 제자리에 있었다. 연화는 걸음을 옮기며 생각했다. 이 집은 불필요한 것을 들이지 않음으로써 필요(必要)한 것만 남긴 곳이라고. 그래서 이곳의 질서(秩序)는 가볍지 않았다. 안채에 이르기까지 작은 검문이 하나 더 있었다. 하인은 연화와 전령과 정씨를 다른 방향으로 한 걸음씩 떼어 놓고, 각자의 말(語)을 따로 확인했다. 같은 질문, 다른 순서. 대답이 어긋나지 않자 그제야 문이 열렸다. 절차(節次)는 번거로웠으나 허술하지 않았다. 이 집에서 우연(偶然)은 통과(通過)하지 못했다.

모덕진(毛德進)은 이미 깨어 있었다. 아니, 애초에 잠들지 않았던 얼굴같이 맑았다. 등불 아래 놓인 서책(書冊)은 펼쳐진 채였고, 그의 손은 책장(冊匠)을 짚고 있었다. 그는 연화와 정씨를 번갈아 보았으나, 시선에는 감정(感情)이 실리지 않았다. 그에게 사람은 먼저 확인의 대상이었고, 말은 나중의 판단(判斷)이었다. 함께 온 전령의 보고가 시작되었고, 모덕진은 끝까지 끼어들지 않았다. 중간에 끊지도, 고개를 끄덕이지도 않았다. 단 하나의 질문도 던지지 않은 채, 말의 끝을 기다렸다. 침묵(沈默)이 길어질수록 연화의 심장(心腸)은 더 또렷해졌다. 이 침묵은 무관심(無關心)이 아니라 계산이었다. 보고가 끝났을 때, 모덕진은 서책에서 손을 떼며 비로소 입을 열었다.

"이 기록과 저 여인의 말이 사실이오!"

모덕진은 옆에 서 있던 전령에게 말을 건넸다.

"확인되지 않았지만 급한 상황으로 보아 사실일 확률이 높습니다. 지신사 대감!"

그는 고개를 숙여 대답했다. 모덕진의 목소리는 낮았고, 단정했다.

"그러면…. 누가, 언제, 무엇을 남겼는지부터 구체적으로 말해 보시오."

연화는 알았다. 이제야 문이 완전히 열렸다는 것을. 그리고 이곳에서는 말 하나, 숨 하나도 기록 일부가 된다는 것을. 그녀는 한 박자 숨을 고르고 입을 열었다. 급하면 말이 엉킨다는 것을, 이 방에서는 그것이 곧 의심(疑心)이 된다는 것을 알고 있었다.

"이양무(李陽武) 대감의 아들, 이안사(李安社) 대감의 이름으로 남겨진 기록입니다. 장성에서, 형 집행을 앞둔 이안사(李安社) 대감의 건으로 작성(作成)되었습니다."

모덕진은 고개를 들었다. 감정은 없었다. 대신 질문(質問)이 있었다.

"이양무(李陽武) 대감은 살아 있소?"

연화의 심장이 잠시 멎는 듯했다. 이 질문은 단순한 안부(安否)가 아니었다. 기록의 무게를 재는 질문이었다.

"돌아… 가셨습니다. 벌써 5년이 넘었습니다."

모덕진의 눈이 아주 잠깐 흔들렸다. 그는 다시 물었다.

"그의 아들, 이안사는?"

연화는 한 발 앞으로 나섰다. 무릎이 바닥에 닿는 소리가 또렷했다. 일부러 숨기지 않았다. 이 자리에서는 고개를 숙이는 방식(方式)조차 말이 되었다.

"억울한 누명으로 형(刑)을 기다리고 있습니다."

그 순간, 모덕진의 손이 책 위에서 멈췄다. 아주 미세한 정지(靜止)였다. 그러나 그 방의 공기는 즉각 달라졌다. 그는 연화를 내려다보며 다시 물었다. 이번에는 더 천천히 하였다.

"자초지종을 말씀하시오. 빠짐없이!"

연화는 고개를 들었다. 그 눈에는 서두름이 없었다. 대신, 오래 준비해 온 말의 결이 있었다.

"장성 관가에서 붙잡힐 뻔했습니다. 망을 보다가 상황이 좋지 않아서 도망했습니다. 운이 좋았다고 말할 수도 있겠지만, 저는 그걸 운이라고만 부를 수 없었습니다."

모덕진은 끼어들지 않았다. 그는 연화가 어디에서 말을 멈추는지, 어디에서 숨을 고르는지를 보고 있었다.

"도망치며 생각했습니다. 누가 이 누명(陋名)을 받아들일 수 있을지, 누가 이 말을 끝까지 들을 수 있을지. 그때… 어린 시절 어머니의 말이 떠올랐습니다."

연화의 목소리가 잠시 낮아졌다.

"선한 사람은 반드시 하늘이 돕는다고 하셨습니다. 다만, 하늘은 사람의 얼굴로 온다고도 하셨습니다."

그 말에 방 안의 등불이 한 번 흔들렸다. 바람은 없었다. 흔들린 것은 공기였다.

"그래서 떠올렸습니다. 어른 시절에 이양무 대감 수하에 계시던 어른이 있다는 것을요…. 그리고 애써 생각해 낸 이름이 바로 앞에 계신 모덕진 대감님입니다. 제발, 이안사 대감을 살려주십시오! "

연화는 고개를 숙였다. 이번에는 예(禮)가 아니라 고백(告白)이었다.

"급한 마음에 예도 갖추지 못했습니다. 문 앞에서 이름을 높이지도 못했고, 규정(規定)을 모두 따르지도 못했습니다. 그저… 살릴 수 있는 길이 있다면, 그 길이 어디든 가야 한다고 생각했습니다.”

잠시 침묵이 흘렀다. 그 침묵은 무거웠으나 차갑지 않았다. 모덕진은 천천히 고개를 돌려 창 쪽을 보았다. 어둠은 여전히 깊었고, 궁의 불빛은 멀었다. 그는 그사이에 놓인 시간을 보고 있었다. 그리고 조용히 숨을 내쉬었다. 아주 조심스럽게였다. 그의 눈가가 젖어 있었다. 누구에게도 보이려 하지 않았던, 그러나 숨길 수 없는 습기였다.

“이양무 대감….”

그는 낮게 중얼거렸다.

“선한 사람은 반드시 하늘이 돕는다고?”

모덕진은 다시 연화를 보았다. 이번에는 계산이 아니었다. 기억(記憶)이었다.

“이제는,”

그가 천천히 일어서며 말했다.

“내가 은혜(恩惠)를 갚을 차례요. 그 말이 사실이라면.”

그는 지체(遲滯)하지 않았다. 지신사가 자리를 뜬다는 것은 곧 왕의 시간을 움직인다는 뜻이었다.

“밖에 군관(軍官) 대기하고 있느냐? 빠른 전령으로 궁으로 먼저 보내 왕께 급한 보고(報告) 하라! 이내 갈 것이다!”

“예!”

“궁으로 간다. 지금!”

밖으로 나서자 밤의 공기가 얼굴을 때렸다. 궁문은 지신사의 행렬(行列)에 문(門)을 열었고, 왕(王)은 전령의 보고를 받았는지 마침 자리에 있었다. 하늘이 돕는 시간이었다. 모덕진은 요지(要旨)를 압축(壓縮)해 올렸다. 장성, 형 집행, 억울한 누명, 이안사의 신분, 그리고 시간이 없다는 사실. 말은 짧았으나 빠짐이 없었다. 왕은 한동안 말이 없었다. 침묵은 늘 가장 비싼 판단의 전조였다.

"형을 멈춘다!"

그 말은 짧았으나 무게는 천근(千斤)이었다.

"즉시 왕명(王命)을 내려라. 준마 다섯 필, 기마병 세 부대. 지신사가 직접 가라! 그대의 은혜(恩惠)를 갚아라! 대(大) 고려국(高麗國)의 신하(臣下)는 배은망덕(背恩忘德)이 없어야 한다!"

출정(出征)은 숨 가쁘게 이루어졌다. 마구간에서 말들이 끌려 나왔고, 쇠의 냄새와 말의 숨결이 밤공기를 가르며 번졌다. 기병(騎兵)들은 소리보다 질서로 움직였다. 그때, 역마(驛馬) 마당으로 두 사람이 더 들어섰다. 백수린과 구씨였다. 흙과 땀에 전 모습이었으나 눈은 살아 있었다. 연화는 그들을 보는 순간, 그제야 현실(現實)로 돌아왔다. 살아남았다는 사실이 눈앞에 있었다. 모덕진은 연화를 보며 말했다.

"너는 여기 남아라."

배려(配慮)이자 명령(命令)이었다.

"아닙니다."

연화의 대답은 즉각 나왔다.

"제가 가야 합니다!"

그는 잠시 그녀를 바라보다가 고개를 끄덕였다. 위험(危險)을 아는 사람이었고, 시간을 아는 사람이었다.

"기병 중에서 제일 빠른 자."

한 병사(兵士)가 앞으로 나섰다. 말과 하나가 된 몸이었다.

"이 여인과 함께 간다. 따라잡히지 않도록."

연화는 말 위에 올랐다. 이번에는 혼자가 아니었다. 왕의 말, 왕의 군사, 그리고 왕의 시간과 함께였다. 출발은 번개 같았다. 말발굽 소리가 어둠을 밀어냈다. 이번에는 도망이 아니었다. 추격(追擊)

이었다. 연화는 몸을 숙였고, 바람은 다시 귀 옆에서 울었다. 그러나
이번에는 달랐다. 이번에는 왕명(王命)이 함께 달리고 있었다. 장성
까지 남은 시간은 여전히 촉박했다. 그러나 연화는 처음으로 생각했
다. 이 밤이 끝나기 전에, 누군가의 시간이 멈출 수도, 다시 흐를 수
도 있다는 것을. 말은 다시 달렸고, 이번에는 어둠이 조금씩 물러나
고 있었다.

<h1 style="text-align:center">41</h1>
일촉 (一觸)

관청(官廳) 밖 큰 마당은 생각보다 더 넓었다. 넓다는 것은 단지 공
간(空間)이 크다는 뜻이 아니었다. 더 많은 눈이 모일 수 있고, 더 많
은 기억(記憶)이 남을 수 있다는 뜻이었다. 이 마당은 사람을 모으기
위해 만들어진 곳이 아니라, 보이게 하려고 만들어진 곳이었다. 형
벌(刑罰)은 언제나 공개(公開)가 필요(必要)했다. 공개(公開)된 형벌
(刑罰)은 곧 본보기가 되고, 본보기는 관아(官衙)가 백성(百姓)을 다
루는 가장 손쉬우면서도 가장 잔인(殘忍)한 방식(方式)이었다. 마당
의 바닥은 단단히 다져져 있었다. 수많은 발걸음이 눌러 만든 흙의 결
(結)은 단단했고, 그 위에는 이미 오래전의 흔적(痕迹)들이 겹겹이 남
아 있었다. 말라붙은 검붉은 얼룩(汚斑)들, 물로 씻어도 완전히 사라
지지 않은 자국(痕迹)들. 사람(人間)들은 그 얼룩을 보지 않으려 시선
(視線)을 피했으나, 발바닥으로는 이미 느끼고 있었다. 서문탁은 마
당의 중심(中心)을 정확(正確)히 짚었다. 중심(中心)이란, 가장 많은
사람이 동시(同視)에 볼 수 있는 자리였다. 그는 그 자리에 형틀(刑틀)

을 세우라 명(命)했다.

"형틀을 준비(準備)하라! 칼을 대령(大令)하라! 줄을 확인(確認)해
라!"

명령(命令)은 차례로 떨어졌다. 군졸(軍卒)들은 익숙한 손놀림으로
움직였다. 익숙하다는 것은 반복(反覆)되었다는 뜻이고, 반복(反覆)
되었다는 것은 죄책감(罪責感)이 마모(摩耗)되었다는 뜻이었다. 형틀
(刑틀)이 끌려 나오는 소리가 마당을 긁었다. 나무가 돌을 긁는 소리
였다. 새 나무였다. 결(結)이 살아 있는 나무. 아직 아무것도 흡수(吸
收)하지 않은 나무. 새 나무는 잔인(殘忍)하다. 오래된 나무는 이미 많
은 비명(悲鳴)을 품었지만, 새 나무는 이제부터 피를 배운다. 처음 피
를 먹는 나무는 더 탐욕(貪慾)스럽다. 군중(群衆)은 점점 더 빽빽해졌
다. 사람(人間)들은 서로의 체온(體溫)을 느낄 만큼 가까이 서 있었지
만, 누구도 서로를 바라보지 않았다. 눈이 마주치면 무너질 것 같았
기 때문이다. 조금 전의 공포(恐怖)는 '기다림'의 공포(恐怖)였다. 아
직 오지 않은 것에 대한 공포(恐怖). 그러나 지금은 달랐다. 지금은
'다가옴'의 공포(恐怖)였다. 다가오는 공포(恐怖)는 더 빠르고, 더 날
카롭다. 사람(人間)들은 이제 확신(確信)했다. 확정(確定)되지 않은
형(刑)도, 이미 현실(現實)이 될 수 있다는 것을.

군중(群衆)의 시선(視線)은 서문탁에게만 향하지 않았다. 오히려
더 오래 머문 곳은 이안사였다. 포승(捕繩)에 묶여 끌려 나오면서도
그는 완전히 무너지지 않았다. 무너지지 않는다는 것은 강(强)하다
는 뜻이 아니었다. 아직 남아 있는 희망(希望)의 잔재(殘在)가 있다
는 뜻이었다. 희망(希望)은 사람(人間)을 살리기도 하지만, 가장 잔
인(殘忍)하게 고문(拷問)하기도 한다. '혹시'라는 한 단어(單語)가 사
람(人間)을 버티게 한다. 이안사의 '혹시'는 연화와 백수린이었다. 그

러나 어떤 조짐(兆朕)도 보이지 않았다. 그는 자신에게 물었다. 정말 도망(逃亡)친 것인가? 아니, 연화와 백수린은 그런 위인(爲人)이 아니었다. 그러나 사람(人間)이 절박(切迫)해지면, '그럴 수도 있겠다'라는 생각(生覺)이 스며든다. 그는 그 생각(生覺)이 인지상정(人之常情)임을 알면서도, 동시에 그것이 자신을 배신(背信)할 수 있음을 알고 있었다. 희망(希望)이 먼저 무너질 수도, 희망(希望)이 남아 있는 채로 자신이 이 세상 사람이 아닐 수도 있었다. 이씨 부인, 장무겸, 한도윤…. 그들도 그 길을 갔다. 그렇다면 자신도 가야 할 길이라고 그는 생각(生覺)했다. 죽음(死亡)에는 더 이상 미련(未練)이 없었다. 아내도, 사랑하는 수하(手下)들도 이미 무너졌다. 그러나 이 많은 무리(無理)…. 그리고 삼척 노곡리(蘆谷里)에 남아 있는 사람(人間)들… 그들이 살아야 했다. 살아서 이 모든 일을 기억(記憶)해야 했다. 기억(記憶)은 기록(記錄)보다 오래간다. 기록(記錄)은 불태울 수 있지만, 기억(記憶)은 불태울 수 없다. 이안사는 군중(群衆)을 훑었다. 훑는다는 것은 '찾는다.'라는 뜻이었다. 무엇을 찾고 있는가? 그렇다. 희망(希望)…. 그 희망(希望)을 찾고 있는지 모른다. 죽음(死亡)에 대한 절망(絕望)이 아니라, 여기서 이 많은 무리(無理)를 멈출 수 없다는 희망(希望)이다.

앗! 그때, 하마터면 이안사는 소리를 지를 뻔했다. 이안사는 군졸(軍卒)들을 한번 쳐다보았다. 자신이 놀라는 모습을 알아채지 못했다. 그들도 사람(人間)을 죽이는 일을 하느라 거기에 혼(魂)이 빠져 있는 모양(模樣)이었다. 군중(群衆) 속에는 아는 눈들이 있었다. 그리고 아는 형태(形態)와 모습이 있다. 눈을 보면 알 수 있었다. 입술의 떨림, 턱의 각도(角度), 고개를 드는 방식(方式). 노곡리(蘆谷里)의 사병(私兵)들이 변복(變服)하고 섞여 있었다. 장터의 상인(商人)처럼, 떠

돌이 장정(壯丁)처럼, 심지어는 아이를 안은 여인(女人)처럼 보이는
자들도 있었다. 여인(女人)으로 변장(變裝)한 자 중 몇은 몸 안쪽에 짧
은 활(弓)과 살(箭)을 숨기고 있었다. 겉옷 아래의 선이 미세(微細)하
게 달랐다. 그들은 몸을 조금만 틀어도 바로 활(弓)을 꺼낼 수 있는 자
세(姿勢)로 서 있었다. 마당 가장자리, 오래된 느티나무 근처에도 사
람이 있었다. 나무의 그림자(影子)와 몸을 겹친 자들. 그들 역시 무기
(武器)를 품고 있었다. 그리고 더 위, 관청(官廳) 지붕 가까운 도성(都
城)의 구조물(構造物) 위에도 그림자(影子)가 있었다. 지붕의 선과 겹
쳐 보이는 그림자. 그곳에도 이안사의 사병(私兵)들이 있었다. 자연
스럽게 경계(警戒)를 서고 있는 보초병(步哨兵)들과 담소(談笑)까지
나눈다. 그들에게 무언가 쥐여 준 모양(模樣)이었다. 서문탁은 아직
거기까지 미처 생각(生覺)지 못한 모양(模樣)이었다. 이안사를 죽이
는 데 혈안(血眼)이 되었고, 모윤겸이 떠난 자리, 모든 것을 자신이 처
리(處理)해야 하는 다급함이 그를 지금 더 위태(危殆)롭게 하고 있다.

  사병(私兵)들은 이미 각자의 위치(位置)에서 각도(角度)를 재고 있
었다. 형틀(刑틀)과 서문탁, 군졸(軍卒)들의 동선(動線)까지 머릿속
에 그려 넣은 상태(狀態)였다. 형(刑)이 집행(執行)되면, 그들은 움직
일 것이다. 한순간(瞬間)에 피가 터지고, 마당은 전장(戰場)이 될 것이
다. 장성관아(官衙), 안의 사병(私兵)과 외곽(外廓) 사병(私兵)을 아
무리 합친다 해도 오십(五十)여 명이 안 된다. 거기다가 이들은 사실
(事實) 오합지졸(烏合之卒)에 불과(不過)하다. 그렇다면 이안사의 사
병(私兵)이 훈련(訓練)되었고, 정예병(精銳兵)이니 이들을 물리치는
것은 일도 아니다. 그리고 이안사의 목숨은 구할 수 있을지 모른다.
그러나 그 순간(瞬間), 관(官)은 이 모든 것을 '반역(叛逆)'으로 기록
(記錄)할 것이다. 그들이 그토록 모아 온 서문탁의 비리(非理)는 한순

간(瞬間)에 덮일 것이다. 피로 쓴 기록(記錄)은, 피로 지워진다. 이안사는 그 사실(事實)을 알고 있었다. 그래서 그는 고개를 아주 천천히 흔들었다. 눈을 마주친 사병(私兵)들에게 보낼 수 있는 최소(最小)한의 신호(信號).

'움직이지 마라. 절대로 먼저 움직이면 안 된다!'

사병(私兵)들의 눈이 흔들렸다. 결심(決心)은 이미 서 있었다. 그러나 명령(命令)은 명령(命令)이었다. 그들은 이를 악물고 움직이지 않았다. 누군가의 주먹이 쥐어졌고, 누군가의 숨이 거칠어졌다. 그러나 누구도 앞으로 나서지 않았다. 움직이면 죽기 때문이다. 아니, 죽는 것보다 더 큰 것을 잃기 때문이다.

군중(群衆)의 마음(心)은 여전히 서문탁을 향하지 않았다. 서문탁은 권력(權力)이었지만, 이안사는 사람(人間)이었다. 사람(人間)들은 권력(權力)보다 사람(人間)을 더 오래 기억(記憶)한다. 권력(權力)은 한때의 공포(恐怖)지만, 사람(人間)은 오랫동안 남는 얼굴이다. 서문탁은 그 시선(視線)을 느꼈다. 느끼는 순간(瞬間), 그의 불안(不安)은 더 커졌다. 백성(百姓)의 눈이 한 방향(方向)으로 모이면, 그것은 언제나 위험(危險)하다. 시선(視線)은 곧 소문(所聞)이 되고, 소문(所聞)은 곧 기록(記錄)이 된다. 그는 더 서둘렀다.

"백윤철(白允澈) 그리고, 너희 셋, 앞으로!"

그 이름이 불리자 마당의 공기(空氣)가 다시 꺾였다. 이안사의 수족(手足)이라 불릴 수 있는 자들. 그는 알고 있었다. 이안사만 죽여서는 부족(不足)할 수 있다. 나무는 뿌리만 자르면 다시 살아날 수 있다. 뿌리를 자르려면, 가지를 먼저 부러뜨린다. 백윤철(白允澈)은 고개를 들었다. 그의 눈에는 체념(諦念)이 섞여 있었지만, 그 체념(諦念) 속에 분노(憤怒)가 남아 있었다. 분노(憤怒)는 살기 위해 남는 감정(感情)이다. 그는 아직 살고 싶었다. 그래서 분노(憤怒)가 남아 있었다. 사병(私兵) 셋은 서로를 바라보았다. 그들의 눈은 말하고 있었다.

'우리가 먼저구나. 우리가 먼저 죽어야, 대감이 산다.'

이안사는 숨을 들이켰다. 들이켠 숨이 가슴에 걸렸다. 죄책감(罪責感)과 감사(感謝)가 동시에 밀려왔다. 그 두 감정(感情)은 종종 같은 얼굴을 하고 온다. 그 얼굴이 그의 마음(心)을 찢었다.

"준비(準備)해라!"

서문탁의 말과 함께 형틀(刑틀)이 제자리에 놓였다. 군졸(軍卒)들이 칼을 들었다. 칼날은 봄의 해를 받아 번뜩였다. 새벽을 지나 오전(午前)으로 기운 햇살이 금속(金屬)에 부딪히며 눈을 찔렀다. 사람(人間) 중 몇은 오줌을 지렸다. 이번에는 더 많은 사람이 그랬다. 기다림이 아니라 실행(實行)이기 때문이다. 기절(氣絶)한 자에게 찬물이 끼얹어졌다. 깨어남은 축복(祝福)이 아니라 고통(苦痛)의 연장(延長)이었다.

그때, 이안사의 마음속에서 아주 작은 불씨가 다시 살아났다. 그러나 그 불씨는 위로(慰勞)가 아니라 경고(警告)처럼 떨렸다. 지금이 가장 위험(危險)하다. 그는 본능(本能)적으로 느꼈다. 앞으로 끌려 나온 사병(私兵) 하나가 고개를 들었다. 그의 시선(視線)이 잠깐 흔들리더니, 군중(群衆) 저편에서 자신과 닮은 얼굴을 발견(發見)했다. 형제(兄弟)였다. 흙과 먼지에 절어 있었고, 입술이 떨리고 있었다. 그 순간(瞬間), 사병(私兵)의 가슴속에서 무엇인가 치솟았다.

'우리가 혼자가 아니구나!'

그 생각(生覺)이 살고자 하는 의욕(意欲)으로 번졌다. 너무 빨리, 너무 크게. 그는 자신도 모르게 한 발 앞으로 나섰다. 소리는 생각보다 컸다. 마당의 소음(騷音)이 한순간(瞬間) 꺼진 듯, 그의 목소리가 공기(空氣)를 가르며 튀어 올랐다.

"감무(監務) 대감!"

모두의 시선(視線)이 그에게 꽂혔다. 이안사의 심장(心臟)이 크게 울렸다. 속으로 '멈춰라!' 외쳤지만, 그러나 이미 늦었다.

"우리의 목을 칠 수는 있어도, 감무(監務) 대감의 비리(非理)는 없어지지 않을 것이오!"

군중(群衆) 속에서 숨이 한꺼번에 들이켜졌다. 이안사의 등골을 식은 기운이 훑었다. 이러다 들킨다. 군중(群衆) 속에 섞여 있던 눈들이 일제히 움직였다. 누군가는 고개를 숙였고, 누군가는 옷자락을 여몄다. 여인(女人)으로 변장(變裝)한 자들의 손이 본능(本能)적으로 옷 안쪽으로 스쳤다. 지붕과 나무 근처의 그림자(影子)들이 미세(微細)하게 자세(姿勢)를 바꿨다. 이 한마디로 모든 것이 드러날 수 있다. 사병(私兵)은 멈추지 않았다. 오히려 목소리에 힘이 실렸다. 살아 있음을 증명(證明)하듯 웃음까지 섞였다.

"우리는 다 알고 있소이다! 하하하! 얼마든지 목을 쳐 보시오!"

그 웃음은 허공(虛空)에서 부러질 듯 떨렸다. 활기(活氣)라기보다, 절벽(絕壁) 끝에서의 광기(狂氣)였다. 이안사는 숨을 삼켰다. 가슴이 죄어 왔다. 지금 공격(攻擊)하면 반역(叛逆)이다. 지금 움직이면 모든 진실(眞實)이 덮인다. 그는 고개를 크게 흔들었다. 보낼 수 있는 가장 분명(分明)한 신호(信號). 멈춰라. 지금은 아니다. 그러나 시선(視線)은 이미 늦게 움직인다. 소문(所聞)은 시선(視線)보다 빠르다.

서문탁의 얼굴이 굳었다. 그 눈에는 놀람이 없었다. 대신 분노(憤怒)가 차올랐다. 당돌(唐突)함, 자신감(自信感), 그리고 그가 가장 혐오(嫌惡)하는 도전(挑戰). 그는 그 목소리 뒤에 무엇이 숨어 있는지 직감(直感)했다. 군중(群衆)이 아니라 조직(組織). 우연(偶然)이 아니라 준비(準備).

"저자를…."

서문탁은 말을 끝내지 않았다. 그가 먼저 움직였다. 군졸(軍卒) 중 형(刑)을 집행(執行)하려 칼을 들고 있던 자의 손목을 움켜쥐더니, 거칠게 칼을 빼앗았다. 쇠가 쇠를 긁는 소리가 마당을 찢었다. 주변(周邊)의 군졸(軍卒)들이 한발 물러섰다. 감무(監務)가 직접 칼을 드는 일은 드물었다. 드물다는 것은, 그만큼 본보기가 된다는 뜻이었다. 서문탁은 칼을 들고 사병(私兵)에게 다가갔다. 햇빛이 칼날 위에서 춤췄다. 그의 걸음은 빠르지 않았다. 오히려 너무 차분(差分)했다. 분노(憤怒)는 서두르지 않을 때 가장 무섭다.

"입(口)을 다물어라."

그의 목소리는 낮았고, 그래서 더 또렷했다.

"네가 무엇을 안다고 떠드는지 지금 여기서 증명(證明)해 보이겠다."

이안사의 심장이 요동(搖動)쳤다. 지금 치면 끝이다. 그는 이를 악물었다. 손이 떨렸다. 군중(群衆) 속 사병(私兵)들의 숨이 동시에 얕아졌다. 여인(女人)으로 변장(變裝)한 자의 팔 근육(筋肉)이 단단해졌다. 지붕 위의 그림자(影子)가 한 치 내려왔다. 단 한 걸음만 더 가면, 피가 터진다.

서문탁이 칼을 들었다. 햇빛이 사라지고, 칼날이 그늘에 들었다. 그늘은 언제나 결정(決定)을 부른다. 그 순간(瞬間), 이안사의 두려움(恐怖)은 희망(希望)보다 컸다. 희망(希望)은 아직 오지 않았다. 그러나 공포(恐怖)는 이미 손을 뻗고 있었다. 그는 다시 고개를 흔들었다. 더 크게, 더 분명(分明)하게. 기다려라. 마지막까지 기다려라. 마당은 숨을 멈췄다. 칼은 내려오려 했고, 시간(時間)은 그 사이에서 갈라지고 있었다.

42
구원 (救援)

서문탁이 칼을 들었다. 그 칼은 단번에 내려오지 않았다. 내려올 필요가 없었기 때문이다. 이 마당에서 시간(時間)은 이미 그의 편이었다. 칼날이 천천히 공중을 가르며 들려 올라갔다. 봄의 해가 칼을 정면으로 비추지 않고, 살짝 비켜 갔다. 그 순간(瞬間) 칼날 아래로 짧은 그늘이 생겼고, 그 그늘이 그의 손목 위에 걸렸다. 그늘은 언제나 결단(決斷)의 전조(前兆)였다. 빛이 사라지는 자리에서, 사람(人間)은 가장 잔인(殘忍)한 선택(選擇)을 한다. 군중(群衆)의 숨이 한꺼번에 멎었다. 숨이 멎는다는 것은 공포(恐怖)가 더 이상 생각(生覺)의 영역(領域)에 머물지 않는다는 뜻이었다. 어떤 이는 눈을 감았다. 눈을 뜬 채로 이 장면(場面)을 기억(記憶)할 용기(勇氣)가 없었기 때문이다. 어떤 이는 비명(悲鳴)을 질렀다. 소리는 입에서 나왔으나, 그 소유자(所有者)는 자신이 아니었다. 마당은 어수선해졌고, 어수선함 속에서도 모두가 한 점(點), 칼날의 끝을 보고 있었다. 그때였다. 공기(空氣)가 갈라졌다.

"쐐―액!"

날카로운 파공음(破空音)이 햇빛을 찢고 들어왔다. 화살 하나가 직선(直線)으로 날아와 서문탁의 얼굴을 스쳤다. 살촉(箭鏃)이 뺨의 피부(皮膚)를 긁고 지나가며 피가 가늘게 튀었다. 피는 붉었고, 햇빛 아래서 잠깐 검게 보였다. 서문탁의 고개가 반사적(反射的)으로 돌아갔다. 그 움직임은 계산(計算)이 아니었다. 생물(生物)의 반사(反射)였다. 마당이 소리를 되찾았다. 놀람, 비명(悲鳴), 발소리, 헐떡임. 이안사의 심장(心臟)이 한 박자 늦게 내려앉았다. 가슴 안에서 무언가가 꺼지는 소리가 났다.

"멈춰라!"

그는 본능(本能)처럼 외쳤다. 목소리는 크지 않았으나 절박(切迫)했다. 이안사는 그렇게 생각(生覺)했다. 이 화살이 자기 사람(人間)들이 쏜 것이라고. 생각(生覺)은 절망(絶望)을 불러왔다.

'이제 완전히 끝났다! 우리는 양민(良民)이 아니라 진짜 역도(逆徒)가 되었다!'

이 한 발이 반역(叛逆)의 불씨가 될 수 있음을 그는 너무도 잘 알고 있었다. 그는 군중(群衆)을 향해, 지붕을 향해, 나무의 그림자를 향해 고개를 흔들었다. 신호(信號)였다. 마지막 경고(警告)였다.

"멈춰라! 안 된다! 정말 반역 도당(叛逆 徒黨)이 되려고 하느냐! 제발, 멈춰!"

그러나 화살은 멈추지 않았다. 멈출 이유(理由)가 없었다.

"쐐—액!"

두 번째 화살이 날아들었다. 이번에는 망설임이 없었다. 화살은 서문탁의 허벅지를 정확히 관통(貫通)했다. 살과 천이 동시에 찢어지는 둔탁한 소리가 났다. 피가 옷자락을 적시며 쏟아졌다. 서문탁이 비틀거렸다. 분노(憤怒)가 공포(恐怖)로 바뀌는 데에는 한 박자(拍子)면 충분(充分)했다. 권력(權力)은 다치지 않는다고 믿는 순간부터, 이미 취약(脆弱)해진다.

"쐐—액!"

세 번째 화살. 이번에는 손이었다. 칼을 쥐고 있던 손을 정확히 쳤다. 손아귀의 힘이 풀렸다. 칼이 떨어졌다. 쇠가 흙을 때리는 소리가 마당을 울렸다. 그 소리는 단순한 낙하음(落下音)이 아니었다. 권력(權力)이 바닥에 닿는 소리였다. 칼은 언제나 권력(權力)의 손에서 떨어질 때 가장 큰 소리를 낸다.

이안사는 그제야 이상함을 느꼈다. 화살의 각도(角度), 속도(速度), 간격(間隔). 너무 완벽(完璧)했다. 너무 절제(節制)되어 있었다. 감정(感情)이 개입된 화살이 아니었다. 훈련(訓練)된 자의 손이었다.

그 순간(瞬間), 멀리서 소리가 겹쳐 들어왔다. 말발굽 소리. 북소리. 군사(軍士)들의 함성(喊聲).

"둥… 둥… 둥…!"

북은 혼란(混亂)을 부르지 않았다. 질서(秩序)를 불렀다. 이 소리는 혼돈(混沌)의 소리가 아니었다. 명령(命令)의 소리, 국가(國家)의 심장(心臟)이 뛰는 소리였다. 관청(官廳) 마당의 끝, 먼지 사이로 기마병(騎馬兵)들이 모습을 드러냈다. 그들은 흩어지지 않았다. 한 줄로, 각(角)을 맞춘 채 들어왔다. 활은 이미 당겨져 있었고, 일부는 여전히 조준(照準)을 유지(維持)하고 있었다. 쏠 수 있으나 쏘지 않는 자세(姿勢), 그 자체가 위협(威脅)이었다. 그들의 갑주(甲冑)에는 왕실(王室)의 표식(標識)이 햇빛 아래 또렷했다. 군중(群衆)이 갈라졌다. 마치 보이지 않는 손이 길을 만든 듯했다. 그 선두에서 말이 멈췄다. 흙먼지가 가라앉는 사이, 한 인물(人物)이 말 위에서 몸을 일으켰다. 모덕진(毛德進) 지신사(知申事)였다. 그의 목소리는 크지 않았다. 그러나 마당의 모든 소리가 그 목소리를 위해 스스로 물러났다.

"장성(長城) 감무(監務) 서문탁은!"

그는 말을 멈추고, 짧게 숨을 고른 뒤, 왕(王)의 시간(時間)을 꺼내 들었다.

"왕명(王命)을 받으라!"

서문탁의 얼굴이 순식간에 하얗게 질렸다. 피의 색이 빠져나간 얼굴이었다. 그는 허벅지의 통증(痛症)보다 더 깊은 것을 느꼈다. 왕(王)의 이름이 불리는 순간(瞬間), 모든 변명(辨明)은 끝난다. 그는 바닥에 떨어진 칼을 보았다. 손을 뻗으려다 멈췄다. 칼을 잡는 순간(瞬間), 이제 그가 반역자(叛逆者)가 되는 것이다. 그리고 천천히, 무릎을 꿇었다. 흙이 그의 무릎을 말없이 받았다. 권력(權力)은 그렇게 내려온다.

마당의 공기(空氣)가 풀렸다. 형틀(刑틀)은 더 이상 중심(中心)이 아니었다. 사람들의 시선(視線)도, 두려움도 그곳에서 떠났다.
"모든 포박(捕縛)을 풀어라!"
모덕진의 명령(命令)에 왕의 병사(兵士)들이 움직였다. 확실(確實)하고, 견고(堅固)하고, 일사분란(一絲紛亂)하게. 이안사의 손목에서 포승(捕繩)이 풀렸다. 줄이 떨어지는 소리가 유난히 크게 들렸다. 그는 잠시 그 자리에 서 있었다. 풀렸다는 사실(事實)이, 살았다는 사실(事實)이, 몸에 닿기까지 시간(時間)이 필요했다. 그의 눈에는 아직 형틀(刑틀)이 남아 있었고, 그의 귀에는 아직 칼이 떨어지는 소리가 남아 있었다. 그러나 마침내 죽음(死亡)을 더 멀리서 바라볼 수 있었다. 자신도 모르게 소리 없는 울음이 가슴에서 두 눈으로 번졌다. 붉게 충혈(充血)된 눈이 봄빛에 꽃처럼 피어났다.

연화가 말에서 내렸다. 발이 땅에 닿는 순간(瞬間), 온몸의 긴장(緊張)이 풀리며 다리가 잠시 말을 듣지 않았다. 먼지가 잔뜩 묻은 옷자락을 가다듬을 새도 없이 그녀는 이안사 앞에 섰다.
"많이… 늦었습니다."
그 말은 사과(謝過)였다. 그리고 고백(告白)이었다. 살아 돌아왔다는 고백(告白), 그리고 지켜주지 못한 시간(時間)에 대한 사과(謝

過). 이씨 부인, 장무겸, 한도윤…. 이미 세상을 떠났다는 소식(消息)을 이미 들었다. 풍문(風聞)이길 빌었다. 그러나 진실(眞實)의 말은 짧았고, 그래서 더 잔인(殘忍)했다. 이름만으로 충분했다. 연화의 얼굴에서 모든 빛이 빠져나갔다. 눈이 크게 열렸고, 그 안에서 무언가가 부서졌다. 그녀는 한 손으로 가슴을 움켜쥐었다. 숨이 끊어질 듯 막혔다.

'살았다는 기쁨(喜悅)은 이렇게 값을 치르는 것이구나.'

눈물이 흘러내렸다. 소리는 없었다. 울음은 늘 소리보다 먼저 침묵(沈默)으로 온다. 침묵(沈默)은 깊고, 오래간다. 이안사는 그녀를 붙잡지 않았다. 대신 곁에 서 있었다. 붙잡는 것보다, 함께 서 있는 것이 더 필요한 순간(瞬間)임을 그는 알고 있었다. 그의 눈에도 습기(濕氣)가 맺혔다. 백수린이 달려와 무릎을 꿇었다. 말은 없었다. 상실(喪失)은 말로 설명(說明)되지 않는다.

그날, 모두가 풀려났다. 치료(治療)가 이루어졌고, 식사(食事)가 나왔다. 따뜻한 국물이 목을 타고 내려가며, 사람들은 비로소 살아 있음을 느꼈다. 그러나 밤은 조용하지 않았다. 재판(裁判)이 남아 있었기 때문이다.

43
회복 (回復)

다음 날, 재판정(裁判庭)은 이른 아침부터 가라앉아 있었다. 어제의 소란(騷亂)과 피가 빠져나간 자리에는, 말보다 침묵(沈默)이 먼저

앉아 있었다. 기둥 위에 걸린 햇빛조차 조심스러웠고, 발걸음 하나에도 소리(聲)가 붙지 않았다. 이곳은 이제 처벌(處罰)의 자리가 아니라, 기억(記憶)을 불러내는 자리가 되어 있었다. 모덕진(毛德進)은 이안사(李安社)를 통해 증언(證言)할 시간(時間)을 주었다. 이안사(李安社)는 세 아이를 불렀다. 아이들은 줄을 맞춰 섰으나, 그 줄은 반듯하지 않았다. 아이들 각자의 삶(生活)이 그만큼 달랐기 때문이다. 누군가는 고개를 들고 있었고, 누군가는 바닥만 보았다. 그러나 공통(共通)된 것이 하나 있었다. 아이들의 옷단 끝, 보이지 않게 접어 올린 자락 속에 작고 붉은 글씨(文字)들이 촘촘히 남아 있었다. 이안사(李安社)는 조심스럽게 한 아이의 옷단을 펼쳤다. 글씨(文字)는 작았고, 삐뚤었다. 그러나 흐리지 않았다. 날짜(日字), 장소(場所), 이름(姓名), 그리고 짧은 설명(說明). 서문탁(徐文卓)의 비리(非理). 강요(強要)된 동원(動員), 숨겨진 죽음(死亡), 사라진 사람들. 글씨(文字)는 잉크가 아니었다. 피(血)로 쓴 글이었다. 이씨 부인(夫人)과 한도윤(韓道潤)의 삶의 기록(記錄)이자, 숨이 끊어지기 직전까지 남긴 증언(證言)이었다.

그는 하나하나 읽었다. 읽는 동안 재판정(裁判庭)은 숨을 죽였다. 누군가의 기침(咳嗽) 소리도 들리지 않았다. 글자(文字) 사이마다 시간(時間)이 흘렀고, 그 시간 속에서 얼굴들이 떠올랐다. 이씨 부인(夫人)의 단정(端正)한 웃음, 장무겸(張武兼)의 과묵(寡默)한 눈빛, 한도윤(韓道潤)의 어색하지만 성실(誠實)한 인사(人事). 살아 있을 때는 평범(平凡)했던 얼굴들이, 글자(文字) 위에서 다시 살아났다. 이안사(李安社)의 목소리는 떨렸으나, 멈추지 않았다. 그가 읽을수록 글씨(文字)는 더 또렷해졌고, 재판정(裁判庭)의 공기(空氣)는 더 단단해졌다. 아이들은 울지 않았다. 울음은 이미 옷에 스며들어 있었다. 그저 서서, 어른들의 얼굴을 바라보고 있었다. 기억(記憶)은 이렇게 다음 세대(世代)로 건너간다는 사실(事實)을, 그 누구도 부정(否定)하지 못했다. 모덕진(毛德進)은 끝까지 들었다. 중간(中間)에 고개를 끄덕이지도, 눈을 피하지도 않았다. 그는 이 기록(記錄)이 얼마나 무거운지 알고 있었다. 글씨(文字)의 크기(大小)가 아니라, 그 글씨(文字)를 남긴 사람들이 포기(抛棄)하지 않았다는 사실(事實)이 이 재판(裁判)을 움직이고 있었다. 마침내 이안사(李安社)의 낭독(朗讀)이 끝났을 때, 모덕진(毛德進)은 자리에서 일어섰다. 그의 말은 길지 않았다. 길 필요가 없었다.

"서문탁(徐文卓)은!"

그는 잠시 숨을 고르고 말했다.

"고려(高麗) 대왕(大王)의 선량(善良)한 백성(百姓)을 학살(虐殺)한 죄(罪)로, 참형(斬刑)에 처(處)한다!"

정의(正義)는 선고(宣告)는 짧았다. 그러나 무거웠다. 그 한 문장(文章)이 재판정(裁判庭)의 공기(空氣)를 가르며 지나갔다. 누군가는 눈을 감았고, 누군가는 고개를 숙였다. 이 문장(文章)은 끝이 아니라, 되돌림의 시작(始作)이었다.

그날 이후(以後), 모든 것은 조금씩 제자리(定位)를 찾기 시작(始作)했다. 기쁨(喜悅)은 한꺼번에 오지 않았다. 대신 눈물(淚)과 함께, 조심스럽게 왔다. 서로의 손을 잡았고, 살아 돌아온 얼굴들을 하나하나 확인(確認)했다. 이름(姓名)을 불러 주는 것만으로도 안도(安堵)할 수 있었다. 이름(姓名)이 있다는 사실(事實)이, 살아 있다는 증거(證據)였기 때문이다. 그 가운데서 모덕진(毛德進)이 이안사(李安社)를 찾았다. 사람들 사이를 지나 그의 앞에 섰다.

목소리는 낮아졌다.

"이양무(李良武) 대감의 작고(作故)를 들었다."

잠시 말을 멈추었다가, 조심스럽게 덧붙였다.

"늦었으나… 애도(哀悼)를 전한다."

이안사(李安社)는 고개를 깊이 숙였다. 말은 나오지 않았다. 말 대신 침묵(沈默)으로 받았다. 침묵(沈默)은 슬픔(悲哀)을 줄이지는 못했으나, 함께 견디는 방법(方法)이 되어 주었다. 세 명의 주검을 최고로 좋은 관(棺)을 구해 운송(運送)하기로 했다. 그들도 죽은 몸이지만 노곡리에 함께 가야 하기 때문이다. 산 자도 죽은 자도 함께하는 것이 참된 생(生)이기 때문이다. 조상들이 죽어 흙이 되고 그 흙에서 자란 온갖 곡물과 채소와 과일이 음식이 되고, 그 음식이 살이 되고 다시 흙으로 돌아가듯이, 그들도 노곡리에서 쉬어야 하기 때문이다. 노곡리에서 산 자들의 자양분(滋養分)이 되어야 하기 때문이다. 그렇게 죽은 자가 산자의 삶이 되는 것이다. 그들의 여정은 왕명(王命)에 의해 그들은 보호(保護)되었다. 그리고 오래전부터 마음속에만 그려 두었던 곳, 삼척(三陟) 원덕읍(元德邑) 노곡리(露谷里)로 향했다. 길(路)은 멀었으나, 더 이상 쫓기지 않았다. 말(馬)의 속도(速度)를 조절(調節)할 수 있었고, 밤에는 불을 피울 수 있었다. 쫓기는 길과 돌아가는 길은 이렇게 다르다.

봄(春)이었다. 햇빛이 부드럽게 내려앉았고, 들판에는 새싹이 고개를 들고 있었다. 아이들은 앞서 달렸다. 넘어지면 웃으며 일어났고, 다시 달렸다. 어른들은 그 뒤를 따라 걸으며 웃었다. 그 웃음은 크지 않았으나 오래갔다. 남녀노소(男女老少)의 웃음이 길 위에 흩어졌다. 웃음 속에는 눈물(淚)이 섞여 있었고, 눈물(淚) 속에는 살아남은 자의 책임(責任)이 섞여 있었다. 그러나 그 책임(責

任)은 더 이상 짐이 아니었다. 함께 지고 갈 수 있는 무게(重量)였다. 기억(記憶)은 남았다. 이씨 부인(夫人)과 장무겸(張武兼), 한도윤(韓道潤)의 이름(姓名)도 남았다. 그러나 이제 그 기억(記憶)은 사람(人間)을 묶지 않았다. 뒤에서 잡아당기지 않았다. 대신, 등을 밀어주었다. 길(路)은 계속되었고, 봄빛은 그 길을 끝까지 비추고 있었다. 그 빛 속에서 사람(人間)들은 알았다. 아픔을 지나온 삶(生活)도, 다시 웃을 수 있다는 것을. 모처럼 연화(蓮花)가 봄빛 아래서 꽃처럼 웃고 있었다. 이안사(李安社)도 먼발치서 그 모습을 보고는 미소(微笑)를 띠었다. 끝.